이효석문학상 수상작품집
2012

이효석문학상 수상작품집 2012

1판 1쇄 발행 2012년 10월 2일
1판 2쇄 발행 2013년 1월 10일

지은이 김중혁 외

발행처 문학의숲
발행인 고세규

신고번호 제300-2005-176호
신고일자 2005년 10월 14일

주소 (121-896) 서울특별시 마포구 동교로13길 34(서교동 474-13)
전화 02-325-5676
팩스 02-333-5980

값은 표지에 있습니다.
ISBN 978-89-93838-17-6 03810

김중혁 외

문학의숲

차례

수상작

요요

···············

김
중
혁

2000년 《문학과사회》에 중편소설 〈펭귄뉴스〉를 발표하며 작품 활동을 시작했다. 김유정 문학상, 젊은작가상, 올해의젊은예술가상 등을 수상했다. 소설집 《펭귄뉴스》《악기들의 도서관》《1F/B1, 일층, 지하 일층》과 장편소설 《좀비들》《미스터 모노레일》, 산문집 《대책 없이 해피엔딩》(공저) 《뭐라도 되겠지》가 있다.

나는 관계를 부수는 사람이다. 고리를 끊는 사람이다. 폐허 위에
서 있다. 고등학교를 다니던 내내 차선재의 일기장 맨 앞에는 그 말
들이 적혀 있었다.

매일 새벽 세 시, 모든 소음이 아래로 가라앉으면 차선재는 잠자
리에서 일어나 책상 앞에 앉았다. 책을 읽기도 하고 노트에다 뭔가
적기도 하고 낙서를 하기도 했다. 의미 없는 말들을 주로 적었다. 연
필이 하는 말을 따라다녔다. 의자, 창문, 형광등, 새벽의 자전거 소
리…… 들리는 것들을 그대로 받아 적었다. 의미 있는 말을 적는 게
무서웠다. 아무런 의미가 없는 새벽 세 시부터의 시간이 차선재를 버
티게 해 주었다. 여섯 시가 되면 학교 갈 준비를 했다. 학교에 가면
오히려 마음이 편했다. 학교에서는 무의미하기 위해 노력할 필요도
없었다.

중학교 2학년 겨울방학이 시작될 무렵 부모님이 이혼을 결정했고,
차선재는 모든 게 자신 때문이라고 생각했다. 자기 말고는 다른 원

인이 있을 리 없다고 생각했다. 어머니는 결혼하기 전 차선재를 가졌고, 결혼을 반대하던 친정 부모님과 인연을 끊었다. 어머니는 부부싸움을 할 때면 늘 '선재'라는 이름을 맨 앞으로 내밀었다. 이게 다 선재 때문에 시작된 건데 당신이 나한테 어떻게…… 선재가 없었으면 진작에 당신을…… 차선재는 당장이라도 달려가 부모님 사이에 무릎을 꿇고 자신의 죄를 고해야 할 것 같았다.

어머니와 아버지의 입에 오르내리는 '선재'라는 사람은 자신이 아닌 것 같다는 생각이 들 때도 많았다. 골칫덩어리며 핑곗거리고 없애고 싶은 것들을 뭉뚱그려 '선재'라고 부르는 게 아닌가 싶었다. 대화 속의 선재는 내가 아니야, 내가 아니니까 상관없어. 그렇게 마음을 먹어도 선재라는 이름만 들리면 가슴이 빠르게 뛰고 숨이 가빠 왔다. 차선재는 어머니와 아버지가 싸울 때마다 헤드폰으로 음악을 크게 들으며 고통을 피했다.

아버지와 어머니가 헤어지는 과정을 지켜보는 건, 차선재가 생각했던 것보다 훨씬 끔찍한 일이었다. 헤드폰을 쓰고 피할 수 있는 일도 있지만 그렇지 않은 일이 더 많았다. 아버지와 둘이 살게 되면서부터 차선재는 방에서 잘 나오지 않았다. 아버지의 얼굴이 아니라 아버지의 표정을 보고 싶지 않았다. 아버지의 어떤 표정을 보면 "선재가 없었으면……" 하고 소리 지르던 어머니가 생각났다. 학교에서 돌아오면 빨래나 청소 같은 집안일을 재빨리 끝내고, 아버지가 집에 돌아오기 전에 잠자리에 들었다. 아버지는 매일 열한 시쯤 집으로 돌아왔다. 열한 시 전에 잠이 들 때도 있었고, 아버지가 문을 열고 들어오는 소리를 들을 때도 있었다. 깨어 있을 때에도 침대에서 움직이지 않았다. 불을 끄고 잠든 척했다. 아버지는 두 번 노크를 한 다음

문손잡이를 돌렸다. 잠긴 손잡이는 돌아가지 않았다. 아버지는 잠깐 문 앞에 서 있다가 방으로 돌아갔다. 아버지와 둘이 살게 되면서 새벽 세 시에 일어나는 생활이 시작됐다.

중학교 3학년 겨울방학 때 친구들과의 고리도 모두 끊어지고 말았다. 함께 피시방을 다니던 여섯 명의 친구들이 있었는데, 그 친구들과 게임을 할 때면 가끔 소리도 지르고 말이 많아지기도 했다. 그 친구들과 얘기할 때를 빼면 입을 여는 경우가 거의 없었다. 겨울방학이 끝나갈 때쯤 친구 중 한 명과 사소한 말다툼을 벌이다가 차선재는 자신도 모르게 주먹을 휘두르고 말았다. 친구의 입술에서 빨간 피가 흘러나왔다. 고등학교로 진학하면서 친구들은 자연스럽게 차선재를 멀리했다.

길에서 우연히 친구들을 만난 적이 있었다. 여섯 명의 친구들은 여전히 몰려다녔고, 차선재는 혼자였다. 차선재가 멀리서 알은체를 했지만 친구들은 인사도 하지 않았다. 그날 밤 집에 돌아와 일기장 맨 앞에다 그 문구를 적었다. 나는 관계를 부수는 사람이다. 고리를 끊는 사람이다.

고등학교 2학년이 되었을 때 차선재는 시계에 몰두하게 됐다. 외삼촌이 생일 선물로 사 준 기계식 손목시계를 어느 새벽 무심코 뜯어보았는데, 거기에 완벽한 세상이 있었다―차선재는 그때까지 시계를 차지 않았다―외부에서 어떤 충격이 와도 절대 와해되지 않을 것 같은 단단한 세상이 있었다. 차선재는 시계가 정확하게 움직이는 원리를 알고 싶었다. 다음 날 장비를 사 들고 와서 시계를 분해하기 시작했다. 베젤과 케이스와 다이얼을 벗기는 데서 멈추지 않고, 차선재는 무브먼트까지 분해하기 시작했다. 세상의 끝이 어디인지 알고 싶었다. 얼마나 작은 세상이 이렇게 큰 세상을 구성하고 있는지 확인하고 싶었다. 그걸 다 분해하고 나면 잘못된 걸 해결할 수 있을 것 같았다.

제일 작은 부품들까지 모두 분해해서 책상 위에 늘어놓는 데 다섯 시간이 걸렸다. 모든 걸 분해하고 나자 갑자기 허무한 마음이 들었다. 차선재는 책상 위에 부품을 늘어놓은 채 잠이 들었다. 다음 날 학교에서 돌아와 시계를 다시 조립하려고 했지만 그렇게 간단한 게 아니었다. 분해하긴 쉬워도 조립하긴 힘들었다. 분해한 역순으로 조립하면 되는 거겠지만 그 순서를 기억하긴 힘들었다. 시계에 대한 책을 사서 한 달을 끙끙댄 끝에 겨우 시계를 조립하는 데 성공했다.

그날부터 새벽 세 시가 되면 의미 없는 낙서를 하는 대신 시계를 조립했다. 조립된 시계를 보면 다시 분해가 하고 싶어졌다. 차선재는 책상 위에 시계 부품을 가지런히 늘어놓았다가 다시 조립하길 반복했다. 저격수들이 총을 분해하는 연습을 하듯 차선재는 시계 분해를 연습했다. 시계 조립에 익숙해지자 차선재는 마치 자신이 시간을 마음대로 움직일 수 있을지도 모른다는 착각에 빠졌다. 분침을 빨리 움직여서 시침을 움직이게 만들고 시침을 빨리 움직이게 만들어서 이십 년 후를 만들고 싶었다. 이십 년 후에는 어떤 사람이 되어 있을까. 그때도 폐허 위에 서 있게 될까. 그때도 여전히 관계를 부수는 사람일까. 시계를 거꾸로 돌려 태어나기 이전으로 돌아가고 싶기도 했다. 그렇게 시계를 한없이 거꾸로 돌려서 모든 게 존재하지 않았던 세상으로 돌아가고 싶었다.

차선재가 지방대학의 시계제조공학과에 입학한다고 했을 때 아버지는 반대했다. 학과가 문제가 아니라 아들이 혼자 지내야 한다는 게 마음에 걸렸다. 시계제조공학과라는 학과가 있다는 것도 아들에게서 처음 들었다.

"시계에 관심이 많았냐?"

"예."

"언제부터?"

"오래됐어요."

"거길 나오면 뭘 할 수 있는 거냐. 뭐가 되고 싶은 건데?"

"잘 모르겠어요."

"기껏 시계방 같은 걸 하려고 대학에서 사 년 동안 시계공학을 배우는 건 아닐 테고, 거길 나오면 뭐 장인 같은 사람이 되는 거냐?"

"그냥 시계에 대해 공부해 보고 싶어요."

"그래, 시계에 대해 공부하는 건 좋아. 꿈이 있는 것도 좋고. 없는 것보다 훨씬 좋지. 그런데 그 대학에 가면 너 혼자 지내야 하는데, 아버진 지금 그럴 형편이 안 된다. 학비야 어떻게 해 볼 수 있겠지만 집세까지 내 줄 수는 없다."

"기숙사를 알아볼 수 있대요. 그리고 서울에서 오는 학생들에게 주는 장학금도 있대요. 아르바이트도 할 생각이고요."

"아버지가 혼자 있는 건 걱정 안 되니?"

"죄송해요."

"꼭 가야겠어? 너까지 아버지를 혼자 놓아두고 그렇게 가야겠어? 꼭 그래야 돼?"

"그랬으면 좋겠어요."

아버지가 방문을 닫고 나가자 차선재는 혼자 머릿속으로 중얼거렸다. 또, 관계를 부수는 사람이다. 고리를 끊는다. 다시 폐허에서 시작한다. 서랍의 자물쇠를 열고 그 안에 든 시계 무브먼트와 베젤과 다이얼을 꺼냈다. 시계 부품을 숨길 이유가 없었지만 차선재는 시계와 관련된 모든 걸 서랍에 보관했다. 장인들이 그러는 것처럼 작은 칸막이로 나누어진 보관함에다 부품을 종류별로 보관했다. 용돈을 모아서 산 기계식 무브먼트들을 서랍에 보기 좋게 정리하고 나면 하나의 세계를 창조하고 완결한 듯한 기분이 들었다. 차선재는 무브먼트를 손가락으로 만지작거렸다. 시간이 빨리 흘러가길 바랐다.

차선재는 1학년 여름방학이 지날 때쯤에야 대학 기숙사에 적응할 수 있었다. 지켜야 할 규칙이 많았다. 함께 방을 쓰게 된 이청현에게 적응하는 것도 쉽지 않았다. 몸집이 큰 데다 말이 많은 친구였고, 술 마시는 걸 좋아해서 통금을 어길 때가 많았다. 차선재는 이청현이 기숙사에 돌아오지 않으면 초조했다. 언제 돌아올지 알 수 없다는 게 싫었다. 아버지와 함께 살 때는 방문을 걸어 잠그고 있으면 그만이었지만 기숙사는 달랐다. 불쑥 이청현이 돌아오면 차선재는 무방비 상태로 맞아들일 수밖에 없었다. 차선재는 아예 잠을 자지 않는 날이 많아졌다. 이청현을 기다리지 않고 차라리 깨어 있는 쪽을 택했다. 밤을 새울 거라고 작정하면 오히려 마음이 편했다.

수업이 없을 때면 차선재는 학교를 어슬렁거리거나 구석진 벤치에서 잠을 잤다. 캠퍼스가 넓기로 유명한 학교였다. 숨어 있을 곳이 많아서 좋았고, 아무도 자신을 신경 쓰지 않는 게 좋았다.

가을 축제를 며칠 앞둔 어느 날, 차선재는 인문대 앞 건물을 지나가다가 포스터 하나를 발견했다. '시간을 잡아라―하루를 일 년처럼 사는 법'이라는 제목이 고딕체로 커다랗게 쓰여 있었고, 그 아래 '방황하는 이 시대 젊은이들을 위한 명사 특강 제1탄'이라는 부제가 붙어 있었다. 양복을 말끔하게 차려입은 강연자의 사진 아래로 스무 줄이 넘는 이력이 적혀 있었다. 차선재는 한 줄씩 이력을 읽어 내려갔다. 대학을 나왔고, 대학원을 나왔고, 외국에 다녀왔고, 박사가 되었고, 연구소를 차렸고, 또 연구소를 차렸다는 이야기가 탑처럼 높이 쌓여 있었다. 차선재는 강연자의 이력을 읽어 내려가다가 마지막 대목에서 피식, 웃고 말았다. '노는청년없는사회만들기 운동본부 상임 고문'이라는 장황한 명칭을 한 자씩 읽다가 웃음이 터진 것이다. 차선재는 옆에 서 있는 여학생 때문에 웃음을 참았다.

여학생은 비디오카메라를 들고 포스터를 찍고 있었다. 뷰파인더를 들여다보는 여학생의 옆얼굴, 반쯤 뜬 오른쪽 눈과 부드러운 콧등과 꽉 다문 입술을 차선재는 계속 바라봤다. 부드러운 곡선이 리드미컬하게 휘어져 있었다. 반대쪽으로 가서 왼쪽 얼굴도 보고 싶었지만 그럴 자신은 없었다. 포스터 아래쪽을 찍던 카메라가 흔들렸다. 여학생이 웃고 있었다. 차선재는 카메라가 어디쯤을 찍고 있는지 렌즈의 방향을 따라가 보았다. 어딘지 정확하게 알 수는 없었지만 자신이 보고 웃었던 그 대목이 아닐까 생각했다. 차선재는 포스터를 보다 다시 웃었다. 차선재가 여학생 쪽으로 고개를 돌렸을 때 두 사람의 눈이 마주쳤다.

"이거 보러 갈 거예요?"

여학생이 대뜸 물었다.

"네?"

차선재는 귀에 꽂고 있던 이어폰을 빼면서 되물었다.

"이 강연 보러 갈 거냐고요."

"이거요? 모르겠는데요."

“언제쯤 아는데요?”

“뭘 언제 알아요?”

“보러 갈지 말지 언제쯤 아냐고요.”

“잘 모르겠는데요.”

“아까 포스터 보다가 웃지 않았어요?”

“저기 읽다가…….”

차선재는 손가락으로 이력의 마지막 부분을 가리켰다. 여학생의
눈이 포스터에 가닿았다.

“진짜 웃기는 이름이네. 작명 센스 끝내주네요. 같이 강의 들으러
갈래요?”

“네? 전 별로…….”

“같이 가요. 완전 배꼽 빠지게 재미있을 것 같지 않아요? 노는 청
년이 되지 않으려면 저런 강의는 꼭 들어야죠.”

뜻밖의 제안에 차선재는 어찌해야 할지 몰랐다. 마음을 정할 수
없었다. 가고 싶은 이유와 가지 말아야 할 이유가 여러 개씩 머릿속
에 떠올랐다. 가지 말아야 할 이유가 훨씬 많았다.

“전, 장수영이라고 해요. 교내 방송 브이제이예요.”

“브이제이요?”

“저는 눈보다 카메라 렌즈로 먼저 보는 게 편해서요. 그쪽은 이름
이?”

“전 시계제조공학과 1학년 차선재라고 합니다.”

“와, 공대생이네. 나 공대생들 좋아해요. 같이 갈 거죠? 다섯 시부
터니까 지금 가면 딱 맞겠네.”

차선재는 거절하지 못했다. 장수영이 말을 걸어왔을 때부터 차선

재는 그 어떤 제안도 거절하지 못할 것을 알고 있었다. 차선재는 장수영의 밝은 에너지가 자신을 둘러싸는 것을 느꼈다. 거절하고 싶지 않았다. 어차피 곧 부서질 관계일 게 뻔하다는 걱정이 들었지만 거절하고 싶지 않았다. 차선재는 못 이기는 척 장수영을 따라갔다.

강연은 믿을 수 없을 정도로 지루했다. 긍정을 강요하는 외침과 시련을 뚫고 앞으로 전진하라는 무의미한 자극이 반복되는 강연이었다. 강연은 지루했지만 차선재는 두 시간 동안 마음껏 웃었다.

장수영은 카메라를 고정해 둔 다음 노트에다 수많은 말들을 적었는데, 차선재는 말없이 글로 얘기를 주고받는 게 좋았다.

재미있어?/아뇨/초면에 반말 미안/네/내가 선배니까 뭐/몇 학년이신데요?/2학년/네/학교 일찍 갔어 나이는 동갑/네/너도 반말해/네/저 아저씨는 뭘 자꾸 전진하래/그러게요/우리가 탱크인가?/ㅋㅋㅋ/난 저런 얘긴 못 믿겠어/어떤/아픔을 겪으면 더 성장한다는 말/왜요?/고통을 겪어야 꼭 성장하나 안 아파도 성장하지 그거 알아?/?/고생하고 못 먹으면 키 안 커/ㅋㅋㅋㅋ/난 귀하게 자란 애들이 좋아/왜요?/귀하게 자란 애들은 상처가 적거든/귀하게 자랐어요?/묘하게 자랐지/ㅋㅋㅋㅋ/너는?/그냥 자랐어요/반말해/ㅎ/야, 저 얘기 나왔다, 노는청년없는사회만들기 운동본부/ㅋㅋㅋ/이름 진짜 길어/줄임말로 할까?/줄이면 안 돼. 노는 청년 생겨. 다 읽어야 일 생기지/ㅋㅋㅋ/대충 다 찍었는데, 나갈까?

차선재는 적지 않고 고개를 끄덕였다. 강연을 들으면서 부쩍 친해진 느낌이 들었지만 다시 밖으로 나오니 말을 꺼내기가 쉽지 않았다. 장수영이 먼저 말을 걸었다.

"잘됐다. 너 인터뷰 하나 뜨자."

"응?"

"오늘 강연 본 소감 말해 봐."

"싫어."

"빨리 해. 찍는다."

장수영이 카메라를 들이댔다. 차선재는 피하지 않았다.

"저에게 의미 있는 강연이었어요. 시간을 잡는 일이 얼마나 중요한 일인지 깨달았거든요. 만약 하루 이십사 시간을 사십팔 시간처럼 살 수 있다면, 분신술처럼 두 사람 몫의 삶을 살 수도 있겠다는 생각이 들었어요. 그러면 살면서 정말 후회할 일이 없지 않을까요? 정말 유익한 강연이었습니다."

"너 떨지도 않고 잘한다."

"그래? 잘했어?"

"응. 거짓말 정말 잘한다. 천부적인데? 크크."

차선재와 장수영은 그날 함께 저녁을 먹고 학교 근처의 공원을 산책했다. 차선재는 공원을 걸으면서 지금 보고 있는 것들을 평생 잊지 못할 것 같았다. 나무들의 표면과 신발에 닿는 작은 돌멩이들의 감촉과 풀 향기와 어스름한 저녁의 빛깔과 채도를 평생 잊지 못할 것이라는 생각이 들었다. 공원을 둘러싼 하나하나의 요소들이 차선재의 살갗에 박혀서 피부가 되었다.

"손잡고 걸을까?"

말을 끝내지도 않고 장수영이 손을 잡았다. 차선재는 머리가 어질어질했다. 한겨울 차가운 바깥에 있다가 따뜻한 집으로 들어왔을 때처럼 모든 게 아득했다. 두 사람의 키가 비슷해서 손을 잡고 걷는 게 불편하지 않았다. 차선재는 이렇게 손을 잡은 채 평생 걸어도 좋겠다고 생각했다.

다음 날부터 두 사람은 자주 만났다. 장수영이 행사를 촬영하러 갈 때면 차선재가 짐을 들어 주었다. 끝나고 나면 학교 식당에서 함께 저녁을 먹었고, 산책을 했다. 나무들의 표면이 변하고 풀 향기가 옅어지고 햇빛의 각도가 달라졌지만 산책은 멈추지 않았다. 두 사람이 산책하면서 나눈 얘기들을 다 모으면 라디오 몇 달치 분량의 방송이 될 정도였다. 어린 시절부터 좋아한 뮤지션이 누구인지, 어떤 배우를 좋아하는지, 앞으로 어떤 삶을 살아가고 싶은지, 배우고 있는 과목 중에 어떤 게 마음에 드는지, 고등학교 때 어떤 선생님을 좋아했는지, 종말이 온다면 어떤 일을 하고 싶은지, 두 사람은 머리에 떠오르는 모든 이야기를 서로에게 했다. 주로 장수영이 말했고 차선재는 조용히 들었다.

차선재는 장수영을 점점 좋아하게 되는 자신의 마음이 못 미더웠지만 그 마음을 막을 수는 없었다. 장수영의 말을 듣고 있다가 어느 순간부터는 자신의 이야기를 하기 시작했다. 어머니와 아버지 이야기도 했고, 시계에 처음 빠져들게 됐던 순간의 이야기도 했다. 마음의 지하 창고에 꽁꽁 싸매 두었던 이야기를 하고 나자 장수영을 더 좋아할 수 있을 것 같다는 생각이 들었다. 장수영은 자신의 모든 마음과 유별난 걱정을 아는 유일한 사람이었다.

"넌 어떤 사람이 되고 싶어?"

가을바람에 겨울의 냉기가 묻기 시작하던 즈음, 잔디밭에 누워서 하늘을 보다 장수영이 물었다. 휴대전화기 스피커를 통해서 모차르트의 오페라가 흘러나오고 있었다. 소프라노의 목소리가 가을 하늘로 흩어졌다.

"좋은 사람."

오후의 햇살 때문에 눈을 뜨지 못하고 차선재가 대답했다.

"좋은 사람이 돼서 뭐하게?"

"좋은 일 하게."

"어떤 좋은 일?"

"그냥 좋은 일."

"그냥 좋은 일이 어디 있어. 누군가에게 좋은 일이면, 반대편의 누군가에겐 나쁜 일이지."

"그런가?"

"당연하지. 지구는 말야, 커다란 시소처럼 생겼을 거야. 하느님은 시소 중간에 앉아서 균형을 맞추고 계실 거 같아. 좋은 사람 한 명이 생겨나면 반대편에 나쁜 사람 한 명을 만들고, 좋은 일 하나가 생기면 반대편에다 나쁜 일 하나를 만드실 것 같아."

"난 세상이 그렇게 단순할 것 같진 않아. 시계를 분해하다 보면 작은 나사나 헤어스프링 하나만 사라져도 모든 게 엉망이 돼 버려. 시간도 전혀 맞질 않고…… 시계도 그렇게 복잡한데, 세상이 시계보다 간단하겠어?"

"바보야, 누가 그렇게 간단하대? 비유와 상징으로 말하는 거지."

"공대생이라고 무시하는 거야?"

"누가 무시해. 나 공대생 좋아한다니깐. 멀미과보다는 공대가 훨 낫지."

"멀미과?"

“내가 다니는 과 말야. 멀티미디어편집과.”

“아, 난 또…… 난 이름 줄이는 거 싫더라.”

“너도 한번 다녀 봐라. 영상 편집하고 있으면 멀미 난단 말야. 멀미과라는 이름하고 얼마나 딱 맞아떨어지는지 몰라.”

“넌 어떤 사람이 되고 싶은데?”

“나는 현모양처.”

“하하, 그거야 쉽잖아.”

“그게 얼마나 힘든 건데, 현명한 어머니가 되려면 애도 낳아야 하고 좋은 부인이 되려면 결혼도 해야 되고.”

“너한테는 힘든 일이긴 하겠다.”

“죽을래?”

장수영이 누운 자세 그대로 다리를 들어 차선재의 배를 눌렀다. 차선재가 다리를 밀어내려고 하자 장수영이 차선재의 배 위에 올라탔다. 차선재는 자신의 배 위에 올라탄 채 환하게 웃고 있는 장수영을 보았다. 장수영의 머리 위로 새파란 하늘이, 자신의 넓이를 보여 주겠다는 듯 광대하게 펼쳐져 있었다. 차선재는 눈이 부셔서 손등으로 얼굴을 가렸다. 시계 속 시침과 분침이 직각을 만들어 세 시를 가리키고 있었다.

“몇 시야?”

차선재가 물었다. 장수영은 손목을 들어 시계를 보면서 잠깐 기다렸다.

“이제 정확히 세 시.”

“딱 맞네.”

“그럼, 누가 만들어 준 시곈데.”

차선재는 손가락 사이로 장수영을 보려고 했지만 햇살이 너무 눈부셨다. 손목시계의 버튼을 눌러서 모든 시간을 멈추게 하고 싶었다. 그냥 이대로 모든 게 정지되어 있으면 좋겠다고 생각했다. 차선재는 시계를 바라보다 눈이 부셔서 감고 말았다.

겨울방학이 시작되고 고향 집에 다녀오겠다고 떠난 장수영으로부터 연락이 없자 차선재는 불안한 마음이 들기 시작했다. 악몽의 시작이 아니길 바랐다. 다시 돌아오지 않으면 어떡하나,라는 생각이 들었을 때 차선재는 고개를 저으며 자신을 나무랐다. 그럴 리가 없으니 그런 마음을 먹는 건 집착이라고 생각했다. 관계를 부수지 않기 위해서는 너무 가깝지도 멀지도 않아야 한다. 차선재는 그 거리를 조절하는 데 익숙하지 않았다.

차선재 역시 방학을 아버지와 함께 보내기 위해 서울로 돌아와 있었는데, 모든 나쁜 조짐은 자신의 방에서 시작되는 건지도 모르겠다는 생각이 들었다. 이 방 때문에 어머니와 아버지가 이혼을 했고, 이 방에 살았기 때문에 친구들을 만나지 않게 됐고, 이 방 때문에 다른 모든 사람과 헤어지게 된 것인지도 모른다는 생각이 들었다. 이 방에 돌아오자마자 여자 친구가 사라졌다. 너는 관계를 부수는 방이다. 고리를 끊는 공간이다. 폐허다. 차선재가 낮은 목소리로 방에게 말했다.

장수영과는 방학 내내 연락이 되지 않았다. 장수영의 고향으로 무작정 찾아가 볼까 싶기도 했지만 주소도 전화번호도 아는 게 없었다. 고향에서 장수영을 만나게 되는 것도 싫었다. 만약 장수영에게 그럴 만한 사정이 있는 거라면 그 사정을 알고 싶지는 않았다. 거리 조절이 힘들었다.

차선재는 방에서 나오지 않았다. 아버지는 차선재를 데리고 외출을 하고 싶어 했지만 차선재는 따라나서질 않았다. 어머니와 두 번 만난 게 약속의 전부였다. 저녁이 되면 아버지와 간단한 저녁을 먹고 함께 텔레비전을 보다가 방으로 들어갔다. 차선재는 개학을 손꼽아 기다렸다. 개학을 해서 집을 벗어나면 모든 게 새롭게 시작될 것 같았다. 장수영에게 어떤 사정이 있다 해도 개학이 되면 다시 나타날 것 같았다.

개학을 보름 정도 앞둔 날, 룸메이트 이청현에게 전화가 걸려왔다. 방학 동안 한 번도 연락을 주고받은 적이 없었다.

"어, 어쩐 일이야?"

"너 기숙사에 편지 하나 와 있어."

"누구한테?"

"개 같은데, 너 여자 친구."

"수영이?"

"어, 장수영. 소인이 안 찍힌 걸 보니깐 와서 넣어 놓고 갔나 본데?"

"내가 갈게. 잘 가지고 있어."

"내가 집으로 보내 줄까?"

"아냐. 갈게. 가서 전화할게."

차선재는 집 전화로 장수영에게 전화를 걸었다. 전화를 받으면 끊을 생각이었다. 할 얘기가 있어서 전화한 게 아니라 장수영이 거기에 잘 있는지 확인하기 위한 것이었다. 얘기는 편지를 보고 난 뒤에 하고 싶었다. 일단은 잘 있는지, 목소리를 듣고 싶었다. 전에는 신호가 울리긴 했는데, 이번에는 아예 없는 번호라는 메시지가 나왔다. 차선재는 곧바로 집을 나섰다. 버스를 타고 학교로 가는 내내 장수영의 모습을 생각했다. 만나면 무슨 말을 해 줄까. 화를 내고 싶지만 그러지 말자. 무슨 일이 있었던 거겠지. 만나면 그냥 안아 줘야지. 버스를 타고 가는 두 시간 동안 이런저런 생각이 끊이질 않았다.

학교에 도착했지만 차선재는 곧바로 기숙사로 가지 않았다. 편지에 무슨 이야기가 적혀 있을지 겁이 났다. 받아들일 수 없는 이야기가 적혀 있을까 봐, 무서운 이야기가 있을까 봐 겁이 났다. 차선재는 장수영과 함께 걷던 공원으로 먼저 갔다. 장수영이 돌아왔다면 거기에 있을 것이라고 확신했다. 멀리서 장수영을 보게 된다면, 그래서 장수영이 아무렇지도 않게 공원 벤치에서 책을 보고 있는 걸 확인한다면, 잔디밭에 누워 하늘을 보고 있는 모습을 발견한다면, 편지를 읽는 마음이 한결 가벼워질 것 같았다. 공원에는 장수영이 없었다.

차선재는 저녁이 되어서야 기숙사에 도착했다. 이청현은 방학 동안 살이 더 쪄 있었다. 불어난 몸에서 그동안의 생활이 보였다. 편지 봉투에는 소인이 없었고 두 개의 이름만 위아래로 적혀 있었다. 아래에는 기숙사 방 번호와 차선재라는 이름이 적혀 있었고 위에는 장수영이라는 이름만 적혀 있었다. 차선재는 이청현과 인사를 나누는 둥 마는 둥 공원으로 다시 향했다. 저녁의 공원에는 아무런 온기도 없었다. 잎이 붙어 있는 나무는 전혀 없었고, 모두들 앙상한 제 몸을 가로등 아래에 드러내고 있었다. 죽은 것처럼 보이는 나무들도 봄이 되면 연둣빛을 쏟아 내겠지. 차선재는 공원을 걸어가면서 손목시계의 베젤을 만지작거렸다. 마음이 조급하고 초조할 때면 베젤을 돌리는 게 버릇이 됐다. 편지를 쉽게 열 수 없었다.

차선재는 군대에서 경계 근무를 설 때면 늘 장수영의 편지를 가슴에 품고 있었다. 시간이 날 때마다 읽고 또 읽어도 그 정확한 뜻을 알 수 없었다. 미묘한 뉘앙스에 담긴 온전한 의미를 장수영에게 꼭 물어보고 싶었다. 편지라는 게 사람의 마음을 전달하기에 얼마나 불완전한 형식인지 새삼 깨달았다. 똑같은 글인데도 어떤 날은 자신을 사랑한다는 내용처럼 읽혔고, 어떤 날은 더 이상 자신을 사랑하지 않는다는 말처럼 읽혔고, 어떤 날은 사랑한 적이 없다는 말처럼 읽혔다. 그건 어쩌면 편지의 문제가 아닐 수도 있었다. 편지를 쓴 장수영의 마음이 그렇게 어지러웠기 때문인지도 몰랐다. 제대를 할 때까지 차선재는 그 편지를 잃어버리지 않았다. 제대할 때쯤이면 모든 일이 잘 풀려서 장수영이 한국에 돌아와 있을지도 모르고, 자신이 장수영을 만나러 갈 수도 있을 것이라고 생각했다. 그런 때가 오면 차선재는 그 편지를 장수영의 눈앞에 내민 다음 한 구절 한 구절, 그 정확한 뜻을 듣고 싶었다.

차선재가 독립시계제작자가 되기로 마음먹은 것은 시계 회사에서 십 년 동안 일을 하고 난 뒤인 서른여섯 살 때였다. 고장 난 기계식 시계를 고쳐 주는 회사였는데, 하는 일은 마음에 들었다. 멈춘 시계를 다시 돌아가게 만들고, 망가진 부품을 교체해 주는 일은 차선재에게 딱 맞는 일이었다. 사람을 상대할 일이 많다는 게 유일한 문제였다.

시계 회사에 취직을 하자마자 집에서 독립을 했고, 아버지와도 왕래를 하지 않았다. 몇 개월에 한 번 전화 통화를 하는 게 전부였다. 명절이 돼도 찾아가지 않았다. 한때 같은 집에서 살았던 아버지, 어머니, 차선재는 떨어진 채 각자의 자리에서 굳어 버렸다. 차선재는 남는 시간에 자신만의 시계를 만들기 위해 공부를 했다. 모든 부품을 자신이 직접 만드는 제작자가 되고 싶었다. 사람을 상대하고 싶지 않았다. 여러 사람과 함께 일을 하는 게 불편했다. 함께 점심을 먹어야 했고, 팀장에게 보고를 해야 했고, 선임이 됐을 때는 후배들에게 업무를 가르쳐야 했다. 언제 어떤 방식으로 자신이 관계를 부수게 될지 알 수 없었으므로 최소한의 관계만 유지하자고 마음먹었다.

회사를 다니면서 동료들의 성화에 못 이겨 두 명의 여자와 선을 보았는데, 그때도 차선재는 그 무엇도 주도하지 않았다. 사람들의 눈에는 그 선이 보이지 않았지만 차선재의 눈에 그 선은 도로의 노란색 중앙선보다도 선명했다. 차선재는 회사를 떠나면서 어떤 관계도 부수지 않았다는 사실이 스스로 대견했다.

독립시계제작자가 되려고 한다는 얘기를 했을 때 회사 사람들은 대부분 차선재를 걱정해 주었다. 쉽지 않은 일이라는 걸 모두 알고 있었다. 한편으로는 정반대의 생각을 하는 사람도 있었다. 차선재라면 가능할지도 모르겠다는, 혼자서 하는 일이라면 뭐든지 잘했으니까, 집중력 하나만큼은 끝내주는 친구니까, 어쩌면 가능할지도 모르겠다고 말해 주었다.

차선재는 서울 외곽에다 작은 공방 하나를 마련했다. 혼자서 모든 부품을 만들 생각이었다. 기계 선반을 비롯한 제작 기계와 수리 공구를 샀다. 공방 세를 내고 장비를 사는 데 십 년 동안 모은 돈을 전부 쏟아부었다.

"어떤 시계를 만들려고?"

팀장이 마지막 악수를 하면서 물었다.

"그냥, 잘 맞는 시계요."

차선재가 머쓱해하며 대답했다.

"그게 제일 힘든 건데, 하하."

"네."

"잘 만들어 보라고."

"그동안 감사했습니다."

차선재는 함께 일했던 동료들에게 일일이 인사했지만 섭섭하거나 아쉬운 마음은 들지 않았다. 그저 장기판의 말이 다른 칸으로 이동하는 기분이었다.

독립시계제작자들은 세상에 하나뿐인 자신의 작품에다 특별한 이름을 붙여 준다. 다이얼을 별로 가득 채워 우주처럼 만든 작품에는 '별들의 소용돌이'라는 이름을 붙이고, 시계판을 거꾸로 단 다음 거울을 통해 시계를 보게 한 작품에는 '타임머신'이라는 이름을 붙이는 식이다.

차선재가 이 년 동안 만들어 낸 자신의 첫 번째 작품에 붙인 제목은 '시간은 흐른다'였다. 대부분의 시계는 시침과 분침이 원형의 문자판을 가리키지만 차선재의 시계 속 시간은 오른쪽에서 왼쪽으로 그저 흘러갈 뿐이었다.

시계 박람회에 출품한 '시간은 흐른다'에 외국 바이어들이 관심을 보였고, 그의 시계 세 점은 순식간에 팔렸다. 시계 전문가들은 차선재의 신선한 아이디어를 높이 평가했다. 한 시계 평론가는 "우리는 시간이란 반복되는 것이며 회전하는 것이라 생각한다. 시침과 분침이 회전하는 걸 보면서 매일이 반복된다고 생각한다. 하지만 젊은 시계 장인 차선재는 이 생각에 반기를 들었다. 기술은 아직 부족하고 세련이 필요하지만 그의 시계는 놀랍다. 시간은 그저 흘러갈 뿐이고 다시는 돌아오지 않는다는 진실을, 이 작은 시계에 담았다. 시간은 어디에서 시작되어 어디로 흘러가는 것일까. 이것은 철학적 논증이며 시간의 증명이다”라고 평했다. 차선재는 모든 게 얼떨떨할 뿐이었다. 텔레비전 프로그램에 출연해서 시계에 대해 이야기할 때에도 모든 게 꿈같았다. 자신의 작품에 관심을 보인 시계 회사의 초청으로 스위스에 다녀오면서도 이런 일들이 어째서 일어나게 됐는지 납득이 가지 않을 정도였다.

한국에 돌아와 오랜만에 공방에 앉았을 때 차선재는 막막하기만 했다. ‘시간은 흐른다’는 오랜 시간 생각했던 시계였기 때문에 쉽게 만들 수 있었지만 다음엔 어떤 작품을 만들어야 할지 감이 잡히질 않았다. 멍하니 앉아 있는 시간이 많았다. 한참 확인하지 못했던 전자우편을 정리하다가 차선재는 이상한 편지를 발견했다. 제목과 내용의 글씨가 모두 깨져 있어서 어떤 내용인지 알 수 없었다. 인코딩을 바꿔 보았지만 내용이 드러나지 않았다. 스팸메일인가 싶어 지우려다 보낸 사람의 메일 주소를 보았다. 아이디가 ‘csooyoung’이었다. 장수영이 분명했다. 메일 내용에는 링크 주소가 하나 첨부돼 있었다. 차선재는 링크를 따라갔다.

링크의 저쪽 편에는 동영상이 하나 있었다. 동영상 공유 사이트에 장수영의 계정이 있었고, 그 안에 스무 편 정도의 동영상이 업로드 되어 있었다. 장수영을 설명하는 곳에 ‘Video Artist’라고 적혀 있었다.

동영상의 제목은 ‘Time Of Cloud’였다. 처음에는 파란 하늘만 보이다가 어느 순간 구름이 나타나더니, 빠른 속도로 움직였다. 구름은 파란 하늘 속에서 춤을 추고 있었다. 그것은 시간처럼 움직이고 있었다. 구름은 어떤 의도가 있는 것처럼, 어떤 형상을 보여 주기라도 할 것처럼, 나타났다가 사라지기를 반복했다. 차선재는 컴퓨터

앞에서 움직이지 않고 장수영이 만든 모든 영상을 보았다. 가장 인상 깊었던 영상은 'Station'이라는 작품이었다. 화면에 기차 한 대가 등장하더니 갑자기 기차가 뒤로 달리기 시작한다. 사람들은 정상적으로 움직이는데 기차만 뒤로 달리는 것이다. 그 장면들을 어떻게 찍었는지 궁금해서 몇 번이나 화면을 되감아 보았지만 알아낼 수 없었다. 뒤로 달리는 기차는 수많은 역을 통과해 뒤로 달린다. 마지막 장면에서 기차가 멈추고, 그 기차에서 사람들이 내린다. 마치 그 기차가 타임머신인 것처럼, 시간을 거슬러 가고 싶은 사람들을 그곳에 데려다주는 것처럼.

차선재는 장수영의 전자우편 주소로 답장을 보내기로 했다. 영어로 편지를 쓰기 위해 밤새 사전을 뒤적였다. 더 정확한 말로, 분명하게 내용을 전달하고 싶었다.

어떤 이유 때문인지 네가 보낸 전자우편의 내용이 보이질 않아. 네가 올려놓은 영상을 모두 보았어. 너는 그렇게 살고 있었구나. 그동안 무슨 일이 생긴 건지 설명을 듣고 싶어.

인사말을 모두 빼면 이런 내용이었다. 이틀 후에 장수영에게서 답장이 왔다.

어쩐지 그럴 것 같더라. 여긴 베를린이고, 그동안 많은 일이 있었어. 널 보면 좋겠다. 텔레비전에서 널 봤어. 베를린으로 와. 재워 줄게.

장수영이 보낸 인사말과 편지 끝에 붙은 베를린의 주소를 빼면 이런 내용이었다. 어쩐지 그럴 것 같다는 게 뭘 두고 하는 말인지 불분명했지만 그런 건 상관없었다. 차선재는 떨렸다. 장수영을 볼 수 있다는 사실에 떨렸고, 곧바로 달려가고 싶은 마음에 떨렸고, 만나서 할 이야기들을 생각하니 떨렸다. 만나지 않는 게 나을지도 모른다는 생각을 했지만 실망해도 어쩔 수 없는 일이었다. 지금은 거리 조절을 할 때가 아니었다. 차선재는 장수영을 위한 시계를 만들고 싶었다. 장수영을 만나러 가는 길에 그걸 들고 가고 싶었다. 차선재는 장수영에게 곧바로 메일을 보냈다.

베를린에 언제까지 있을 거야? 삼 개월 후에 너를 만나러 가고 싶어. 너의 상황이 어떤지 알려 줘.

새로운 시계를 만들기에 삼 개월은 너무 짧은 시간이었지만 장수영을 만나고 싶은 마음을 억누르기엔 긴 시간이었다. 합리적인 타협점이 삼 개월이었다. 다시 장수영에게서 메일이 왔다. 삼 개월 후를 기다리고 있겠다고, 비행기를 예약하고 시간을 알려 주면 공항으로 마중을 나가겠다는 연락이 왔다. 차선재는 비행기를 예약하고 시간을 알려 주었다. 티켓을 프린트해서 공방 벽에다 붙여 두었다.

다음 날부터 곧바로 작업이 시작됐다. 시계의 이름은 'Station'이었다. 장수영만을 위한 시계를 만들어 주고 싶었다. 새로운 아이디어는 아니었다. '시간은 흐른다'를 위해 디자인했던 시계 구조를 그대로 사용하되 시계 디자인을 옛 기차 모양으로 만들기로 했다. 기차가 거꾸로 움직이던 장수영의 영상처럼 시계 속 기차가 거꾸로 움직이며 흘러가는 것이다. 정시가 되면 기차의 기적과 비슷한 소리로 알람이 울리고, 무브먼트를 조금 보이게 디자인해서 시계의 톱니가 기차의 바퀴처럼 보이게 할 생각이었다. 차선재는 매일 밤 늦게까지 시계 제작에 매달렸다. 칠십 일이 지났을 때 종착점이 조금씩 보였다. 차선재는 고등학교 때 그랬던 것처럼 시계 초침과 분침을 붙들고 싶었다. 거꾸로 가는 것까진 바라지 않았고 잠깐만 세워 두고 싶었다. 장수영을 빨리 만나고 싶은 마음과 작업 시간을 조금이라도 벌고 싶은 마음이 엇갈렸다.

쉬는 시간엔 장수영의 영상을 보았다. 장수영의 모습이 등장하는 영상은 없었지만 장수영의 그림자가 나오는 영상이 하나 있었다. 카메라를 들고 있는 장수영의 그림자가 화면에 등장할 때마다 차선재는 일시정지 단추를 눌렀다. 그림자로 장수영의 모습을 상상해 보았다. 일그러진 흑백의 그림자를 되짚어 온전한 사람의 모습을 완성할 수는 없었다. 하지만 그려 볼 수는 있었다.

아버지가 중환자실로 옮겨진 날은 차선재가 베를린으로 떠나기로 예정된 일주일 전이었다. 아버지는 의식을 잃고 쓰러진 후 한 시간 만에 병원으로 옮겨졌다. 아버지가 근무하는 경비실의 동료가 아니었다면 그 시간이 더 늦어질 수도 있었다. 병원에서 걸려 온 전화를 받았을 때 차선재는 짜증을 냈다. 아버지가 중환자실로 갔다는 소식이란 걸 알았을 때도, 뇌실질내출혈이라는 병명을 들었을 때도 짜증은 가시질 않았다. 전화를 건 사람이 아버지의 직장 동료였고, 자신의 짜증이 얼마나 어이없는 것인지 알면서도 짜증을 감추기가 쉽지 않았다.

차선재는 병원으로 가서 간단한 수속 절차를 마쳤다. 돈은 아깝지 않았다. 시간이 문제였다. 아버지가 받아야 할 검사가 많았고, 차선재는 아버지의 유일한 보호자였다. 어머니에게도 연락은 했지만 병원에 와서 아버지의 모습을 보게 하는 게 좋을지 확신이 들지는 않았다. 차선재는 낮에 아버지의 검사를 돕고 저녁이면 공방으로 가서 시계를 만들었다. 시계를 만들기 위해서는 어마어마한 집중력이 필요한데 밤의 피로는 생각보다 무거웠다. 출발 사흘 전까지도 시계를 완성하지 못했다.

출발 이틀 전에 차선재는 베를린행을 포기했다. 시계도 완성하지 못했지만, 무엇보다 아버지를 두고 갈 수는 없었다. 위험한 순간은 지나갔고 일반 병동으로 옮기긴 했지만 급박한 순간이 언제 또 닥칠지 알 수 없었다. 차선재는 장수영에게 메일을 보냈다. 자세한 사정은 적지 않았지만 베를린으로 갈 수 없게 됐다는 소식이었고, 언제까지 베를린에 있을 것인지 물었고, 한국으로 들어올 계획은 없는지도 물었다. 진작에 전화번호를 묻지 않았던 게 실수였다. 전화번호를 알고 싶지 않았다. 문득 전화를 걸고 싶어지는 순간이 올 것이고, 그러면 참기 힘들어질 거라고 생각했다. 얼굴과 목소리를 한꺼번에 만나고 싶었다. 장수영이 메일을 빨리 확인하길 바랐다.

차선재는 작업실에 더 이상 가지 않고, 아버지 곁에 있었다. 낮엔 집에 들러 청소와 빨래를 하고, 아버지의 속옷을 챙겨 나왔다. 저녁에는 시계에 대한 책을 보거나 글을 썼다. 장수영에게서 답장은 오지 않았다. 메일이 제대로 간 것인지 확인할 길도 없었다. 차선재는 장수영이 자신에게 화가 났을지도 모른다고 생각했다. 또다시 관계를 부쉈다고, 고리를 끊었다고 생각했다. 차선재가 사건의 원인은 아니었지만 다를 게 없었다. 모든 불운의 중심에 자신이 있다는 생각이 들었다.

병원에서는 시계 작업을 할 수 없었다. 차선재가 할 수 있는 건 시계 스케치뿐이었다. 장수영을 위한 'Station'은 더 이상 만들 수 없었다. 동기가 사라졌고, 타이밍을 놓쳤다. 새로운 시계 스케치를 수십 수백 장 그렸지만 마음에 드는 건 없었다.

"미안하구나."

아버지가 작은 목소리로 말했다.

"뭐가요?"

차선재가 퉁명스럽게 대답했다.

"여기 있게 해서."

"괜찮아요."

"가 봐도 돼."

"아니에요. 쉬세요."

아버지는 뭔가 얘기를 더 하려다가 고개도 들지 않고 스케치를 하고 있는 차선재를 보고는 그만두었다. 사각거리는 만년필 소리가 아버지의 말을 가로막았다. 차선재는 만년필로 소리를 지르고 있었다. 벌떡 일어나서 침대에 누운 아버지를 향해 소리 지르고 있는 자신이 자꾸 보였다. 차선재는 일어서려는 자신을 계속 끌어 앉히면서 스케치를 했다. 미안하다는 말은 듣고 싶지 않았다. 가 봐도 된다는 말역시 듣고 싶지 않았다. 만년필이 점점 거칠게 움직였다.

차선재는 힘들게 다음 작품의 주제를 정했다. 병원 침대에 누워 있는 아버지를 보면서 생각한 것인데, 시계의 다이얼에 작은 창을 만들고 그 창으로 육십 초에 한 번씩 사계절의 형상이 지나가는 모습을 보여 주는 디자인이었다. 봄에는 그 작은 창으로 새 한 마리가 지나가고, 여름이면 창으로 비가 내리고, 가을에는 창 너머로 단풍이 떨어지고, 겨울에는 하얀 눈이 내리는 모습을 보여 주는 것이었다. 창만 내다보고 있는 아버지를 보면서 그 아이디어를 떠올렸을 때, 차선재는 그걸 시계로 만들고 싶지는 않았다. 아버지에게서 아이디어를 얻어 시계로 만든다는 게 마음에 걸렸다. 아이디어는 생활에서 나오고, 습관은 뇌를 장악한다. 매일 병원만 들락거리는 생활 속에서 그보다 더 좋은 아이디어가 나올 수 없다는 걸 차선재는 결국 인정했다. 제목은 '사계'로 정했다.

병원에 입원한 지 두 달 만에 아버지는 퇴원을 했고, 차선재는 공방으로 돌아올 수 있었다. 일주일에 한 번 통원 치료를 해야 했는데, 그 정도의 시간을 내는 건 어렵지 않았다. 공방으로 다시 돌아온 것만으로 충분히 행복했다.

공방의 달력에는 베를린행 비행기 표가 붙어 있었고, 작업대 위에는 구십 퍼센트쯤 만들어진 'Station'이 잘 보관돼 있었다. 템포 바퀴를 조립하지 않았기 때문에 시계는 아직 생명을 얻기 전이었다. 시침도 분침도 초침도 조립하지 않은 상태, 'Station'의 내부는 아직 생명을 창조하기 이전의 시간인 셈이다. 차선재는 'Station'을 마저 만들까 생각하다가 그러지 않기로 했다. 'Station'에 시간을 불어넣는 순간 모든 게 너무 빠르게 지나가는 것처럼 느껴질 것 같았다. 붙잡지 못한 순간, 가 닿지 못한 순간, 영원히 돌이킬 수 없는 순간을 자꾸만 상기하게 될 것 같았다. 베를린행 비행기 표를 찢어서 쓰레기통에 버렸다.

'Station'에 시간을 불어넣는 순간, 그날의 선택을 두고두고 후회하게 될 거라는 생각이 들었다. 누군가에게 아버지를 부탁하고 베를린으로 향하는 비행기를 탔더라면, 그래서 장수영을 만났더라면……차선재는 만약을 생각해 보았다. 그랬더라면 뭔가 달라졌을까. 차선재는 고개를 저었다. 베를린행 비행기를 타는 쪽을 선택했더라면, 아마 아버지의 결과가 달라졌을지도 모른다. 선택이 달라진다면 결과도 달라진다. 결과를 되짚어 선택을 선택할 수는 없다. 차선재는 유리관째로 'Station'을 서랍에 넣었다. 시간이 존재하지 않는 채로 그렇게 죽음을 맞이하게 했다.

'시간은 흐른다'만큼의 호평을 얻지는 못했지만 '사계' 역시 좋은 평가를 받았다. 차선재는 '사계'를 발표한 다음, 이후의 작품에는 특별한 제목을 붙이지 않기로 마음먹었다. 제목이 모든 걸 설명하는 것 같아서, 단어가 형상을 제한하는 것 같아서 그러지 않기로 했다. 대신 간단한 번호를 붙이기로 했다.

차선재가 55세가 됐을 때, 그의 작품 번호가 30번에 이르렀다. 어림잡아 일 년에 두 작품씩을 꾸준히 발표한 셈이었다. 호평을 받은 작품도 있었고 좋지 못한 평가를 받은 작품도 있었지만 그의 성실함은 모두 인정했다. 한 시계 회사의 제안으로 차선재는 작품 전시회를 열게 됐다. 처음에는 거절했지만 시계 회사의 요청은 끈질겼다. 차선재는 그동안 제작했던 자신의 모든 작품을 볼 수 있다는 사실에 마음이 조금씩 흔들렸다. 시계 회사는 독립 제작 방식을 해치지 않는 선에서 차선재를 후원하기로 했고, 그동안 팔렸던 차선재의 모든 시계를 대여해 전시회를 열 생각이었다.

두 달 동안 열린 전시회는 성공적이었다. 기계식 시계에 관심이 없던 사람들도 작품이 아름답다는 입소문에 홀려 전시회를 찾았다. 기계식 시계 마니아들에게는 차선재의 초기작부터 최근작을 한눈에 볼 수 있다는 사실만으로도 흡족한 전시였다. 차선재는 두 달 동안 정신없는 시간을 보냈다. 텔레비전 촬영을 하고 일주일에 한 번 작품 설명회를 했고, 외국의 바이어들을 상대해야 했다.

장수영이 전시회장에 찾아온 것은 전시회의 마지막 주간이었다. 차선재는 방송국에서 나온 다큐멘터리 팀과 이야기를 나누고 있었다. 조명이 너무 눈부셔서 바닥을 보고 있었는데, 어떤 그림자를 보는 순간 그게 장수영일지도 모른다는 생각이 들었다. 눈을 가늘게 뜨고 전시장에 들어와 있던 한 여자를 보았다. 거기에 정말 장수영이 있었다. 수십 년이 지났지만 단번에 알아볼 수 있었다. 오래전에 알던 그 얼굴에다 얇은 막을 수십 개 붙여 놓은 듯했다. 예전보다 얼굴빛은 불투명해졌고, 얇은 막 위로 주름이 늘었지만 표정은 예전 그대로였다. 눈이 마주치자 장수영이 웃었다.

두 사람은 전시회장 건너편의 커피숍에 마주 앉았다. 주문한 커피가 나올 때까지 두 사람은 아무 말도 하지 않았다. 차선재는 가끔 한숨을 쉬었고, 장수영은 겸연쩍은 웃음만 지었다. 두 사람은 머릿속으로 수많은 말을 했다. 질문과 대답, 변명과 추측을 수없이 꺼내 놓았다가 다시 제자리에 갖다 놓기를 반복했다. 서로의 얼굴을 보면서 그동안의 시간을 침묵으로 가늠하고 있었다.

"시계 멋지더라."

장수영이 웃으며 말했다. 차선재는 대답하지 않았다. 어떤 대답을 해야 할지 알 수 없었다. 한 마디로 십 년이 넘는 시간을 압축하는 대화의 1막이 끝났다. 두 사람 사이를 오간 말은 단 한 마디뿐이었지만 더 많은 것들이 그 사이를 휙, 휙 지나갔다. 커피 잔이 다 비어 갈 때쯤 차선재가 입을 열었다.

"한국에 돌아온 거야?"

"응, 작년에."

"잘했네."

"응?"

"잘 돌아왔다고."

"잘한 건가?"

"네가 만든 영상들, 전부 근사했어."

"그래? 좋아하는 사람은 많았는데 그게 돈이 되지는 않더라."

"요즘엔 작업 안 해?"

"가끔."

"어떤 걸 찍어?"

"그냥 지나가는 사람들, 자동차, 아이들, 빌딩, 철교, 그런 거."

"응…… 그렇구나."

"그렇지, 뭐."

"좋았는데……."

"우리 다음에 만나면 술 한잔할까? 오늘은 다른 약속이 있어서. 어때?"

"그래, 좋지."

"잘됐다."

차선재는 장수영이 걸어가는 모습을 한참 보았다. 하고 싶은 말이 더 있었다. 쌓여 있는 말이 많아서 그걸 꺼내 놓기만 하면 될 줄 알았는데, 못 했던 말을 하기 위해서 시간을 되돌리고 싶었던 적도 있었는데, 하지 못한 말이 더 쌓이고 말았다. 높이 쌓아 올린 책 더미에서 밑바닥과 가운데 책을 꺼내기 힘들듯 오래전 얘기를 꺼내기란 쉽지 않았다. 그 얘기들을 꺼내려면 한 줄로 쌓인 모든 얘기를 허물거나 위에 쌓인 이야기를 전부 걷어 내야 한다. 시간이 필요했다. 시간이 남아 있을까. 그 이야기들을 꺼낼 만한 시간이 다시 올까.

걸어가고 있는 장수영의 손을 보았다. 흔들리는 손을 보았다. 저 손을 잡고 함께 걸었다. 내가 잡았던 손이었다. 장수영은 한 번도 뒤돌아보지 않고 걸었다. 장수영도 자신을 보고 있는 차선재의 눈길을 알고 있었다. 한번 돌아보면서 손을 흔들까 생각했지만 언제쯤 어떻게 돌아야 할지 알 수 없었다. 손을 흔드는 건, 아무래도 어울리지 않는다는 생각이 들었다. 그렇게 계속 걷다 보니 이미 주차장 입구로 향하는 계단으로 내려가 버리고 말았다.

공방으로 돌아온 차선재는 작업대 위의 먼지를 꼼꼼하게 제거했다. 작업을 시작하기 전이면 늘 그랬다. 먼지를 하나씩 없애면서 오늘 할 일을 먼지가 있던 자리에 차곡차곡 놓는 식이었다. 먼지를 모두 없애고 책상 앞에 앉았지만 마음이 모이질 않았다. 장수영의 얼굴과 장수영이 했던 말이 헝클어져서 책상 위를 굴러다니고 있었다. 차선재는 장수영의 명함만 만지작거렸다.

장수영의 그림자를 보고 고개를 들 때까지 차선재는 무수하게 많은 생각을 했다. 시간은 가끔 그림자처럼 길어진다. 만약 내 앞에 나타난 사람이 장수영이라면 어떤 말을 해야 할까, 어떤 표정을 지어야 할까, 무엇부터 물어봐야 할까, 그 많은 생각들이 어디선가 한꺼번에 나타났다. 장수영을 만나서 이야기를 하면 잠깐이라도 예전의 그 시절로 돌아갈 수 있지 않을까, 마음껏 웃어 볼 수 있지 않을까, 그런 생각도 들었다. 시간은 그렇게 자비롭지 않았다. 돌아갈 수 없는 시간이었다.

차선재는 서랍에 넣어 두었던 'Station'을 꺼냈다. 태어나지 못한 시계가 고요히 누워 있었다. 차선재는 자신의 시간을 생각했다. 모든 게 아득했다. 손을 뻗으면 닿을 수 있을 것처럼 가깝던 젊은 시절들은 이제 너무 멀어서 흐릿한 윤곽만 보일 뿐이었다. 어떻게 그 시간들을 통과해 왔는지, 어떻게 일 초 일 초를 지나왔는지 놀라웠다. 지나간 시간들이 쌓여 있는 곳이 있다면 그곳에 가서 그 일 초 일 초가 어떤 의미들이었는지 확인하고 싶었다.

오래전 장수영의 편지에 그런 내용이 있었다. '네가 만들어 준 시계를 들여다보면서 그런 생각을 했어. 시침과 분침이 겹쳤다가 떨어지는 순간, 그건 멀어지는 걸까, 아니면 다시 가까워지고 있는 중인 걸까. 난 생각했어. 나쁘지 않아. 그래, 나쁘지 않아.' 차선재는 그 문장을 자주 생각했다. 그리고 '나쁘지 않아'라고 혼자 중얼거리곤 했다. 그래, 나쁘지 않지.

차선재는 서랍에다 'Station'을 넣어 두었다. 지난 시간을 다시 태어나게 할 마음은 없었다. 돌아갈 수 없었다. 책상을 정리하고 스케치북을 펼쳤다. 만년필로 원을 그렸다. 원 속에 새로운 시간이 흐르게 하고 싶었다. 다이얼과 문자판을 그려 넣는 중에 제목이 떠올랐다. 오랜 시간 제목을 생각하지 않고 번호만 붙인 작품만 만들었는데, 갑자기 제목이 떠올랐다. 그래, 요요로 하자. 가까워지고 다시 멀어지고 다시 가까워지는 시간. 영원을 향해 직선으로 흐르지만 결국 다시 돌아오는, 요요의 시간으로 하자. 그래, 나쁘지 않아. 나쁘지 않아. 돌아갈 수는 없지만 그 시간을 떠올리는 것만으로도 나쁘지 않아. 차선재는 만년필로 새로운 원을 그렸다. 스케치를 하고 또 새로운 원을 그렸다. 원에다 계속 또 다른 시계를 그려 넣었다. 벽에 걸린 시계를 보았다. 새벽 세 시였다. 새벽 세 시의 시계를 보는 건 오랜만이었다. 고등학교 시절의 방에서, 대학교 때의 기숙사에서 그렇게 자주 만났던 시간인데, 한동안 그 시간을 잊고 지냈다. 시침과 분침이 단정하게 구십 도의 각을 만들고 있었다. 시침과 분침 사이를 초침이 막 지나고 있었다. 시간이 흐르고 있었다. 차선재는 시간이 언제나 흐르고 있다는 사실이 가끔 믿기지 않았다. 초침이 한 바퀴 돌기를 기다렸다가 차선재는 다시 스케치북을 넘겼다.

바질

김
중
혁

이별은 육체적인 단어다. 헤어진다는 것이고, 그래서 다시는 가까워질 수 없게 된다는 것이다. 멀어진다는 것이다. 이별이라는 단어의 물리적인 실체가, 거리에 대한 실감이, 박상훈을 괴롭게 했다. 사흘이 지나자 어딘가 아파 왔다. 아프긴 했지만 상처를 집어낼 수는 없었다. 살을 파고 뼈를 헤집어 상처를 들어낼 수 있다면 좋겠지만 상처는 계속 이동했다. 때로는 무릎이 아팠고, 때로는 등이 아팠고, 때로는 발뒤꿈치가 아팠다. 마음이 아플 줄 알았는데 몸이 아팠다. 모든 고통은 이별로부터 왔다. 닷새가 지나자 모든 뼈마디가 욱신거렸다. 걷고 있다는 게 기적 같았고, 한 발 한 발 앞으로 나아가고 있다는 게 생생하게 느껴졌다. 고통은 산발적이었지만 끊임없었다.

박상훈은 죽고 싶다는 생각을, 태어나서 처음으로 했다. 모든 게 귀찮게 여겨졌다. 사십 년이나 사용한 덕분에 삐걱거리는 몸을 계속 치료해야 한다는 사실도, 한 달 안에 치료하지 않으면 통증이 시작될 충치도, 돈을 벌기 위해 계속 일을 해야 한다는 사실도, 귀찮았다. 박상훈은 고통에 민감한 사람이었다. 균형을 중요하게 생각하는 사람이었다. 자신도 모르는 사이에 한쪽 엉덩이에 작은 씨앗을 깔고 앉으면 균형이 흐트러져 허리에 통증을 느낄 정도였다. 이별은 그런 그의 균형을 통째로 망가뜨렸다. 균형은 부서졌고 균형이 붙들고 있던 형체도 망가져서 몸의 모든 부분이 다시는 되돌릴 수 없는 상태가 되었다고, 박상훈은 생각했다. 지윤서를 생각하는 것만으로도, 간신히 붙들고 있던 균형이 힘없이 허물어졌다.

지윤서는 박상훈과 헤어진 지 사흘 만에 네덜란드 출장을 떠나야 했다. 오래전부터 예정되어 있던 출장이었다. 격하게 소리 지르고, 울고, 미워하고, 무언가 때려 부쉈더라면 오히려 더 홀가분하고 산뜻했을지 모른다고, 좁은 비행기 의자에 앉아서 멀고 먼 땅을 내려다보며 지윤서는 생각했다. 비행기가 땅으로 떨어진다면 어떨까. 겁날 게 없었다. 조용히 앉아서 창문으로 가까워지는 땅을 무심하게 내려다볼 수도 있을 거라고 생각했다.

두 사람 다 덤덤했다. 말꼬리도 잡지 않았고 소매를 붙잡지도 않았다. 그만하자, 이제. 그 말을 한 사람은 분명히 지윤서 자신이었는데, 다른 사람이 목소리를 대신 내 준 느낌이었다. 비행기 소리 사이에서 그 사람의 목소리가 들려오는 것 같았다. 그만하자, 이제. 지윤서는 그 목소리에 대답을 하고 싶었다. 그래, 그만하자.

'2009 세계단추박람회'는 암스테르담 컨벤션센터에서 사흘 동안 열렸다. 지윤서의 일정은 박람회 이삼 일째 부스를 책임지는 것이었다. 단추로 가득 찬 가방 두 개와 자신의 여행 가방을 끌고 택시 승강장으로 가는 동안 지윤서는 빨리 호텔로 가서 씻고 싶다는 생각뿐이었다. 뜨거운 물에 몸을 담그면 팽팽하게 당겨진 긴장을 쭈글쭈

글하게 만들어 침대 위에다 늘어놓을 수 있을 것 같았다.

택시에서 박람회 자료집을 펼쳤지만 눈에 들어오지 않았다. 모두 단추뿐이었다. 작은 단추, 큰 단추, 둥근 단추, 네모난 단추, 구멍이 네 개인 단추, 구멍이 두 개인 단추, 구멍이 하나인 단추. 오직 단추뿐이었다. 어느 순간 그 단추들이 지윤서를 뚫어지게 바라보더니, 말을 걸어왔다. 단추 디자인을 하다 보면 단추와 눈이 마주칠 때가 한두 번이 아니지만 말을 거는 것은 흔치 않은 일이었다. 눈이 빨갛다. 울었어? 아니, 안 울었는데. 운 것처럼 보여. 아니야. 피곤해서 그래. 울지 마. 응. 지윤서는 자료집을 덮고 창밖을 내다보았다. 어스름 속에서 운하의 수면이 마지막 햇빛에 반짝였다.

박람회 참여는 성공적이었다. 두 군데와 가계약을 했고, 한 업체와는 연락처를 주고받았다. 새로운 카탈로그가 나오면 샘플과 함께 보내 주기로 했다. 가계약을 한 업체 한 곳은 유럽에서도 규모가 큰 의류 회사였다. 전화 통화만으로도 사장이 얼마나 기뻐하는지 알 수 있었다. 사장은 지윤서에게, 개인적인 여행을 더 하고 귀국할 수 있도록 휴가를 주겠다고 했다. 지윤서는 그럴 생각이 없었다. 비행기 표 시간을 바꾸는 게 세상 그 어느 일보다 끔찍하고 귀찮게 생각됐다. 저녁 비행기를 타기 전에 꽃 시장 근처에 있는 수공예 단추 가게에 들러보는 게 지윤서가 정해 놓은 일정의 전부였다. 지금 휴가를 쓰는 것은 너무 아까운 일이었다. 휴가를 얻게 되면 생각이 많아질 것이다. 생각이 많아질 때는 늘 좋은 생각보다 나쁜 생각이 더 많아진다는 걸 지윤서는 잘 알고 있었다.

지윤서는 호텔 식당에서 느긋하게 점심을 먹고 단추 가게로 향했다. 짐은 호텔에 맡겨 두었다. 호텔은 단추 가게와 공항 사이에 있었다. 오랜만에 손에 아무것도 들지 않고, 천천히 걸었다. 꽃 시장을 지나 작은 운하를 따라 걸으면서 지윤서는 습기를 느꼈다. 눈에 보이지 않는 작은 물방울들이 지윤서의 콧속에 들러붙는 듯한 기분이었다. 처음엔 징그럽다는 생각이 들었지만 시간이 지나자 물방울들을 데리고 놀고 싶어졌다. 코로 숨을 들이켜고, 내쉬고, 들이마시고, 내뱉으면서 물방울들이 바람에 흔들리는 걸 느꼈다. 물방울들은 지윤서의 콧속 작은 솜털들을 꼭 붙들었다.

단추 가게 문은 닫혀 있었다. 커다란 유리창 속에 단추들이 보였지만 들어갈 수 없었다. 문에는 'CLOSED'라는 푯말만 걸려 있을 뿐, 이유는 적혀 있지 않았다. 원래 쉬는 날인지, 주인이 잠깐 자리를 비운 것인지 알 수 없었다. 벨을 누르고 문을 두드렸지만 아무도 나오지 않았다. 지윤서는 가게 앞에서 기다리기로 했다. 두 손으로 유리의 반사광을 막으며 가게 안을 자세히 들여다보았다. 온통 단추뿐이었으나, 옷에 달린 단추는 없었다. 단추를 엮어 목걸이를 만든 것도 있었고, 커다란 스탠드 갓에 수백 개의 단추를 붙여 장식한 것도 있었다. 지윤서는 스탠드의 스위치를 켜 보고 싶었다. 불이 들어오면 단추들이 얼마나 반짝일지, 작은 단춧구멍 사이로 어느 정도의 빛이 새어 나올지 궁금했다. 가게의 깊은 안쪽은 자세히 들여다볼 수 없었다. 빛을 막아도 거기까지는 눈길이 도달하지 못했다. 무언가 움직였다. 지윤서는 얼굴을 유리창에 바싹 대고 잔뜩 눈을 찡그려 시선을 깊이 들여보냈지만 거기까진 가닿지 못했다.

그 속에 누가 있었다. 무언가 어른거렸다. 마네킹일까? 아니, 어둠 속에서 꿈틀거리는 건 분명히 사람의 윤곽이었다. 유리창에서부터 가게 안쪽의 벽까지는 채 십 미터도 안 될 텐데 그 속이 제대로 들여다보이지 않았다. 안에서는 밖이 보일 것이다. 가게 안에서 누군가 자신을 물끄러미 바라보고 있다는 상상을 하니 더 이상 안을 들여다볼 수 없었다. 가게 문 앞에는 전화번호도 붙어 있지 않았다. 지윤서는 휴대전화기로 가게 사진을 한 장 찍고 돌아섰다. 가게 앞으로 작은 운하가 흘렀다. 지윤서는 운하 건너편으로 가서 단추 가게가 프레임에 가득 차도록 사진을 한 장 더 찍었다. 가게 간판에는 여러 개의 커다란 단추가 매달려 있었다.

돌아오는 길에 지윤서는 꽃 시장에 들렀다. 튤립이 많았다. 두 손을 모으고 기도하는 모습 같다고, 지윤서는 생각했다. 이름을 알 수 없는 꽃들이 많았다. 이름을 알고 싶지 않았다. 예전 같았으면 반드시 꽃 이름을 물어봤을 것이다. 주인에게 꽃 이름을 듣고 몇 번이고 되뇌며 이름을 외웠을 것이다. 지윤서는 가게 앞에 늘어놓은 꽃을 물끄러미 바라보면서 계속 걸었다. 꽃이 너무 많아서 꽃 같지 않다고, 꽃이 아니라 병아리들 같다고, 지윤서는 생각했다. 풍차 모형에 달린 꽃씨가 뱅글뱅글 돌아가고 있었다.

지윤서는 꽃 시장 거리가 거의 끝나 가는 곳에서 좌판을 벌여 놓은 할머니를 보았다. 처음에는 무심코 지나칠 뻔했는데, 할머니의 모습이 인상적이었다. 얼굴에는 고랑 같은 주름이 깊이 패어 있었지만 머리카락은 이십 대처럼 까맸고, 입술에는 빨간 립스틱을 발랐다. 녹색 스웨터와 까만 치마를 입고 있었다. 모든 게 부자연스러웠고 어울리지 않았다. 다른 세계에서 이 세계로 물건을 팔러 나온 행상 같았다. 할머니는 꽃씨를 늘어놓고 꾸벅꾸벅 졸고 있었다. 지윤서는 할머니 앞에 섰다. 할머니는 여전히 졸고 있었다. 할머니의 좌판에는 여러 종류의 꽃씨가 봉투에 담겨 있었다. 지윤서는 거기서 'Basil'이라는 글씨를 보았다. 바질이라는 글씨를 보는 순간 박상훈이 떠올랐다. 바질은 박상훈과 지윤서가 자주 가던 레스토랑이었다. 이름이 바질이니까 바질은 듬뿍 넣어 주겠네요. 처음 갔을 때 박상훈이 너스레를 떨었고, 주인은 두 사람의 파스타에 바질을 듬뿍 넣어 주었다. 두 사람 다 바질의 쌉쌀한 향과 맛을 좋아했다. 일주일에 한 번은 바질에 가서 파스타를 먹었다.

"이게 바질이에요?"

지윤서가 씨앗 봉투 하나를 가리키며 물었다. 할머니가 잠에서 깼다.

"그럼, 그럼, 이게 바질이지. 이거 우리 집에서 특별히 키운 바질이야. 보통 바질이랑 달라."

"뭐가 달라요?"

"맛이 좋지. 향도 좋고, 크기도 아주 크고."

"지금 심으면 되는 거예요?"

"그럼, 지금 심으면 딱 좋지. 아무 때나 심어도 돼. 우리 바질은 아무 때나 잘 자라."

지윤서는 할머니의 말을 믿지 않았다. 바질이 얼마나 키우기 힘든 허브인지 알고 있었다. 따뜻해야 했고, 환기가 중요하며, 물 조절을 잘해야 했다. 지윤서는 바질을 키워 본 적이 있었다. 매번 이 개월을 넘기지 못하고 시들시들해져 버렸다. 할머니가 잠이 덜 깬 눈으로 지윤서를 올려다보았다. 지윤서는 삐뚤빼뚤한 글씨로 'Basil'이라고 적어 놓은 종이봉투 하나를 집었다. 5유로면 싼 게 아니었다. 호텔로 돌아가는 길에 지윤서는 봉투에 코를 대고 향기를 맡아 보았다. 종이봉투에서는 아무런 향기도 나지 않았다.

박상훈은 퇴근할 때마다 지윤서의 집을 지났다. 집으로 가는 방향이긴 했지만 십 분 정도 돌아가는 길이었다. 동네 극장에서 영화를 보거나 저녁을 먹은 날이면 지윤서를 데려다 주고 집까지 걸어서 갔다. 헤어졌다는 이유로 퇴근길을 바꿀 생각은 없었다. 우연을 핑계로 한 번쯤 지윤서를 보고 싶기도 했지만 박상훈은 그 길이 좋았다. 좁은 골목을 걸어 경사가 작은 언덕을 올라가면 사방으로 또 다른 골목길이 그물처럼 얽혀 있는 곳이었다. 박상훈은 하늘 위에서 골목들을 꼭 한번 내려다보고 싶었다. 그물은 얼마나 넓은지, 얼마나 촘촘한지 보고 싶었다. 손가락으로 골목길을 따라 선을 그어 보고 싶었다. 골목이 끝날 때쯤 두 갈래 길이 나오는데, 오른쪽으로는 지윤서의 단층집이 보였고 왼쪽으로 이십 분 정도 걸어서 언덕을 내려가면 박상훈의 집이 나왔다.

지윤서가 외국 출장 중이라는 걸 박상훈은 알고 있었다. 지윤서는 한 달 전부터 출장 준비로 정신이 없었다. 박상훈은 두 갈래 골목길을 지날 때마다 지윤서의 집을 보았다. 불은 꺼져 있었다. 집 뒤편에는 야트막한 야산이 있었는데, 집과 야산은 어둠 속에서 한 덩어리로 웅크리고 앉아 말없이 박상훈의 눈길을 마주했다. 늘 보던 집이었고, 깔깔거리며 웃고 떠들던 집이었는데, 어둠 속에서는 섬뜩했다. 웃음소리 같은 건 한 번도 새어 나가게 한 적 없다는 듯 무뚝뚝하게 웅크리고 있었다.

야산은 아무도 신경 쓰지 않는 곳이었다. 관리인도 없었고, 그곳을 산이라고 생각하는 사람도 없었다. 시내 한복판에 그런 야산이 있다는 걸 신기해하는 사람도 있었지만 곧 잊고 지냈다. 야산에는 산책길도 없고 봄마다 꽃이 흐드러지게 피는 경우도 없었다. 가시덤

불과 덩굴과 누군가 몰래 갖다 버린 쓰레기뿐이었다.

지윤서는 집 뒤에 그런 야산이 있는 걸 좋아하기도 했고 싫어하기도 했다. 그래도 도시에 이만한 자연이 있다는 게 어디야,라는 마음으로 그 집을 골랐지만 모기와 벌레에 시달릴 때면 자신의 선택을 후회하곤 했다. 머리숱 많은 사람이 펌을 하면 꼭 저런 모양이 되지 않아? 이사하던 날, 창문으로 보이는 무성한 덤불을 가리키며 박상훈에게 말했다. 응, 난 부럽다, 야. 머리숱이 적은 박상훈이 입을 삐죽거리며 말했다.

지윤서가 출장에서 돌아온 날 저녁에도 박상훈은 그 길을 걸어갔다. 불이 켜진 걸 보니 박상훈은 반가웠다. 불이 켜져 있다는 것만으로 안심이 됐다. 집 뒤의 야산도 예전보다는 조금 밝은 표정이 된 것 같다고 박상훈은 생각했다. 이별은 헤어진다는 것이고, 다시는 가까워질 수 없다는 뜻이지만 그 뜻을 온전히 받아들일 수 있을 때까지 박상훈은 지윤서를 보고 싶었다.

지윤서는 출장에서 돌아와 짐도 제대로 풀지 않고 불을 켜 둔 채 잠이 들었다. 내리 열 시간을 자고 새벽에 잠이 깼을 때 형광등이 유난히 환했다. 지윤서는 형광등 속을 들여다보았다. 너무 밝아서 안에 뭐가 들어 있는지 알 수 없었다. 눈을 감았다가 떴더니 형광등 속에서 뭔가 팔딱거리며 뛰어다니고 있었다. 빛의 그림자일 것이다. 지윤서는 눈을 감고 움직이지 않았다. 움직이지 않으니 감각이 둔해졌다. 손끝을 까딱해 보았다. 움직였다. 십 분쯤 감각이 없는 사람처럼 누워 있었다. 잠에서 깨어나는 게 이런 것이었지. 모든 감각이 천천히 현실로 돌아오는 거였지. 참 오랜만에 느껴 보는 감각이었다. 혼자라는 게 실감이 났다. 혼자 있다는 게, 혼자 살아가야 한다는 게 실감이 났다.

맞아. 혼자라는 사실을 한참 잊고 있었네. 결국 혼자일 걸 알고 있었 잖아. 예전부터 넌 알고 있었어. 결국 과정은 중요한 게 아니었어. 혼 자였고 혼자이고 앞으로 혼자일 거야. 지윤서는 가슴에서 뭔가 울컥 하는 감정을 느꼈다. 그 감정이 터지도록 내버려 두는 게 좋을지 꾹 꾹 눌러야 할지 알 수 없었다. 울고 싶지 않았다. 울고 나면 기분이 좋 아질 걸 알고 있었지만, 버릇처럼 울고 싶지는 않았다.

지윤서는 고개를 젓고 벌떡 일어나서 여행 가방을 정리하기 시작 했다. 빨래와 세제를 세탁기에 넣고 스위치를 켰다. 휴대용 파우치에 들어 있던 세면용품과 화장품을 제자리에 갖다 두고, 카메라와 휴 대전화기, 노트북컴퓨터를 충전기에 꽂았다. 회사에 가져가야 할 서 류와 단추를 가방에 넣고 나니 아침 일곱 시가 되었다. 출근을 준비 해야 할 시간이었다. 지윤서는 여행 가방 앞주머니에서 바질 봉투를 발견했다. 작고 검은 씨앗의 수를 세어 보았다. 모두 열 개였다. 열 개에 5유로라니, 완전 바가지잖아. 할머니의 모습을 떠올렸다.

지윤서는 야산으로 가서 흙을 퍼 왔다. 거칠기 때문에 생명력이 더 강할 거라고 생각했다. 길쭉한 화분에 흙을 옮겨 담고 바질 씨앗 열 개를 골고루 꾹꾹 눌러 넣었다. 물을 주고 창틀에 놓았다.

사흘이 지나자 바질 싹이 올라왔다. 바질 싹은 연두색이 아니라 검붉은 색이었다. 사흘 만에 싹을 틔운 것도 그렇고, 색도 그렇고, 평 범한 바질이 아닌 건 분명하다고 지윤서는 생각했다. 한 달이 지났 을 때는 엄청난 향이 집 안에 퍼졌다. 언제부턴가 집 안에 벌레도 사 라졌다. 파리도 날벌레도 보이지 않았다. 문을 닫아 두고 회사에 다 녀오면 집 안이 바질 향으로 가득 찼다. 향기롭긴 했지만 너무 강해 서 질식할 것 같은 기분이었다. 지윤서는 바질을 바깥쪽 창틀에다 내다 놓았다.

지윤서는 박람회 보고서와 2009년 가을/겨울 단추 컬렉션북을 준비하느라 정신없이 일했다. 10월까지 모든 일을 마쳐야 했다. 야근이 잦았고, 집에 들어오지 못하는 날도 많았다. 열심히 일했고, 모든 걸 잊기 위해 일했다. 혼자 멍청하게 누워서 형광등 보는 시간을 없애고 싶었다. 집에 들어오면 쓰러져 잤고, 일어나면 옷만 갈아입고 밖으로 나갔다.

일에 둘러싸인 채 지내던 어느 날 아침, 지윤서는 문득 바질을 떠올렸다. 아, 바질. 화분에 남은 것은 시든 줄기와 말라빠진 이파리 몇 개뿐이었다. 뿌리의 흔적도 없었다. 흙은 까맣게 변해 있었다. 지윤서는 바질이 허공으로 날아간 거라고 생각했다. 죽었다고 생각하고 싶지 않았다. 거봐, 할망구, 바질은 키우기 힘든 식물이라니까. 지윤서는 화분에 있던 흙을 창밖으로 버렸다. 창문틀에 화분을 탁탁 두드려서 여분의 흙을 모두 털어 냈다. 지윤서는 다시는 식물을 키우지 않을 거라고 다짐했다. 책임을 지고 싶지 않았다. 혼자라면, 책임질 일이 없었다.

박상훈은 매일 지윤서의 집 앞을 지났다. 하루하루 그 집을 지날 때마다 지윤서와의 거리가 조금씩 멀어질 거라고 생각했는데, 거리를 실감할 수 없었다. 멀어지는 것을 두려워하지 않으면 자연스럽게 멀어질 거라고 생각했는데, 좀처럼 거리는 벌어지지 않았다. 오히려 점점 더 가까워지는 것 같다고 생각했다. 그 길을 포기할까도 생각했지만 그럴 수는 없었다. 그렇다고 평생 헤어진 여자의 집 앞을 지나다닐 수도 없었다. 지윤서의 집이 변하고 있다는 사실을 박상훈이 알아차린 것은 헤어진 지 육 개월이 지났을 때였다.

집을 지날 때마다 이상한 냄새가 났고, 집 뒤 덤불이 커지고 있는 것 같았다. 박상훈은 처음에는 그게 마음의 문제라고 생각했다. 지윤서와의 거리를 만들기 위해 마음이 꾸며 낸 향기고, 생각이 꾸며 낸 형체라고 생각했다. 하지만 시간이 지날수록 냄새는 짙어졌고, 덤불은 커졌다. 박상훈은 지윤서의 집 쪽으로 몇 발짝 더 걸어 보았다. 육 개월 만에 처음 있는 일이었다. 집으로 좀 더 다가갔다. 다섯 걸음쯤. 지윤서의 집 대문 우편함에 야식 전단지가 꽂혀 있었다. 집 옆의 좁은 골목은 야산으로 가는 지름길이었다. 아무도 그 길로 다니지 않았다. 박상훈은 골목 안을 들여다보았다. 골목은 깜깜했다. 형체도, 그림자도, 아무것도 보이지 않았다. 그 안으로 발을 들여놓기가 겁났다. 박상훈은 골목으로 고개를 들이밀었다. 골목에서 뭔가 썩는 냄새가 났다. 짙은 풀 냄새 같기도 했다. 박상훈은 어둠 속으로 들어가고 싶지 않았다. 발이 떨어지지 않았다.

박상훈은 다음 날 아침 지윤서의 집 쪽으로 갔다. 밝을 때 다시 한 번 야산을 확인하고 싶었다. 자신이 잘못 본 게 아니라는 걸 확인하고 싶었다. 회사에 전화를 걸어 외근을 하고 오후에 들어가겠다고 했다. 다시 골목 앞에 섰다. 골목은 지윤서의 집과 옆집 사이에 끼어 있었고, 한 사람이 겨우 지나다닐 수 있을 정도로 좁았다. 골목 끝이 야산의 시작이었다. 골목에서 나던 풀 냄새는 지난밤보다는 덜했지만 여전히 짙었다. 언젠가 그 골목을 걸었던 기억이 났다. 지윤서의 집 창문에 널어 두었던 빨래가 떨어져 주우러 갔었다. 그때와는 달랐다. 골목에서 그늘의 냄새가 났다. 우거져 숲이 된 공터의 그늘에서 맡을 수 있을 법한 습한 냄새가 났다.

야산은 덤불로 꽉 차 있었다. 둥근 모양의 커다란 덤불 여섯 개가 거대한 바위처럼 야산 입구를 막고 있었다. 덤불의 크기는 어릴 때 놀이터에서 자주 타고 놀았던 지구 모양 기구와 비슷했다. 박상훈의 키보다 훨씬 컸고, 지름이 삼 미터는 넘어 보였다. 수만 개의 가지가 이리저리 얽히고 가시와 이파리와 줄기와 뿌리와 덩굴이 제멋대로 휘감겨 있었다. 덤불 때문에 더 이상 야산으로 올라갈 수 없었다. 여섯 개의 덤불은 야산을 호위하는 무사들처럼 빈틈을 보이지 않았다. 박상훈은 바닥에 떨어져 있던 나무 막대기로 덤불을 옆으로 밀어 보았다. 덤불이 슬쩍 물러서는가 싶었으나 곧 다른 가지들이 어디선가 나타나 그 자리를 대신했다. 박상훈은 두 손으로 나무 막대기를 꽉 붙들고 힘껏 밀었다. 두둑, 나무 막대기가 부러졌다.

박상훈은 덤불 속을 들여다보았다. 덤불은 수백 수천 겹이었다. 한낮이었는데도 속이 들여다보이지 않았다. 박상훈은 덤불의 중심을 보기 위해 수풀에다 고개를 바싹 붙였다. 더 깊이 보기 위해 두 손으로 옆을 가렸다. 짙은 향이 코를 찔렀다. 풀 냄새였지만 너무 짙어서 뭔가 썩는 냄새처럼 느껴졌다. 날카로운 나뭇가지들이 박상훈의 얼굴을 긁었다. 덤불의 중심에서 누군가 자신을 바라보고 있는 것 같다는 느낌이 들었다. 누군가 바깥을 내다보고 있었다. 중심은 어두워서 한없이 깊어 보였다. 누군가 그 속에서 튀어나와 자신의 목을 끌어당기는 장면을 상상했다. 이미 끌어당기고 있는지도 몰랐다. 몸이 기울고 있었다.

박상훈은 덤불 속을 상상할 수 없었다. 어둠 속에서 아가리를 벌린 짐승이 살고 있을 수도 있었고, 바닥에서 팔뚝만 한 뱀이 펄떡거리면서 튀어 오를 수도 있었고, 수십만 마리의 거미가 수풀 곳곳에 줄을 친 채 먹이를 기다리고 있을지도 몰랐다. 수많은 상상이 박상훈의 머리를 하얗게 만들었다.

덤불은 야산에서 아래쪽으로 내려오고 있었다. 야산에서 뻗어 나온 덩굴이 지윤서의 집까지 닿았다. 덩굴은 벽을 타고 올라 지윤서의 집 창문을 덮고 있었다. 덩굴은 방충망에 찰싹 달라붙어 있었다. 박상훈은 창문 가까이로 다가가 덩굴을 자세히 살펴보았다. 덩굴에는 작은 촉수 같은 게 셀 수 없을 정도로 많이 달려 있었는데, 그 촉수가 빨판 같은 역할을 하며 벽에 붙어 있는 것이었다. 박상훈은 두 손가락으로 덩굴을 떼어 보았다. 꿈쩍도 하지 않았다. 박상훈이 손을 대는 순간 날카로운 촉수가 가시처럼 돋아났다. 잔뜩 화가 난 것처럼.

박상훈은 구청에 전화를 걸어서 담당자를 찾았다. 장소를 설명하고 이유를 밝혀도 담당자를 찾는 데 시간이 한참 걸렸다. 수화기 너머에서 서로에게 이유를 설명하고 어수선하게 책임자를 찾는 목소리들이 박상훈에게 그대로 전달됐다. 전화를 받았던 직원이 누군가에게 연결해 주겠다며 대기 상태로 돌렸는데, 전화가 끊어졌다. 박상훈은 신경질이 났다. 다시 전화를 걸어 담당자를 찾았다. 이름을 물어보지 않아 처음에 전화를 받았던 여자인지 아닌지 확인할 길이 없었다. 다시 전화가 어디론가 연결되었고, 이번에는 굵직한 목소리의 남자가 전화를 받았다. 박상훈은 장소를 설명하고 상황을 묘사했다.

"거긴 우리 구청 관리 구역이 아닌데요."

"그럼 누가 관리하는데요?"

"교육청 부지니까 거기서 하겠죠."

"교육청 어디에 물어보면 됩니까?"

"그건 교육청에다 물어봐야죠."

"정말 이딴 식으로 일할 겁니까?"

“이딴 식이라뇨?”

“지금 책임을 미루고 있잖아.”

“이보세요, 거기 나무 좀 자랐다고 그걸 누가 책임져요. 나무는 자라라고 심어 놓은 거 아닙니까.”

“당신 뭐 하는 사람이야?”

“그냥 소리 지르는 겁니까, 아니면 정말 내가 뭐 하는 사람인지 궁금한 겁니까?”

“정말 사람 돌게 만드네, 이 사람이.”

전화 통화를 하던 구청의 자연환경산림관리과의 차우영은 옆 책상에서 입술을 일그러뜨리며 소리 없이 신경질을 내는 과장의 얼굴을 보고 더 이상 대꾸를 하지 않았다. 과장이 손가락으로 화이트보드를 가리켰다. 거기에는 ‘전화를 친절하게 받읍시다’라고 쓰여 있었다. 차우영이 직접 쓴 것이었다. 차우영은 조용한 목소리로 말했다.

“네, 제가 가서 한번 확인해 보겠습니다.”

“언제 오실 겁니까?”

“언제요? 글쎄요. 제가 일을 좀 보고 나서 가면…… 아, 아닙니다. 지금 가야겠네요. 지금 갑니다. 출동하겠습니다.”

“여기서 기다릴 겁니다.”

“기다린다고요?”

“기다릴 겁니다. 언제 오시나 보죠.”

“네, 잘 기다리십시오.”

차우영은 전화를 끊고 과장의 눈치를 살폈다. 과장은 말없이 한숨을 쉬었다.

“너 도대체 왜 그러는데?”

"제가 뭐가요?"

"뭐가요,라니, 계속 전화 그따위로 받을 거야?"

"아니 우리 구역 일도 아닌데 네, 네, 네, 그리고 굽실굽실해요?"

"누가 굽실대래? 친절하게 할 수 있잖아. 제가 정말 성심성의껏 도와 드리고 싶습니다만, 안타깝게도 문의하신 구역은 교육청 부지고, 그쪽에서 관리하도록 되어 있습니다. 교육청 전화번호는 어쩌구저쩌구입니다. 그럼 간단하잖아."

"이 자식이 반말하잖아요."

"됐어. 너 이번에도 또 민원 받으면 사표 쓸 생각해. 빨리 가서 해결해."

"아이씨, 우리 구역 아니잖아요."

"인마, 처음부터 친절하게 했으면 교육청으로 바로 전화했을 거 아냐."

"우리가 교육청 부지까지 신경 써야 됩니까?"

"야 인마, 교육청은 우리 구청 소속 아니냐? 넓게 보란 말이야, 넓게. 빨리 안 가?"

"지금도 관리 구역 되게 넓거든요. 더 넓게 보면, 과장님, 우리 과로사 할지도 몰라요."

과장이 대꾸하지 않자 차우영은 가방을 챙겨 사무실을 나섰다. 오전에는 서류 업무를 보고 오후에 현장으로 나갈 생각이었기 때문에 차우영은 하루 일정을 모두 바꿔야 했다. 운전하면서 머릿속으로 일과를 조정했다. 몇 개가 뒤엉켰다. 차우영은 혼잣말로 욕을 했다.

차우영은 공영 주차장에 차를 세우고 걸어서 언덕을 올라갔다. 지윤서의 집을 쉽게 찾을 수 없었다. 골목과 골목에 주소가 얽혀 있었다. 바람이 선선했지만 목적지에 도착했을 때 차우영의 점퍼 속 티셔츠는 흠뻑 젖어 있었다.

"전화 주셨던 분이에요?"

집 앞에 앉아 있던 박상훈에게 차우영이 물었다. 박상훈이 고개를 끄덕였다. 차우영의 건장한 몸을 보고 박상훈은 약간 기가 죽었다.

"빨리 오셨네요."

박상훈은 엉덩이를 털며 일어섰다. 손가락으로 골목을 가리켰다.

"여기 살아요?"

"아뇨. 살지는 않고, 여기 사는 사람을 아는 사람입니다."

"아, 그러시구나. 여기 사는 분은요?"

"그건 왜요?"

"아니, 작업을 하려면 말씀을 드려야죠. 양해도 구하고, 확인도 하고."

"지금은 회사에 있습니다."

"일단 가 보시죠. 뭐가 어떻게 얼마나 자랐다는 건지……."

차우영도 자신의 눈을 믿지 못했다. 이런 거대한 덤불은 난생 처음이었다. 박상훈은 자신의 말이 맞지 않냐는 듯한 표정으로 옆에 서 있었다. 차우영은 야산 올라가는 길을 막고 선 여섯 개의 덤불을 꼼꼼하게 살폈다. 어디에도 빈틈이 없었다. 덤불 뒤에 또 뭐가 있는지 알 수 없었다. 우선 규모부터 확인해야 했다.

차우영은 가방에서 오십 센티미터 정도의 작업용 칼을 꺼냈다. 가장 왼쪽에 있는 덤불은 오래된 담벼락에 바싹 달라붙어 있었는데, 차우영은 그 사이를 노렸다. 담에서 덤불을 떼어 내면 길이 열릴 것이라고 생각했다. 칼로 내려치자 나뭇가지들이 메마른 비명을 지르면서 바닥으로 떨어졌다. 파릇파릇한 이파리들이 허공에 날렸다. 차우영은 칼로 계속 내리쳤다. 덤불은 전혀 줄어들지 않았다. 담벼락에 붙어 있던 것들은 떨어져 나갔지만 틈은 생기지 않았다. 뒤쪽에 있던 덤불이 앞쪽으로 몰려나왔고, 그 덤불을 없애면 또 다른 덤불이 그 자리를 대신했다.

"에이 씹할, 뭐 이따위 것들이 다 있어!"

차우영은 소리를 지르면서 칼을 더 세게 내리쳤다. 헝클어진 실뭉치를 잡아 뜯었을 때처럼 덤불은 더 헝클어졌고, 제멋대로가 됐다. 처음에는 둥근 모양이었는데, 칼로 내려친 왼쪽 덤불은 시간이 지날수록 삐죽삐죽한 모양새로 변했다.

박상훈은 멀찍이 떨어져서 차우영이 덤불을 내려치는 모습을 지켜봤다. 부서진 나뭇가지와 이파리 들이 사방으로 튀었다. 풀 냄새가 짙게 퍼졌다. 박상훈이 알고 있던 풀 냄새와 완연히 달랐다. 꽃향기나 허브의 향이 아니었다. 그보다 훨씬 짙은 풀의 냄새였다. 바질 냄새와 비슷하지만 바질과는 완전히 다르다고, 박상훈은 생각했다. 박상훈은 냄새 때문에 뒤로 물러섰다.

"저기요."

박상훈은 깜짝 놀라서 뒤를 돌아보았다. 젊은 여자가 거기 서 있었다.

"네?"

"혹시, 이 동네 사세요?"

"왜요?"

"여기 사는 여자분 아세요?"

"왜 그러시는데요?"

"전 여기 사는 여자분이랑 같은 회사에 다니는데요. 아침부터 계속 연락이 안 돼서 찾아와 봤거든요."

"지윤서 씨랑 연락이 안 된다고요?"

"어, 윤서 언니 아시네요?"

"벨 눌러 보셨어요?"

"지금 눌러 봤는데 반응이 없네요. 오늘 전시회 첫날이라 만나서 같이 가기로 했는데…… 무슨 일이 생긴 걸까요?"

지윤서의 직장 동료 허미연은 박상훈의 눈치를 살폈다. 박상훈이 누구인지, 지윤서와 어떤 관계이기에 모든 걸 알고 있는지 궁금했다.

박상훈은 철문을 두드렸다. 안에서는 아무런 대꾸도 없었다. 박상훈의 머릿속에 선명한 그림 하나가 떠올랐다. 쓰러진 약통, 쓰러진 지윤서, 헝클어진 방 안. 박상훈은 주방에 난 작은 창문 쪽으로 뛰어갔다. 거긴 열어 놓을 때가 많았다. 하지만 닫혀 있었다. 박상훈은 골목으로 뛰었다. 덤불이 있는 뒤쪽 창문이 열려 있을 확률은 별로 없었지만 남은 창문은 그게 마지막이었다. 뒤쪽 창문까지 잠겨 있다면 열쇠 수리공을 불러 문을 따야겠다고 생각했다. 창문은 열려 있었다.

"어, 아저씨, 뭐하시는 거예요? 남의 집에 함부로 들어가면 안 되죠."

땀범벅이 된 채 벽에 기대 쉬고 있던 차우영은 창문을 넘어가려고 기어오르는 박상훈을 향해 소리 질렀다. 박상훈은 대꾸하지 않고 계속 창문을 넘기 위해 안간힘을 썼다. 차우영은 박상훈의 다리를 잡고 끌어내렸다.

"뭐하시는 겁니까? 아는 사람 집이라도 이러시면 안 되죠."

"사람이 죽어 가고 있을지도 몰라요. 들어가서 구해야 합니다."

“누가요? 누가 죽는데요?”

“제가 아는 사람이요.”

차우영은 창문에 얽혀 있는 가지와 이파리를 칼로 뜯어내고, 창문틀을 붙잡더니 단 한 번 만에 창문을 넘었다. 차우영은 방과 거실과 욕실을 뛰어다니며 죽어 가고 있는 사람을 찾았다. 아무도 없었다.

“아무도 없는데요.”

“문 열어 봐요. 내가 들어가서 볼게요.”

차우영이 문을 열었고, 박상훈이 집 안으로 들어갔다. 방 안에서 바질 향이 났다. 창문을 타고 들어온 덩굴이 바닥을 기고 있었다. 방 안은 이파리와 나뭇가지로 어질러져 있었다. 창문에 걸린 덩굴이 바람에 꿈틀거렸다.

책상 위에는 작업의 흔적이 남아 있었다. 단추 수십 개와 잡지가 어지럽게 널려 있었다. 죽음의 흔적은 없었다. 죽음을 준비한 흔적도 보이지 않았다.

허미연이 집 안으로 따라 들어왔다. 허미연은 부동산 중개소의 소개로 집을 구경하러 온 사람처럼 괜히 찬장을 열고 옷장을 열고 신발장을 열어 보았다. 마치 거기에 지윤서가 숨어 있을 수도 있다고 생각하는 사람처럼. 차우영은 자신이 신발을 신고 있다는 사실이 멋쩍었다. 까치발을 하고 밖으로 나왔다. 허미연은 문간에 놓여 있던 가방 하나를 집어 들고 변명처럼 말했다.

“오늘 전시회 때문에 가방이 필요해서요.”

허미연이 명함을 꺼냈다. 누굴 줘야 할지 망설이다 박상훈에게 건넸다. 차우영은 아무 일 없었다는 듯 다시 골목을 지나 덤불이 있는 쪽으로 갔다.

박상훈은 지윤서에게 전화를 걸었다. 회사 사람들이 벌써 수십 번 전화를 했을 것이다. 그래도 혹시, 액정 화면에 박상훈이라는 이름이 뜨면, 받지 않을까. 신호가 오랫동안 계속됐다. 신호가 갔지만 지윤서는 전화를 받지 않았다.

차우영이 다시 칼로 덤불을 내리쳤다. 덤불은 여전히 틈을 내주지 않았다. 처음에는 한쪽 끝부터 차근차근 덤불을 잘라 내겠다던 차우영이 이제는 눈에 보이는 대로 칼을 휘두르고 있었다. 박상훈이 보기에 덤불은 점점 크게 변하고 있었다. 때리면 때릴수록 부풀어 오르기라도 하는 듯이, 칼로 가지를 베어 낼수록 더 많은 가지가 순식간에 자라는 듯.

박상훈은 방 안에 널브러져 있던 덩굴이 마음에 걸렸다. 집에 없다면, 갈 곳이 없었다. 어젯밤까지 연락이 됐다면 덩굴은 오늘 아침에 갑자기 나타났다는 말인데, 그것도 납득할 수 없었다. 박상훈은 덤불 속을 들여다보았다. 지윤서가 그 속에 들어 있는 게 아닐까. 어젯밤 갑자기 부풀어 오른 덤불도 이상했고, 덩굴도 이상했고, 연락이 안 된다는 것도 이상했다.

"저도 좀 도울게요."

박상훈이 차우영 곁으로 가서 말했다. 차우영이 박상훈에게 칼 하나를 건넸다. 두 사람은 십 분 동안 쉬지 않고 덤불을 내리쳤다. 덤불은 전혀 줄어들지 않았다. 차우영이 숨을 헐떡이며 박상훈을 불렀다.

"아무래도 안 되겠어요. 이 새끼들 무슨 가시가 이렇게 많아. 괜찮아요? 운동도 잘 안 하시는 분 같은데 몸살 나시겠네."

"괜찮아요. 뒤쪽으로 가는 길은 없을까요?"

"교육청으로 들어가는 길이 있긴 한데, 거긴 지금 못 들어가요. 거기 들어가려면 공문서 발송해야 되거든요."

"공문서요? 지금 사람이 사라졌는데, 공문서 때문에 못 간다고
요?"

"아저씨, 정확히 합시다. 저는 사람을 찾는 게 아니에요. 여기 이
야산에 문제가 있다고 해서 온 거지. 사람을 찾는 거면 경찰한테 가
셔야죠. 여자 친구예요?"

"아뇨. 아는 사람이에요."

"에이, 아닌 거 같은데요. 여자 친구도 아닌데 그렇게 열심히 찾을
리가 없지. 여자 친구 맞죠?"

"헤어졌어요."

"아, 헤어진 여자 친구. 어쩐지 그런 분위기시더라. 제가 충고 한마
디만 할까요? 세상에는 세 종류의 사람이 있어요. 아는 사람, 모르는
사람, 헤어진 사람. 그중에서 제일 피해야 할 사람이 헤어진 사람이
에요. 왜 그런지 알아요?"

"됐어요."

"됐다니까 그만합니다만, 거 남자가 꾸질꾸질하게 헤어진 여자 친
구 집이나 감시하고 그럽니까."

"그런 거 아닙니다."

"아니라니까, 그만하긴 합니다만……."

"됐다고요."

"네, 네. 저는 산림관리과에 전화해서 지원 요청할 테니까 그쪽은
알아서 하세요. 헤어진 여자 친구를 찾아보시든지 말든지."

차우영은 전화기를 들고 골목 밖으로 나갔다. 박상훈은 덤불 가
까이 가서 다시 그 속을 들여다보았다. 많은 것이 어른거렸지만 제

대로 보이는 것은 없었다.

"윤서야."

박상훈은 소리를 질렀다. 덤불이 소리를 다 집어삼켰다. 박상훈은 자신이 잘못 아는 것이라고, 윤서가 덤불에 갇혀 있을 리 없다고 생각하면서도 덤불을 떠날 수 없었다. 지윤서가 덤불에 들어갈 이유도, 덤불에 들어갔다 해도 빠져나오지 못할 이유도, 빠져나오지 못한다 해도 이렇게 조용할 이유가 없었다. 지금 상황에 어울리는 이유가 없었지만 눈앞에 떠오르는 것은 덤불에 갇혀서 도움을 기다리고 있을 지윤서의 얼굴이었다. 차우영이 전화하는 소리가 크게 들렸다.

"과장님, 그 정도가 아니라니까요. 사진 보내 드렸잖아요. …… 아, 진짜 못 믿으시네. 제가 삼십 분을 내리쳤는데 꿈쩍도 안 해요. …… 제 생각엔 중국에서 넘어온 변종 같은데, 덩치가 정말 장난이 아닙니다. 전기톱 두 대만 보내 주세요. 아, 장난 아닙니다, 정말. …… 네, …… 알았습니다. 제가 책임질게요, 두 대만 보내 주세요. 신형으로요. 얼마나요? 네, 여기서 기다려야죠 뭐."

차우영은 전화를 끊고 전화기에다 욕을 해 댔다. 박상훈은 차우영을 보면서 좀 전에 자신의 전화를 끊고도 저런 욕을 했을 것이라는 생각을 했다. 차우영이 덤불이 있는 쪽으로 다시 갔다.

"두 시간은 기다려야 할 것 같은데요. 기계가 지금 다 나가 있다네요."

"두 시간요?"

"아저씨, 기계 예약 안 하면 쓰지도 못해요. 저쯤 되니까 과장님이 사정을 봐주시는 거죠."

박상훈은 그냥 서 있을 수가 없었다. 박상훈은 자신의 행동을 후회했다. 만약 어젯밤에 어둠 속을 뚫고 골목 안으로 들어갔으면 어떻게 됐을까. 뭔가 바뀌었다는 걸 깨닫고 어젯밤 신고를 했다면 어떻게 됐을까. 아무도 와 주지 않았을 거야. 박상훈은 자신을 위로했다. 하지만 바뀌는 건 없었다. 시간이 지날수록 조급해졌다. 뭔가 일이 생겼다면 모든 게 자신 때문일 거라고 생각하기 시작했다.

박상훈에게는 이상한 믿음이 있었다. 걱정을 많이 하면 할수록 아무 일도 일어나지 않는다는. 사건은 언제나 갑자기, 준비하지 않을 때만 벌어졌다. 걱정하면 아무 일도 일어나지 않았다. 그런 믿음이 생기자 걱정과 후회를 자주 하는 자신이 멍청하게 생각되지는 않았다. 박상훈은 자신의 걱정 때문에 지윤서에게 아무 일도 일어나지 않을 거라고 생각하기 시작했다.

"아이고, 한 대 피우고 눈이나 좀 붙여야겠네."

차우영은 덤불이 바라보이는 지윤서의 집 뒷담에 등을 기대고 담배를 꺼내 물었다. 땀 때문에 하얀색 티셔츠의 색이 바뀌어 있었다. 차우영은 반팔 티셔츠의 소매를 말아서 걷어 올렸다. 어깨 근육이 훤히 드러났다. 박상훈은 차우영의 넓은 어깨가 부럽다는 생각을 했다.

박상훈은 앉아 있을 수 없었다. 두 시간 동안 뭘 해야 좋을지 알 수 없었다.

"저는 교육청 쪽으로 해서 들어가 보고 올게요."

"거긴 문 안 열어 준다니까요."

"여기 있어도 할 일이 없잖아요."

"그럼 집에 들어가 보세요. 여긴 제가 다 알아서 할 테니까요."

"아뇨, 괜찮습니다."

"덤불 속을 확인해 보고 싶다 이거죠. 그러면 그냥 앉아서 쉬세요.

아무 일 없을 거예요.”

“그쪽이나 쉬세요. 전 뭐라도 해야겠어요.”

“내 참, 영웅 나셨네. 그럼 이거라도 가져가세요. 교육청으로는 들어가지 마시고, 다른 길이 있나 한번 살펴보시든지요. 문제 생기면 이거 누르고 얘기하시면 됩니다.”

차우영이 박상훈에게 무전기를 건넸다. 박상훈은 무전기를 호주머니에 넣고 칼을 쥔 채 골목을 나섰다. 박상훈은 전화기를 꺼내서 지도 프로그램을 실행시켰다. 야산으로 가는 또 다른 길을 확인할 생각이었다. 하지만 지도에는 야산의 자취가 없었다. 지도 속에서 거긴 공터였다. 빈자리여서 가는 길을 찾을 수 없었다. 야산으로 가려면 어느 집인가의 담을 넘어서 가야 했는데, 잘못하다간 도둑으로 오해받기 십상이었다.

박상훈은 교육청으로 들어가서 건물 뒤 언덕으로 올라갔다. 지키는 사람은 없었지만 야산으로 올라가는 길에는 철망이 둘러쳐져 있었다. 박상훈은 철망을 자세히 살폈다. 철망은 보수공사를 하지 않은 상태여서 잘 찾아보면 어딘가 빈틈이 있을 것 같았다. 덤불의 빈틈을 찾는 것보다 철망의 빈틈을 찾는 게 쉬웠다. 박상훈은 구멍이 난 철망을 손으로 우그러뜨리고 기어들어 갔다.

“교육청 뒷문으로 들어왔어요. 제가 좀 둘러볼게요.”

“그냥 몰래 들어가셨다고요? 걸리면 골치 아파질 텐데. 걸려도 그냥 혼자 들어간 걸로 하세요. 우리는 모르는 겁니다.”

박상훈은 대꾸하지 않았다. 야산의 꼭대기에 가까워지자 그늘이 시작됐다. 꼬불거리며 위로 솟은 소나무가 만들어 낸 그늘이었다. 소나무들이 박상훈을 내려다보았다. 발에 자꾸만 뭐가 걸렸다. 박상훈은 몇 번이나 넘어질 뻔했다. 덩굴이 점점 많아지더니 지윤서의 집에서 본 것 같은 덤불이 다시 나타났다. 크기 역시 비슷했다.

박상훈은 덤불이 만든 벽을 따라 걸었다. 빈틈이 없었다. 나뭇가지 하나가 한 명의 병사라면 이건 수백만 대군이 겹겹이 둘러싼 거나 다름없었다. 게다가 가시 돋친 날카로운 가지들이 벽을 만들고 있다. 박상훈은 벽을 돌면서 칼로 덤불을 툭툭 건드렸다. 건드릴 때마다 소리가 났다. 덤불 안쪽에서 뭔가 후드득 움직였다. 뭐야, 살아 있는 건가? 덤불은 무언가를 보호하기 위해 억세게 버티고 있는 것 같았다. 박상훈은 덤불 아래에서 콘크리트 파이프 하나를 발견했다. 파이프는 덤불의 중심 쪽으로 길게 뻗어 있었다.

박상훈은 무릎을 꿇고 콘크리트 파이프 속을 들여다보았다. 끝이 보이지 않는 어둠이 있었다. 깊이를 알 수 없었다. 어둠의 한가운데 더 깊은 어둠이 있었다. 무전기 끝으로 콘크리트 파이프를 툭 건드려 보았다. 텅, 하고 속이 빈 소리가 났다. 발이 떨어지지 않았다. 파이프 속에 뭐가 있을지, 파이프 끝이 어디로 연결되어 있을지 알 수 없었다. 박상훈은 뒤로 물러서려다 어젯밤의 자신을 떠올렸다. 여기서 돌아섰다가는 또 후회하게 될 것이다. 어둠 속으로 들어가지 않고 시간을 허비한 걸 후회하게 될 것이다. 박상훈은 파이프 속으로 기어들어 갔다.

차우영은 벽에 기댄 채 잠이 들었다. 두 팔을 무릎에 얹고, 고개를 떨어뜨린 자세였다. 곧 태양이 정수리를 비출 시간이었다. 가을이었지만 여전히 해가 따가웠다. 덩굴 한 줄기가 그늘에서 뻗어 나와 차우영에게 다가가고 있었다. 그것은 뱀처럼 흐느적거리거나 이리저리 비틀거리지 않고 곧장 차우영을 향해 다가갔다. 덩굴에는 이파리가 여러 개 달려 있었고, 이파리 아래에 촘촘한 촉수가 뻗어 나와 있었다. 언뜻 보면 지네 같은 절지동물이 천천히 기어 나오는 모습 같았다. 첫 번째 덩굴이 정찰을 끝냈다는 듯 덩굴 몇 줄기가 더 기어 나왔다. 다섯 개의 덩굴이 천천히 차우영에게 다가갔다. 덩굴은 천천히 차우영의 몸을 기어올랐다. 덩굴 두 줄기는 차우영의 발목을 감쌌고, 나머지 줄기는 무릎을 타고 팔까지 올라갔다. 차우영은 아무것도 느끼지 못했다. 덩굴은 조심스럽게 움직였다. 덩굴 하나는 몸을 곧추세워 차우영의 얼굴 쪽으로 향했다.

덩굴의 이파리가 부드럽게 차우영의 얼굴을 감쌌다. 차우영은 눈을 떴다. 눈앞에 있는 이파리의 실체를 확인하는 순간, 그는 곧바로 정신을 잃었다. 덩굴 두 개는 발목을 붙들었고, 덩굴 두 개는 차우영의 허리를 단단히 감았다. 차우영의 몸이 덤불 속으로 천천히 끌려 들어갔다. 굳건하게 닫혀 있던 덤불이 열리며 길을 만들었다.

박상훈은 어둠 속에서 눈앞을 가로막는 가시 돋친 덩굴을 쥐어뜯었다. 벌레에게 물릴 때처럼 손바닥이 따끔했다. 바닥에는 아무것도 없었지만 파이프 위쪽은 덩굴이 빼곡하게 들어차 있었다. 박상훈은 손을 뻗어서 잡히는 대로 쥐어뜯었다. 손바닥이 끈적거렸다. 혀로 핥아 보았다. 피 맛이 났다. 계속 전진했다. 목덜미에 덩굴이 들러붙었다. 누군가 귀와 목을 물어뜯는 것 같았다. 박상훈은 고개를 흔들었다. 떨어지지 않았다. 차가운 이파리들이 목을 찰싹찰싹 두드렸다. 손바닥이 따끔거렸다. 파이프 위쪽에 난 작은 구멍으로 햇살이 잠깐 들었다가 다시 어두워졌다. 어느 순간 덩굴 덩어리가 앞을 가로막았다. 뜯어서 해결할 수 있는 정도가 아니었다. 다리에 경련이 일었다.

"이런 씨발 새끼들."

　박상훈은 저도 모르게 욕을 내뱉었다. 오랜만에 해 보는 욕이었다. 일단 욕을 하고 나자 더 심한 욕을 해 주고 싶었다. 제 앞을 틀어막은 덩굴을 향해 욕을 내뱉고 싶었다. 멍청한 자신을 향해 욕을 하고 싶었다.

　"씨팔, 해보자 이거지, 응? 누가 이기나 해보자 이거지? 그래, 찔러 봐, 찔러 보라고. 씨팔, 내가 돌아갈 거 같아? 응?"

　욕을 할수록 몸에 힘이 들어갔다. 박상훈은 고개를 숙이고 몸을 둥글게 만들고 다리에 힘을 주며 밀어붙였다. 반항하는 덩굴의 힘이 만만치 않았다. 가지와 이파리 들이 거세게 저항했다. 덩굴은 스펀지처럼 박상훈의 힘을 흡수했다. 가지와 가시 들이 박상훈의 얼굴을 툭툭 건드렸다. 가지들은 여러 겹으로 쌓이면서 박상훈의 힘을 삼켰다. 박상훈은 욕을 하고 소리를 지르면서 밀어붙였다. 덤불이 뒤로 물러나는 것 같았지만 완전한 후퇴는 아니었다. 덩굴이 뒤로 조금씩 밀렸다. 박상훈은 계속 밀어붙였다. 입에서 나올 수 있는 모든 소리가 흘러나왔다. 힘이 빠지는 걸 느꼈지만 멈출 수 없었다. 힘을 빼면 덤불이 스프링처럼 튀어 나오며 자신을 원래의 자리로 돌려보낼지 몰랐다. 이파리 하나가 코끝에 붙었다. 장난을 치는 것처럼 박상훈의 코끝을 간질였다. 재채기가 날 것 같았다. 코로 바람을 불었다. 이파리는 좀처럼 떨어지지 않았다. 박상훈의 몸에서 조금씩 힘이 빠지고 있었다.

　차우영은 덤불 속으로 끌려가면서 잠깐잠깐 정신이 들었다. 힘은 줄 수 없었지만 생각은 할 수 있었다. 덤불 사이로 하늘이 보였다. 덤불들이 구경하듯 차우영을 내려다보았다. 흙바닥은 우둘투둘해서 등이 계속 긁히는데도 차우영은 고통을 느끼지 못했다. 소리가 들렸다. 덤불 사이에서 이파리들이 빠른 속도로 움직이며 벌레 우는 소리를 냈다. 차우영은 그게 박수 소리 같다고 생각했다. 차우영은 이를 악물었다. 정신만 차리면 된다. 정신을 차리면 감각이 돌아올 거라고 믿었다. 덤불은 빠른 속도로 길을 열었고, 차우영을 끌고 가는 덩굴의 속도도 빨라졌다.

차우영은 눈앞에 펼쳐진 광경을 믿을 수 없었다. 차우영이 끌려간 곳은 지름이 삼 미터 정도 되어 보이는 작은 공터였는데, 한쪽 구석에 여자 한 명이 누워 있었다. 여자의 몸 위에는 이파리가 가득 덮여 있었다. 차우영은 그 여자가 지윤서라는 사실을 직감으로 알았다.

지윤서 주위로 키가 일 미터쯤 되어 보이는 괴식물들이 우두커니 서 있었다. 괴식물들은 차우영을 구경하고 있었다. 차우영을 끌어들였던 덩굴은 괴식물과 연결되어 있었다. 괴식물은 마흔 그루도 넘었고, 좁은 자리에 촘촘하게 붙어 있었다. 서로 얽혀 있었고, 뿌리가 하나뿐인 것처럼 보이기도 했다. 차우영 때문에 움직임을 멈췄던 괴식물이 물이 끓는 듯한 소리를 내며 다시 움직였다. 차우영은 누워서 그 모습을 지켜보았다. 괴식물은 조직적으로 움직였다. 머리와 다리 쪽의 괴식물이 지윤서가 움직이지 못하도록 고정시켰고, 나머지 괴식물이 줄기를 뻗어서 지윤서의 몸을 휘감았다. 괴식물의 이파리에서 촘촘한 가시가 돋아나더니 그게 빨판이 되어 지윤서의 몸에 붙었다. 지윤서는 티셔츠와 트레이닝 바지를 입고 있었는데, 옷은 이미 갈기갈기 찢겨져 있었다. 가슴이 드러났고, 허벅지에는 긁힌 상처가 선명했다. 차우영은 뭔가 해야 한다고 생각했지만 몸이 움직이지 않았다.

괴식물은 지윤서의 몸에 빨판을 붙여 게걸스럽게 모든 걸 빨아들이고 있었다. 지윤서는 의식을 잃은 상태였다. 얼굴은 핏기 없이 하얬고 볼은 옴폭하게 패었다. 괴식물이 빨판을 떼면 지윤서의 몸에서 작은 핏줄기가 분수처럼 솟았다.

이건 마치 빨대 같다고, 차우영은 생각했다. 식물이 아니라 동물 같았다. 줄기는 해바라기보다 두꺼웠고, 아래로 늘어진 이파리는 동물의 팔다리를 보는 것 같았다. 차우영의 몸에 서서히 감각이 돌아왔다. 괴식물의 모든 관심이 지윤서에게 집중되어 있었다. 지윤서의 모든 걸 빨아들이고 나면 차우영의 몸으로 괴식물이 옮겨 붙을 것이었다. 차우영은 누운 채 손가락을 까딱해 보았다. 움직였다. 차우영은 두 발을 힘껏 당겼다. 덩굴이 끌려왔다. 두 팔로 다리에 얽힌 덩굴을 뜯었다. 손바닥이 아팠다. 덩굴 몇 개가 차우영의 얼굴로 달려들었다. 차우영은 그게 자신을 마취시켰음을 알았다. 차우영은 왼손으로 얼굴을 막고, 오른손을 마구 휘저었다.

박상훈은 콘크리트 파이프 안에서 마지막 힘을 다해 온몸을 밀었다. 야, 이, 개새끼들아, 욕을 하면서 밀고 나갔다. 병마개가 빠지듯 덤불이 통째로 파이프에서 빠져나가며 박상훈도 아래로 굴러떨어졌다. 거기에서 차우영이 손을 젓고 있었다. 차우영도 박상훈을 보았다.

"칼, 칼 줘 봐요."

박상훈이 차우영에게 칼을 건넸다. 차우영은 자신의 얼굴로 달려드는 덩굴을 칼로 내리쳤다. 덩굴이 하얀 수액을 뱉으면서 잘려 나갔다. 덩굴이 모두 사라졌는데도 차우영은 계속 허공에 대고 칼을 휘둘렀다. 박상훈은 뒷걸음질하다 누워 있는 지윤서를 발견했다.

"윤서야!"

박상훈은 지윤서의 팔을 잡아당겼다. 꿈쩍도 하지 않았다. 박상훈이 팔을 잡아당기는 중에도 괴식물은 지윤서의 몸에서 계속 뭔가를 빨아들이고 있었다. 박상훈은 발로 괴식물의 덩굴을 걷어 내 보려고 했다. 덩굴이 오히려 박상훈의 발을 휘감았다.

"정신 차리고, 여기 좀 도와줘요."

박상훈의 말에 차우영이 정신을 차렸다. 차우영이 칼을 들고 괴식물을 향해 달려들었다. 괴식물은 박상훈을 넘어뜨리기 위해 덩굴을 잡아당겼지만 차우영이 덩굴을 잘라 냈다. 차우영은 괴식물이 서 있는 쪽을 향해 칼을 휘둘렀다. 그사이 박상훈이 지윤서를 끌어냈다. 차우영도 한발 뒤로 물러섰다. 덤불이 박상훈과 차우영을 포위하고 있는 형국이었다.

"윤서야."

"살아 있어요?"

"네, 아직 숨을 쉬어요. 윤서야, 정신 차려 봐."

"이런 좆같은 새끼들, 다 덤벼!"

"어떻게 된 거예요?"

"깜빡 졸고 있는데 이 새끼들이 날 끌고 왔어요. 정체가 뭐지, 이 새끼들?"

지윤서는 숨을 쉬고 있었지만 마치 죽은 사람 같았다. 차우영은 사방을 둘러보다 괴식물 옆쪽에 있는 토끼의 시체를 보았다. 언뜻 봐서는 토끼처럼 보이지 않았다. 토끼는 백 층 높이의 아파트에서 떨어진 것처럼 납작해져 있었다. 두 개의 기다란 귀가 아니었더라면 토끼인 줄도 몰랐을 것이다. 그것은 쥐포처럼 바싹 눌린 채 버려져 있었다. 그 옆에는 청솔모 시체도 있었다. 형체를 알 수 없는 다른 동물도 있었다.

“빨리 병원으로 가야 됩니다. 여기서 나가야 해요.”

“들어오기도 좆나게 힘들었는데, 이젠 나갈 걱정을 해야 되네. 서울 한복판에서 이게 도대체 뭔 일이냐고.”

“어떻게 나가죠?”

차우영은 휴대전화기를 꺼냈다. 신호가 잡히지 않았다. 박상훈의 전화기도 마찬가지였다.

“한 시간만 있으면 사람들이 올 테니까 그때까지 버텨 봅시다.”

“빨리 병원으로 가야 해요.”

“아저씨, 여기 한번 둘러봐요. 나갈 수 있겠는지.”

사방의 덤불들이 화가 난 것처럼 몸을 곤추세우고 있었다. 괴식물에서 뻗어 나온 덩굴은 빈틈을 노리며 바닥을 어슬렁거리며 기어 다니고 있었다. 박상훈은 빨리 이곳을 벗어나고 싶었다. 여기서 몇 십 미터만 기어 나가면 도시였다. 박상훈은 멀리 까마득하게 펼쳐진 도시와 고층 빌딩을 보았다. 박상훈은 방금 거기서 왔다. 박상훈은 돌아가고 싶었다. 조금 더 멀리까지 돌아갈 수 있다면 어젯밤으로 돌아가고 싶었고, 더 멀리 돌아갈 수 있다면 지윤서와 헤어지기 전의 도시로 돌아가고 싶었다. 박상훈의 눈에 괴식물이 들어왔다. 햇빛을 받은 괴식물은 연둣빛이 선명했다. 박상훈은 차우영에게서 칼을 뺏어 들었다.

“뭐하는 겁니까?”

“난 나갈 겁니다.”

“기다려요. 기다리면 곧 올 겁니다.”

“나갈 겁니다.”

박상훈은 칼을 꼭 쥐었다. 덤불을 자세히 살폈다. 덤불의 뿌리는 많지 않았다. 뿌리를 공격하면 빠져나갈 수 있을 것 같았지만 뿌리에 접근하는 게 쉽지 않았다. 덤불의 뿌리가 두꺼워 칼로 잘라 내기도 힘들 것 같았다. 박상훈은 어떻게든 나가고 싶었다. 박상훈은 덤불 가까이에 앉아서 빈틈을 찾고 있었다. 덤불 뒤에 숨어 있던 덩굴이 박상훈을 향해 달려들었다. 박상훈은 일어서면서 덩굴을 향해 정확히 칼을 휘둘렀다. 줄기가 두 동강 나고 이파리가 흔들리면서 박상훈의 코로 바질 향이 훅 풍겼다.

추천 우수작

에바와 아그네스

김성중

1975년 서울에서 태어났다. 2008년 중앙신인문학상에 단편소설 〈내 의자를 돌려주세요〉가 당선되며 등단했다. 소설집 《개그맨》이 있다.

"어떤 책은 거꾸로 읽을 때 가장 아름다운 것 같아."

무릎 위의 책을 덮으며 에바가 이렇게 말했다. 창밖을 바라보던 아그네스가 고개를 돌려 책 표지를 일별하지만 생각이 금세 다른 곳으로 휘발되어 제목을 읽지 못했다. 저녁볕에 비스듬히 반사된 에바의 눈동자가 갈색에서 녹색으로 바뀌었다.

두 개의 거울이 마주보며 만들어 낸 끝없는 복도가 있고, 그 안에 한 인간이 서 있다고 치자. 그러면 무수한 형상이 만들어진다. 에바와 아그네스의 거울 안에는 무대와 전쟁, 공포와 매혹, 상승과 추락의 순간이 여러 겹의 환영을 만들며 역상의 세계를 이루었다. 거울, 평범한 사물이 되어 버린 마법. 이것을 부수고 나가면 무뚝뚝한 두 소녀가 서로를 위해 선물을 훔치는 조각도 들어 있을 것이다.

활주로의 불빛이 사라지자 에바는 한숨을 내쉬며 좌석에 목을 기 댄다. 허공에 떠올라 세상에서 잠시 떨어져 있을 시간이었다. 기체는 유리와 강철로 된 공항을 떠나 고도를 점점 높였다. 이 순간의 긴장 과 안도감을 얼마 만에 느껴 보는 것일까? 전성기에 에바는 뉴욕의 패션위크를 시작으로 런던, 파리, 밀라노로 날아다녔고 세계 곳곳에 서 열리는 쇼에 참석하기 위해 하늘에 떠 있었다. 아그네스는 비행기 를 두고 이렇게 말한 적이 있다. "비행기가 전혀 시적으로 생기지 않 았다는 게 놀랍지 않아?" 십사 년 전에 말이다. "정말 그래. 집 밖에 도 나가지 않던 내가 두 대륙을 가로질러 너에게 갈 수 있다니. 이렇 게 못생긴 물건을 타고서 말야." 십사 년 후에 에바는 친구의 물음을 떠올리며 무심코 대답한다. 열세 시간이 지나면 아그네스를 만날 수 있다.

에바는 스튜어디스가 밀어 주는 휠체어에 앉아 승객 중에 가장 먼 저 비행기에서 내렸다. 입국장이 가까워지자 그리움과 두려움이 섞 여 심장이 빠르게 고동친다. 재활 치료에 사 년이 걸렸고 아그네스의 초청에 결심을 내리고 준비하기까지는 다시 일 년이 흘렀다. 에바는 이제 환자가 아니라 장애인이다. 뭐랄까, 치료의 시기는 지나간 것이 다. 하지만 내 상태를 보면 그 애가 후회하지 않을까? 에바는 목을 움츠린다. 공기가 바뀌어서인지 한기가 든다.

"정말 고마워요."

아그네스가 다가와 스튜어디스에게 인사를 할 때까지 에바는 생 각에 빠져 있다. 그들은 순식간에 만난다. 두 사람은 인사말을 잊은 채 잠시 먹먹하게 서 있었다. 많은 감정이 밀려와 차라리 딱딱해지는 얼굴. 하지만 결코 상냥하지 않은 것은 아니다. 이윽고 아그네스가 에바의 손을 꼭 잡는다.

아그네스는 한국에서 유진으로 불린다. "유진. 네덜란드 이름 같지 않아?" 에바가 이렇게 묻자 "바보, 유진 오닐은 미국 사람이야."라고 아그네스가 말한다. 그것이 그녀의 '본명'이기 때문에 여기서는 그렇게 불러 달라고 덧붙였다. 본래의 이름, 본래의 나라, 너의 검은 머리와 눈동자가 조금도 위화감을 불러일으키지 않는 이곳.

아그네스의 집은 도심에서 조금 떨어진 외곽에 있다. 새로운 생활에 적응하면서 에바는 서로의 위치가 바뀐 것이 신기하다. 십 대에는 검은 머리의 동양인인 아그네스가 어디 가나 눈에 띄는 존재였다. 이곳에서는 반대다. 에바는 외국인일 뿐 아니라 다른 이유로도 눈에 띄고 싶지 않은데, 바로 그 이유 때문에 눈에 띈다. 에바의 키는 184센티미터이고 여기에서는 거인 여자나 다름없다. 다리를 쓰지 못하는 거인 여자.

시간의 흐르자 일상의 무늬가 일정해진다. 평일에 아그네스는 차를 몰고 시내로 일하러 나간다. 주말 오후에는 에바를 데리고 공원으로 산책을 다녀온다. 공원에 앉아 그날의 햇빛을 배웅하며 이야기를 나누고 있으면 파리의 좁은 집에서 함께 지낸 시간이 되돌아오는 것 같았다.

이 동네 사람들은 질문을 좋아한다. 나이 든 여자일수록 더욱더. 아그네스가 커피를 사러 간 사이에 옆 벤치의 할머니가 질문을 던지기 시작했다. 물론 에바는 한 마디도 할 수 없다. 할머니는 손짓을 섞어 가며 묻던 말을 또박또박 반복한다. 천천히 말해 주면 에바가 그 말에 섞인 뉘앙스를 알아듣고 약간의 대답을 할 수 있으리라는 듯이.

그건 사실이다. 에바는 그녀의 말을 알아들을 수 있었다. 어디서 왔어? 뭘 먹고 이렇게 키가 컸어? 다리 많이 아파? 이런 질문들. 아그네스가 돌아와 이 모습을 보고 웃는다. 할머니와 몇 마디 얘기를 나누더니 그녀의 말 중에 딱 한 마디를 통역해 준다.

"너, 예쁘대."

에바는 충격을 받아 뻣뻣하게 웃는다. 너무 오랜만에 예쁘다는 말을 들으니 당황스럽다. 문득 보그에 자신의 사진이 처음으로, 그러니까 3센티미터가량 조그맣게 실렸던 순간이 떠오른다. 그때도 지금만큼 기쁘지 않았던 것 같다.

에바는 이곳이 마음에 든다.

🌿

경유지에 내리자마자 아그네스는 칭칭 감은 머플러부터 푼다. 카디건을 벗고 공항 카페에 가서 아이스커피를 마시기로 한다. 크리스마스 시즌이라 여름 나라인 이곳에도 트리 장식을 해 놓았다.

비행기는 세 시간 후에 한국으로 떠날 것이다. 티켓을 끊으면서 일부러 경유 노선을 골랐다. 그녀는 머물던 도시에서 출발해 곧바로 한국에 도착하고 싶지 않았다. 아그네스는 가방에서 서류를 꺼내 다시 한 번 훑어본다. 견딜 수 없는 무력감에 빠져 있던 나날에 이 종이가 날아온 것은 일종의 신호처럼 여겨진다.

장유진(長柳進). 대전광역시 중구 대흥동. 글라라의 집.

이 주소를 찾을 수 있으리라는 믿음은 버린 지 오래다. 그런데 한 장의 사진이 끈질긴 인내심을 가지고 이 글자를 찾아냈다. 글자의 고리 끝에 또 다른 고리를, 수많은 고리를 사슬처럼 엮어서 이 여행을 가능하게 해 준 것이다.

아그네스는 정지한 흑백 사물에서 참혹한 피의 현장까지 무수한 사진을 찍어 왔다. 그런데 인생의 가장 결정적인 사진은 이 초라한 3*5 사이즈의 사진이었다. 바랜 종이 속에 젊은 여자가 어린아이를 안고 있다. 36년간 간직된 빛의 응고물. 이 사진은 '증거'다. 아그네스가 장유진이라는 증거. 여자가 그녀의 혈육이라는 증거.

아그네스는 사진이라는 작업의 본질에 대해 깊은 생각에 빠져든다.

알츠하이머라는 말을 들었을 때부터 아그네스는 어머니가 자신을 외면하는 순간을 각오했다.

그러나 죄책감은 병보다 뿌리가 깊었다. 세 번째로 병실을 찾았을 때 어머니는 아그네스를 붙들며 울고 또 울었다. 기억이 가 버리면, 어머니는 맑게 웃었다. 기억이 돌아오면, 어머니는 섧게 울었다. 아그네스는 자신을 볼 때마다 눈물을 흘리는 어머니를 보며 이렇게 나타난 것이 잘한 것인지 그 반대인지 판단할 수 없다. 여자의 얼굴은 놀랍도록 자신과 닮아 있었다. 자신도 늙으면 눈앞의 여자와 비슷한 얼굴이 될 거라는 확신이 들 만큼.

어머니는 자신의 쓰라린 삶을 변명으로 삼지 않는다. 그래도 여러 종류의 병이 드나드는 육체를 짊어진 채 타인의 자비로 살아온 고통은 짐작할 수 있다. 알츠하이머는 그녀의 모진 삶이 베풀어 준 마지막 배려와도 같다.

죽음이 임박하자 어머니는 가진 기억을 모두 짜내 아그네스에게 들려주려고 애를 썼다.

"내 어머니, 그러니까 네 할머니도……."

어머니는 '네 할머니'라는 호칭을 쓰다가 떳떳지 못한 표정이 되어 잠깐 말을 끊었다.

"나를 버리려 한 적이 있었어. 큰오빠가 죽은 다음이었나, 그랬다."

피난길에 병이 돌아 형제들이 줄줄이 죽어 나갔다고 했다. 장남은 배에서 죽어서 슬픔보다 시신 처리가 더 큰 문제였다. 다섯 살인 어머니는 다리가 아파서 산을 못 넘어가겠다고 버텼다. "그랬더니 할머니가 뭐라고 하신 줄 아니?" 어머니는 수수께끼를 던지듯 물었다.

"'잘됐다. 예서 죽어라. 묻기에 좋다.' 그 말을 들으니 정신이 번쩍 나는 거야."

어머니는 재미난 이야기라도 되는 듯 말해 놓고 호호 웃는다.

"…… 죽으면 깨끗이 묻고 남은 자식들 데리고 산을 넘겠다는 거야. 산을 넘어가서, 백 개라도 넘어가서, 발모가지만 남아 문드러지는 한이 있더라도 살아남을 거라고 악을 쓰시더라. 그때부터는 찍소리도 못하고 쫓아갔다."

아그네스는 어린 어머니를 떠올려 본다. 그 이야기는 그녀가 도망쳐 온 세계와 다르지 않다. 시취(屍臭)를 피해 후방의 도시로, 안전한 나라로 달아났던 아그네스는 어머니의 이야기 속에서 또다시 같은 장면이 펼쳐지는 것을 감지한다.

외조모의 호통은 어린 딸이 아니라 딸의 뒤에 서 있는 죽음, 그 뒤에 수없이 나열해 있는 더 많은 죽음을 향한 것이다. 싸워야 할 적이 거대해지면 기어이 이기겠다는 인간 역시 거대해진다. 눈물은 흘릴 만큼 흘렸고, 고통은 당할 만큼 당해 단단해진 전란의 어머니들은 그렇게 거인이 된다. 아그네스는 자신이 내전의 나라에서 태어났다는 것과 전란의 풍경을 찍어 온 사실에 우연을 넘어서는 기묘한 힘을 느낀다.

"엄마는 그 와중에도 내 손을 놓지 않았는데…… 난 널 버렸다. 전쟁 통도 아니었는데."

병든 미혼모로 내린 결정을 어머니는 한평생 지우지 못했다. 엄마보다 못한 엄마가 돼 버렸다는 것. 그것이 생의 마지막까지 달라붙어 그녀를 괴롭히고 있었다.

아그네스는 어머니의 임종을 지키기 위해 체류 기간을 연장한다. 길지도 않은 육 개월의 시간이었다. 어머니를 보내기 전에 그녀는 오랫동안 버려둔 카메라를 집어 든다.

셔터를 눌러서, 빛을 응고시킨다.

어느 순간부터 불행은 에바의 가장 큰 특징이 되어 버렸다. 그녀는 '재난의 스펙터클'이 되어 사람들 앞에 전시됐다. 은퇴한 모델의 교통사고가 연일 타블로이드를 장식한 이유는, 운전석 옆에 앉아 있던 사람이 아내가 있는 록 스타였기 때문이다. 뉴스는 외과 의사의 메스처럼 세심하게 이 사건을 해부한다. 구겨진 페라리, 기타리스트의 남은 투어 일정, 불운한 아내가 상속받을 유산의 액수, 경추 골절의 후유 장애 등이 빠짐없이 보도된다. 사고 당시 에바가 입고 있던 지방시 칵테일 드레스가 순식간에 팔려 나갔다는 보도는 대중이 이 뉴스를 소비하는 또 다른 방식을 보여 준다.

연인이 현장에서 숨졌기 때문에 가십과 불행은 온전히 에바의 몫으로 남겨진다. 친구와 적들로 이루어진 문병객들이 불행을 관람하기 위해 병실 문을 두드린다. 그들은 전신에 붕대를 감고 있는 환자를 보며 "저런!"이라는 감탄사를 내뱉고 깜짝 놀라 손으로 입을 가린다. 의식이 돌아오자 에바는 문병객의 눈에 연민에 앞서 '경탄'의 빛이 떠올라 있는 것을 발견한다.

"미녀와 장애인은 시선 속에 살아간다는 점에서 같지."

죽은 기타리스트는 이렇게 말한 적이 있다. 에바는 고개를 끄덕였다. 그것이 카산드라의 예언임을 알지 못한 채. 미녀에서 장애인으로 추락한 에바는 여전히 시선 속에 갇혀 지낼 운명이다.

에바는 대중들이 자신을 보면서 느끼는 허영심, 건강하고 불행을 당하지 않은 자로서 느끼는 허영심을 견딜 수가 없다. 분노로 숨이 막혀 올 때마다 에바는 자신만의 '악마'를 만들었다. 사실 그녀의 악마는 사악하기보다 슬펐고, 앞으로 나서기보다는 구석에 웅크려 있다. 그런 감정을 슬픔이나 비통함으로 부르지 않은 것은 육체가 부서진 후 어떤 나약함도 용납할 수 없기 때문이었다.

겉보기에 에바는 의지를 갖고 치료를 해 나가는 모범적인 환자였다. 그러나 '나만의 악마'를 만들어 놓고 못 본 체 하는 것이 사실 그 외로운 짐승에게 먹이를 주고 키우는 일임을 에바는 알지 못했다. 재활 치료가 끝나자 악마는 스무 살을 맞아 독립하는 젊은이처럼 그녀의 밖으로 뛰쳐나가고 싶어 했다.

병원에 있을 때 에바는 악착같이 재활 치료를 받고 배짱 좋게 비극을 상대하는 포즈를 취했다. 포즈야말로 그녀의 전문 분야였으니까. 그런데 병원 문을 나서는 순간 서랍을 튀어나온 악마가 그 자리를 차지한다.

에바는 빠르게 망가진다. 화려한 육체를 과시하던 시간 속에서 맺은 인연은 사라진 지 오래다. 그녀는 늘 술에 취해 있었고 간신히 복구해 낸 건강을 함부로 다루기 시작한다.

빈 술병으로 그득한 아파트에서 에바는 아그네스의 전화를 받았다. 아그네스의 전화가 아니었다면 추락은 좀 더 가팔랐을 것이다.

❧

사막에 달이 뜨면 거짓말처럼 모래바람이 멈추는 순간이 온다. 지금이 그렇다. 아그네스는 주머니에 든 작은 플라스틱을 만지며 조금 더 걷는다. 어디선가 짐승이 길게 울어 사막의 침묵을 깬다.

"…… 생명의 나무에서 두 번째 열매들이 열려요. 이번에는 동물 열매죠. 동물 열매는 풀밭으로 툭 떨어져서 곧장 숲으로 가요. 지금 있는 동물들은 모두 그 후손들이래요……."

알라가이라의 목소리가 떠오르자 아그네스는 걸음을 멈춘다. 지난 밤 꿈속에서 그녀는 알라가이라에게 기나긴 변명을 했다. 꿈에서 한 말들은 깨어난 다음에도 여전히 입술에 걸려 있었다. 그러나 말들은 어차피 부서질 것이다. 아침이 되면 이곳을 떠날 것이고 행동은 어떤 말보다 강력한 언어다. 자신은 더 이상 견딜 수 없어 이곳에서 달아나는 것이다.

아그네스는 카메라가 없을 때 가장 무서웠다. 배터리가 방전되거나 메모리 용량이 모자라 사진을 찍을 수 없을 때면 잊고 있던 공포가 살아났다. 반면 아무리 위험한 상황에서도 뷰파인더에 눈을 대고 있으면 비교적 평정을 유지할 수 있다. 끊임없이 장비를 체크하며 눈

앞의 이미지에 감정을 실어 셔터를 누를 때면 신경 쓸 것이 너무 많
아 두려움이 쪼개졌으니까. 그러나 카메라 없이 빈 몸으로 서 있는
지금은 아무런 공포심도 일지 않는다.

일주일 전에 그녀는 알라가이라를 묻었다. 혼란스러운 난민 캠프
를 찍은 사진 속에 소녀의 마지막 모습이 섞여 있다. 화염에 그슬려
벌레처럼 꿈틀거리는 소녀의 모습을 여러 장 찍었다. 이를 악물고 찍
었다.

만약 이 사진을 통신사에 보낸다면 소녀의 육체는 전부 모자이크
처리가 될 것이다. 이 땅에서 아그네스는 그런 사진을, 네모난 모자
이크 조각 밖으로 한 치도 나갈 수 없는 육체들을 너무 많이 봐 왔
다. 식민 모국의 입맛대로 그어진 국경선 또한 이 대륙을 뒤덮는 거
대한 모자이크이기도 했다.

어떤 얼굴은 그 자체로 대륙이 된다. 아그네스는 알라가이라를 볼
때마다 그 작은 몸으로 수천 킬로미터의 사막을 가로질러 난민촌에
도착한 사실이 믿어지지 않았다. 불타는 마을에서 도망쳐 나올 때,
반군의 소녀 병사로 납치됐을 때, 황열병에 걸렸을 때, 그 외에도 소
녀가 죽음에 포획될 순간은 셀 수 없이 많다. 그런데 재난 속에서 기
적이 작은 몸에 퍼부어져 이렇게 놀라운 미소를 짓고 있지 않는가.
알라가이라는 무의미한 내전의 소용돌이를 버텨 내고 일어선 생명의
나무였다.

보도 사진으로 전향한 후에도 아그네스는 여전히 아름다운 이미
지의 사냥꾼이기 때문에 알라가이라의 영리한 눈동자에 자신의 세
번째 눈을 맞췄다. 소녀의 사진과 이야기를 책으로 묶어 세상에 내
보낼 계획을 품고 일 년 가까이 이곳에 머물고 있었다.

그러나 난민촌 인근에 매설된 지뢰가 한순간에 모든 것을 무너뜨린다. 세상 어디에도 '안전한 난민촌' 따위는 없던 것이다. 알라가이라가 눈을 감는 순간, 아그네스의 카메라도 검은 눈꺼풀을 닫는다.

숙소에서 멍하니 누워 지내던 그녀는 당분간 일을 할 수 없는 상태라는 것을 깨닫는다. 렌즈에 눈을 대기만 해도 소녀의 마지막 모습이 떠올랐다. 그 사진을 찍을 때의 오기가 사라진 다음에도 아그네스는 여전히 삭제 버튼을 누르지 못했다. 내버려 두면 언젠가 인화할지도 모르기 때문에 이 사진은 위험하다.

마침내 짐을 싸고, 수치스러운 연약함을 사람들에게 알리고, 도시로 떠날 채비를 시작한다. 한 가지 일만 빼면 모든 준비는 끝난 셈이다.

아그네스는 무릎을 꿇고 사막의 모래에 메모리 카드를 묻는다.

에바는 선글라스를 벗고 친구의 모습을 자세히 살펴본다. 까맣게 탄 피부, 볕에 상해 푸석푸석한 머리칼, 구겨진 무지 티셔츠와 운동화 차림의 아그네스는 스카이라운지 손님 중 가장 남루해 보인다. 반면 완벽하게 차려입은 에바는 이곳에서 가장 화려한 손님이다. 사람들의 눈길이 대조되는 두 사람에게 쏠리는 것도 당연한 일이다.

칸쿤에서 만나기로 약속했을 때, 에바는 모처럼 친구를 만날 생각에 마음이 들떴다. 여러 도시를 다닐수록 감각이 무뎌지고 모든 도시는 하나의 도시, 세계의 도시가 되었다. 이 년 전 다마스커스에서 이런 생각을 털어놓았을 때 아그네스는 나 역시 모든 전쟁이 하나의 전쟁, 하나의 비참 같아.라고 답한 적이 있다. 타타르 소스가 뿌려진 완두콩을 흩뜨려 놓느라 고개를 숙인 아그네스의 어깨 너머로 미나레트의 뾰족한 지붕이 설핏 보였다. 지구의 여러 곳을 누비는 삶에 뛰어들었던 초창기에, 그들은 혼란에 대한 감각을 공유했다. 그러나 지금은?

에바는 설탕을 넣지 않은 과일 주스를 주문하고 아그네스는 찬 맥주를 고른다. 아그네스는 자신처럼 재회를 기뻐하는 기색도 없고 생각도 자주 딴 곳에 가 있는 듯하다. 삼십 분째 근황을 묻고 있지만 전보다 훨씬 더 벌어진 각도를 의식해서인지 자주 말이 끊긴다.

아그네스 역시 자리가 편치 않다. 그녀는 이 호텔에서 몇 백 미터 떨어지지 않은 곳에 운집한 군중 속에 있다가 빠져나온 길이다. 조금 전까지 시위대의 함성 속에 묻혀 있었는데 냉방이 잘되는 호텔에 앉아 라운지 음악을 듣고 있으니 친구에게 도무지 집중이 되지 않는 것이다. 호텔 위에서는 롤렉스를 찬 남자들이 아름다운 여자들과 한담을 나누고, 그 아래에서는 수많은 사람들이 몰려들어 바로 그 세계를 끝장내야 한다고 소리치고 있다. 전혀 다른 세계가 태연하게 이마를 맞대고 있는 풍경이 아그네스를 아득하게 만든다.

눈앞의 에바는 점점 더 휘황해져, 키 큰 주근깨 소녀는 어디론가 사라진 것 같다.

"그렇게 자세히 쳐다보지 마, 얘."

에바는 쑥스러운 듯이 웃는다. 살짝 벌어진 앞니가 전에 없이 가지런하다. 에바는 치아 교정 외에도 몇 군데 더 손을 보았다고 털어놓는다. 그녀의 앞날 또한 빈틈없어 보인다. 아그네스는 시골 소녀처럼 소탈한 에바의 미소가 미묘하게 바뀌어 버린 것이 아쉽게 느껴졌지만 내색하지 않았다.

만나지 못하는 동안 그들은 보이지 않는 끈이 이따금 당기는 것처럼 이메일로 소식을 주고받았다. 무대와 전쟁에 대해, 조명과 포탄에 대해, 노출하는 일과 은폐하는 일에 대해, 각자가 만난 남자들에 대해 길거나 짧은 편지에 썼다. 두 사람의 세계는 전혀 다른 것이지만 서로의 존재를 떠올리는 것만으로도 고향을 상기하는 것 같은 안도감이 들곤 했다.

그런데 막상 얼굴을 마주보자 기대했던 시간은 펼쳐지지 않는 것이다. 에바의 세계는 너무나 화려해서 아득했고, 아그네스의 세계는 너무나 핍진해서 믿어지지 않았다. 에바는 더 이상 공통점을 추출하지 않고 자신의 말을 듣고만 있는 아그네스가 말없이 자신을 비난하는 거라고 생각한다. 우정은 과거가 만들어 낸 상상일 뿐이야. 에바는 눈물이 날 것 같아 천천히 유리 막대를 젓는다.

아그네스는 떨리는 손으로 카메라의 전원을 끈다. 얼굴 위로 엔진 오일이 뚝뚝 떨어졌지만 청년은 움직이지 말라는 신호를 보낸다. 차 밑에 숨은 채로 시간이 얼마나 지나간 것일까. 땀에 젖은 목걸이 때문에 목과 가슴께가 근지럽다. 은으로 만든 주사위에 줄을 매단 이 목걸이는 오래 전 에바가 선물한 것으로, 일종의 부적이 되었다. 집중을 잃지 않으려고 아그네스는 속으로 중얼거린다. 말해 봐, 에바. 주사위를 던지면 다음 칸으로 갈 수 있을까?

사위가 잠잠해지자 청년이 차 밑에서 기어 나간다. 아그네스는 돌을 움켜쥔 청년의 손에 포커스를 맞춘다. 시위대의 유일한 무기를 찍으면서 그녀는 셔터를 누르는 이 순간의 긴장이 사진에 담기기를 간절히 원한다. 달이라도 떴다면 이 밤에 벌어지는 일들을 좀 더 확실히 찍을 수 있을 텐데. 아그네스는 감도를 최대치로 높이고 카메라를 몸 쪽으로 바싹 붙인다.

중동과 아프리카가 만나는 곳에서 여행을 시작했을 때만 해도 아그네스는 이런 순간이 올 거라고는 상상하지 못했다.

그녀는 느긋한 보헤미안처럼 오지를 떠돌며 한 동네에 몇 주씩 머물렀다. 피사체를 오래 응시하며 저절로 셔터가 눌러지기를 기다리는 것이 그동안 아그네스가 작업을 해 온 방식이다. 그러나 시내에 나왔다가 시위대에 휩쓸린 것이 그녀의 카메라를 전혀 다른 세계로 이끈다.

아그네스는 수도에서 왜 폭동이 일어난 것인지조차 알지 못했다. 버스가 멈추고, 거리의 공기가 팽팽해졌다. 버스에서 내린 아그네스는 무리 지어 걸어가는 사람들을 따라 걸었다. 시위대의 바리케이드가 보인다고 생각한 순간, 갑자기 발포가 시작됐다. 아그네스는 인파에 섞여 정신없이 도망친다.

그러나 사람들이 피를 흘리기 시작하자 '이미 보았다'는 느낌에 사로잡혀 자기도 모르게 뒤를 돌아보았다. 아그네스는 그때까지 달리던 방향에서 돌아서서 눈앞의 야만을 찍기 시작했다. 거대한 야수를 향해 방아쇠를 당기는 사냥꾼이 된 기분이었다. 셔터를 누르는 순간의 격렬한 감각이 모든 것을 바꿔 놓는다. 흑백 풍경만 찍던 아그네스가 움직이는 대상을 쫓아 달리기 시작한 것이다.

민박집 주인아저씨의 죽음이 아그네스의 사진에 색을 불러온다. 시체를 수습하지 못해 다리 한쪽만 가지고 장례를 치르는 모습을 보면서 아그네스는 피를 드러내기 위해 컬러를 사용해야겠다고 생각했다. 그때까지도 쓰이지 않는 역사의 장면을 이미지에 담겠다는 생각 같은 건 없었다.

수소문 끝에 종군기자인 프란츠를 만난 아그네스는 자신의 사진을 통신사에 보내기 시작했다.

❧

이 빛나는 세계에 들어가기 위해서는 반드시 문을 열어 주는 사람이 필요하다. 패션모델뿐 아니라 디자이너도, 뮤지션도, 화가도, 표현하는 직업을 가진 사람들은 모두 마찬가지다. 재능과 열정이 있는 젊은이가 안목 있는 게이트키퍼를 만나 하루아침에 스타가 되는 일은 이 도시의 보편적인 신화다. 앤디 워홀의 말처럼 누구라도 15분이면 유명해질 수 있는 곳이 뉴욕이다. 누구와 보낸 15분이냐가 문제겠지만.

그렇다면 '문지기'를 어떻게 만날 것인가? 그것은 순전히 임의적으로, 무질서하게 이루어진다. 에바는 볶음국수를 먹다가 그런 사람을 만났다.

차이니스 아메리칸, 파슨스 재학 중의 데뷔, 살인 미스터리를 연상시키는 무대로 단번에 주목받은 유망주. 혜성이 빛 꼬리를 달고 있듯 수많은 수식어구가 붙어 있는 디자이너 다웨이 림을 만난 것은 심야 레스토랑에서다.

에바는 힐을 벗고 딱딱한 플라스틱 의자에 한쪽 다리를 올려놓았다. 소득 없는 하루를 보낸 후 밤 열 시가 되어서야 저녁을 먹을 수 있었다. 뉴욕에 도착한 다음부터 에바의 하루는 늘 비슷하다. 주소가 적힌 쪽지를 들고 몇 블록을 걸어가서 사무실 문을 두드리고 포트폴리오를 내민다. 파일을 넘겨 보던 담당자는 걸어 보라고 하고, 드물게는 옷을 입어 보라고도 한다. ‘흠’ 그의 입에서 나오는 이 한마디는 긍정인지 부정인지 알 도리가 없다. 연락은 나중에야 에이전시를 통해 온다.

이 세계, 여자로 가득 찬 방, 모두가 180센티미터가 넘고 빛나는 피부와 긴 다리를 가진 여자들이 몰려 있는 곳에서 에바는 별로 선택받지 못했다. 자신의 돈으로 뉴욕행 티켓을 끊은 사실을 떠올리자 입맛이 쓰다. 에바는 볶음국수가 든 종이팩을 내려놓고 담배를 찾았다.

"불 좀 빌립시다."

옆자리의 남자가 말을 걸어온다. 대꾸할 기운도 없이 라이터를 건넨다. 남자는 담배에 불을 붙인 후 스케치한 냅킨을 건네며 에바의 눈동자를 유심히 들여다본다.

"아주 옅군. 녹색, 아니 갈색인가?"

그날 에바는 다웨이를 따라 재봉틀과 원단이 널려 있는 ‘패션의 주방’으로 들어간다. 그는 기모노처럼 생긴 가운과 비대칭으로 절개된 미니 드레스를 에바에게 번갈아 입혀 본다. 모두 가재봉한 의상들로 에바의 눈동자 색과 묘하게 어울린다.

"흠."

늘 들어 왔던 소리. 그러나 이번에는 예감이 다르다.

에바는 다웨이 림의 쇼에 발탁됐고 런웨이를 끝까지 걷기도 전에 이 쇼가 대성공이라는 것을 알아차린다.

빛나는 세계의 문이 열린 것이다.

아그네스는 친구의 숨소리를 들으며 책상에 앉아 있다. 산더미 같
은 인화물 중에서 무엇을 골라야 할지 몰라 머리가 터질 지경이다.
이 공모전에는 아프리카행 티켓과 체류비가 걸려 있다. 기회를 꼭 붙
들고 싶어서 그간 찍어 놓은 사진을 펼쳐 놓고 며칠째 포트폴리오를
만드는 중이었다. 그러나 머릿속만 복잡할 뿐 사진을 쉽게 선택할
수 없었다.

에바의 고른 숨소리가 들려오자 조급증이 조금씩 가라앉는다. 에
바는 아그네스가 옆에 있으면 유난히 잠을 잘 잔다. 간이 암실에서
희미하게 흘러나오는 불빛보다 더 안심이 되는 것은 없다고 입버릇
처럼 말하기도 했다.

'난 항상 친구의 순결한 잠을 제물 삼아 작업을 해 왔어'라고 아그
네스는 중얼거린다. 에바의 숨소리는 기묘한 안정감과 집중을 가져
다주었다. 아그네스는 루뻬를 내려놓고 침대로 걸어가서 잠든 친구
의 숨소리가 섞인 공기를 가만히 들이마신다.

책상으로 돌아온 아그네스는 그제야 떠오른 하나의 맥락을 가지
고 작품을 추리기 시작했다. 그 '맥락' 속에는 에바의 잠도 들어 있다.

"어때?"

"왕의 무덤에 순장되는 여자들 같아."

오뜨 꾸뛰르 화보를 넘기며 이런 논평을 하는 사람은 아그네스밖
에 없을 것이다. 에바가 못마땅한 표정을 짓자 아그네스는 커다란
쿠키를 집어 일부러 소리 내어 먹는다. 에바가 패션이라는 종교의 수

녀가 된 이래 아그네스는 친구가 금기시한 음식을 먹을 때면 항상 과장된 행동을 한다. 뉴욕으로 떠날 날이 얼마 남지 않았기 때문에 에바는 벌써부터 이런 버릇이 그리워질 것 같다.

좁은 방의 답답함을 피해 두 사람은 광장으로 나간다. 광장에 앉아 있는 산책자는 대개 노인이다. 돌계단에 앉아 햇볕을 쬐는 노인들은 꿀 색깔의 노을에 봉해진 물체 주머니 같았고, 광장의 풍경을 이루는 정물 중의 하나였다. 에바와 아그네스는 그날의 햇빛을 배웅하며 미래에 대해 기나긴 이야기를 나누었다. 몇 년 후 그들이 세계의 곳곳에서 시차를 견디며 잠을 청할 때마다 이 순간을 떠올리게 된다는 사실을 알지 못한 채.

스튜디오로 향하는 동안 아그네스는 욕망으로 허기진다. 무거운 트라이포드를 걸머진 아그네스의 어깨가 한쪽으로 기울어져 있다. 파리의 골목을 천천히 걸으며 아그네스는 깨끗한 욕실과 작업실, 그녀를 인정하는 사람들의 미소와 같은 것들이 차례로 떠오른다. 아그네스의 절망은 절망 자체에 있는 것이 아니라, 절망이 예전처럼 싱싱하지 않다는 데 있었다. 의욕이 떨어진 채 습관적인 자학에만 빠져 있는 상태. 이것은 영양부족 때문일까? 파리에 온 이후로 비싼 물가를 감당할 수 없어 식비를 반으로 줄였다. 하지만 모처럼 배를 채운 날에도 결핍감은 가시지 않았다.

스튜디오에 도착해 보니 카탈로그 촬영이 한창이다. 아그네스는 스팀다리미로 의상의 주름을 펴고 있는 클라라에게 오늘 찍어야 할

제품이 무엇인지 물었다. 클라라의 손가락이 구석에 쌓인 동물 사료 포대를 가리켰다. 아그네스는 겉면에 인쇄된 고양이 사진을 물끄러미 내려다보며 어느 순간 멈춰 버린 자신의 작업에 대해 생각했다. 어쨌거나 이것은 돈이 되는 사진이다.

제품 촬영이 끝나갈 무렵 피터의 호출이 떨어진다. 얼른 뛰어가서 노출계를 받아 든다. 셔터 소리 사이로 피터의 불편한 신음이 흘러나온다. 짙은 메이크업을 하고 보디슈트를 입은 모델은 나무랄 데 없는 몸매에 비해 포즈가 뻣뻣하다. 만족스러운 컷이 나오지 않는다는 것은 뒤늦게 촬영에 합류한 아그네스도 알 수 있다.

지적이 이어지자 모델은 난처한 표정을 짓더니 아그네스를 바라보면서 배시시 웃는다. 뭐야, 저 여자. 제정신인가? 아그네스는 그녀가 말을 걸어올 때까지 이유를 알지 못한다. 촬영이 끝나자 모델은 의상을 갈아입기도 전에 다가와 어깨를 툭 친다.

고등학교를 졸업한 후 고향으로 돌아간 줄 알았던 에바가 이를 드러내며 웃고 있다.

"정말로 원해? 열다섯이나 돼 가지고?"

"응."

아그네스의 말에는 조롱이 묻어났지만 에바는 굽히지 않는다. 생일 이틀 전날이었다.

에바와 아그네스는 생일이 같다. 두 사람은 인종도 다르고 키도 20센티미터나 차이가 났지만 그 외에는 공통점이 많다. 고향을 떠나왔고 친부모와 살고 있지 않다. 무엇보다 그들은 십 대 무리에서 없어서는 안 될 역할, 주목을 끌면서 소외되는 역할을 맡고 있다.

두 사람은 힘없는 이방인이어서 서로의 우정이 없으면 위험하다. 에바는 머리 색깔보다 연한 갈색 눈을 가지고 있고, 아그네스는 머리와 눈이 모두 까맣다. 생일이 같은 날짜라는 것을 알았을 때 에바는 이 우정을 운명적인 것으로 받아들였다.

아그네스는 어딘가 삐딱한 획책을 꾸미는 것을 좋아한다. 생일날 서로에게 선물을 훔쳐 주자는 아이디어도 그녀의 머리에서 나온 것이다. 우린 돈이 없잖아. 그렇다고 선물까지 못 받을 순 없지. 아그네스의 태연한 말에는 묘하게 설득력이 있다.

그들은 버스를 타고 시내의 백화점에 간다. 아그네스는 대담하게 바비 인형을 약탈했지만 에바는 십오 분째 같은 코너를 맴돌고 있다. 결국 아그네스가 원한 폴라로이드 카메라를 훔치는 데 실패한 에바는 주사위가 달린 작은 목걸이를 주머니에 집어넣는다.

회전문을 통과하자마자 두 사람은 숨이 턱까지 차도록 맥도날드를 향해 뛰었다. 한바탕 웃고 난 그들은 햄버거 포장지를 밀치고 탁자 위에 선물을 꺼내 놓았다.

"정확히 내 생일은 아니야."

감자튀김을 우물거리며 아그네스는 침울하게 말한다. 그날은 그녀가 영국에 온 날짜였을 뿐이다.

"다른 나라에 입양된 날이 생일이 될 순 없잖아."

속을 너무 털어놓았다고 생각한 아그네스는 바비 인형을 트집 잡기 시작한다. 어깨가 너무 넓고 엉덩이가 작아 여장 남자처럼 보인다는 것이다. 에바는 아그네스의 시니컬한 유머에 익숙하기 때문에 별로 개의치 않는다. 체코에 있을 때부터 에바는 이 미국 인형의 완벽함에 매혹됐다. 훗날 가슴 성형을 하기 위해 수술대에 누울 때 에바는 바비의 가슴을 떠올리게 될 것이다. 바비는 유두가 없잖아. 아그네스가 옆에 있다면 이렇게 핀잔을 줄 거라 생각하면서.

❧

에바는 학교 식당에 혼자 앉아 있다. 전학 온 지 몇 주가 지났지만 자신의 말투가 이국적으로 들리지 않는다는 사실을 잘 알고 있다. 그것은 오히려 촌스럽게 들린다. 체코의 수도에서 영국 시골 마을로 왔는데 도리어 촌스러운 취급을 받다니, 에바는 말도 안 되는 일이라고 생각했다. 부모님이 돌아가시면서 영국에 시집간 언니의 집에 보내지기로 결정됐을 때, 이곳보다 훨씬 번화한 도시를 상상했다. 막상 와 보니 농장과 목장으로 이루어진 시골이다. 그런데도 이 동네 아이들은 자신을 촌뜨기 취급하는 것이다.

기계적으로 호밀 빵을 씹고 있는데 누군가 종이 한 장을 식판 옆에 얌전히 밀어 넣는다. 물을 뺀 학교 수영장 가장자리에 여자아이가 앉아 있는 흑백사진이다. 에바는 얼른 빵을 삼키고 고개를 든다.

"미안, 허락 없이 찍어서."

자그마한 체구의 동양 여자아이가 서 있다. 자신을 아그네스라고 소개한 여자애는 의자를 끌어다 맞은편에 앉는다. 경계심 가득한 눈초리로 에바는 사진을 자세히 들여다본다.

"이게…… 나야?"

"응. 혹시 모르니까 당사자에게 알리는 게 옳겠지."

아그네스는 지역신문사의 독자 코너에 보내려고 한다며 설명을 덧붙인다. 대화가 길어질 조짐이 보이자 에바는 말할 수 없이 기쁘지만 일단 방어적으로 한발 물러선다.

"좀 더 예쁜 애들이 낫지 않겠어?"

에바는 떠들썩하게 웃고 있는 한 무리의 여자애들에게 눈길을 준다. 아그네스는 중앙에 앉아 있는 인형 같은 여자애를 보더니 전혀 동의할 수 없다는 듯 한숨을 쉰다. 오래지 않아 에바는 아그네스의 한숨이나 눈빛, 혀 차는 소리를 금방 해독하게 된다. 아그네스는 범속한 세계를 혐오했고, 혐오를 맹렬히 드러냄으로써 그렇지 않은 것에 대한 애정을 확고하게 표현하는 버릇이 있다.

삼 주 후 아그네스가 찍은 에바의 사진이 지역신문에 실린다. 그 사진은 두 사람의 공식적인 첫 데뷔작이 된다.

화장실은 아그네스가 자주 대피하는 장소 중 하나다.

동양인이라고는 저 하나뿐인 공립학교에서 아그네스는 나름대로 정교한 사교술을 구사한다. 모두에게 적당히 무덤덤하되 냉소적으로 보이지 않을 정도의 친절함. 이건 생각보다 까다로운 일이다. 때때로 그 선이 무너질 때에는 이 후미진 곳으로 대피한다.

상처받지 않고 잘 지낸다고 생각했지만 결국, 화장실 신세인 것이다.

얼굴에 물을 끼얹은 아그네스는 창문으로 시선을 돌린다. 오후의 강한 햇빛 때문에 창틀이 우유를 바른 것처럼 새하얗다. 아그네스는 빛을 반사하느라 형체를 잃어버린 사물의 가장자리를 좋아했다. 카메라가 생긴 이후로 줄곧 책의 모서리나 주름진 옷자락을 찍어 온 것도 그런 이유에서다.

뒤에서 인기척이 나자 아그네스는 깜짝 놀라 수도꼭지를 돌렸다. 제 생각이 거울에 비치기라도 한 듯 얼굴이 화끈거린다. 자신이 미숙해 보이는 것을 견딜 수 없기 때문에 되도록 쌀쌀맞은 표정을 지으려 노력한다.

손을 씻고 고개를 들어 보니 거울에 못 보던 여자아이가 서 있다. 창백한 피부에 어두운 블론드. 엷은 빛깔의 눈동자는 빛이 닿을 때마다 녹색이 되었다가 갈색으로 바뀐다.

거울은 은판사진처럼 두 소녀의 마주친 시선을 응고시킨다.

추천 우수작

알게 될 거야

김태용

2005년 《세계의문학》 봄호에 단편소설 〈오른쪽에서 세번째 집〉을 발표하며 등 단했으며 한국일보문학상, 웹진문지문 학상을 수상했다. 소설집 《풀밭 위의 돼지》《포주 이야기》, 장편소설 《숨김없 이 남김없이》, 시집 《뽈바지—자끄 드뷔 망》을 펴냈다.

여기서 계속 가자.

또다시 무엇을 써야 한단 말인가. 이 문장은 이렇게 고쳐야 한다. 또다시 무엇을 쓰지 말아야 하는가. 두 문장의 차이에 대해서 말할 줄 알아야 한다. 누구에게 말을 해야 하는가. 아무도 듣지 않는다. 귀가 닫힌 지 오래다. 귀를 접으면 파도 소리가 들린다. 파도 소리에 리듬이 있다고 착각하고 있다. 그렇게들 산다. 그들을 동물에 비유하고 싶지만 그만둔다. 나는 어떤 동물도 좋아하지 않는다. 귀가 있다면 접어야만 할 것이다.

나에겐 바다가 없다. 산도 없다. 바다와 산 사이에서 간신히 버티고 있다. 무엇을 위해 버티고 있는지 잊었다. 어떤 주장도 할 수 없다. 주장할 수 없으니 반성도 후회도 없다. 반성과 후회가 없는 글을 읽게 될 것이다. 입이 있다면 소리 내서 읽어라. 나는 이제 낭독을 위한 글쓰기만 하겠다. 당연하다. 거짓말이다. 초조와 불안은 거짓을 낳는다. 거짓은 다시 완전초조와 절대불안을 부른다.

귀가 접혀 있다면 한 번 더 접어라. 이제 무슨 소리가 들리는가. 들리지 않는가. 귀가 얇은 자들은 특정한 소리에 민감하다. 소리가 접힌다.

무릎을 접었다 편다. 일어나 있으면 앉고 싶고 앉으면 눕고 싶다. 누워 있으면 계속 누워 있게 될 것이다. 나는 어디 누워 있는가. 누울 자리를 보지 않고 누웠다. 누워 있으니 방이라고 하자. 밖이라고 할 수도 있다. 방과 밖의 차이는 산과 바다의 차이만큼 멀다. 방에는 산이 있고 밖에는 바다가 있다. 그러니까 방과 밖 사이에서 간신히 버티고 있는 것이다.

나는 점점 얄팍해지고 얇아져 간다. 종이가 된다. 종이가 되면 좋겠다. 낱장이라는 이름의 낯짝을 숙여야 할 것이다. 반으로 접혀야 한다. 누가 접어 주겠는가. 내 몸에 손을 대지 마라. 손이 베일 것이다. **종이 남자.** 이 글의 제목을 이렇게 바꿔도 시원찮을 것이다. 나는 남자인가. 구슬주머니와 막대기를 소유한 자. 예전엔 음낭과 음경이란 말을 즐겨 썼었지. 그땐 왜 그랬을까. 누구를 사랑하고 있었을까. 고백 없는 사랑이 가능할까. 가능할지 모른다. 누구의 말을 받아 적고 싶다. 그 누구를 사랑하거나 사랑하지 않거나,는 중요한 게 아니다. 보다 표백된 표현을 찾기 힘들다. 낱말들의 반을 잊었다. 남은 생은 반쪽짜리 삶이 될 것이다.

그가 찾아올 것이다. 그렇게 믿는 게 편하다. 나는 그의 말을 받아 적어야만 한다. 그는 자기 말만 한다. 귀가 잘 안 들린다는 핑계로 남의 말은 결코 듣지 않는다. 그가 만나는 유일한 남은 나다. 그는 나의 말을 듣지 않는다. 그는 나보다 아름답다. 몇 개의 신비한 동작을 만들 줄 안다. 그것을 따라하느라 나는 허리가 휘었고 머리가 돌아갔다. 다시 나로 돌아오기까지 얼마의 시간이 더 흘러야 할지 모르겠다. 허리가 휘고 머리가 돌아간 채로 간신히 버티고 있다. 기형의 완성을 위해 앉았다 일어났다,를 생각날 때마다 한다. 쉽지 않은 일이다. 이 글을 지속하는 것과 견줄 수 있다.

이 글은 완전한 기형이 될 것이다. 완성과 동시에 구부러지고 박살나고 흩어질 것이다. 산을 들어 올리고 바다를 쪼갤 것이다. 그렇게 되길 바란다. 왜 그런 것을 바라게 된 것일까. 그를 알기 전부터. 그가 아니었으면 시작도 안 했을 것이다. 그에 대해 좀 더 설명해 볼까. 모든 설명 앞에서 나는 말문이 막힌다. 혀가 꺾인다. 그를 그녀로 바꿀 기회가 있을 것이다. 그렇다면 이 글은 다른 방향으로 흘러갈 것이다. 도대체 다른 방향이 어디 있을까. 산으로 가면 바다가 그립고 바다로 가면 바다도 산도 싫어진다.

싫은 곳에 가는 것이 나의 유일한 취미였다. 취미라기보다는 생활이란 말이 어울리겠다. 어울리지 않는 낱말만 골라 쓰는 사람이 있다면 고백할 것이다. 나를 골라 쓰세요. 고백은 경어체로 하는 게 좋다. 사랑하거나 사랑하지 않거나 고백은 아름다운 것이다. 고백은 실패할 때 완성된다. 완전히 표백된 얼굴로 잃아눕게 될 것이다. 방인지 밖인지 따질 힘이 없다. 두뇌가 쪼그라들었다. 다시는 일어나지 말아야지. 각오한 뒤엔 벌떡 일어나 앉을 것이다. 무엇을 위해. 무엇을 고르기 위해. 취미가 생활이 되도록. 여기 고백을 두려워하는 자가 있다. 이 글은 고백인가 고해인가. 몇 개의 낱말이 더 나와야 할까. 신경이 많이 쓰인다. 여기까지다. 그만 써야지. 나는 그만 썼다.

더 이상 읽지 말아야지 각오한 사람은 더 읽게 될 것이다. 몇 문장만 더 읽어라. 얼마 남지 않았다. 사실 잘 모르겠다. 읽기에 따라 다르다. 글을 읽는 눈의 속도와 입의 속도는 다르지 않겠는가. 어떤 문장에는 괄호를 쳐야 할 것이다. 괄호. 이 얼마나 산뜻하고 유용한 도구란 말인가. 언어의 친구. 언어의 적군. 친애하는 적. 위아래가 뚫린 자유의 감옥. 어떤 낱말도 괄호에서 탈출할 수 없다. 나는 괄호를 보여 주지 않을 것이다. 적당한 때가 되면 보이게 될 것이다. 본다고 달라지겠는가. 못 본 척하고 잘못 본 척해라.

괄호로부터 그의 이름이 붙여진다. 이름이 있는 자가 이야기를 이어 갈 수 있다. 과연 그런가. 다시 한 번 나는 그것을 의심해 보고자 하는 것이다. 괄다. 나는 그를 괄다로 부를 것이다. 괄호의 역할이 이런 것이라면 제법이다. 문제가 없을 수 없다. 문제는 생략하고 답을 찾아야 한다. 산에서. 바다에서. 산과 바다 사이에서. 종이가 될 때까지. 구겨져 있어라.

나는 괄다와 산에 간다. 괄다가 앞장설 때는 내가 점점 뒤처졌고 내가 앞장설 때는 괄다가 금세 나를 따라잡았다. 나는 선두가 될 수 없는 자이다. 척후병은 아무나 하는 것이 아니다. 척후라는 낱말에는 이미 구멍이 뚫려 있다. 나를 앞지르면서 괄다는 말한다. **나보다 큰 사람이.** 괄다의 목소리는 기억나지 않는다. 기억하고 싶지 않다. 기억만 나면 귀를 접고 싶다.

우리는 산 정상까지 가지 않는다. 엄두도 못 낸다. 정상까지 가지 않으니 일부러 험하고 높은 산을 골라 오른다. 과연 오른다는 말이 맞을까. 오르기 전에 그만둔다. 산 아래에서 산을 쳐다보는 것이 좋다. **과연 오를 만한 산인가.** 내가 하품을 하듯 말하면 괄다는 못 들은 척 산을 쳐다보고만 있다. 산 입구에서 망설인다. 도대체 산 입구가 어디일까. 산 정상도 산의 입구다. 우리는 산 정상에서 망설인다.

초조와 불안이 몸을 기형적으로 뒤틀리게 만든다. 정상 앞에서는 기형이 되어야 한다. 그래야 정상과 마주할 수 있는 것이다. **과연 내려갈 만한 산인가.** 내가 이렇게 말해도 괄다는 못 들은 척 산 아래만 쳐다볼 것이다.

딱 한 번 산에 오른 적이 있다. 역시 정상은 아니었다. 이쯤이면 좋겠다. 날이 밝기 전 괄다와 나는 이런 의미의 눈빛을 교환했었다. 우리는 산허리 어딘가에 멈췄다. 산마루보다는 산허리가 좋지 않은가. 역시 산척(山脊)보다는 산요(山腰)가 좋다. 그렇더라도 도대체 어디가 허리인지 알 수 있겠는가. 우리가 멈춘 곳이 산허리다. 산허리에 뿌리를 내린 어느 착한 나무 옆에 비스듬히 기대섰다.

어슴푸레한 새벽 공기 속에서 나는 괄다를 내려다보았다. **이제 보니 가마가 두 개구나.** 사실 하나였지만 이런 말 같지도 않은 말을 계속 지껄이고 싶었다. 시간을 끌기 위해서. 무슨 시간을 말하는 거지. 아무것도 아니다. 이렇게 들어가서는 안 된다. 이건 두 사람의 이야기가 아니다. 혹은 한 사람을 떠올리는 어떤 사람의 이야기도 될 수 없다. 그럼 어떤 이야기인가요. 다 읽고 나면 알게 될 거다.

괄다의 옆구리를 찌르려다 말고 말했다. **이쯤이면 좋겠다.** 낙엽을 걷어 내고 구두로 땅을 툭툭 찼다. 마치 서로에게 투정을 부릴 수 없어 애꿎은 땅에 화풀이를 하는 듯했다. 구두를 더럽히는 데는 둘 다 일가견이 있었다. 보다 큰 사람인 내가 땅을 팠는데 처음 치고는 잘 판 것 같았다. 대신 허리가 휘었다. 모든 일엔 대가가 있기 마련이다. 이 글의 대가는 무엇일까. 삽날을 쥔 자가 승리할까 삽자루를 쥔 자가 승리할까. 승리를 패배로 바꿔 읽어라. 비슷한 문장을 두 번 쓸 수는 없지 않은가. 비슷한 문장도 두 번 읽으면 비슷하지 않다는 것을 알게 된다. 어긋난다.

땅 파는 일을 해도 되겠어. 손전등을 비추고 있던 괄다가 말했다. 괄다의 입 구멍에 삽날을 쑤셔 넣고 싶었지만 참았다. 땅을 판 뒤에는 땀을 닦고 괄다가 내민 보온병에 담긴 보리차를 마셨다. 어둠 속에서 보리차만 마셨다. 어둠 속에서 보리차만 마시고 있던 나를 떠올리면 무섭다. 어째서 참고 있었을까. 보리차에서 쉰내가 풍겼다. 괄다의 침 냄새도 섞여 있었다. 참고 마셔야 했다. 괄다는 내가 보리차를 다 마실 때까지 나를 쳐다보고 있었다. 파랗게 표백되어 가는 어둠 속에 발목을 담그고 있는 괄다의 모습을 생각하면 무서움은 두 배가 된다.

괄다의 침 냄새를 기억한다. 괄다와 나는 단 한 번 같은 베개를 베고 잠이 들었는데 깨 보니 괄다가 흘린 침이 내 입술까지 스며들어 있어 놀랐다. **그러니까 내가 너와 안 잔다고 했잖아.** 이후 나는 괄다의 말을 무조건 믿기로 했다. 그렇다면 나는 땅을 파는 사람이 되어야 한다. 땅이 있으면 파야 한다. 나는 그런 문장을 머리에 새겨 넣었고 언제든 그것을 실천하는 사람이 되고 싶어 했다. 이 기억은 보다 유년에 가까운 것이다. 이쯤에서 이 글의 화자 나이를 낮출 필요가 있을지도 모르겠다. 그럴 필요가 있겠는가. 다시 나이를 높여야 할 순간이 오겠지. 나는 인내심이 많은 사람이 아니다. 기다려야 할지 말아야 할지 애매한 것은 기다리지 않는 게 좋다.

땅은 잘 팠다. 사람 머리 하나쯤을 묻을 만했다. 무엇을 묻어야 할까. 괄다와 나는 묻지 않았다. 아무것도 묻지 말자. 오늘 판 땅은 잊어버리자. 땅을 판 기억까지 잊어버리자. 저녁엔 보리차에 밥을 말아 먹고 귀를 접자. 파도 소리를 듣자. 그리고 아무 일도 일어나지 않은 것처럼 베개에 머리를 놓자. 침을 흘리자. 이렇게 제안하고 판 땅을 버려둔 채 괄다의 손을 잡고 산을 내려와도 좋았을 것이다.

삽자루를 잡고 머리 위로 돌리다 괄다의 목을 후려쳐 머리를 날려 버리는 상상을 한다. 시간이 흐른 뒤, 시간이 언제 안 흐른 적이 있었나, 괄다는 잠꼬대처럼 말했다. 나는 꼭 그 말을 받아 적어야만 했는데 당시 종이가 없어 머릿속에 받아 적었고 그런 연유로 그 말은 오랫동안 썩지 않고 보관할 수 있는 문장이 되었다. 이것은 괄다의 말이자 나의 문장이다. **나는 네가 나의 머리를 삽으로 내려쳐 주기를 얼마나 원했는지 모른다.** 이제는 나의 상상이 먼저인지 괄다의 말이 먼저인지 모르겠다. 중요한 건 이렇다. 괄다와 나는 각각의 머리로 같은 생각을 했다는 것이다. 두 개의 머리가 하나의 베개에 놓여 있듯이 말이다. 하나는 침을 흘리고 하나는 침을 핥아 먹어야만 한다.

이 이야기를 계속 진전시켜야 할까. 베개 이야기라면 얼마든지 가능하다. 이 글이 나의 마지막 글이 아니라면 다음에 시작할 글의 제목은 베개 이야기가 될 것이다. 각오해라. 이 글을 끝내야 시작할 수 있다. 바꿔 말하면 이 글을 읽은 자만이 그 글을 읽을 수 있다. 읽지 않겠는가. 베개는 낮게 베는 것이 좋다. 이 글은 점점 얇아질 것이다. 베갯잇만 남은 이야기에 머리를 얹어야 할 것이다. 우리의 잠이 그렇게 시작되고 장난처럼 끝이 나 버렸다고 거듭 말해야 할까.

결국 괄다와 나는 침이 말라붙은 베개를 묻어야 했다. 달리 무엇이 더 있겠는가. 베개를 물고 늘어진 보람을 챙겨야 하지 않는가. 베개를 묻는 의식은 우리의 머리 두 개를 묻는 것과 같다. 이것이 우리의 사랑이자 절망이었다. 절대 상징이었다. 베개를 그냥 묻어야 할까. 베개의 입을 찢어 보릿겨를 땅에 쏟아붓는다. 그 소리는 어떻게 들릴 것인가. **좌. 좌르르. 좌르르르.** 그랬을까. 잠든 짐승의 귓불을 간질이는 소리. 잎사귀에 엉겨 붙은 바람을 털어 내는 소리. 설치류가 견과류를 모아 두는 소리. 소리는 오로지 다른 사물의 움직임으로 증명할 수 있을 뿐이다. 어떤 언어가 소리를 잡아 둘 수 있겠는가. 그것을 안다면 이 글은 한 낱말로 족할 것이다. 어떤 소리는 끝을 부른다. **잇. 겨. 끝.** 발음해 본다.

괄다 몰래 보릿겨 한 줌을 주머니에 감춘다. 이제 끝이다. 베개를 묻었으니. 베개가 묻히는 소리를 들었으니. 돌아가라는 소리가 들린다. 메아리친다. 메아리를 무시하고 베개를 묻은 땅 바로 옆에 다시 땅을 팠다. 모든 일은 두 번 반복해야 좋다. 두 번째는 더 잘 팠다. 괄다는 잘 팠다는 말도 하지 않고 보리차도 내밀지 않았다. 쪼그리고 앉아 베개가 묻힌 땅에 젖은 잎사귀를 떨어뜨리고 있었다. 그 잎사귀는 마치 괄다의 입에서 떨어지는 것처럼 보여야 했는데 실제 그렇지는 않았다. 괄다의 모습은 자연의 괄호에 갇힌 죄 많은 나무 같았다.

날이 샜다. 해가 뜨거웠다. 노동의 아침이 밝아 왔다. 무엇보다 나는 두 번째 판 구덩이에 만족하고 있었다. 길고 가느다란 구덩이. 예정에 없던 일이었지만 그 안에 삽을 묻었다. 묻지 않을 수 없었다. 삽말고 달리 무엇이 있겠는가. 계속 삽자루를 들고 있다면 괄다의 목을 내려쳤을 것이다. 그게 불가능했다면 어느 착한 나무의 밑동에 삽날을 꽂았을 것이다. 분명 그랬을 것이다. 나란 인간은 그런 사람이다. 흙을 손으로 긁어모아 덮었다. 손톱에 흙이 낀 느낌이 좋았다. 목과 어깨를 긁었다. 구부러진 삽날이 흙 밖으로 삐져나와 있었다. 마치 혀를 내밀고 있는 것 같아 그대로 두었다. 혀를 내민 삽도 그것을 내버려 두는 나의 마음도 좋았다. 베개 생각과 더불어 괄다를 버리고 가도 좋을 정도였다.

언젠가 이곳을 다시 찾게 될지도 모른다. 그땐 무슨 일이 일어나야만 하고 어떤 감정의 격랑에 휩싸이게 될까. 나는 기다리기로 했다. 설령 이곳을 찾지 않게 되더라도 누군가 삽날을 발견하고 그것을 꺼내 땅을 팔지도 모른다. 처음엔 힘이 들 것이다. 아니, 생각보다 잘 파질지도 모른다. 삽날을 발견한 자가 삽자루를 쥐게 될 것이다. 그는 승리하는 동시에 패배하는 자이다. 삽을 자유자재로 다루게 된 그는 삽자루를 들고 머리 위로 돌리다 결국 자신의 목을 칠 것이다. 의도된 실수처럼. 머리는 정확히 베개가 묻힌 땅 위에 떨어질 것이다. 이제 산이 그의 베개가 되었다. 다시 그 자는 이름이 다른 나였으면 한다. 내가 아니면 도대체 누구란 말인가.

내가 어떤 도취에 휩싸여 손을 뒤로 감춘 채 산허리 둘레를 서성이고 있을 때 괄다가 다가와 내 얼굴에 침을 뱉었다. 왼쪽 뺨에 침이 흘러내렸다. 그제야 괄다가 계속 나의 이름을 부르고 있었다는 것을 알게 되었다. 여기서 나의 이름을 말해야 할까. 이름을 밝힐 수 없다. 나의 이름으로는 이야기를 이어 갈 수 없다. 나의 이름은 이야기를 역전시키고 뒤집어엎고 뒤섞어 놓아 결국 끝을 부르는 이름이다. 어느 이름인들 그렇겠지만 나의 얄팍한 변명을 믿어 주길 바란다. 이름 감추기. 이것이 이야기의 정상과 마주한 자의 병명이다. 그래도 부르고 싶다면 마음대로 정해 불러라. 나는 대답하지 않을 것이다. 괄다는 내 이름 앞에 수식어를 붙여 불렀는데 그것은 주로 욕이거나 동물을 비유한 말이었다.

나의 얼굴에는 괄다의 침이 흐르고 있다. 뺨이 끓어오른다. 침이 마르도록 기다려야 할까. 무엇을. 누구의 이름을 위하여. 어떻게 고백하기 위해. 무엇을 고해하기 위해. 어떤 이야기를 산허리에 꽂아 두기 위해서.

먼저 내려가. 괄다는 나의 말은 듣지 않고 이미 먼저 내려가고 있었다. 우리가 올라온 방향과 달랐지만 가히 내려가는 자의 활기찬 우울과 신비한 걸음걸이가 느껴졌다. 괄다가 시야에서 사라지자 얼굴에 남은 침을 손으로 닦았다. 냄새 맡고 핥았다. 손바닥에 침을 뱉었다. 갑자기 이상한 생각이 들었다. 주의해라. 누군가 이상하다고 말할 때는 의심부터 해야 한다. 거기엔 어떤 언어의 혐의와 권력이 작동하게 되어 있다. 이상하다는 말로 주의를 딴 데로 돌리고 모든 것을 무화할 수 있다. 내가 쓴 것을 당신만 못 읽게 만들 것이다. 갑자기 어떤 생각이 들었다. 이상하지 않은가. 생각이 들면 실천해야만 하는 일이 있다. 문장을 이렇게 바꿀 필요성을 느낀다. 나는 바지 속에 침이 묻은 손을 넣었다. 바지 앞이 불룩해졌다. 손으로 움켜쥐기에 적당한 크기다. 적당하다기보다는 익숙한 크기라고 해야겠지. 누군가의 손에는 너무 크거나 너무 작다. 바지 속에 담긴 그것을 어떻게 명명해야 할지 망설여진다. 아무렇지 않게 쓸 수도 있지만 이 글에서는 망설이고 싶다. 망설임을 드러내고 싶다. 내가 망설이고 있다는 것을 알아주었으면 한다. 정말 이상하지 않은가.

그런데 왜 나의 글에는 이런 장면이 꼭 삽입돼야 할까. 내 머리는 그 문제로 가득 차 있는 것인가. 글을 쓰는 것은 그것이 구부러지는 속도와 가리키는 방향에 대한 보고서를 작성하는 것에 다름 아닌가. 머리통을 바지 속에 넣고 다니고 있다. 바지 속에 들어 있는 머리통을 꺼내야 한다. 끄집어내야 한다. 잡아 뽑아야 한다. 다시 머리가 있던 자리로 돌려놔야 한다. 무엇을 위해. 누구를 위해. 이 장면을 위해 괄다를 먼저 내려가게 만든 것은 아닐까. 오로지 혼자 움켜쥐기 위해서. 사실 나는 누가 내 몸에 손대는 것을 끔찍이 싫어한다. 뒤늦게 후회해 봐야 소용없지만 괄다를 땅에 눕히고 삽날로 궁둥이를 후려친 뒤 일을 벌일 수도 있지 않았을까. 혹은 그 반대도 가능할 것이다. 온몸이 흙으로 범벅이 되도록 뒹굴었을 것이다. 절정에서 괄다는 삽자루를 움켜잡고 듣기 싫은 소리를 냈을 것이다. 땅을 파헤쳐 보릿겨를 솎아 냈을 것이다. 땅이 축축해졌을 것이다. 우리가 지쳐 흙바닥에 누워 있을 때 숨어 읽는 자는 황홀경에 빠질 것이다. 베개에 침을 흘릴 것이다. 동참하고 싶을 것이다. 동참할 수 없다는 사실이 안도감을 불러일으킬 것이다.

일을 쉽게 처리하고 싶어 하는지도 모르겠다. 몸에 흙을 묻히기 싫어서. 내 손에는 아직 흙의 온기가 남아 있다. 바지 속에 흙을 쏟아부어야 할까. 보릿겨를 먹은 흙으로 채워야 할까. 덮어 두어야 할까. 바지 속에 손을 넣은 채 어기적거리며 산허리를 빙빙 돌았다. 쉽지 않은 일이다. 괄다의 침이 아니었다면 이런 일은 벌어지지 않았을 것이다. 나는 변명의 천재다. 여전하다. 한 음절로 된 소리를 지른다. **다.** 메아리가 친다. 이래서 산이 싫다. 내가 내뱉은 소리를 다시 들어야 하는 수고로움을 거부할 수 없는 것이다.

손을 빼 어느 착한 나무에 문질렀다. 잘 빠져나왔다. 그것을 명명하지 않고 손에 흙을 묻히지 않고 일을 치른 것이다. 이제 무엇을 해야만 하는가. 누울 자리가 있다면 눕고 싶다. 다시 시작해야만 한다. 이어서 계속 가야지.

누울 자리를 찾기 시작했다. 이제 와서 몸에 흙을 묻힐 수야 없지. 내려가야 할까 올라가야 할까. 산허리에 엉거주춤하게 서서 위와 아래를 번갈아 내려다보았다. 착한 나무들이 몸을 구부려 저마다 자신이 서 있는 곳으로 오라고 유혹했다. 참담한 유혹이었다. 어느 죄 없는 나무가 몸을 완전히 눕혔다면 그 위에 자연스럽게 누웠을 것이다. 나무를 끌어안고 나무의 숨통에 귀를 댈 것이다. 지구가 일그러지는 소리를 들으려 애쓸 것이다. 점점 커지는 진동이 나를 잠들게 하리라. 결국 나는 나무를 떠나서 살 수 없는 인간이 될 것이다. 비로소 착해지기로 마음을 먹게 되는가. **나무 남자.** 이 글의 제목은 또 다시 바뀌게 될 것이다.

역시 누운 나무가 없다. 다시 모험을 떠나야 한다. 내 몸을 눕힐 수 있는 자연의 부속물을 찾아서 길고 지루한 모험을 지속해야 한다. 이렇게 생각하자 누울 자리가 보인다. 생각하면서 몇 걸음 내디딘 까닭이기도 하겠지만 참 쉽게 가고 있지 않은가. 올라올 땐 힘들었으니, 아마 괄다와 함께 올라와서 그런 것이겠지만, 내려갈 땐 쉬운 게 당연한 걸까. 그런 헛된 믿음을 거부하려고 얼마나 애썼는가. 이제 그런 말을 아무렇지도 않게 하고 있다니. 괄다는 어디쯤 내려가고 있을까. 의도적으로 내가 이렇게 생각할 줄 아는, 아직 자비로운 인간임을 보여 주기 위해, 사람이어야 한다고 스스로를 설득시키며 누울 자리 앞에 첫 발을 내디뎠다.

거대한 괴석이 위태로운 각도로 놓여 있었다. 괴석 아래는 낭떠러지였다. 자칫하면 굴러떨어질 수 있다는 위기감이 유혹을 불러일으켰다. 나는 유혹에 약한 인간이다. 어느 글에서도 이런 문장을 썼었지. 어느 글인지 기억이 안 나서 다행이다. 쓴 자가 기억에 없으니 읽은 자도 기억에 없을 것이다. 아니, 그것은 다른 문제인가. 쓴 자가 기억하지 못해도 읽은 자가 기억할 수도 있겠지. 누가 읽었는가. 누가 기억하는가. 누가 읽었는지 알 수 없으니 나는 모르는 척 그대로 쓰는 것이다. 어쩌면 나의 모든 글에 그 문장이 박혀 있는지도 모르겠다. 아마 그럴 것이다. 확신한다. 확신이라는 위대한 착각에 빠지면 마음이 한동안 편해진다. 쪼그라든 두뇌가 잠시 부풀어 오르는 기분이다. 기분은 곧 정신을 단단하게 만들고 속이 단단한 과육 같은 정신 상태 속에서 글을 지속적으로 쓸 수 있는 것이다. 단단했던 과육이 허물어진 줄도 모르는 채 글을 전진시키는 위험을 감행해야 한다. 한 걸음 전진하기 위해 열 걸음 후진시켜야 한다. 나의 모든 글은 그 문장을 쓰기 위해 존재하는 것일지도 모른다는 착각이 지속된다. 보다 솔직히 말하면 쓰는 것이 아니라 글의 어느 좌표에 위치시키기 위해 무수한 문장들을 선택하고 결합하고 나열하는 것이다.

나는 유혹에 약한 인간이다. 한 번 더 쓴다. 문제 될 게 있는가. 이런 문제가 있다. 무엇에 유혹당했는지가 중요할 수도 있겠다. 바로 그게 중요하다. 왜 이제야 알게 되었을까. 다 쓰고 나서가 아니라 그나마 다행이다. 이상할 것이 없다. 이전 글들에서 나는 인간들의 모습, 행동, 말 따위에 유혹당했지만 지금은 아니다. 자연에 유혹당하고 있다. 자연이 숨긴 괴석. 보다 정확히 말하면 괴석도 아니다. 괴석의 각도에 끌린 것이다. 이것은 사물이 아닌 상태의 문제다. 상태가 사건을 부른다. 글의 흐름을 따른다면 사건이 만들어 놓은 심리의 문제다. 욕망이라는 낱말은 쓰지 않을 것이다. 다 집어치우고 괄호의 문제라고 하고 넘어가자. 앞으로 글을 전개하기 위한, 이 글에 화자가 있다면 화자를 움직이게 만들기 위한 최소한의 장치로서의 문장이 그것이다.

나는 유혹에 약한 인간이다. 괄호를 치고 싶지만 참고 있다. 나의 심정을 좀 알아주길 바란다. 이렇게 써 놓고 보니 정말 그런 것 같지 않은가. 어째서 같은 문장을 세 번씩 읽어야 하는가. 묻지 않을 수 없겠지. 대답하지 않을 수도 있다. 여기까지 읽은 것만으로 이 글은 성공한 것이다. 이제 그만 읽어도 좋다. 그만 읽을 수 없을 거다. 귀를 접게 만들었으니까. 문장의 아교가 한 번 접힌 귀를 펴지 못하게 만들었으면 좋겠다.

도대체 언제 누워야 할까. 누울 자리 앞에서 무엇을 주절거리고 있는가. 눕기 전에 떨어질지도 모른다. 얼마나 참담한 일이 될 것인가. 참담함을 맛보고 싶은 또 다른 유혹이 생겼지만 거미가 거미줄을 포기하는 심정으로 납작 엎드려 네 발로 괴석의 중앙 쪽으로 이동했다. 무척 겁이 났지만 가능하면 우스꽝스럽게 보이도록 움직였는데 누군가 지켜보고 있을 거라는 생각이 동작을 오히려 부자연스럽게 만들었다. 산에는 숨겨진 것이 많고 그만큼 숨어서 지켜보는 것도 많을 것이다. 숨겨진 것을 찾기 시작하면 찾을 수 없다는 것을 알기에 내버려 두기로 했다. 찾는 것을 포기할 때 숨은 것은 드러나게 되어 있다. 또 안 드러나면 좀 어떤가. 이 글은 너무나 많은 것을 숨기고 있어 아무것도 숨기지 않은 것처럼 보일 것이다. 같은 의미로 아무것도 숨기고 있지 않아서 너무나 많은 것을 숨긴 것처럼 읽힐 것이다. 나는 숨고 숨기는 데 도가 튼 사람이다. 내가 왜 바다를 버리고 산을 택했겠는가. 산을 들어 올리려고 하는가. **숨은 남자.** 이 글의 제목은 수시로 바뀐다. 마음에 드는 걸로 골라 붙여라. 난 이미 남자가 아니다. 남자라는 생각은 버렸다. 오해하지 마라. 여자 이야기를 하려는 게 아니다. 그래서 중앙을 포기하고 덜덜 떨면서 중앙 언저리에 몸을 눕히게 되었다. 누우니 두려움이 가셨다. 일어나지만 않는다면 두려움은 다시 찾아오지 않을 것이다. 괴석과 일체가 되는 수밖에 없다.

빛이 뜨겁다. 태양에 그대로 노출된 자는 초조와 불안이 타들어 갈 때까지 기다려야 한다. 의지와 상관없이 얼굴이 찡그려진다. 얼굴에만 쏟아지는 빛을 분산시키기 위해 뭔가 해야만 한다. 이 빛을 피부에 양보하고 싶다. 무엇부터 벗을까. 누운 채로, 일어나면 아마 두려움에 떨다 괴석 아래로 떨어지고 말 것이다, 벗어야 한다. 이 생각을 하면서 구두로 구두를 벗겼다. 발로 구두를 벗겼다. 구두가 괴석 아래로 굴렀다. 구두를 잡으려면 몸을 던져야 한다. 다음 일은 모르겠다. 구두의 비명 소리가 들려왔다. 초조와 불안이라는 이름의 구두가 추락했다. 한 번. 두 번. 그다음은 메아리. 두두. 산이 구두를 씹어 삼키는 소리. 산이 싫어도 이제 산에 있을 수밖에 없다. 구두를 벗자 그다음은 모든 게 쉬워졌다. 평소대로 아랫도리를 먼저 벗고 윗도리를 다음에 벗었다. 과연 내가 평소에 그렇게 옷을 벗었는지 모르겠다. 아무튼 다 벗었다. 나체가 되었다. **벗은 남자.** 다시 이 글의 제목을 생각하지 않을 수 없다.

온몸으로 빛을 받아들였다. 열이 올랐다. 땀이 났다. 좋은 징조다. 열은 올랐다가 내릴 것이고 땀은 났다가 식을 것이다. 열과 땀 사이에서 간신히 버티고 있다. 문득 몸을 열어 내부에도 빛을 쏘이고 싶다는 생각이 들었다. 두뇌와 장기와 근육과 혈관과 지방과 돌덩이들을 빛 속에 담그고 싶었다. 내장만 따로 꺼내 옆에 두고 말라 가는 것을 바라볼 수는 없을까. 결국 죽고 말 것인가.

이 글은 죽음으로 끝날 것인가. 타협의 연속이다. 누군가의 죽음을 예고하다가 죽이는 것과 죽이지 않는 것. 어느 게 더 윤리적인가.

죽음만 생각하면 죽고 싶은 게 착한 마음을 가진 자의 윤리다. 착한 마음을 태양 빛에 태워 버리기 위해 나는 어떤 흘러간 노래를 기억하려고 했지만 기억이 나지 않았다. 모든 노래는 흘러가야 한다. 노래야 만들 수 있지 않는가. 부르면 노래가 되지 않는가. 부르는 노래가 있고 부르지 않는 노래가 있다. 나는 누구도 부르지 않는 노래를 불러 보기로 마음먹었다. 그것은 처음부터 끝까지 질문으로만 이루어진 어떤 책의 목차를 이어 만든 노래가 될 것이다. 그 책은 아직 이 세상에 존재하지 않지만 내가 노래로 부름으로써 완전히 존재할 수 없게 만들 수도 있다. 그러기 위해서는 이 글에서 노출해서는 안 된다. 나만 알고 있겠다. 나는 누가 내 문장을 만지는 것을 싫어한다. 만지면 썩고 허물어지기 때문이다. 만지지 마라. 나 몰래 만지는 것은 허락하겠다.

어떤 흘러간 노래 대신에 나는 과거의 문장을 떠올렸다. 놀라운 일이다. 어떻게 이걸 생각해 냈을까. 가끔 불알을 구워 주어야 한다. 이 문장은 나의 것이 아니다. 나를 찾아오기로 한 그의 문장이다. 그는 이미 괄다가 되었다가 토라져 문장의 협곡을 지나 사라졌지만, 이 문장으로 다시 나타나게 되었다.

그는 나의 아버지였다. 나는 더 이상 내 글에 아버지가 등장하는 꼴을 보고 싶지 않다. 약속하지 않았는가. 더 이상 아버지를 위한 문장을 써서는 안 된다고. 그렇게 쉽게 가서는 안 된다고. 특히 이 글을 시작할 때 그렇지 않았는가. 단 하나의 목표가 있다면 그것이다. 이제 와서 모든 것을 되돌릴 수 있을까. 가능하다 해도 불가능으로 만들어야 한다. 하지만 저 문장도 버릴 수가 없다. 불알의 주인은 아버지다. 사람들은 왜 이런 이야기의 유혹을 뿌리치지 못할까. 아버지를 부친이라고 바꿔 부르면 가능할까. 혹은 아버지의 이름. 전혀 아버지 같지 않은 이름. 도대체 나는 지금 아버지라는 단어를 몇 번이나 반복하고 있는가. 나에게 아버지는 몇 명이나 될까. 틀렸다. 변명의 여지가 없다. 다른 걸 떠올려야만 한다. 집중하자. 계속 가자. 생각났다.

나는 그를 촘스키라고 부를 것이다. 조금 마음이 편해진다. 태양 빛이 미쳐 날뛴다. 지금이 몇 시인지 알고 싶다. 이 글과 무관한 노트에 적어 두고 싶다. 2시 37분이다. 촘스키를 생각해야 하는 시간이다. 오늘부터 2시 37분에는 촘스키만 생각할 것이다. 촘스키의 책을 읽지 않아 다행이다. 아마 이 글이 완성되면 촘스키를 읽게 될 것이다. 늘 그래 왔던 대로 그래야 한다. 누군가 이 글을 읽고 촘스키와의 연관성을 물어 온다면 머릿속에 대답을 만들어 놓고 대답하지 않을 것이다. 아무도 묻지 않을 것이다. 이전과 마찬가지로 그럴 것이다. 제목 아래 촘스키의 어떤 문장을 인용해도 좋을 것이다. 정말 해서는 안 되는 짓의 유혹을 뿌리치기는 힘들다. 이 글은 소설과 언어학 사이에서 간신히 버티고 있다. 이 문장에 침을 뱉기 위해 계속 써야 한다.

촘스키와 나는 단 한 번 산에 오른 적이 있다. 촘스키는 매주 혼자 산에 갔는데 그날은 어쩐 일인지 나와 가자고 졸라 댔다. 아직 미취학 아동이었던 나는 촘스키의 부탁을 거절할 수 없었다. 땅콩 조각이 박힌 알사탕의 유혹에 넘어간 것이다. 알사탕 두 개를 입에 넣고 촘스키의 커다란 궁둥이를 바라보며 따라 올라갔다. 산에서는 비릿한 냄새가 났는데 코가 시큰거릴 때마다 침을 삼켜야 했다.

촘스키는 산 정상에 닿기 전 걸음을 멈추고 길이 없는 숲 속으로 들어갔다. 내가 모든 일에 있어 정상까지 가지 않는 것은 촘스키에게서 물려받은 유전인자 때문인지도 모르겠다. 아무런 말도 없기에 따라갈 수밖에 없었다. 숲의 한 귀퉁이에 커다란 바위가 있었다. 바위 주변으로 햇볕이 내리쬐고 있었다. 촘스키는 배낭을 풀어 크림빵과 우유를 꺼냈다. 나에게 그것을 주고 먹으라고 했다. 허기가 져 있던 나는 입술에 크림을 묻히고 턱에 우유를 흘려 가며 먹었고 촘스키는 내가 먹는 것을 계속 쳐다보았다. 나에게 미안함을 불러일으키려는 속셈의 눈빛이라고 생각돼 빵을 내밀었지만 고개를 저었다. 우유를 먼저 내밀었으면 달라졌을지도 모른다. 촘스키의 시선에 갇혀 크림빵과 우유를 미친 듯 먹던 나를 떠올리면 한심하기 짝이 없다. 내가 다 먹고 나자 촘스키가 말했다. **옷을 벗어라.** 내가 무슨 말인지 몰라 어리둥절해 있자 보다 큰 목소리로 말했다. **옷을 벗으라니까.** 촘스키의 목소리가 메아리쳐 들렸다. 아마 나는 그때부터 메아리를 혐오하게 되었는지도 모르겠다. 내가 벗으려 하지 않자 더 이상 기다릴 수 없다는 듯 촘스키가 옷을 벗었다. 공중목욕탕에 온 사람처럼 아무렇지도 않게 벗었다. 전체적으로 누렇고 허약한 몸에 배만 불룩 나와 있었다. 촘스키의 그것이 2시 방향으로 약간 휘어져 보였다. 옷을 잘 접어 바위 옆에 가지런히 포개 두었다. 촘스키는 발가벗은 채로 주변을 둘러보며 넓적한 돌 하나를 주워 바위에 올려놓았다. 돌을 베고 누웠다. 다리를 벌렸다. 입술 끝의 마른 크림을 핥으며 나는 알사탕 봉지를 움켜쥐었다. 알사탕에 박힌 땅콩 조각처럼 촘스키의 나체가 내 눈에 박혀 있었다.

촘스키는 눈을 감은 채 가만히 있었다. 저런 거라면 나도 벗고 싶었지만 이미 벗기에는 때가 늦었다는 것을 알았다. **가끔 불알을 구워 주어야 한다.** 잠꼬대처럼 촘스키가 중얼거렸다. 그리고 잠시 후 정말 잠이 들어 잠꼬대를 했다. **나는 떠날 거야.** 나는 촘스키의 불알이다 구워지도록 바위 옆에 걸터앉아 어떤 알 수 없는 노래를 반복해서 흥얼거려야 했다. 이후에도 촘스키는 매주 산에 갔지만 나와 함께 가자는 말은 하지 않았다. 한 번쯤은 대가 없이 따라가 줄 수도 있었는데 촘스키는 그랬다. 촘스키의 잠꼬대는 실현되지 않았다. 모두가 떠나도 촘스키는 떠나지 않았다. 촘스키만 남았다. 달리 생각해 보면 그게 촘스키가 떠난 방식이다.

여기까지가 촘스키 문장의 내력이다. 무슨 일이 일어났는가. 아무 일도 일어나지 않았다. 그것이 나의 전체를 흔들어 놓고 있는 것이다. 뭔가 속이 시원해야 하는데 몸에 돌덩이가 들어찬 기분이다. 누가 나를 베고 누웠으면 좋겠다. 입 밖으로 언어가 빠져나오듯 돌덩이가 터져 나올 것이다. 나는 구슬 주머니를 햇볕에 구우며 손톱 사이에 낀 흙을 쳐다보았다. 이 흙을 빼지 않고 죽을 때까지 살 수는 없을까라는 부질없는 생각에 자신을 내던지고 싶었다.

어떻게 산을 들어 올려야 할까. 그리고 무엇으로 바다를 쪼개야 할까. 괴석 아래로 굴러떨어지면 바다에 닿을 수 있을까. 산에는 산 노래가 있듯 바다에는 바다 노래가 있겠지. 산에 어울리는 문장이 있듯 바다에 어울리는 문장도 있을 것이다. 산을 들어 올린다고 그 밑에 바다가 있는 것은 아니다. 그럴 수만 있다면. 끝이 보일 것이다.

나의 생각을 낚아채듯 어디선가 줄이 날아왔다. 줄이 얼굴을 때렸다. **줄을 잡아요.** 목소리가 들렸다. 순간적으로 줄을 잡았다. 줄을 잡자 나의 몸이 끌어당겨졌다. 끌어당겨지는 척하며 기어갔다. 괴석의 보다 안전한 자리로 이동했다. **옷을 입어요.** 그제야 두려움이 다시 일었다. 팔을 뻗어 옷가지를 잡았다. 움켜쥔 채 그대로 있었다. **옷을 입으라니까.** 목소리만 있고 실체는 보이지 않았다. 햇볕을 너무 오래 쬔 탓인지 눈앞이 붉은 광선으로 가득했다. 한 손에 줄을 잡고 어렵게 옷을 걸쳐 입었다. 줄이 다시 당겨졌다. 줄을 잡힌 나는 괴석에서 들어 올려졌다.

줄 끝은 어느 착한 나무에 묶여 있었고 줄 사이에 녹색 모자를 쓴 사람이 인상을 찌푸리며 서 있었다. 줄을 던진 것을 후회하고 줄을 잡은 나를 원망하고 있는 것만 같았다. 나무에 묶은 줄을 푼 그가 말했다. **왜 죽지 않을 수 없는 거지.** 그는 자신을 산림 감시원이라고 소개했다. 하지만 산림을 감시하는 것이 아니라 어느 순간부터 자살을 하려는 사람을 감시하고 있다고 했다. 그는 다시 자신을 자살 감시원이라고 소개했다. 사람들이 자신을 산림 감시원이라고 부를 때마다 속으로 나는 자살 감시원이다, 나는 자살 감시원이다,라고 중얼거린다고 말했다. 내가 누워 있던 괴석은 자살 바위로 명물이 된 곳이라고 덧붙였다.

내가 아무런 대꾸도 하지 않자 산림 감시원이 나의 팔을 잡아끌었다. 내 손에는 여전히 줄이 잡혀 있었다. 산림 감시원이 줄을 뺏으려 하자 이 줄을 놓치면 정말 나는 죽을지도 몰라요,라는 눈빛을 보냈다. **나도 죽고 싶소. 죽고 싶단 말이야. 모두가 죽기 전에 나도 죽고 싶어.** 산림 감시원은 소리를 질렀다. 메아리쳤다. 나는 줄을 좀 더 세게 움켜잡았다.

산림 감시원이 자신의 허리에 줄을 묶었다. 나는 줄 끝을 잡고 그 뒤를 따랐다. 맨발로 걸었다. 걸을수록 맨발이 편하다는 것을 알게 되었다. 이제 구두 따위는 신지 않아도 된다. 산림 감시원답지 않은 느린 걸음이었다. 어쩐지 친근감이 느껴졌다. 우리는 친구가 될지도 모른다. 함께 산을 오르락내리락할 것이다. 그에게 무엇이든 고백하고 싶어진다. 고백을 취소할 날도 올 것이다. 서로를 감시하게 될 것이다.

얼마를 내려오자 괄다가 보였다. 그동안 어떤 상념의 괄호에 갇혀 있었기에 여기까지밖에 못 내려왔나 하는 생각이 들었다. 내가 촘스키를 만나고 있을 동안 괄다는 누구를 만난 것일까. 나는 왜 괄다를 누구와 만나지 못하게 만든 것일까. 이 글은 괄다의 시점으로 다시 쓰일 것이다. 괄다와 촘스키가 손을 잡고 나란히 걷고 있다. 그때 이미 나는 죽어 누워 있을 것이다. 바다에 떠 있을 것이다. 나의 착한 육체가 바다를 쪼갤 것이다.

아무 말 없이 괄다를 지나쳐야 했다. 해 줄 말이 없다. 전할 말도 없다. 무슨 말을 하든 귀가 접힌 괄다는 듣지 않을 것이다. 파도 소리에 미친 것이다. 이렇게 생각하는 것이 마음이 편하다. 나야말로 산림 감시원을 따라가면 그만이다. 그가 나를 어디로 데리고 가는지 궁금하지만 참고 계속 갈 것이다. 가 보면 알게 될 거다. 한 손은 줄을 잡고 다른 손은 주머니에 넣었다. 보릿겨가 만져졌다. 내가 가진 유일한 것. 이 글에 남은 유일한 잔여물. 그것을 산림 감시원에게 제공해도 좋겠다. 보릿겨를 얼굴에 뿌릴 수도 있을 것이다. 그게 낫겠다. 더 나쁜 것이 더 좋은 결과를 가져오게 되어 있다.

내려가는 것이 맞는가. 산이 끝이 없다. 끝없는 하산의 길이다. 우리는 지금 산허리 어디쯤을 헤매고 있을까. 어쩐지 산림 감시원의 반쪽짜리 삶을 대신 살고 있는 것만 같다. 쓰고 있는 것만 같다. 읽고 있는 것만 같다. 나는 내가 쓴 것을 증명한 뒤 부정하기 위해 이 글을 지속해야 한다. 나는 내가 무엇을 쓰지 말아야 하는지 알게 된 것일까. 너는 네가 무엇을 읽지 말아야 하는지 알게 된 것일까. 이제 당신이 말할 차례이다. **그러니까 만나서 얘기하자.**

Q.E.D.

박형서

1972년 춘천에서 태어났다. 2000년《현대문학》에 단편소설 〈토끼를 기르기 전에 알아두어야 할 것들〉을 발표하며 등단했고, 2010년 대산문학상을 수상했다. 현재 고려대학교 문예창작학과 교수이다. 소설집《토끼를 기르기 전에 알아두어야 할 것들》《자정의 픽션》《핸드메이드 픽션》, 장편소설《새벽의 나나》가 있다.

첫 번째 노트는 파이(π)에 관한 이야기로 시작된다.

원주율의 근사치를 구하는 건 인류의 오랜 숙제였다. 대충 3으로 합의하고 넘어간 고대사회와 달리 시라쿠스의 아르키메데스는 실진법이라는 중노동을 통해 $3 \cdot 10/71$과 $3 \cdot 10/70$ 사이에 있는 어느 값으로 추정했다. 이어 5세기에는 중국에 조충지가 나타나 무려 소수점 여섯 번째 자리까지 정확한 $355/113$을 추출해 냈다. 이들처럼 시대를 훌쩍 뛰어넘은 극소수 영웅을 중심으로 화려하거나 또는 어두운 군상들이 다양한 수학적 사연들과 함께 여자의 노트에 기술되어 있다.

도전은 그 지점에서 오랫동안 정체되어 있었다. 시대적 한계였다. 파이의 값을 보다 세련되게 드러내기 위해 인류는 신의 사랑을 받은 천재를 기다려야만 했다. 이윽고 천 년이 지나 뉴턴과 라이프니츠가 등장하면서 미적분이라는 강력한 무기가 고안되었고, 공격은 재개되었다. 그레고리, 케랄라, 월리스 같은 인물들이 앞다투어 파이의 값을 한결 간단하고 명확하게 정의했다. 여자의 첫 번째 노트에는 그 아름다운 무한급수의 프레임이 깔끔한 필체로 정리되어 있다.

수학사를 그저 꼼꼼하게 따라가기만 한 건 아니었다. 왜 이처럼 많은 사람들이 파이에 매달렸는지, 혹은 파이가 왜 중요한지에 관한 나름의 견해가 발자취처럼 주석으로 달려 있다. 수학을 하는 사람에게 파이는 결코 피해 갈 수 없는 부분이다. 좀 더 정확한 값을 구하려는 단순한 목적 때문이 아니다. 이미 19세기 중반에 수학자들은 소수점 아래 500자리까지의 파이 값을 결정했는데, 캐나다의 보웨인 형제에 의해 계산된 바로는 당시 알려진 우주의 둘레를 측정할 때 그 오차가 수소 원자 반지름보다 작도록 하려면 소수점 이하 39자리까지만 필요하다. 즉 우주를 탐구하려는 실용적인 목적을 위해서라면 이미 충분한 근사치의 목록이 작성되어 있던 것이다. 문제는 파이가 단지 기하학의 영역에만 국한되는 값이 아니라는 점이다. 각을 일상적인 단위인 '도'보다 파이에 기반을 둔 '라디안'으로 표현하는 것이 훨씬 편리하다는 사실이 밝혀진 이래, 파이는 삼각법의 중요한 도구가 되었다. 또한 파이는 초월수 'e'와 오일러의 저 혁명적인 항등식을 통해 허수와 불가분의 관계로 자리 잡았다. 오일러는 무한곱과 무한합에 대한 결과를 삼각함수 $\sin(x)$와 결합시켜, 〈바젤 문제〉로 알려진 무한급수의 합이 정확히 $\pi2/6$임을 밝혀내기도 했다. 파이는 심지어 확률론에도 깊숙이 개입한다. A만큼 떨어져 있는 평행선들이 그어진 테이블 위에 길이가 A인 바늘을 떨어뜨리면 바늘이 평행선을 교차할 확률은 정확히 $2/\pi$로 알려져 있다. 말하자면 π라는 간단한 기호는 수학의 심장인 것이다.

첫 번째 노트에는 소수점 이하 몇 백만 자리까지 나아가도 전혀 규칙성이 발견되지 않는 파이에 대한 호기심과 애정, 그리고 경외감이 가득하다. 노트의 중간 부분에 이르면 각종 공식과 설명들, 의문점 등이 다소 산만하게 기록되어 있다. 이는 알려진 지식들을 흡수하는 작업에 조금 성급했기 때문이다. 르장드르의 타원적분을 통해 파이에 접근하려는 시도도 그 즈음부터인데, 그건 여자가 학부 삼 학년이 되어 고등수학을 접했기에 가능한 일이었다.

파이라는 신비한 기호에 눌려 상대적으로 왜소해 보이지만, 노트의 구석구석에는 이십 대 초반을 지나는 삶의 굴곡과 그 시절에 발현되었던 성격이 고스란히 담겨 있다. 여자가 대학에 입학하던 해에 교통사고로 사망한 그녀의 부모는 기묘한 형태의 여백으로 소환되어 있다. 밤새워 연구하다 흘린 코피 자국이 곳곳에 찍혀 있고, 화가 나 연필로 꾹꾹 눌러 버린 흔적도 남아 있다. 이따금 가장자리에다 깨알 같은 글씨로 사소한 일상사를 적어 놓았는데, 누구와 무슨 농담을 나누었다거나 예기치 못한 일에 얼마를 지출했다거나 혹은 어떤 물품이 급히 필요하다는 따위가 그것이다. 사람의 필체란 사소한 조건, 이를테면 저녁 식사로 무엇을 먹었는가와 같은 단순한 사정에 의해서도 짧은 시간에 쉽게 변하는 것이어서, 정확히 똑같은 필체로 이어진 몇몇 페이지는 여자가 오랫동안 집중하는 타입임을 말해 준다. 사람이 그리울 때면 친구들의 미팅에 따라나서곤 했지만 연인을 만들기 위해서가 아니었다. 여자는 같은 학과에 다니는 '멍청한 기계'라는 괴짜를 좋아했다. 기계보다 기계처럼 생긴 그 남학생의 별명은 그러나 외양이 아니라 별 노력도 없이 엄청나게 빠른 속도로 연산을 하기 때문에 붙여진 것이었다. 가장자리의 낙서를 보면 여자와 그 유쾌한 남자 사이에 공평한 사랑이 존재함을 알 수 있다. 다만 시간이 조금 필요할 뿐이었다. 그건 평행하지 않은 두 직선이 언젠가는 우주의 한 지점에서 비스듬히 마주치리라는 낙관의 다른 표현일 것이다. 하나의 삶이 다른 삶을 만나 느끼는 신비한 호감, 마치 종교와도 같은 믿음이었다.

그 모든 걸 파이가 바꾸어 놓았다.

원주율을 정복할 최초의 인간이 되겠다는 망상을 품은 게 아니었다. 여자는 그렇게 오만하지 않았다. 게다가 파이 그 자체는 단지 시작일 뿐, 보다 매혹적인 건 끝없이 펼쳐지는 숫자의 향연이었다. 거기에 어떤 삶이 머무를 수 있다고 생각해 본 적은 없었다. 반면 그러한 도전을 통해 얼마나 많은 인생과 재능이 무모하게 낭비되었는지는 잘 알고 있었다. 하지만 저 영원히 반복되지 않는 숫자의 행진이 고아가 된 그녀의 마음 한쪽 결을 자극했을 때, 방황하는 숫자들이 부모의 패턴을 찾아 달라고 출렁거렸을 때, 여자는 망설이지 않고 고개를 끄덕였다. 그리고 언제든 돌이킬 수 있을 것처럼 연필을 잡았다.

여자는 발표된 논문을 읽으며 이제껏 밝혀진 무기를 연구하고 개량했다. 국제 논문을 이해하기 위해 외국어를 공부할 필요까지는 없었다. 수학자들의 언어는 숫자와 기호뿐이기 때문이다. 그저 차분히 나열된 증명을 알아볼 수 있으면 족했다. 그에 비해 언어는 명료하지 않은 상징체계다. 명료하지 않다는 건 불결하다는 뜻이다. 결벽으로 비워진 대뇌의 언어중추에는 말끔한 규칙이 차올랐다. 여자는 행복을 느꼈다. 다른 건 필요 없었다. 숫자와 밀회하는 낭만의 밤이 거듭될수록 여자는 말을 잃어 갔다.

세 번째 노트가 완성될 무렵에 여자는 학부를 졸업했다. 교양수업을 무시하고 전공인 수학에만, 그것도 특정 분야에만 매달려 있었기에 평점이 좋지 않았다. 함께 졸업한 친구들의 일부가 대학원으로 진학하고 일부는 응용수학을 필요로 하는 연구 부서에 자리를 잡고 더 많은 이들이 전공과 상관없는 회사에 취직하여 그들의 스승을 모욕하는 동안 여자는 부모로부터 물려받은 이층 가옥 중에서 세를 놓지 않은 지하 방 공간에만 머물렀다. 끝없이 종이와 연필을 소모하며 그중에서 가치가 있다고 판단한 부분을 깨끗이 노트에 옮겨 나갔다.

이즈음 여자의 관심은 숫자들의 통괄적인 부정성, 불예측성을 향해 자유롭게 분산되기 시작한다. 여자의 세 번째 노트에는 그러한 진화 과정이 담겨 있다. 가장 돋보이는 부분은 43페이지에 그려진 일곱 개의 기하도형이다. 그건 일종의 창의적인 전환인 셈인데, 파이의 수식 자체에 면과 공간, 즉 차원의 개념을 도입하기 시작한 것이다. 이렇게 위상공간을 고려함으로써 여자는 지난 십수 개월간 빙글빙글 맴돌던 자신의 자리에서 훌쩍 뛰어올랐다.

차원이란 공간 내의 점을 지정하는 데 필요한 독립좌표의 수를 일컫는 말이다. 직선상의 점은 하나의 실수로, 평면상의 점은 두 개의 실수로, 공간상의 점은 세 개의 실수로 지정된다. 존재하는 모든 수는 1차원 내에 존재하며, 이는 하나의 수가 다른 하나의 수에 비해 크거나 작다는 걸 의미한다. 그에 반해 기하학은 기본적으로 2차원인 면이 논의의 배경이다. 면의 개념은 선후대소 관계에서 자유롭다. 예를 들어 좌표상의 두 점인 $x(2, 4)$와 $y(3, 1)$는 단순한 알고리즘의 자장 안에서 독립적이다. 이런 자유로움은 차원을 4차 이상으로 확장

시킬 경우에 보다 극적으로 얻어질 수 있다. 여자가 수정한 진로는 충분히 근거가 있는데, 원주율 자체가 애초에 기하학에서 나온 개념이기 때문이다. 여자는 갑갑한 선후대소 관계에 의존하지 않고 산술 차원의 논리를 복잡화시켜 나갔다.

노트의 한가운데에는 푸르스름한 꽃무늬 배경이 들어간 종이가 한 장 꽂혀 있다. '멍청한 기계'로부터 받은 편지다. 재기가 넘치고 활동적이었던 멍청한 기계는 여자를 처음 보았던 순간부터 마침내 편지를 보내기까지 소요된 모든 망설임의 순간을 간명하게 수렴하는 분 단위의 멱급수로 표현해 놓았다. 아벨의 〈극한정리〉에 의하면 수렴하는 멱급수는 연속성을 보장하기에, 다시 말해 그 짧은 시는 순간과 영원을 아우르는 맹세를 담고 있었기에, 여자는 기쁘게 첫 데이트를 허락했다. 일찌감치 응용수학으로 진로를 틀어 건축 회사에 취직한 멍청한 기계는 첫 월급으로 근사한 자리를 꾸몄다. 굳이 그럴 필요 없었다. 여자 역시 멍청한 기계 외엔 다른 누구도 남자로 생각하지 않았기 때문이다. 둘은 그날부터 연인이 되었고, 네 달이 지날 무렵 동거에 들어갔다.

둘의 인생에서 삐걱거리는 소리가 들려온 건 동거를 시작한 바로 그날 저녁이었다. 여자는 멍청한 기계가 꽃을 사 들고 온 것도 모른 채 3원4차방정식만 지루하게 검산하고 있었다. 물론 무언가에 집중하다 보면 그럴 수 있다. 멍청한 기계도 그걸 이해하지 못할 정도의 얼간이가 아니었다. 하지만 시간은 언제나 외로움의 편이어서, 이런저런 인기척을 내며 애를 태우다 결국 여자의 옆구리를 건드렸다. 그러자 여자가 멍청한 기계를 향해 멍청하게 돌아보기를,

2초 혹은 3초.

멍청한 기계는 당황했다. 여자의 얼굴에 표정이 없었기 때문이다. 그건 인간의 얼굴이라고 하기조차 어려워서, 차라리 하얀 백지라고 표현하는 게 어울릴 것 같았다. 잠시 머뭇거리던 여자는 다시 고개를 노트 쪽으로 돌렸다.

그때 멍청한 기계가 느낀 감정은 무안함이나 분노가 아니었다. 그건 불안이었다. 좁고 허름한 방에 여자 말고도 아주 낯선 이가 함께 머물고 있는 느낌이었다. 게다가 그날은 둘이 함께 지내기로 한 첫날이었다. 왜 여자에게 동거하자고 청했던가? 여자를 사랑하기 때문이었다. 오랫동안 사랑해 왔기 때문이었다. 다른 여자를 사랑하는 건 상상도 할 수 없기 때문이었다. 그래서 분노와 실망의 안색이 교차하는 부모, 자신의 넓고 쾌적한 방을 떠나 그곳으로 왔던 것이다. 여자에게 정서를 전달하기 위해 숫자와 경쟁하리라고는 생각지도 못했다. 막막한 느낌 속에서 옷을 갈아입고 누웠다. 잠의 영역에까지 침입한 불안이 멍청한 기계의 잠든 몸을 5처럼 보이게 만들었다.

여섯 번째 노트에 이르러 여자는 유리수와 무리수, 즉 실수뿐 아니라 허수까지 다차원 좌표에 대입하기 시작했다. 그러는 과정에서 데데킨트의 〈절단개념〉조차 잘못 이해하고 있다는 사실을 깨달았다. 여자는 탈레스도 아니고 피타고라스도 아니었다. 황무지에서 시작할 필요가 없었다. 선배들이 평생을 바쳐 일구어 낸 유산을 빠짐없이 흡수하는 건 실용성 여부를 떠나 후배로서 마땅히 지녀야 할 예의였다. 잠시 접어 두었던 선행 연구에 대한 공부를 다시 시작했다. 멍청한 기계는 회사에 거짓말을 해 가면서까지 시간을 내어 여자에게 필요한 논문을 구해다 주었다. 하나의 논문은 항상 다른 논문을 품고 있었다. 그래서 여자에게는 다음에 읽어야 할 것들의 목록이 끊이지 않고 이어졌다. 연구와 작업은 계속되었다. 운이 좋을 땐 앞으로 연구해야 할 방향에 대한 정확한 조언을 찾을 수 있었다. 운이 나쁠 땐, 몇 달이나 고생해 얻어 낸 결과를 코발레프스키 혹은 푸앵카레의 유명한 대수학 논문에서 발견했다.

여자도 멍청한 기계를 사랑했다. 허락해 준다면 그와 평생 같이 살고 싶었다. 그가 논문과 책을 구해 오고, 방을 청소하고, 먹을 걸 마련하고, 아프면 병원에 업고 다니며 간호해 줬기 때문이 아니었다. 고단한 몸으로 이불 위에 누웠을 때 쓰다듬어 주는 그 따스하고 강인한 손길 때문이 아니었다. 여자는 멍청한 기계가 곁에 있을 때 느끼는 깊은 안도감을 무어라 정확히 꼬집어 표현할 수 없었다. 언어란 어차피 불완전한 도구이기에, 여자는 위험한 실수를 하느니 차라리 침묵하는 쪽을 택했다. 그 상태로 오랜 시간이 흘렀다. 여자는 여섯 번째 노트, 일곱 번째 노트, 그리고 여덟 번째 노트를 자기가 한 연구와 과거에 이루어진 연구를 비교하는 형식으로 채워 나갔다. 문득 정신을 차려 보면 책상 한쪽에 음식이 마련되어 있었고, 그러면 여자는 그걸 먹었다. 맛이 좋다 짜다 말하는 법이 없었다. 양이 적다 혹은 뜨겁다 말하는 법도 없었다. 먹는 이유는 오직 뇌에 영양을 공급하기 위해서였다.

멍청한 기계는 가끔 집에 들어오지 않았다. 여자는 신경 쓰지 않았다. 멍청한 기계가 가족이나 가족에 버금가는 가까운 사람이 아프면 저도 똑같이 아파하는 사람이라는 것도, 그의 아버지가 얼마 전에 치명적인 진단을 받았다는 사실도 신경 쓰지 않았다. 그가 이불을 뒤집어쓰고 울 때조차 고개를 돌리지 않았다. 여자는 차원을 계속해서 확장해 나가다 드디어 급수가 수렴하는 어떤 값을 찾아냈다. 그건 11차원으로 분절된 다양체에 무한히 접근하는 한 개의 선을 의미했다. 대수학의 세계에서나 존재하는 가상의 선이지만, 여자에게는 그 선이 이제껏 찾아 오던 비밀의 원천이자 고르디우스의 매듭으로 여겨져 경이로움을 느꼈다. 그리고 어깨를 잡아 흔드는 손길을 깨달았다. 멍청한 기계였다. 그가 엉망으로 울고 있었다. 가족 한 명이 지상의 좌표에서 소거된 것이다. 장례식에 함께 가 달라며 흐느꼈다.

그런데, 그럴 수가 없었다. 방금 무언가를 찾아냈기 때문이다. 여자는 고개를 저었다. 이대로 내버려 두면, 등을 돌리고 외면하면 그 무언가는 먼 곳으로 도망갈지 모른다. 멍청한 기계가 두 손으로 자기 얼굴을 감쌌다. 난 어디 있어? 얼굴을 감싼 그대로 말했다. 이 숫자와 기호들 어디에 너랑 내가 같이 사는 거야? 그에 대한 대답으로 여자가 손을 들어 두 줄짜리 수식을 가리켰다. 그것은 군(群)이론에 기초를 둔 갈루아의 방정식이었다. 멍청한 기계의 얼굴이 창백해졌다.

장례식에서 돌아온 멍청한 기계는 며칠 동안 꼼짝 않고 있었다. 여자는 미친 듯이 검산에 몰두했다. 그렇게 며칠이 지난 어느 날, 멍청한 기계가 프랙털 모양으로 구겨진 양복을 꺼내 입고는 여자 앞에 섰다. 그리고 여자를 일으켜 세웠다. 시키는 대로 무기력하게 따라 하면서도 여자는 노트에서 고개를 돌리지 않았다. 끔찍한 일이 벌어지는 중이었다. 잠시 기다리던 멍청한 기계가 여자를 껴안았다. 둘 사이에 아무런 빈 공간이 남지 않도록 힘껏 안았다. 이리저리 움직이며 여자 몸의 굴곡마다 파고드는 바람에 둘의 모습은 11이 아니라 12 혹은 13처럼 보였다. 그러다 결국 1과 다른 하나의 1이 되었다. 평행하지 않은 두 직선은 단 한 번 비스듬히 교차한 뒤 우주의 반대편으로 영영 멀어졌다.

홀로 남겨진 방에서 여자는 멍한 얼굴로 여덟 번째 노트를 노려보았다. 가슴이 찢어지는 것 같았다. 근이 나왔다. 파이는 대수적 조작으로는 얻을 수 없는 초월수이기 때문에, 정수 계수 다항식의 근이 나왔다는 사실은 오류를 의미한다. 증명이 망가진 것이다. 흥미로운 시도이긴 했으나 무한급수는 옳은 선택이 아니었다. 열리지 않는 문에 머리를 찧어 대는 기분이었다. 게다가 피투성이가 되어 고개를 들어 보니 그건 문이 아니라 거대한 바위산이었다. 왜 안 되지? 여자는 탄식했다. 이 방식이 가장 나았는데, 이렇게 풀릴 거라 생각했는데. 그러자 산 저 위쪽에서 거들먹거리는 목소리가 들려왔다. 난 너를 품고 있다. 너처럼 명멸하는 모든 존재를 품고 있다. 원소에게 정의되는 건 모욕이다. 이어지는 짧은 경고의 목소리.

그 입 다물어.

의기소침할 것 없다고 생각했다. 쉬운 작업이 될 거라고는 처음부터 기대하지 않았다. 하지만 마음과 달리 첫 실패에서 얻은 낙담은 쉽게 극복되지 않아, 그 흔적이 아홉 번째 노트의 첫 부분에까지 드러나 있다. 이제껏 해 왔던 연역식 대신 무모하게 귀납식을 사용하거나 심지어는 백일몽 같은 직관에 의존하기까지 했다. 필체는 신경질적이었고 어찌나 마음이 급했던지 지우개를 사용하지 않은 부분도 있다. 그러나 그런 과정에서 오히려 연구를 처음 시작할 때 가졌던, 모든 수학적 난제를 해결할 수 있는 궁극의 방정식에 대한 신앙은 보다 독실해졌다. 특정 지점에 선행하는 소수의 개수는 생성함수로 깔끔하게 규정되어야 한다. 무한수열의 진위는 보다 간단히 검증

되어야 하고, 파이와 같은 무리수는 끝없이 변주되는 패턴이 아니라 특이점으로 회귀하는 명확한 공식에 포섭되어야 한다. 천사처럼 순결한 그 값을 얻어 냄으로써 〈골드바흐의 추측〉 같은 오랜 골칫거리들이 녹아내릴 것이다. 수의 세계는 한결 아름다워질 것이다. 우주의 조화가 한눈에 들어올 것이다.

그건 오기도 아니고 욕심도 아니었다. 여자는 자기를 보호해야 했다. 작업을 시작한 지 팔 년이 지났다. 그동안 여자는 논리의 수도원에 저를 유폐시켜 놓고 수녀처럼 살아왔다. 다른 즐거움은 꿈꿔 본 적도 없었다. 오직 에너지를 내기 위해 배를 채웠고, 폐를 보호하기 위해 청소했으며, 전기세를 내거나 논문을 구하거나 필기구를 사기 위해 외출했다. 유한한 시간을 살다 먼지로 돌아갈 생명체로서 누릴 수 있는 가장 아름다운 시간이 끝나 가고 있었다. 항상 뭔가 숨기는 표정의 빵집 점원 외엔 다듬지도, 꾸미지도 않은 여자에게 관심을 가지는 사람은 없었다. 피부에는 윤기 대신 궁색함이 흘렀다. 너무 깊이 들어온 게 아닐까 하는 걱정이 여자를 괴롭히기 시작한 건 그즈음이었다. 삶의 초침이 숫자들 곁으로만 미끄러지고 있었다. 그러나 의심이 든다고 모든 걸 부정해 버릴 수는 없었다. 그렇다면 그동안 보낸 세월이 한낱 시간 낭비에 불과했다는 사실이 증명될 테고, 그 순간 여자의 자긍심은 망설임 없이 자폭할 것이다. 여자는 자기를 해칠 용기가 없었다.

어지럽게 나열된 숫자와 기호들의 조합에서 오랜 시간을 헤맸다. 연산의 부담을 줄이기 위해 모든 수식을 자연로그로 통일했다. 지난날의 실패를 바탕 삼아 무한급수에 슈와르츠 공간을 포함하는 초함수 개념을 도입했다. 동시에 여러 차수의 무한을 상정하여 위치가 확정된 좌표라는 함정에 빠지지 않도록 신경의 끈을 죄었다. 변수로 점철된 함수체계는 수학보다는 철학에 가까워 보였고 여자가 결코 원하는 바가 아니었으나, 그 자체로만 보자면 거부할 수 없는 매력을 지니고 있다. 함수를 사용하면 마치 시인들이 세계에 대해 발언할 때 자기만의 예를 드는 것처럼 상황에 구속받지 않고 보다 추상적이고 포괄적인 영역에서 작업이 가능하다. 여자는 하루 종일 연산을 수행하고 논리를 확장시키고 그걸 깨끗이 정리해 노트에 옮겼다. 배가 미치도록 고프면 밖에 나가 요깃거리를 사 왔다. 물과 함께 억지로 입안에 쑤셔 넣었다. 위가 상할 수밖에 없었다. 변비와 설사가 번갈아 찾아왔다. 복통으로 식은땀을 흘리며 숫자만 노려보았다. 그게 그 시절 여자의 모습이었다. 인플루엔자에 감염되어 사흘 밤낮 동안 체액을 쏟으며 신음한 것도 아홉 번째 노트를 작성하던 때였다. 제대로 앉지 못하여 누워서 연구를 진행한 것도 아홉 번째 노트를 작성하던 때였다. 그러다 몸이 조금이라도 나아졌다고 느끼면 곧바로 일어나 찬물에 세수를 하고는 책상 앞에 매달렸다. 이 역시 파리하게나마 아직은 젊음이 남아 있던 시절, 아홉 번째 노트를 작성하던 때의 일이었다.

이제 여자에겐 없지만, 삼십 대 중반에 첫 페이지가 작성된 열한 번째 노트는 온통 함수로 채워져 있다. 각 연산 사이에는 별다른 설명 없이 훌쩍 도약하는 부분도 존재하는데, 그건 무리한 추론이 아니라 여자가 다양한 함수체계에 완전히 익숙해졌으며 전보다 속도를 내어 연구를 진행했다는 증거다. 하나의 증명이 끝나면 제대로 기능하는지 확인하기 위해 직교 기저에서 전개되는 푸리에 급수의 계수를 도입해 검토했고, 실패로 확인되면 지체 없이 수정에 들어갔다. 타원모듈러함수와 세타함수를 붙였다 떼었다 만지작거리는 십 개월 동안 무려 스무 페이지를 할애하기도 했다. 그러한 방식을 통해 야코비는 원하는 걸 얻었으나, 여자는 그만큼 운이 좋지 않았다.

이제 여자에겐 없지만, 열한 번째 노트의 마흔두 번째 장은 톱니처럼 뜯겨져 나간 흔적으로 남아 있다. 여자 스스로 찢어 버린 부분이다. 그걸 찢던 날, 여자는 노트에 연필을 내려놓으며 머리를 감싸 안았다. 함수라는 체계가 절대로 아름다워질 수 없음을 깨달았기 때문이다. 아무리 해도 정리되지가 않았다. 함수는 먹이를 발견한 하이에나가 동료를 부르듯 다른 함수를 끌어들일 뿐이고, 그 값은 매 순간 5차 이상의 서로 다른 변수에 종속되었다. 너무 복잡한 함수들이 나열되어 있었기에 미적분이 가능하지 않은 곳에 미적분을 사용했고 무한 값을 주지 말아야 할 곳에 무한 값을 주었으며 허수의 가능성을 무심코 지나치거나 심지어는 513과 같은 간단한 합성수를 소피 제르맹 소수로 착각하기도 했다. 함수가 지닌 자유로움이 엄밀성을 망치고 있었다. 같은 종이 위에 있는지도 몰랐던 조건들이 살금살금 다가와 등 뒤에서 치명적인 공격을 벌이곤 했다.

여자는 찢어 낸 페이지를 구겨 접었다. 함수를 보다 간단히 하려면, 함수를 약분하려면 반대항에 그와 똑같은 함수를 갖고 있거나 최소한 그 함수의 구성함수 중 하나가 존재해야 한다. 일부러 점수를 주기 위해 만들어 놓은 중등 교과과정의 시험문제가 아닌 이상 그런 '바보함수'는 존재하지 않는다. 연산을 진행할수록 앞에 놓인 함수는 점점 길어져만 갔다. 그건 신의 뜻이 아니었다. 세계를 둘러싼 수학적 실체는 그처럼 복잡할 리가 없었다. 게다가, 그렇게 나온 값을 역산하여 유추했을 때 그 역시 극도로 난해한 함수였다. 모든 걸 설명하는 함수, 예컨대 변수를 대입하자마자 바로 답이 나오는 적률생성함수라면 제아무리 길더라도 대부분의 수학자들에게는 최고의 선물로 간주된다. 그걸 발견하는 순간 인간이 수학을 통해 얻을 수 있는 가장 눈부신 명예가 주어질 터이기 때문이다.

하지만 여자는 그런 걸 원하지 않았다. 여자에게 필요한 건 복잡한 변수와 조건과 제한이 끝없이 도열한 여러 함수가 아니라 단 하나의 간결한 규칙이었다. 이제 함수체계가 궁극의 무기가 될 수 없음은 확실해졌다. 잘못된 길에 들어섰다는 걸 깨달았을 때는 즉각 다른 방향으로 돌아가야 한다. 하지만 너무 멀리 왔다. 여자는 무심한 표정으로 즉각 돌아가는 대신, 잠시 걸음을 멈추었다. 그게 여자가 할 수 있는 최선이었다. 그게 서른네 살의 여자가 낼 수 있는 최대한의 용기였다.

여자는 책상에 머리를 처박고는 숨을 몰아쉬었다. 손을 뻗어, 어릴 적 슬픈 일이 있을 때마다 어머니가 해 주던 대로 제 뒤통수를 가만히 쓰다듬었다. 가슴이 울렁거리며 아파 왔다. 집어치우고 싶었다. 다 집어치우고는 햇빛 쏟아지는 진짜 세계로 걸어 나가고 싶었다. 그건 아마도 세상에서 가장 쉬운 일일 것이다. 그러나 그럴 수 없었다. 황금 같은 시간을 쏟아부으며 해 온 일이었다. 숫자와 기호들을 책상에서 치워 버리는 순간, 여자는 자기 자신에 대한 모든 걸 부정해야만 한다. 그런 짓을 저지르고도 뻔뻔하게 살아갈 자신이 없었다.

의기소침할 것 없다고, 중얼거렸다. 다른 생각이 들까 봐 겁나 곧바로 행동으로 옮겼다. 잠을 자는 시간, 먼지를 청소하는 시간, 빵을 사러 나갈 시간도 줄였다. 뒤를 보살펴 줄 누군가가 필요했지만, 그 누군가를 만나기 위해 쓸 시간 따위는 없었다. 어쩌면 그런 사정에 의해 여자의 삶 속으로 저 비열한 사내가 침입했는지 모른다.

그는 파트타임으로 일하는 손가락 마술사였고, 잔금을 훔친다고 주인으로부터 의심을 받는 빵집 점원이었으며, 거짓말이 몸에 밴 사기꾼이었다. 그러나 여자가 눈속임에 관심이 없는 데다가 사는 꼴을 보아 하니 저보다 더 밑바닥인지라, 이러쿵저러쿵 잔소리를 늘어놓는 쪽으로 돌아섰다. 온갖 진귀한 형용사와 관형사로 뒤범벅이 된 마술사의 잔소리 때문에 여자는 집중이 어려웠지만, 집중은커녕, 사방팔방 따라다니며 뿜어 대는 그 잔소리에 신경이 곤두서며 그나마 멀쩡하던 신체 리듬까지 망가졌지만, 한두 달이 지나면서는 다시 작업에 몰두할 수 있을 정도로 익숙해졌다. 여자는 난잡한 소음에 단련됨으로써 스스로의 정신을 단속했다. 그런데 문제는 그뿐이 아니었다. 잔소리에 전혀 반응을 하지 않자 어디서 가느다란 플라스틱 회초리를 구해 와 때리기 시작한 것이다. 별로 아프지는 않았다. 속임수처럼 괜히 소리만 요란했다. 하지만 여간 신경이 쓰이는 게 아니어서, 한번 맞으면 그 즉시 사유의 흐름이 뚝 끊겼다. 그러면 여자는 하던 일을 멈추고 잠시 멍한 상태가 되어야 했다. 마술사는 여자를 실성한 사람, 그래서 함부로 대해도 괜찮은 인간으로 생각했다. 심심할 때마다 회초리를 휘둘러도 별 탈이 없을 거라 믿었다. 착각이었다. 볼테라의 방정식으로 다차원 곡률을 계산하던 여자가 마침내 앙, 하고 마술사를 물어 버렸다.

비명을 지르며 뛰쳐나왔다. 그리고 여자가 문을 닫을 틈도 없이 쥐새끼처럼 기어들어 와 열한 번째 노트를 집어 달아났다. 마술사가 애초부터 비열한 심성을 가진 인간이고 또 물린 팔뚝에 대한 보복으로 여자에게 깊은 상처를 안겨 주려는 의도가 있었다면, 그건 제대로 한 짓이었다. 마술사가 열한 번째 노트를 빵집 카운터 구석에 던져 버린 덕분에 여자는 간신히 입증해 낸 〈복소변수 치환군의 역탄젠트〉 따위를 복원하기 위해 넉 달이나 무의미하게 고생해야 했다. 손가락 마술사는 부주의하게 산입한 가짜 상수가 얼마나 치명적인 오류를 일으킬 수 있는지 증명한 뒤 수식에서 떨어져 나갔다.

열일곱 번째 노트를 기록하느라 여자는 사십 대의 첫 오 년을 보냈고, 심한 폐렴을 앓았으며, 여섯 번 피를 토했다. 양쪽 팔꿈치가 시커멓게 변했고, 얼굴은 누렇게 바랬고, 시력도 떨어져 페이지마다 제 숨결을 묻혔다.

열일곱 번째 노트에는 오랫동안 고민해 온 차원과 함수의 유용성에 대한 회의, 원주율처럼 반복되지 않는 무한이 제기하는 의문 따위가 빼곡히 적혀 있다. 또 수학계의 케케묵은 질문, 이른바 〈수학적 실재〉가 수학자들에 의해 고안된 것인지 아니면 애초에 존재하던 것이 발견된 것인지에 관한 경험적 진술도 기록되어 있다.

여자는 어느 쪽도 아니었다. 우주의 모든 곳에 수학적 실재가 독립적으로 존재한다는 사실에는 일말의 의심을 품지 않았지만, 그건 아직 발견되지 않았으며, 현재 사용되는 것은 수학자들이 임의로 고안해 낸 가짜에 불과하다고 믿었다. 이런 믿음이 수학적 난제에 관해 아주 많은 부분을 설명해 주었기에 달리 생각해 볼 여지가 없었다. 여자는 괴델이 제기한 〈불완전성 정리〉도 그런 방향에서 이해했다.

역사적으로 보아 엄청나게 많은 이론이 특수하고 예외적인 상황을 설명하거나 우연히 발견된 오류를 변호하기 위해 등장했다. 알려진 체계에 관해 낯선 현상이 발견되면 내로라하는 학자들이 떼로 달려들어 온갖 종류의 변명을 늘어놓는 것이다. 프톨레마이오스의 〈천동설〉이 대표적인 경우다. 태양이 지구 주위를 돈다는 걸 설명하기 위해 당대 최고의 두뇌들이 동원되어 끝없이 설명을 늘어놓고 공식을 창조했다. 그렇게 합의된 공식에 또다시 결함이 발견되자, 보다 많은 두뇌가 그 결함을 설명해 내기 위해 매달렸다. 이런 과정을 거쳐 〈천동설〉은 정교하게 설명된 무수한 이론과 예외적 현상과 그 예외적 현상을 설명하는 수많은 예외적 이론으로 덕지덕지 뒤덮였다. 지쳐 버린 과학자들은 우주란 참으로 난해하여 설명하기 힘든 구조를 가졌다고 한탄했다. 하지만 처음부터 태양은 지구 주위를 돌고 있지 않았다. 그 반대였다.

그럼에도 열일곱 번째 노트를 작성하던 시기의 여자는 그러한 믿음을 자신의 연구에 반영하지 않았다. 이제껏 해 온 작업에 대한 집착과 미련 때문이었다. 여자는 절대적인 확신 없이는 새로운 영역으로 전환할 수 없었다. 이미 이십여 년을 몽땅 거기에 바쳤다. 가장 꽃다운 나이에 시작해, 단 하루도 맘 편히 쉬거나 놀아 본 적이 없었다. 실패가 반복되긴 하지만 다시 한 번 무한급수를 이용해, 위상공간을 통해, 다중적분을 통해, 확장된 초함수를 사용해, 혹은 그 모든 무기를 복합적으로 적용해 그토록 원하던 증명을 구할 수 있을지 모른다고 생각했다. 실제로 차원분할에 관한 아이디어를 지난 노트에서 추출한 무한급수에 대입해 본 결과 공리가 포함된 놀라운 편미분방정식을 얻어 내기도 했다. 그건 허수를 비롯해 인류가 상상해 온 모든 수의 거듭제곱을 겨우 세 개의 변수와 두 개의 상수로 명료하게 표현하고 있었다. 여자는 즉시 검토에 들어갔다. 처음 두어 달 동안의 작업에 의하면 그 방정식이 보여 주는 변수들의 관계는 현존하는 가장 어려운 문제의 대부분을 깨끗하게 처리해 주었다. 여자는 터져 버릴 듯한 가슴을 억누르며 대입할 수 있는 모든 경우의 목록을 만들고 차근차근 풀어 나갔다.

첫 실패는 〈세포자동자이론〉에서 나왔다. 월프람의 이론을 확장하면 적어도 형태의 측면에서는 우주의 기본 원리를 증명해 낼 수 있다. 규칙적으로 반복되면서 발생하는 극소수의 비가역적인 예외 상황이 꽃이나 뱀 가죽의 무늬, 생명체의 진화, 심지어는 혜성의 탄생까지도 유도하기 때문이다. 그러나 여자가 고안해 낸 방정식은 인접한 지점의 간격이 줄지 않게 발산하는 무한급수에 대해 확정된 값을 주었다. 그 값이 아무리 크다 하더라도 인접한 지점 사이만큼의 값을 더하면 그보다 더 큰 수가 나오므로, 확정된 값이란 명백한 오류를 의미한다.

두 번째는 더 아팠는데, 그건 차원분할 아이디어 자체의 진위를 규명하는 과정에서 발견되었다. 분할된 각 차원에 사형기하학을 적용하는 단계에서는 분명히 무한원점을 가리키는 것처럼 보였지만, 막상 몇 차례의 연산을 수행하자 묘하게도 복소함수의 연속성을 단절시키며 달아났다. 연산이 정교하고 빠르게 진행될수록 더 멀리 달아났다. 그 과정이 너무나 모욕적이어서, 여자는 부모와 사별한 이래 처음으로 울음을 터뜨렸다. 열일곱 번째 노트의 일부 페이지는 당시 흘린 눈물로 울어 있다.

여자는 고성능 기관총을 발명해 냈지만 진리 앞에 도사린 위대한 안개는 쇠와 화약으로 무너지지 않았다. 조금이라도 덜 순수했다면 여자는 거기서 멈췄을 것이다. 멈춰 서서는 그간의 연구 중 잘된 증명에 'Q.E.D.'를 붙여 정육점의 푸주한처럼 조각조각 떼어 팔았을 것이다. 인류 역사의 위대한 수학자들 모두가 그렇게 했다. 그들 중 누구도 처음에 꿈꾸었던 궁극의 정상에는 도달하지 못했다. 다만 거기까지 가는 도중에 저들만의 광맥을 발견했고, 그걸 캐내 팔아먹었을 뿐이다. 어느 누구도 비난할 수 없을 만큼 충분히 미화된 작업이다. 그러나 여자는 그렇게 하지 않았다.

수학은 완전무결한가?

그렇다고 믿어 왔다. 하지만 여자의 믿음은 미세하게 수렴하는 특정값이 발산으로 바뀌는 현상을 목격하면서 위태롭게 흔들려 갔다. 무려 칠 년이나 지속된 그 불안한 상태는 오십 대 초반에서 중반으로 넘어가며 착수한 스물한 번째 노트에 자세히 기록되어 있다. 여자는 새로 출간된 논문들을 검토하는 과정에서 자기가 겪은 그 치욕스런 경험이 비단 수학자들만의 것이 아님을 알았다. 물리학자는 쌍의 쿼크만을 관찰할 수 있다. 양쪽을 잡아당기면 잡아당길수록 인력이 엄청나게 증가하기 때문이다. 설령 두 쿼크를 억지로 떼어 냈다고 하더라도, 그때까지 투입된 에너지가 전용되어 각각의 쿼크는 이미 쌍으로 존재하게 된다. 단일 쿼크의 고독은 결코 관찰할 수가 없는 것이다. 전자보다 작은 입자를 관찰할 때 역시, 위치와 운동량을 동시에 측정할 수가 없다. 측정하려고 하는 그 미세한 입자가 측정파의 입자에 얻어맞고는 튕겨 나가기 때문이다. 즉 입자의 위치와 운동량은 완벽하게 상보적이어서, 먼저 알려진 하나의 값이 다른 값을 미지의 세계로 은폐시킨다. 기상학자는 정확한 날씨를 결코 예측할 수가 없다. 날씨란 나비의 날갯짓과 같은 사소한 요인, 심지어는 날씨를 예측하려는 행위나 욕망에 의해서도 확연히 달라지기 때문이다. 〈라플라스의 악마〉가 되어 그 모든 정보를 결국 알아냈다 한들, 그렇게 예측된 날씨는 인위적으로 조작한 날씨지 원래의 날씨가 아니게 된다. 말하자면 분야를 막론하고 현대의 모든 과학은 '우연'이라는 패러다임의 덫에 걸려 점점 불완전해지고 있는 것이다. 그나마 체면을 유지하려면 좋은 날을 받아 확률의 세계로 도망치는 수밖에 없다.

이처럼 여자의 스물한 번째 노트는 수리체계 자체에 대한 회의와 엄밀성의 기준에 대한 재고로 가득 차 있다. 그렇다고 해서 사유의 몽롱한 세계에 빠져 작업을 게을리한 건 아니었다. 스물한 번째 노트에도 역시 무수한 아이디어가 나타났다가 제각기 크고 작은 결함을 드러내며 사라졌다. 여자는 매일매일 오류가 발견된 공식을 지움으로써 그 공식을 잉태하기 위해 지불한 자기 삶의 매 순간까지 폐기했다. 어차피 여자의 작업은 가우스나 러브레이스, 노이만의 그것처럼 실제로 응용될 수 있는 수학이 아니었다. 삶에 깊숙이 개입해 보다 나은 세계를 제공하거나 기존의 세계를 죽여 버리는 숫자들이 아니었다. 그건 오로지 '의미'의 전투였다. 의미가 있느냐 혹은 없느냐에 따라 노트에 남느냐 마느냐가 결정되었다. 버려진다는 건 의미가 없는 것이고, 포연이 휩쓸고 간 전장에 어설픈 미련 따위는 남지 않았다. 운 좋게 몇몇 흥미로운 다항식을 포착한 날도 있었으나, 적용되는 범위에 다소간의 한계를 드러냈다. 거기서 살짝만 벗어나면 방정식은 유리처럼 산산조각이 나면서 여자에게 상처를 입혔다. 그토록 지루한 공방전이 계속되었다. 그리고 그 끝에서, 여자는 모든 문제가 결국 진법의 차원으로 수렴된다는 결론에 도달했다.

그로써 여자는 다시 한 번 크게 도약했다. 어째서 소수의 분포며 원주율의 주기 같은 단순한 현상조차 규정되지 않는가? 숫자 자체에 문제가 있기 때문이다. 예를 들어 자연수체계에서 4 다음에 오는 수는 5다. 또 499 다음에 오는 수는 500으로, 그 첫 자리는 5다. 앞의 5와 뒤의 5는 위상공간 분할차원에서 전혀 다른 계급임에도 불구하고 십진법에 따르면 동일한 기호 5로 표기되며, 따라서 완전히 동등한 신분을 지니게 된다. 이는 명백히 모순이다. 결국 문제는 손가락에 있었다. 인간의 손가락이 열 개이므로, 오로지 열 개의 기호만으로 모든 수학적 표현을 담아내려 했다. 그게 편리하기 때문이다. 하지만 창조주의 손가락도 똑같이 열 개라는 보장은 없다. 말하자면 애초에 다른 진법에 의해 창조된 우주의 원리를, 막무가내로 십진법이라는 잣대를 통해 밝히고자 했으니 바로 그 지점에서 갖가지 오류가 생겨난 것이다. 결국 풀이의 핵심은 신의 손가락 개수를 제대로 짚어 내는 데 있다. 문제라면 단 한 가지, 알콰리즈미가 인도의 십진법 체계를 이슬람과 유럽에 도입한 9세기 이래로 그 아름답고 편리한 산술 계산 방식에 의문을 품은 사람이 이제껏 아무도 없었다는 사실이다.

너무 늦지는 않았을까?

초조하게 자문해 보았다. 여자는 더 이상 젊은 나이가 아니었다. 하지만 설령 늦었다 한들, 너무나 오랫동안 해 왔기에 이제 와 멈출 수는 없었다. 돌아갈 곳이 없었다. 수학이 여자의 집이었다. 때문에 진법체계를 재고하는 것이 옳은 길인지 따질 수 없었다. 그것은 단 하나의 길이었다.

여자는 제 심신이 절망에 오염되지 않도록 행보를 서둘렀다. 알려

졌거나 혹은 가능한 모든 진법의 목록을 만들어 각각의 오류를 찾아내는 방식은 처음부터 배제했다. 수의 무한성을 고려할 때 그 작업은 무의미하기 때문이었다. 이는 원에서 점을 빼는 작업과 흡사하다. 아무리 반복하여 빼 봤자 점 자체엔 면적이 없기 때문에 원의 전체 크기는 줄어들지 않는다. 그런 바보짓에 시간을 낭비하는 대신 여자는 결코 반복되지 않는 비정형진법을 구상해 내는 작업에 곧바로 돌입했다. 그건 패턴의 자기 반영적 기만에서 벗어나려는 고통스런 몸부림인 한편으로 끝내 도달할 수 없는 영역에 관한 초월적인 대화였다. 인도 수학자 바스카라 2세가 도입한 무한과 영원의 개념은 우리의 손에 닿지도 않고, 우리의 시선이 도달할 수도 없는 곳에 놓여 있다. 수학에서의 무한이란 극한이 결여된 악마다. 칸토어의 〈모든 집합의 집합〉에 대해 러셀이 제기한 역설은 그 악마가 인간의 지적 한계에 걸터앉아 벌이는 파괴적 유희를 간명하게 보여 준다. 1을 더하거나 2를 빼거나 3을 곱하거나 4로 나눈다 한들 악마의 크기는 조금도 변하지 않는다. 연산 자체를 거부하는 것이다. 뉴턴과 라이프니츠가 제기한 '사라지기 직전의 비율도, 사라진 직후의 비율도 아닌 사라지는 바로 그 순간의 비율'이며 동시에 '가상의 상대적 제로'인 〈무한소 개념〉은 수학적 실체가 아니라 수학적 실체를 도출해 내기 위한 임시 전제다. 더불어 거기서 도출된 값은 명징한 수치가 아니라 명징한 수치에 근사한 어떤 수에 불과하다. 그건 수학이라기보다는 철학이나 신학에 가깝다. 수학의 악마와 마주쳤을 때 칸토어는 정직하게 백기를 들었고, 교활한 뉴턴과 라이프니츠는 '각각 무한히 줄어들어 결국 그 요소들의 총합이 0에 가까워지는 수식'처럼 잠꼬대 같은 소리를 하며 능청스럽게 피해 나갔다.

하나를 택해야 한다면, 후자가 되어야 했다. 여자는 엄밀하게 추론하고 증명하는 능력에 더해 '우연'과 '감각'을 동반자로 삼아 '모호하게 사고하는 능력'까지 갖추어야 했다. 명료한 실체가 아니라 극한이나 미적분처럼 해석적 조작을 가한 방정식을 다시 편의적으로 발췌하여 부분적으로 반영해야 했다. 과정은 기이한데 결과가 추론 가능한 세계를 지시한다면, 반대로 과정은 합리적인데 결과가 엉뚱하게 나온다면 그게 바로 여자가 찾는 답일지 모른다. 이러한 작업을 하면서 여자에게 가장 중요했던 건 논리의 끈을 살짝 이완시켜 놓으면서도 미쳐 버리지는 않도록 적당하게 뇌의 긴장을 풀어 주는 일이었다. 다행히도 누군가가 때맞춰 여자의 삶에 스며들었다.

스물한 번째 노트의 마지막 부분에는 깊게 눌러 찍은 점이 많다. 여자가 연구를 진행하다 말고 이따금 뒤를 돌아봤기 때문이다. 열에 한두 번쯤, 여자의 뒤에는 탱탱한 볼을 가진 난쟁이가 앉아 있었다. 난쟁이는 여자와 눈이 마주칠 때마다 이렇게 묻곤 했다. 이제 끝난 모양이야?

그 난쟁이가 언제부터 거기 있었는지 여자는 정확하게 기억을 할 수 없었다. 그는 어느 날 초저녁부터 고주망태가 되어 여자의 집으로 침입했다. 여자는 비명을 질렀고, 그 바람에 난쟁이는 사색이 되어 딸꾹질이 섞인 변명을 흘리며 도망쳤다. 이어 며칠 후 지저분한 신발을 질질 끌고 다시 여자를 방문했다. 그의 거친 왼손에는 허름한 공구 가방이, 손가락이 세 개 모자란 오른손에는 귤 봉투가 들려 있었다. 여자는 배가 몹시 고팠기에 귤을 하나 집어 들었다. 그리고 껍질을 깠다. 날카로운 향이 터져 나와 어두침침한 방에 가득 찼다. 여자는 귤을 입에 넣었다. 달고 시었다. 짜릿할 정도로 놀라운 맛이었다. 처음은 아니지만 너무 오래 묵혀 두었던 감각이었다. 이게 귤이구나, 하고 여자는 쫓기듯 생각했다. 노랗고 따끔따끔한 과즙이 입술을 타고 흘러내렸다. 허겁지겁 서너 개를 더 까서 입에 넣었다. 몸이 저려 올 정도로 황홀한 기분이었다. 다른 사람들이 어떻게 사는지 몽땅 알 것 같은 기분이었다. 다들 이렇게 사는구나. 이런 걸 먹고, 이런 느낌 속에서 사는구나.

하지만 그 느낌이 더 많은 감각을 일깨우기 전에, 그래서 머리가 텅 비고 해야 할 일을 잊기 전에 여자는 다시 연필을 잡았다. 입맛을 다실 때마다 새콤한 과립이 톡톡 터졌다. 한참 후 뒤돌아봤을 때, 난쟁이와 귤껍질은 사라졌고 새 귤이 쌓여 있었다. 며칠 후 다시 돌아봤을 때는 귤 무더기 옆에 난쟁이가 누워 새근새근 자고 있었다. 그 모든 세속적인 관계가 얼렁뚱땅 이루어졌다. 그리고 여자는 개의치 않았다.

여자는 난쟁이에게 편안함을 느꼈다. 그가 귤을 사다 주었기 때문이 아니었다. 그가 수도꼭지를 고쳐 주었기 때문이 아니었다. 이제 끝난 모양이야? 하며 식사를 차려 주었기 때문이 아니었다. 게딱지만 한 화장실에서 여자의 더러운 머리를 씻기고, 아플 때 엉뚱한 약을 사다 주기 때문이 아니었다. 그런 친절함 때문이 아니었다. 난쟁이는 오히려 더욱 자주, 술을 마시고 들어와 훈족의 아틸라처럼 소리쳤고 여자가 견딜 수 없을 때까지 철 지난 가요를 불렀다. 여자가 그에게 편안함을 느낀 이유는 단 하나, 그가 예측 가능하며 정직하기 때문이었다. 그는 아프면 아프다고 말했다. 허기를 느끼면 그 즉시 먹을거리를 찾아 분주해졌으며, 속상한 일이 있을 땐 괜히 화를 내거나 눈알을 이리저리 굴리는 대신 바닥에 납작 엎드려 통곡했다. 여자는 오랫동안 그와 같은 사람을 만나 본 적이 없었다. 적당히 남루하고, 적당히 무료하며, 또 적당히 따뜻한 삶과의 동거는 여자가 모호성의 유령에 홀려 완전히 돌아 버리지 않도록 막아 주었다. 함께 지내는 사 년 동 안 난쟁이는 넋을 잃고 승천하려는 여자를 그야말로 적절한 순간에 적절한 힘으로 끌어내렸다. 덕분에 여자는 비정형진법의 생지옥 속에 서도 정신의 마지막 실오라기를 놓치지 않았다.

귤의 난쟁이는 처음과 끝이 똑같은 사람이었다. 여자가 스물세 번 째 노트를 반쯤 채웠을 무렵 공사장에 나가 돌아오지 않았다. 그렇 게 얼렁뚱땅 여자의 곁에서 사라졌다. 떠난다는 기색도 없이, 애달프 거나 혹은 왁자지껄한 작별 인사도 없이.

평소에 입던 옷가지며 서랍에 모아 두었던 돈은 그대로였다. 언젠 가 돌아올지 모른다는 생각에 상자에 함께 담아 보관해 두었다. 그 러나 달이 지나가고 해가 바뀌어도 난쟁이는 돌아오지 않았다. 여자 는 그가 돌아오지 않는 이유, 혹은 영원히 돌아올 수 없는 이유에 관 해 알지 못했다. 알려고 하지도 않았다. 다만 가끔씩 뒤를 돌아보았 다. 거기에는 이제 끝난 모양이야? 하고 물어 오는 난쟁이가 반드시 있어야 할 것 같았다. 그렇지 않아 여자의 기분에 지난 사 년간의 세 월이 어디론가 증발해 버린 느낌이었다.

의식의 균형을 잡기가 한층 힘들어졌다. 사나흘에 한 번씩 쓰러졌 다. 정신을 차려 보면 넘어지면서 생긴 상처에서 흐른 피가 어느새 시커멓게 굳어 있기 일쑤였다. 아무 통증도 없이 앞니가 빠졌고, 이 후로 다른 치아 두 개를 더 흘렸다. 거기에 고질적인 기관지염까지 겹쳐, 여자는 전보다 많은 휴식을 취해야 했다. 자는 동안에는 내내

146

꿈을 꾸었다. 꿈속에서 피보나치나 라마누잔 같은 이들이 나와 여자에게 말을 걸었다. 벡터 대신 스칼라를 사용해 보라고 충고하거나 천체가 운행하는 원리를 에르미트 매트릭스에 빗대어 설명해 주었다. 그 앞에서 여자는 침묵했다. 자신의 길이 그들과 다르다는 걸 잘 알고 있기 때문이었다. 그들이라면 이 길을 피했을 것이다. 그들은 누구도 넘볼 수 없을 만큼 뛰어난 업적을 이루어 냈지만, 그러나 체계를 넘어설 생각까지는 하지 않았다. 그들은 자신들의 수학적 두뇌를 오직 십진법 안에서만 지지고 볶았다. 주어진 조건과 환경에서만 승리했다. 어쩌면, 바로 그러한 까닭에 그들은 위대한 천재로 불리게 되었는지도 모른다.

잠에서 깨어나면 여자는 다시 책상에 앉아 스물세 번째의 노트를 채워 나갔다. 여자의 손목은 힘을 잃고 가느다랗게 떨렸다. 허리는 어느새 갈고리 모양으로 굽었고, 머리를 쓰다듬을라치면 하얗게 센 머리카락들이 잡혔다. 초조해진 여자는 스스로를 심하게 몰아붙였다. 덕분에 알파벳과 연산자와 아래첨자를 동시에 사용하는 비정형 진법은 예상보다 일찍 완성되었다. 몇 번이고 검토를 해 보았으나 어떠한 규칙도 발견되지 않았다. 파이를 닮아 반복이 없는 진법, 우주의 모든 소립자를 각기 고유한 기호군으로 규정하는 진법, 개별적인 차원개념이 적용되어 선후관계를 비롯한 일체의 선입견이 말끔하게 소거된 진법, 여자가 원하던 바로 그 형태였다.

하지만 그걸 이제까지 해 온 모든 작업에 적용시키는 건 그야말로 엄청난 일이었다. 작업 속도가 극도로 지체되었다. 한 해에 고작 두 페이지를 채운 적도 있었다. 이즈음 그녀를 추동하는 원천은 더 이상 욕망이 아니었다. 그것은 공포였다. 스물세 번째 노트에는 다음과 같은 문장이 원망의 필체로 적혀 있다.

너는 왜 자꾸 세상보다 커지려고 하니.

몇 번이나 두 손을 허벅지에 올려놓고서 자신의 무모함에 대해 고민해 보았다. 어찌 보면 십진법은 수학 그 자체다. 십진법에서 등을 돌리고 나면 너무나도 많은 걸 새로이 시작해야 한다. 거기에는 알카시도, 비에트도, 파스칼도 없다. 그 유능한 선배들은 모두 저쪽 편, 십진법 진영의 장수들이다. 반면 비정형진법을 사용하는 여자의 진영에는 광대한 사막만이 펼쳐져 있을 뿐이다. 착공도 되지 않은 황량한 모래밭에서 여자는 방향을 잡지 못해 헤매었다. 잘못된 길이라고 생각하지 않았다. 오히려 그 길의 당위성에 대하여 밑도 끝도 없는 확신을 갖고 있었다. 그러나 그 작업을 제대로 완수할 수 있을지에 관해서는, 자신이 없었다. 너무 늦은 걸까? 여자는 하루에도 몇 번씩이나 자문해 보았다. 하지만 늦었다 하더라도 어쩔 수 없는 일이었다. 여자는 성인이 되던 바로 그해에 이 모든 작업을 시작했다. 그리고 사십 년이 넘게 흘렀다. 너무 오랫동안 해 왔기에 이제 와 멈출 수 없는 일이었다. 연구를 멈추고도, 자기 자신을 통째로 멸시하고도 뻔뻔하게 살아갈 용기가 없었다.

스물세 번째 노트의 몇몇 페이지 가장자리에는 쓸쓸함을 암시하는 단어가 이따금 끼적여 있다. 그처럼 낙서를 하고 나서 여자는 습관처럼 뒤를 돌아보았다. 귤의 난쟁이는 거기 없었다. 거기에 오도카니 남아 있는 건 공백이거나 어느 특별한 과거의 미망이었다.

스물다섯 번째 노트는 여자의 이지력이 어느 경지에까지 다다랐는지를 잘 보여 주고 있다. 오랫동안 단련되어 온 여자의 수식은 늙은 대가의 시처럼 숭고하고 아름답다. 연산은 과감하고 창조적으로 전개되며 뒤로 갈수록 급격히 간결해진다. 가끔씩 깊이 눌려진 점을 제외한다면 모든 부분이 정교하고 단정하다.

이 무렵의 어느 날 여자는 악몽을 꾸었다. 책상 앞에 앉아 비정형 진법으로 이루어진 대단히 긴 다항식을 간단히 만들려 애쓰고 있었다. 그건 어려운 일이지만, 한편으로는 여자가 세상의 누구보다 잘하는 작업이기도 했다. 여자는 인내심을 갖고 살펴보았다. 그러다 문득 양변에 같은 값의 초타원함수가 들어 있음을 깨달았다. '바보함수'였다. 이제껏 발견하지 못하고 그냥 지나쳤다는 게 당황스러웠다. 황급히 제거하고 식을 정리하자 양변에서 역시 같은 값을 가지는 함수가 발견되었다. 어딘가 이상했지만, 여자의 손가락은 조금도 머뭇거리지 않고 약분을 계속했다. 일곱 페이지에 걸쳐 표현된 함수가 스르르 허물어지면서 무서운 속도로 줄어들었다. 결국 마지막 약분을 통해 '$\pi=\pi$'라는 무의미한 등식을 끝으로 말끔히 증발해 버렸다.

깨어났을 때 여자는 땀으로 흠뻑 젖어 있었다. 몸에 기운이 하나도 없었다. 오십 년 가까운 시간과 인생이 한꺼번에 약분되어 사라지던 장면이 너무나 생생했다. 고개를 세차게 젓자 현기증이 일었다. 가만히 있을 수 없었다. 돌아볼 여유 같은 것도 없었다. 어차피 이제 얼마 남지 않았다. 여자는 생각했다. 이번 생이 잘못되었다 하더라도 돌이킬 수 없다. 숨이 붙어 있을 때까지 달리고, 되든 안 되든 그걸로 그만이다.

책상에 앉아 연필을 잡았다. 잠에 들기 전에 멈추었던 지점에서 호흡을 가다듬었다. 하얀 종이 위로 무수한 수학적 기호들이 신비로운 비정형진법과 함께 꿈꾸듯 유영하고 있었다. 오랫동안 매료되어 왔던 몽롱함, 영혼이 고양되는 기분이었다. 인간으로서 취할 수 있는 평범한 행복은 노트 바깥에 있었다. 오직 인간으로서만이 취할 수 있는 특별한 행복은 노트 안쪽에 있었다. 여자는 평생 노트 안쪽에서 살아왔다. 노트 안쪽에 자신의 견고한 성을 짓고 머물렀다. 성의 유일한 법률은 기호와 논리여서, 그에 따라 원하는 만큼 사고하고 창조하고 연산하고 검토하며 자신의 존재 이유를 구축해 올 수 있었다. 그러나 낡은 성은 위태롭고 독신의 군주는 노쇠했다. 여자는 잠시 눈을 감았다. 멍청한 기계와 좀 더 자주 얼굴을 맞대었더라면 어땠을까. 손가락 마술사의 슬픔을 위로해 주었더라면, 숫자에 떠밀려 배회하던 삶을 여러 형태로 잘게 쪼개어 귤의 난쟁이와 공유했더라면, 그랬더라면 내 인생은 어땠을까. 하지만 그 물음은 제 앞에 놓인 더 큰 질문으로 인해 오래 지속되지 않았다. 게다가 그건 일어나지 않은 일이었다. 매 순간 노트에서 폭발하듯 터져 나오는 질문만으로도 정신을 차릴 수 없이 바빴다.

이후로 팔 년에 걸쳐 모두 세 권의 노트를 추가했다. 신의 손가락은 매번 잡힐 듯 가까이 맴돌다가도 여자가 손을 내미는 순간 영속하는 어둠의 저편으로 사라졌다. 그러나 예전처럼 맥이 풀리지는 않았다. 심하게 낙담하는 건 정열과 패기로 가득 찼던 시절에나 가능한 일이었다. 이제 그런 시절은 끝났다. 게다가 낙담을 하는 이유는 보다 나은 상황을 기대하며 일정한 분량의 고난을 감수했기 때문일 텐데, 어찌된 영문인지 이제껏 단 한 번도 나아진 적이 없었다. 여자는 평생에 걸쳐 자신을 속이고 또 속아 왔다. 그녀가 포기하려 할 때마다, 이어진 공식의 어느 지점을 끊으려 할 때마다 두 뼘 가까이 쌓인 그녀 안의 노트들은 둥지를 지키는 짐승의 포악함으로 여자를 압박했다. 그러다 문득 정신을 차려 보니 프로펠러의 엔진은 멎었고, 이제껏 날아온 타력에 의해 시퍼런 바다 위를 활공하고 있었다.

연구의 범위는 암세포처럼 확장되었다. 그건 탐욕스럽게 땀과 정신을 요구하는 깊고 넓은 늪과 같았다. 칠십 대 중반을 넘어서며 때때로 작업을 중단해야 했다. 사유의 깊이는 여전했으나 노쇠한 신체가 자꾸 말썽을 부렸다. 하혈 때문에 방석이 붉게 젖는 일이 잦아졌다. 거기에 종기까지 겹쳐, 노트를 들여다보기 위해서는 바닥에 담요를 깔고 엎드려야 했다. 그러자 이번엔 허리에 문제가 생겼다. 척추를 안정시키기 위해 똑바로 드러누운 다음에는 제 차례라는 듯 지독한 등창이 찾아왔다. 하지만 끔찍하게 훼손되어 가는 육신에도 불구하고 작업에 집중할 때의 의식만큼은 불꽃처럼 타올랐다.

스물아홉 번째 노트도 끝나갈 무렵 작업은 새롭고 강력한 질문과 맞닥뜨렸다. 여자는 비정형진법을 사용함으로써 십진법의 덫에서 날아올라 모든 가능성을 공략해 왔다. 신의 손가락이 존재한다면 설령 그것이 허수나 무리수일지라도, 곡률이나 밀도, 집합, 심지어는 좌표에 해당할지라도 결국 규명해 낼 수 있으리라 생각했다. 언젠가는 그 부드러운 손길을 온몸으로 느끼리라 믿었다. 하지만 그 값이 고정되지 않고 상황에 따라 변하는 것이라면? 신의 손가락이 배수로, 급수로 확산된다면? 그렇다면 신이 먼저 창조한 것과 후에 창조한 것 사이에 진법의 차이가 나타날 것이다. 혹은 모든 창조물과 창조물을 둘러싼 규칙이 신의 손가락을 닮아 배수로, 급수로 확산될 것이다.

여자는 이 난처한 질문에 답하기 위해 우주가 경험한 물리적 시간을 끌어들였다. 우주의 모든 부분들은 알려진 수백억 년 동안 자기 공간을 넓히기 위해 확산해 왔고, 그 분포도는 통괄적인 시각에서 보았을 때 균등하다. 그 균등의 과정은 창조된 것들 사이의 선후관계를 무너뜨리고, 혼재하도록 만든다. 그렇다면 우리는 하나의 진법으로 계산되지 않는 세계에 살고 있어야 하는데, 실제로는 가장 단순한 이진법만으로도 주위의 거의 모든 물리적 실체가 계산 가능하다. 그러므로 진법은 고정되어 있다.

여자는 괴롭게 고개를 저었다. 그건 희망에 불과하다. 여자의 염결한 의식은 그런 속임수를 허용하지 않았다. 대답에 포함된 '거의'라는 단어로 인해 진실은 오히려 그 반대가 될 수 있다. 거의 대부분의 물리적 실체는 계산이 가능하되, 원주율과 같은 특정한 사안에 대해서는 수렴의 해가 나오지 않으므로 이건 신의 진법이 변한다는 증거일 수밖에 없다. 진리는 단수여야 한다. '거의'가 첨언되었다면 명백한 허구다.

여자는 넋을 잃고 노트를 바라보았다. 그게 무엇을 의미하는지 비로소 깨달았기 때문이다. 만약 신의 진법이 변화한다면, 진법이 고정되지 않는다면 이번에는 진법 자체가 변수인 함수가 필요하게 된다. 그럴 경우 만물에 적용할 수 있는 궁극의 방정식이란 영원히 불가능하다. 왜냐하면 스펙트럼을 측정하지 않고서는 측량자의 동적인 규칙성을 알 수가 없으며, 측량자의 동적인 규칙성을 알지 못하는 상태에서는 스펙트럼을 측정할 수가 없기 때문이다. 결론은 깔끔했다. 봉투 안에 귤이 전부 몇 개 들어 있는지 몰라 전체 가격을 알 수 없고, 전체 가격을 모르니 봉투 안에 귤이 몇 개 들었는지도 알 수 없다. 어디 그뿐인가, 모든 귤의 가격이 다르다. 각기 처한 시간과 위치에 따라 변한다. 합쳐지고 나뉜다. 0으로 사라지고 무에서 생겨난다. 개수와 질량이 서로 교류한다……

이번엔 꿈이 아니었다. 그녀의 노트들이 정말로 약분되어 무너지고 있었다. 남은 건 비정한 선언이었다. 만물을 포괄하는 절대 규칙이란 없다. 사소한 것을 정의하는 특수 규칙도 없다. 모든 규칙은 관점이며 편의에 불과하다. 끝없이 높은 저 위에서 자명한 목소리가 들려왔다.

그래, 여기까지다. 더 이상 다가오지 마라.

신의 경고였다. 그건 어쩌면 한 인간이 평생에 걸쳐 견지해 온 집념을 어루만지는 위로의 언어였을지도 모른다. 덜커덕, 하는 소리와 함께 시간이 빠르게 흘렀다. 그러면서 의식에 가로세로 치열하게 얽혀 있는 어떤 환영이 마지막 흔적을 지우며 사라지는 걸 느꼈다. 그건 육신과 가늘게 이어진 여자 자신의 목숨처럼 여겨졌다. 소리는 계속해서 이어졌다. 그런데 이번엔 어딘가 달랐다. 신의 목소리가 아니었다. 익숙한 소리, 제 욕망의 소리였던 것이다. 그 소리가 머릿속에서 시끄럽게 앵앵거렸다. 시도하지 않은 영역이 아직 많이 남아 있다. 비정형진법을 확률적 수론 차원에서 접근하여 근이 되는 복소함수를 이끌어 낼 수 있을 것이다. 거기서 딱 한 걸음이 부족할 뿐이다. 누가 알겠는가? 확장된 세타급수의 스칼라 변환을 통해 진법을 보호하는 상수가 유도될지 모른다. 어서 연필을 잡아라. 식과 기호를 나열하고, 연산에서 네 유일한 행복을 찾아라. 혹시 힐베르트의 불변식을 종속변수로 삼는 과정에서 진법의 유한기저가 구상될지도 모른다. 아직 끝나지 않았다. 이제 와 그만둔다는 건 네 인생이 말짱

헛것이었음을 증명할 뿐이다. 까불지 마라. 그만두면 넌 끝장이다.

여자의 머릿속에서는 지난 오십여 년 간 벽에 부딪혔을 때마다 들려오던 아우성들이 발악하듯 터져 나왔다. 그 소음의 편을 드는 건 쉽고 자연스러운 일이었다. 여자에게는 방대하고 깊이 누적된 알리바이가 있기 때문이다. 그것들을 이용해 등식을 끝없이 나열하면서 얼마 남지 않은 인생을 말끔히 기만할 수 있었다. 또 여자는 다른 방식을 택할 수도 있었다. 어두운 단칸방에서 멸실된 젊음과 건강을 원통해하며 미쳐 버리거나, 마침내 신을 영접했다고 선포하거나, 좌절감에 휩싸여 모든 걸 부정할 수도 있었다. 하지만 그렇게 하지 않았다. 여자는 고개를 돌렸다. 난쟁이의 옷가지가 담긴 상자를 바라보았다. 그 상자로 인해 여자는 제 늙은 욕망의 목소리에 대적할 용기를 얻었다. 노트를 보았다. 가만히 뒤를 돌아보았다. 그리고 다시 노트를 보았다.

그 순간 여자의 인생에서 가장 놀라운 도약이 일어났다. '끝'이라 쓰고 점을 깊이 눌러 찍었다. 증명이 불가능함을 받아들인 것이다. 여자는 스물아홉 번째 노트를 고이 접어 다른 노트들 위에 쌓았다. 그 기나긴 여정의 기록 위에 손을 얹고, 가만히 숨을 골랐다. 이제껏 한 번도 하지 않던 행동이었다. 여자의 책상에서 모든 노트가 동시에 접힌 적은 없었다. 하나의 노트는 항상 다른 노트를 불렀고, 그것들은 열린 페이지 속에서 서로의 호흡이 되어 주었다. 앞선 노트의 소출이 다음 노트를 살찌웠고, 앞선 노트의 곤궁이 다음 노트를 돌이켜 세웠다. 각각의 노트는 이웃한 노트로 인해 반성했으며, 저희들끼리의 경쟁을 통해 세상에 없던 길을 찾아내었다. 그들이 동시에 숨을 멈춘 적은 한 번도 없었다. 하지만 이제 그 일이 벌어졌다.

154

여자는 맑은 정신으로 결과를 받아들였다. 핑계 같은 건 대지 않았다. 울거나 자학하지도 않았다. 그 대신 새로이 깨끗한 노트의 첫 장을 폈다. 해야 할 일이 있었다.

서른 번째 노트는 여자가 남긴 마지막 기록으로서 최후의 삼 년을 담고 있다. 여자는 첫 번째 노트로 되돌아가 그간 자기가 어떤 경로를 지나왔는지 면밀히 검토했다. 그리고 이를 요약하여 서른 번째 노트에 차분히 옮겨 적었다. 언젠가, 누군가 스펙트럼과 측량자의 동적인 규칙성 사이에 놓인 필수 상보 관계를 파괴할 놀라운 아이디어를 품고 태어나 다시 한 번 수학의 심장을 공략하기로 마음먹는다면, 바로 그 노트에서 시작할 수 있을 것이다. 그리하여 여자의 정신이 도달한 거리만큼의 시간을 절약할 수 있을 것이다.

후대의 천재에게 건네는 그녀의 수식은 구분이 불가능할 정도로 온갖 수학 영역이 혼합되어 있거나 혹은 영역을 초월하여 있다. 다양체의 대수적 구조를 교정하다 복소수의 적분으로 갈래를 텄다. 테일러 급수전개로 추출한 과잉수 분포를 검토하며 간헐적인 중복로그 그래프에 대입했다. 그러는 동안 여자는 아무것도 합리화하지 않고 아무것도 반성하지 않았다. 마침내 극한에 다다른 여자의 이지력은 위대한 용기의 다른 얼굴이어서, 평생에 걸친 노력이 무위로 돌아갔음을 깨끗이 수긍하도록 격려하는 한편으로 그간 소요된 매 순간에다가 무너뜨릴 수 없는 자부심을 입혔다. 최선을 다했던 작업에 대해 반성한다는 것은 결과와 보상에 과도한 의미를 부여하는 행위고, 스스로의 선택을 폄훼하는 수작이며, 어설픈 자기 연민으로 몰아 시간을 허비하게 만드는 일이다. 여자는 그처럼 바보짓을 하기에는 너무

나 수학적인 인간이었다. 가끔 옛 노트에서 뚱딴지같은 오류를 발견하고는 수정하여 옮겨 적기도 했는데, 그러할 때조차 괜한 헛웃음을 짓거나 자책하는 법이 없었다. 그건 젊음이 지불했던 세금인 동시에 그것대로 최선이었다. 여자는 왜 당시에 그러한 벽에 부딪혔는지를 제삼자라도 된 양 평온하고도 냉정하게 관찰했다. 다만, 필체를 보면 이러한 검토 작업이 꽤 더디게 진행되었음을 알 수 있다. 이는 그녀의 시력이 당시에 급격하게 쇠퇴하고 있었다는 사실을 암시한다.

서른 번째 노트에서 가장 주목할 만한 특징은 수학 외의 내용도 상당한 분량을 차지한다는 점이다. 여자는 과거의 행적을 검산하면서 동시에 현재의 모험을 기록했다. 연구에 지쳤다 싶으면 줄 바꿈조차 없이 곧바로 삶의 사소한 감각과 어울려 재잘거렸다. 거기에는 세상에 존재하는 색채와 음정과 감촉에 대한 경탄이 어지럽게 교차하고 있다. 여자는 귤을 그리 쉽게 살 수 있다는 사실에 놀랐다. 두통을 가라앉히는 약이 존재한다는 사실도 처음 알았다. 뜬구름 같은 마음에 밖으로 나가 십여 년쯤 전에 생긴, 그래서 있는지조차 몰랐던 집 앞의 공원에 앉아 긴 시간을 보냈다. 새벽에 해가 뜨고 밤에는 해가 졌다. 해가 있을 땐 따뜻했고 해가 지면 싸늘해졌다. 그럴 것이라 짐작은 했었지만, 정말로 그렇다는 걸 확인하고는 전율에 휩싸였다. 손가락 두 개가 들어가면 꽉 찰 만큼 앙증맞은 아기의 양말에 현혹되어 색색별로 스무 켤레 넘게 사 모았고, '하루'라는 단어가 마음에 든 나머지 그 단어가 들어간 문장을 세 페이지 가량 나열했다. 좋은 향이 나는 비누를 사서 얼굴을 씻었다. 어깨 관절의 통증 때문에 병원에 갔다가 두 살 연하의 환자와 친구가 되었다. 그리고 이듬해 겨울, 목도리를 두르고 친구의 장례식에 참석했다. 중화 프라

이팬을 사와 열정적으로 요리를 했다. 맛은 둘째 치고 굉장히 매워서, 그렇잖아도 노쇠한 그녀를 반쯤 탈진하게 만들었다. 열기가 치밀어 오르는 그 몽롱한 순간에 여자는 주방에 함부로 드러누워, 멍청한 기계와 손가락 마술사와 귤의 난쟁이처럼 자기 삶에 희미한 무늬로 남은 이들을 떠올렸다. 그리고 자신이 선택한 행로에 대해 그렇듯이, 그들 또한 자기를 선택한 일로 너무 많이 고통받지 않았기를 빌었다. 이와 같은 세세한 일상사가 모두 여자의 서른 번째 노트에 기록되어 있다. 그것은 초기 노트에 담겨 있는 낙서와 비슷하지만, 짜증스럽게 막막함을 호소하는 당시의 문장들에 비해 훨씬 부드럽고 잔잔하다. 이는 두 문장 사이에 일생을 휘감은 치열한 사랑이 놓여 있어, 그 성취에서 비롯된 마음의 평화가 그녀의 시간을 째깍거리는 초침 소리로부터 멀찌감치 떨어진 어느 높은 곳으로 인도해 주었기 때문이다.

여자는 81세의 나이에 급성폐렴으로 숨졌다. 영혼이 마침내 육신을 벗고 떠나가는 최후의 순간까지도 성실히 수식을 검토하는 한편, 일상에서 끌어올린 감각을 섬세하고 풍요롭게 묘사함으로써 방정식에 부족한 부분을 채워 넣었다. 그것들은 인간의 삶을 정의하는 두 종류의 상호 보충적인 근이 되었다. 앞선 스물아홉 권의 노트는 그렇지 않지만, 여자의 마지막 노트엔 증명이 담겨 있다.

추천 우수작

밤의 한가운데서

조
해
진

1976년 서울에서 태어났다. 2004년 《문예중앙》 신인문학상에 중편소설 〈여자에게 길을 묻다〉가 당선되면서 등단했고, 2010년 대산창작기금을 받았다. 소설집 《천사들의 도시》, 장편소설 《한없이 멋진 꿈에》《로기완을 만났다》가 있다.

눈을 뜨니 사위가 깜깜했다. 모든 감각이 상실되고 다만 시각만이 살아 있는 잔인할 정도로 불우한 생명체라면 이런 기분에 잠식되는가. 몸을 꿈쩍도 할 수 없었다. 그곳이 다인 것 같지만 그 생각마저 다가 아니야. 메이가 곁에 있었다면 내 이마를 쓰다듬으며 분명 이렇게 속삭여 주었을 것이다. 나는 그저 눈으로만 사방의 벽에서 스미어 나오는 메이의 오래된 목소리를 좇는다. 마치 가장 아름다웠을 때의 온전한 메이가 환영으로 보인다는 듯이. 자, 그러니 의식을 해 봐, 그곳이 다가 아니란 걸. 메이. 나는 간절하게 메이를 불러 보았다. 그 순간 발가락 끝이 움직이면서 따뜻한 기운이 온몸으로 퍼져 가는 게 느껴졌다. 이때를 놓치면 안 된다. 온순하게 기다리고 있다가 결정적인 순간에 먹이를 향해 돌진하는 침 흘리는 맹수처럼 나는 내 몸 위를 덮고 있는 얇고도 질긴 막을 순식간에 양쪽으로 찢으며 침대에서 벌떡 일어났다. 하나의 세계는 꺼지고 또 다른 세계가 불을 켠다. 호텔 방의 센서 등은 내가 스쳐 가는 곳마다 빛을 내 주었다.

창가 쪽에 자리해 있는 냉장고 문을 열자 생수 병과 맥주 캔 두 개가 눈에 들어왔다. 맥주는 차지 않고 그저 미지근했다. 맥주 캔을 도로 냉장고에 넣고 블라인드를 올렸다. 암청색 밤하늘은 천공의 어느 틈새로 밀려들어 온 우주 한 조각처럼 깊고 신비로워 보였다. 하늘 끝 어딘가에 신의 거처가 숨겨져 있다 해도 믿을 수 있을 만큼. 이런 밤하늘 아래서라면 어제의 실수와 내일의 일과 같은 것만을 가까스로 마음에 담아 두는, 불행하지만 그 불행조차 지각하지 못하는 태평한 인간이 되어도 나쁘지 않겠다는 생각이 들었다. 내가 어디에서 왔고 어디로 가는지, 그런 불확실한 고민 따위 모르는 순진한 얼굴로 한 평생을 일순간처럼 살다 갈 수 있다면 더더욱.

견고했던 어둠엔 금세 금이 간다. 사이렌 소리가 오른쪽 도로 끝에서부터 어둠을 부수며 점점 더 광포하게 다가오고 있었다. 한밤의 사이렌은 날카로운 파편이 사방으로 튕겨 나올 것 같은 견디기 힘든 소음 덩어리였다. 사고가 난 것일까. 아니, 구급차와 경찰차의 저 긴 행렬은 거의 매일 밤 일어난다는 시위 때문일 것이다. 실제로 본 적은 없지만 구글 등의 웹사이트에 자주 올라오는 장면이었다. 피투성이가 된 얼굴을 두 손으로 감싸며 쓰러져 있는 청년, 머리채가 잡힌 채 질질 끌려가던 여자, 누군가의 찢어진 셔츠를 끌어안고 오열하던 소녀, 불타는 차량, 내동댕이쳐진 깃발, 짓밟힌 신발들……. 5년여 전 국가 채무불이행을 선언한 이후, 절반 이상의 공장이 가동을 멈췄고 수백만의 인구가 직장을 잃었으며 모든 경제지표가 최악의 상태로 곤두박질쳤는데도 시위를 진압할 수 있는 시스템이 건재하다는 건 놀랍다. 며칠 전엔 진압대가 실탄을 사용하는 것에 유엔이 규제를 가하기로 했다는 뉴스를 보기도 했다. 그러나 인터넷을 통해 이

나라의 비극을 실시간으로 구경하고 있는 전 세계 수많은 관객들 중에서 그런 규제가 실제로 행해질 거라고 믿는 자는 아무도 없을 것이다. 이곳은 봉쇄된 국가이면서 동시에 살아 있는 실험체였다. 잦은 시위 탓에 여행 금지 국가로 지정된 이 나라는 외교 및 무역 실무진조차 까다로운 심사를 통과해야만 입국할 수 있었고, 세계적 대공황의 여파로 무너진 경제 시스템과 불량 국가로의 몰락은 신자유주의의 어두운 얼굴을 되비추는 창백한 거울이었다. 한마디로 이 나라는 접근하거나 참견하지 않고 그저 그 침몰 과정을 지켜보면 그뿐인 거대한 폐선(廢船)인 셈이다. 메이가 정신이 온전해져 이곳에 온다 해도 이 도시가 자신의 고향이라는 것을 단박에 납득하지는 못할 것이다. 버려진 건물들, 닫힌 상점들, 운행을 멈춘 철도와 지하철, 불 꺼진 전광판을 보며 어떻게 한때 천만 이상의 인구로 붐비던 현란한 메트로폴리스를 연상할 수 있겠는가. 메이, 여기가 메이가 태어난 곳이래. 말하면, 메이는 두 눈만 끔벅이며 주변을 두리번거릴 것이 뻔하다. 어쩌면 내 어깨를 툭 치며 유진, 어른한테 너무 지나친 농담은 안 돼, 다정한 훈계조로 답할지도 모른다. 어느 순간 메이가 이곳이 그곳이란 걸 받아들인다면 나는 성인 여자의 몸으로 반죽되는 한 덩어리의 슬픔을 또 한 번 목격하게 될 터였다. 20여 년 전, J가 인사 한마디 없이 우리 곁을 떠났을 때처럼. 메이, 또 울어? 아냐, 우는 건 내가 아니라 내 두 눈이야. 열 개의 손가락들과 한 겹의 피부로 감싸인 장기들이야. 더우면 땀을 흘리는 것처럼? 맞아. 너 참 똑똑하구나. 메이, 메이의 몸에서 슬픔이 다 흘러나오면 그땐, 날 버릴 거야? 그렇게 물으면, 메이의 젖은 눈동자는 어김없이 나를 향해 빛났다. 그녀가 슬픔을 그대로 삼킬 수 있었던 아주 짧은 순간. 자극적인 말을 해야만 메이의 시선을 잠시라도 붙잡을 수 있던 나날이었다. 그땐 메이의 눈동자가 고요하면 세상도 아름다웠고 그곳에 파문이 일면 나의 모든 것도 흔들렸다. 나에겐, 메이뿐이었다.

붉은 경광등과 함께 회전하던 사이렌은 큰 동심원을 만들며 점점이 사라져 갔다. 메이의 모습을 흐릿하게나마 연주하던 유리창에서 나는 미련 없이 돌아섰다. 외투를 껴입고 지갑과 열쇠를 챙겨 방을 나오자 옆방인 1105호 문 앞에 노란색 폴리스라인이 쳐져 있는 게 보였다. 오늘 아침, 문밖이 소란스러워 무심코 방문을 열었을 때 코끝을 자극하던 그 냄새를 나는 기억한다. 폭력의 영상이 선뜩하게 밟히는 죽음의 냄새였다. 이른 시간이었지만 1105호 앞엔 꽤 많은 사람들이 모여 있었고 그들 사이엔 경찰도 여럿 섞여 있었다. 서둘러 문을 닫으려 할 때 마침 구조대원 두 명이 들것을 들고 1105호를 나왔다. 목 주변만 푸른 젊은 여성의 하얀 나신이 합성수지 비닐을 통해 그대로 투시됐다. 한 생애의 끝은 투명했다. 머리끝에서 발끝까지, 그 무엇도 감춰지지 않았다. 돌이켜 보니 시체를 직접 본 건 처음이었다. 더 이상 시간을 소비하지 못하는 시체는 모든 살아 있는 인간들이 도달하게 될 쓸쓸한 종착역의 풍경과 이어졌다. 언젠가 그 종착역에서 만나게 될 우리는 서로의 이름을 묻지 않기 위해 괜히 빈 호주머니나 뒤적이는 각각의 이방인일 뿐이었다. 죽은 여자는 내국인이라고 했다. 1105호에 묵던 외국인이 간밤에 부른 붉은 거리의 여자일 터였다. 그 외국인은 새벽에 체크아웃을 하고는 곧바로 출국해 버렸다는 목소리가 어딘가에서 들려왔다. 머리가 희끗한 나이 든 백인 여자가 프랑스어로 끔찍해, 끔찍해, 되뇌며 손수건으로 코를 막고 지나가는 걸 바라보다가 나는 그제야 현관문을 닫고는 욕실로 들어가 오랫동안 샤워를 했다.

리셉션으로 내려가 열쇠를 맡기자 호텔 제복을 입은 여직원이 걱정스러운 말투로 외출을 삼가는 게 어떻겠냐고 묻는다. 밤늦게 비나 눈이 올지도 모른다는 기상예보가 있었거든요. 게다가 오늘은 올해의 마지막 날이잖아요. 호텔 지하 바에서는 밤 11시부터 파티가 진행될 거라더군요. 나는 그녀의 흠 하나 없이 깨끗한 얼굴을 새삼스럽다는 듯 쳐다봤다. 시위 때문은 아니고요? 무심결에 묻자 열쇠 보관함을 꺼내기 위해 허리를 약간 굽히고 있던 여직원이 나를 흘끗 쳐다보며 네?, 되물었다. 나는 당황하는 여직원에게 우산을 챙겼다고 얼버무린 뒤 빠른 걸음으로 호텔을 빠져나갔다.

각국의 투숙객들이 분주히 오가고 택시들이 길게 늘어서 있는 호텔 정문을 지나 10여 분 정도 걷자 대부분의 조명이 꺼져 있는 어두운 밤거리가 시작됐다. 암청색 우주가 흐르고 있었다. 벽을 등지고 띄엄띄엄 앉아 있는 노숙인들 외에는 행인도 거의 눈에 띄지 않았고 도로 역시 한적했다. 저 멀리서 홀로 화려한 불빛을 발산하고 있는 호텔 간판은 포템킨 빌리지(Potemkin village)를 알리는 이정표 같다고 나는 생각했다. 고급스러운 가구와 소품들로 장식되어 있고 경제 재앙에 상처받은 사람은 단 한 명도 살지 않는 곳, 악천후를 피해 가도록 따뜻한 조언을 해 주고 흥겨운 파티 속에서 함께 연말 카운트다운을 외치는 곳, 반정부 시위 같은 말은 철저하게 함구되는 곳. 나는 다시 걷기 시작했다. 길을 잃는 일은 없을 것이다. 지난 3년간, 나는 일 년에 두세 번씩 회사 출장차 이 도시를 방문했고 그때마다 이 거리를 지나 그곳을 찾아가곤 했으니까, 단 한 번의 실수도 없이. 유진, 너 또 그 도시로 출장 가겠다고 신청했다며? 출장을 떠나오기 전날엔 옆 책상을 사용하는 동료가 파티션 너머로 고개를 삐죽 내밀더니 딱해하는 목소리로 묻기도 했다. 걱정 마, 지금껏 여덟 번이나 갔지만 나는 매번 살아 돌아왔다고. 짐짓 의기양양하게 답하자 동료는 혀를 끌끌 찼다. 지나가다가 재수 없게 경찰이 쏜 실탄이라도 맞으면 개처럼 죽는 곳이라고. 중상을 입을 수도 있고 말이야. 가만 보면 넌 참 겁이 없어. 마치 미래가 없는 사람 같단 말이지. 동료의 그 마지막 말에 나는 문득 서류에서 시선을 떼고 물끄러미 그를 올려다봤다. 미래? 미래라고 그랬어? 어느 여름 한낮, 밀가루 반죽을 하다 말고 내 쪽으로 돌아서서 그렇게 되묻던 메이의 모습과 그때 그녀가 서 있던 주방의 풍경이 그 순간 믿을 수 없을 만큼 완벽하게 눈앞에 그려지고 있었다. 언제나처럼 주방은 달콤한 냄새로 가득했고 햇살을 받은 빵가루는 겨울 숲의 눈송이처럼 하얗게 흩날렸다. 무언가를 골똘히 생각하는 듯 잠시 말이 없던 메이는 이내 엉거주춤 무릎을 구부리고는 내 어깨에 손을 올린 채 나와 눈을 맞췄다. 이봐, 유진. 미래는 없어. 미래는, 그래 미래는 우리가 알 수도 없고 확정할 수도 없는 거야. 하지만 대디와 메이는 미래를 약속하지 않았어? 아니, 우린 미래 따위 약속하지 않았어. 미래가 두려워서 만들어진 관계는 가짜니까. 내 말, 알겠니? 얼떨결에 고개를 끄덕이는 아홉 살의 내가 저기, 계단도 없이 한없이 깊은 낭떠러지로 이어질 것만 같은 새까만 지하도 입구에 서 있다. 저명한 언어학자 존 커셋의 외아들, 많은 이들의 우려 섞인 기대를 받으며 태어난 아이, 그러나 한발만 뒤로 물러나면 그대로 어둠의 심연 속으로 수몰될 운명……. 곧이어 알 수 없는 공포감이 밀려와 울음을 터뜨리려고 하는 나를 메이가 안아 준다. 근데 대디는 왜 내 미래를 정해 놓고 싶어 했어? 어쩌면 삼켜야 했을 그 질문을 나는 내뱉고 말았다. 오, 세상에, 너 간밤에 존과 내가 하는 이야길 들었니? 당황한 메이가 더 세게 나를 안았다. 잊어, 그건 어른들의 농담이야. 그러나 한번 터진 눈물은 잘 멈춰지지 않았다. 유진, 제발. 메이가 어느새 나와 함께 울기 시작했다. 메이의 등 너머 주방 풍경이 낯설게 이지러져 보였다. 그날만큼은 메이도, 내게 아무런 위로가 되지 않았다.

내게 유전자를 물려준 사람은 J였지만 나와 물리적으로나 정신적으로 유대를 맺어 준 사람은 사실 늘 메이였다. 나는 눈만 뜨면 메이 뒤를 졸졸 따라다녔다. 잠들기 전에도 메이의 심장박동을 느껴야 안심이 될 정도였다. J는 메이에게 의존적인 나를 못마땅해했고 간혹 불같이 화를 내기도 했다. 머리칼은 잔뜩 헝클어지고 도수 높은 안경알 속 눈동자는 빠르게 흔들리고 입술 끝은 경련을 일으키던, 잊을 수 없는 그 모습. 존, 그러지 마. 유진은 아직 아이잖아. 그럴 때 오로지 내 편에서 나를 감싸 주던 메이가 없었다면 나는 J의 집을, 그의 언어와 사유를 어떻게 견뎌 낼 수 있었을까. J의 눈에 비친 그 시절의 나는 언젠가는 나약하고 이기적인 어른이 될 씨앗에 불과했다는 걸 안다. 자신의 외아들이 고독하면서도 그 고독을 향유할 줄 아는 성숙하고 강인한 인간이 되어야 한다는 강박증에 사로잡혀 있던 J로선 도저히 그 예감을 용납할 수 없었을 것이다. 실제로 그는 타인에게서 위로와 사랑을 기대하지 말라고, 그 대신 항상 죽음을 생각하면서 근원적인 불안감을 스스로 치유하라고 내게 자주 요구했다. J는 내가 열한 살 때 실종되었으므로 그가 알고 경험한 나는 처음부터 끝까지 아이였을 뿐이다. 고작 11년밖에 지켜봐 주지 않은 주제에 내 유년 속에 그 스스로가 상정한 이상적인 인간의 조건을 세우고자 했던 그의 무모한 욕심을 떠올리면 지금도 나는 구토감이 치민다. 아직까지 나는, J를 완전히 용서하지 못했다.

몇 개의 골목을 돌자 그 유명한 '붉은 거리'가 시작된다. 마주한 채 일렬로 이어진 쇼윈도 안엔 거리 이름답게 붉은 조명이 흘렀고, 그 혼몽한 불빛에 갇힌 반나체의 여자들은 자신의 성을 전시하며 구매를 강요하고 있었다. 한때는 경찰의 단속을 받던 불법적인 공간이었다지만 지금은 오히려 외화벌이의 수단이 되어 정부의 보호를 받고 있는 눈치였다. 골목을 통과하는 동안 나는 싸우는 자, 싸우다 울고 나뒹구는 자들, 미친 여자, 미치기 직전으로 보이는 남자, 구걸하는 아이들, 쓰레기통을 뒤지는 청년, 그 청년 곁에 쭈그리고 앉아 빵을 뜯어 먹는 소녀를 스쳐 간다. 헤이, 블랙. 나를 부르는 건가. 목소리가 들려온 쪽으로 고개를 돌리자 어느 쇼윈도 안에서 나를 향해 손을 흔드는 여자가 보였다. 날 좀, 사랑해 줄래? 금발의 가발을 뒤집어쓰고 가슴선이 그대로 드러나는 오렌지색 원피스를 입은 여자는 나른하게 웃고는 있었지만 목소리만큼은 흐린 날에 듣는 현악기 연주처럼 쓸쓸한 구석이 있었다. 내게서 아무런 동요를 느끼지 못했는지 여자는 서둘러 원피스를 아래로 끌어내렸다. 노출된 여자의 젖가슴은 그저 몸에서 돋아 나온 두 개의 살덩어리로만 보였을 뿐, 전혀 매혹적이지 않았다. 오히려 몸의 연약한 부위를 뚫고 솟아 나온 거대한 종기처럼 흉측하게 느껴지기까지 했다. 나는 못 볼 것이라도 본 사람처럼 가짜 금발로부터 황급히 돌아섰고, 그 순간 쇼윈도 안 몇몇 여자들이 킬킬 웃어 대기 시작했다. 내 걸음은 점점 빨라졌고 나는 신호등이 꺼져 있는 횡단보도에서 누군가와 부딪혔다. 휘청거리다 이내 중심을 잡은 나와 달리 힘없이 뒤로 넘어진 상대는 물에라도 빠진 사람처럼 사지를 버둥거렸다. 넘어진 사내에게 다가가자 찌든 술 냄새가 진하게 풍겼다. 손을 내밀었지만 사내는 내 손을 잡는 대신 그저 빤히 나를 올려다보기만 했다. 사내의 시선에 갇힌 내 온몸은 그대로 얼어붙었다. J일 리가 없는데도, J와는 인종도 체격도 모두 달랐음에도, 나는 J가 겹쳐 보이는 사내의 얼굴에서 시선을 뗄 수가 없었다. 내 손을 무르고 혼자 힘으로 가까스로 일어난 사내가 갑자기 내게 달려들더니 멱살을 움켜잡으며 소리를 내지르기 시작했다. 날 무시하는 거냐? 아니라고 말할 틈도 없이 사내는 연이어 외쳐 댔다. 나도 한때는 백만장자였어! 나도 너희만큼은 잘난 인간이었다고! 나는 온 힘을 다해 사내의 두 손을 뿌리친 뒤 뒷걸음질 쳤다. 달러, 달러를 좀 주십쇼. 구걸하는 아이들이 어느새 하나둘 모여들었다. 선생님, 제가 구두를 닦아 드리겠습니다. 제 동생이 아파요, 제발 도와주세요. 어느 나라에서 오셨나요? 미국? 영국? 아님, 프랑스? 멋진 신사분, 저를 따라오면 천국을 경험할 거예요. 아이들은 서툰 영어를 쏟아 내며 억지로 내 구두를 벗기려 하는가 하면 옷소매를 잡고 늘어지기도 했다. 일단 이 거리를 벗어나야 했다. 나는 아이들을 조심스럽게 밀치며 거리의 끝을 향해 큰 걸음으로 휘적휘적 걷고 또 걸었다. 싸우고 있거나 미쳐 있거나, 혹은 그저 오늘만을 살아넘기기 위해 자신의 가치와 가능성을 땅바닥에 내동댕이치는 사람들은 계속해서 나타났다. 메이, 메이의 고향엔 메이처럼 생긴 사람들만 살아? 대부분. 그곳은 아주 멀다고 했지? 그럼, 수천 마일은 떨어져 있는걸. 거기, 가고 싶어? 가끔, 가끔은 그래. 그럼 나랑 가. 날 거기로 데리고 가 줘. 그래, 언젠가는 너를 여행 가방에 담아서 그 도시로 데리고 갈게. 말한 후, 메이는 나를 내려다보며 웃는다. 콧잔등에 주름이 잡히면서 왼쪽 볼에 살짝 보조개가 파이던 갈색 머리칼과 갈색 눈동자의 메이. 메이처럼 생기고, 메이만큼 손길이 따뜻한 사람들이 사는 도시를 나는 밤마다 상상하곤 했다. 아름다웠다. 매번, 예외없이, 상상 속의 이 도시는 구름 한 점 없이 화창했고 마주치는 모든 사람들은 한 스푼의 적의도 없는 순박한 미소로 내게 인사해 주었다. 싸우고 미치고 구걸하고 쓰레기통을 뒤지는 사람들은 단 한 명도 살지 않는 곳이었다.

붉은 거리를 빠져나오자 이번엔 술집과 싸구려 숙박 시설이 즐비하게 늘어선 거리가 발끝에 닿았다. 대여섯 명의 호객꾼들이 순식간에 내 주변을 에워쌌지만 내 시야엔 호객꾼들 너머, 몸피에 비해 너무 큰 외투를 입고 있는 젊은 여자만이 들어왔다. 직각으로 쭉 뻗은 두 팔을 좌우로 바꾸는 행위를 반복하고 있는 여자의 얼굴은 터무니없이 진지하기만 했다. 여자는 공항 활주로에서 비행기를 유도하는 기수 흉내를 내는 듯도 했고, 봐 주는 사람이 있든 없든 자신의 세계를 완성하려는 엄격한 행위 예술가처럼 보이기도 했다. 파산한 가족이나 자살한 애인이 나오는, 이 나라에선 너무도 흔한 사연을 갖고 있는 여자인지도 몰랐다. 어쩌면 갓 낳은 아기가 영양실조로 사망했을 수도 있고, 치료 시기를 놓친 질병 때문에 정신마저 혼미해진 것일 수도 있었다. 저 큰 외투 안에 무엇이 있는지, 어차피 여자는 보여 주지 않을 터였다. 나는 여자에게 다가가 지갑에서 꺼낸 지폐 몇 장을 여자의 외투 주머니에 꽂아 놓은 뒤 다시 앞을 향해 걸었다. 몇 발짝 걷다가 뒤를 돌아보자 호객꾼들과 구걸하는 아이들이 슬금슬금 여자에게 접근하여 외투 주머니에서 돈을 빼 가는 게 보였다. 여자는 그들을 막지도 않았고 돈을 감추려 하지도 않았다. 두 팔

안에 갇힌 여자의 세계는 내 예상과 달리 아늑하고 풍요로울지도 모른다. 그쯤에서 나는, 여자를 잊기로 한다.

내가 이 도시에 올 때마다 방문했던 술집은 다행히 그 사이에 폐점하지 않고 그 자리에 그대로 있었다. 술집으로 들어서니 탁한 담배 연기와 느릿한 선율의 블루스 음악이 친숙하게 나를 맞았다. 보기 드문 외국인이어선지 여기저기 띄엄띄엄 앉아 있던 남자들이 한꺼번에 내 쪽을 쳐다봤다. 술집 중앙에 놓인 바로 걸어가 의자에 앉자 안면이 익은 바텐더가 알은체를 해 왔다. 오랜만이에요. 그러게요, 잘 지냈어요? 저야 그렇죠, 뭐. 오늘도 진으로 드릴까요? 네, 그걸로 한 잔 주세요, 얼음 빼고요. 술이 나오기 전까지 나는 의자에 기대앉아 찬찬히 주변을 둘러봤다.

메이가 J를 처음 만났을 때 그녀는 스물두 살이었다고 했다. 사춘기 때 가족을 따라 미국으로 이민을 간 메이는 혹독하게 외로운 사춘기를 보내다가 주변 이민자 부모들의 부러움을 받으며 명문대에 진학했지만 뜻밖에 찾아온 병 때문에 오랜 기간 휴학을 해야 했다. 길고 지루한 항암 치료를 끝내고 어렵게 복학하게 된 메이는 그곳에서 J를 만났다. 불청객처럼 벌컥 강의실 문을 열고 들어온 40대의 J는 자신을 소개하거나 출석을 부르지도 않고 동부 출신 특유의 딱딱한 발음으로 바로 강의를 시작했다. 메이가 이미 돌이킬 수 없는 상황이 전개되고 있음을 느낀 건 두 시간의 강의가 채 끝나기도 전이었다. 나는 사실 존이 그렇게 유명한 사람인 줄은 몰랐어. 그날에 대해 이야기할 때만큼은 메이도 아프지 않은 사람처럼 보였다. 아니, 오히려 보통 사람보다 훨씬 더 명민하고 날렵한 모습이었다. J와 살게 되면서 메이는 곧 자퇴를 했다. J와의 스캔들로 인한 학교 사람들의 적대적인 태도는 메이가 감당할 수 있는 범위가 아니었을 것이다.
쉿, 햇살이 들어오는 시간이야. 시립요양원 휴게소의 매달 둘째 주와
넷째 주 토요일 오후는 메이의 회상 속 이야기가 이스트 같은 햇살
속에서 달콤하게 부풀어 오르는 시간이었다. 나는 상상으로 빚은 하
얀 빵가루를 맞으며 우리의 그림자가 벽에 새겨졌다가 바닥으로 떨
어지고, 다시 반대편 벽을 통해 조심스럽게 빠져나가는 것을 지켜보
며 메이의 목소리를 경청했다. 정말이야, 그렇게 유명한 줄은 짐작도
못했다니까. 그래, 믿을게. 나는 늘 메이를 믿잖아. 대답하면, 메이는
더 신이 난다는 듯 J의 말투, 옷차림, 학자다운 그 독특했던 분위기
에 대해서 쉬지 않고 떠들었다. 이제 겨우 50대 중반인데도 메이에게
선 종종 노인의 냄새가 났다. J가 사라진 이후 메이는 걷잡을 수 없
이 늙어 갔다. 내가 자라나는 속도보다 더 빨리, 더 급속히 시간 속
에서 마모되었다. 육체는 쇠약해졌고 정신은 기억들을 잃어 갔으며
끊임없이 크고 작은 병에 시달렸다. 메이는 나로부터, 너무 멀리 떠
나 버리고 말았다.

　하이. 마침 삼십 대로 보이는 남자가 맥주잔을 들고 내 옆자리에
앉으며 마치 어제 만난 친구를 대하듯 가볍게 말을 건다. 눈 사이가
멀고 턱이 갸름해선지 어쩐지 물고기가 연상되는 인상의 남자였다.
하이, 나도 반갑군. 이 나라 말로 인사에 답하자 남자의 입술에서 짧
은 휘파람이 흘러나왔다. 오, 이 나라 말을 할 줄 알아? 남자는 바
텐더가 지금 막 내 몫으로 갖다 준 진이 담긴 컵에 자신의 맥주잔을
부딪치며 흥분이 느껴지는 목소리로 호기심을 드러냈다. 조금 할 줄
알아. 조금이 아닌 것 같은데? 혹시 전공이 언어학? 아니, 그건 아냐.
사랑하는 사람한테서 배웠어. 그 사람이 이 나라에서 태어났거든.

하, 사랑하는 사람이라. 남자의 표정이 조도가 낮은 조명 속에서 희미하게 밝아졌다. 내가 한잔 살까? 응? 맥주를 거의 비운 것 같아서. 그럼, 너랑 같은 걸로 마셔도 될까? 남자가 내 손등에 자신의 손바닥을 포개며 속삭이듯 물었다. 바텐더에게 진 한 잔을 더 주문하는 동안, 내 옆모습을 뚫어지게 건너다보는 남자의 뜨거운 시선이 느껴졌다. 너를…… 내 목소리가 지나치게 낮았는지 남자는 내 쪽으로 한쪽 귀를 바짝 갖다 댔다. 뭐? 너를, 메이라 불러도 될까? 메이라면, 말을 가르쳐 주었다는 그 사람? 맞아. 어, 근데 이름이 이 나라 이름이 아닌데? 가명이야. 가명? 그렇군. 근데 왜 메이지?

그건, J가 1년 중 5월을 가장 좋아했기 때문이다. 메이의 부친은 자신의 막내딸이 나이가 스무 살 이상 차이가 나는 흑인 남자와 사는 것을 평생 동안 치욕스러워했다. J를 만나기 이전에 형성되었던 모든 공동체와 관계망, 심지어 본명까지 상실해야 했지만 메이는 후회하지 않았다. 오직 J만을 염려했고 J의 전 존재를 감싸 주기 위해 애썼다. 아이를 낳자고 한 것도 메이라고 했다. J의 아이라면 평생 정성을 다해 키울 자신이 있다며 가족을 이룰 의향이 없던 J를 설득했다. 메이는 J에게 5월의 가족 소풍 같은 것을 선물해 주고 싶었던 건 아닐까. 키 큰 나무가 그늘을 만들어 주는 맑은 호숫가, 쌔근쌔근 숨소리를 내며 잠이 든 볼이 통통한 아기 옆에서 서로에게 기대어 책을 읽거나 흘러가는 구름을 구경하는 풍경 같은. 메이는 J의 삶 속에 슬픔도 고독도 죄의식도 없이 그저 동물처럼 먹고 쉬고 늙어 가는 인생의 휴식처 하나쯤을 마련해 주고 싶었을 것이다. 메이라면, 분명 그랬을 터이다. 아이에 대한 메이의 집착은 J의 예상보다 강했고 그 집착의 크기만큼 우울증도 깊어 갔다. 여느 때처럼 주방에서 설거지를 하던 메이가 돌연 유리컵에 식기 세제를 가득 담아 벌컥벌컥 들이켠 날, 뒤늦게 병원으로 뛰어간 J는 응급처치를 마친 뒤 철제 침대에 누워 숨죽여 울고 있는 메이를 내려다보며 결국 아이를 만들기로 결심한다. 메이는 항암 치료를 받으면서 불임이 된 상태였으므로, 기증된 난자와 J의 정자를 배양관에서 인공수정한 후 그 수정된 배아를 다시 난자 기증자의 자궁 안에 이식하는 방식만이 가능했다. 그러니 내게 고향이란 유리 배양관에 불과하고 그 배양관에 생명의 입김을 불어넣은 건 신의 입술이 아니라 의학용 스포이트라 해도 무방할 것이다. 내 생애의 시작은 오늘 아침에 보았던 비닐 속 여자의 죽음만큼 투명하고 차가웠던 셈이다. 인간과 인간 사이의 열정, 감정의 교류, 순간적인 합일과는 상관없이 의학 기술과 수학적 확률 속에서 나는 태어났으니까. 난자를 제공하고 10개월 가까이 자궁을 빌려 준 여자는 수고비를 받자마자 행적을 감췄다. J도, 메이도 그 여자의 신원에 대해서만큼은 절대로 말해 주지 않았다. 아니, 어쩌면 그들 역시 그녀에 대해 아는 것이 전혀 없었으므로 말을 못 한 건지도 모른다. 그들이 쾌적한 진료실 소파에 나란히 앉아 수상쩍은 서류 파일 속에서 내 생물학적 어머니를 선택한 기준은 그녀의 역사, 그녀의 철학, 그녀의 정체성 같은 것이 아니라 그저 신분증 번호와 뚜렷하지 않은 반명함판 사진에 불과했을 테니 말이다.

 내가 메이라면, 난 _그_쪽을 뭐라 불러야 할까? 남자가 한 손으로 턱을 괴며 또다시 질문을 해 온다. 너 편한 대로. 그럼…… 난 그쪽을 유월로 부르겠어. 유월? 좋군. 자, 우리 올해에도 어김없이 지나가 준 메이와 유월을 위해 건배할까? 우리는 각자의 잔을 들어 가볍게 건배를 했고 해피 뉴 이어, 번갈아 말한 후 한 모금씩 술을 마셨다. 그런데 오늘 같은 날, 미스터 유월은 어쩌다가 이 망해 버린 나라에 온 거지? 접시를 팔러 왔어. 접시? 나는 주방 도구 제조사에서 일하니까. 하. 짧은 탄성 같은 '하'라는 소리는 남자의 버릇인 모양이었다. 이 나라에 수입 접시를 구매할 수 있는 계층이 여태껏 존재하는 줄 몰랐네. 나도 흥미롭게 생각해. 내가 지금 묵고 있는 호텔도 그렇고, 어딘가는 아무 일도 없었던 것처럼 제대로 굴러가고 있는 거지. 개새끼들……. 순간, 남자가 표정을 일그러뜨리며 속삭이듯 내뱉는 욕설을 나는 놓치지 않고 들었다. 시선이 엇갈리자 남자는 술잔을 조금 비운 뒤 신경 쓰지 말라고 말했다. 그래도 궁금한데? 누굴 향한 분노지? 그야 물론, 수입 접시 구매자들이지. 그렇게 대답하며 남자는 자신의 감정이 민망하다는 듯 조금 웃었다. 웃기잖아, 국민의 절반 이상이 식량 보조를 받아야 하는 극빈층으로 전락했는데 누군가는 접시를 수입해서 쓰다니 말이야. 그렇게 분노가 치밀면 너도 시위에 나가지 그래? 오늘 밤에도 시위가 있을 것 같던데. 시위라……. 남자의 목소리가 자조적으로 바뀌었다. 그는 진을 마저 비운 뒤 한 잔 더 시켜도 되느냐고 물었고 나는 좋다고 대답했다. 새로운 술잔이 나오자 그는 나를 보지 않은 채 말을 이어 갔다. 나도 혼란을 틈타 정권을 잡은 지금의 정부를 좋아하지 않아. 아니, 끔찍하게 혐오해. 하지만 그들이 물러나고 새로운 자들이 정권을 잡으면 과연 달라지는 게 있을까? 목숨 걸고 시위할 수는 있어. 하지만 목숨을 걸어도 바뀌는 게 없다는 걸 뻔히 아는데 무엇을 위해 거리에 나가야 하는 건지 난 모르겠어. 지금 이 나라의 상황은 최악이야. 희망이 없다고. 30여 년 전의 구제금융 상황과는 질적으로 다르지. 제아무리 대단한 영웅이 나타난다 해도 5년 전으로 되돌릴 순 없어. 차라

리…… 남자가 외투 안에 숨기고 있었던 건 짙은 빨강의 절망감이었
는지 그의 얼굴은 어느새 사과처럼 익어 가고 있었다. 그는, 취하고
있는 걸까. 차라리 몇몇 국가들이 명분 하나를 만들어 이 나라에 전
쟁을 낸 거였다면 지금보다는 나았을 거야. 지난 세기에도 대공황이
나 대공황에 버금가는 경제 위기가 있을 때마다 전쟁은 유용한 수법
이었잖아. 그랬다면 누가, 무슨 이유로, 어떤 과정을 거쳐 우리를 파
괴하는지 보이긴 했을 거야. 근데 이게 뭐야. 어느 날 평소처럼 출근
을 하기 위해 집을 나서는데 나라가 망했다는 뉴스가 모든 미디어를
통해 속보로 전해지더군. 회사는 출근하지 않아도 된다는 전화를 걸
어오더니 이내 파산했지. 사람들은 은행과 상점으로 몰려들었지만,
은행은 창구를 닫았고 대부분의 상점들은 셔터를 내렸어. 기업은 헐
값에 팔리고 노동자들은 굶주린 들쥐들처럼 거리를 배회하고 외국
어딘가에 조금이라도 비빌 구석이 있는 자들은 모두 공항으로 달려
갔어. 그 와중에도 뉴스는 도산한 기업과 급증한 실업자 수와 추락
을 거듭하는 주가와 신용 등급에 대해 계속해서 떠들어 댔는데, 젠
장, 그놈의 수치는 절대로 줄어드는 법이 없더군. 그날 이후 우리의
미래는 가난과 무능과 우울증과 자살로 채워질 거라는 뉴스가 반복
되고 또 반복됐어. 주도한 자는 없고 이유는 아무도 설명하지 못하
고 과정은 생략된 채 말이야. 하, 근데 모르고 당하기엔 이 단죄가 너
무 엄청나지 않아? 긴 말을 끝낸 남자는 마지막 질문을 한 후 서늘
하게 웃었다. 그 웃음이 내게 익숙했다. 존은 죽지 않았어요. 아무도
그의 시신을 찾지 못했잖아요. 존이 내일이라도 저 현관문을 열고
들어올지 누가 알겠어요? J의 형제나 동료 교수가 찾아와 그의 유고
집을 내자거나 회고록을 써 보라고 권유하면 메이는 늘 그렇게 답하

며 지금의 남자처럼 웃었다. 더 이상 흐르지 않는 눈물이 독약이 되어 배어 나오는 듯한 병든 웃음이었다. 기다림이 길어질수록 메이의 그 웃음은 점점 더 공허해졌다. 스산해졌다. 광포해져 갔다. 사람들은 메이가 갑작스럽게 미치게 됐다고 여겼지만, 아니었다. J가 사라진 이후의 매 순간이, 그 불확실한 희망이, 차근차근 메이의 영혼을 잠식해 갔다.

누가 그러더군. 이번엔 내가 남자의 한쪽 손에 손바닥을 얹으며 말했다. 미래는 없다고, 확정되지 않는 거라고. 나에게도, 그러니까 이 나라 밖의 사람들한테도 말이야, 미래는 기대와는 다르지 않겠어? 나 역시 내가 지금 하는 말이 남자에겐 전혀 위로가 되지 않는다는 걸 알고 있다. 위로는커녕 일종의 폭력 같은 악담으로 전달될지도 모른다. 잊어, 그건 어른들의 농담이야. 메이의 그 말처럼. 그 말을 들은 이후 내가 깨달은 게 있다면, 나란 존재는 메이와 J의 관계를 돈독히 하기 위한 기념품 같은 것에 지나지 않는다는 뼈아픈 진실, 그게 다였다. 나이가 들수록 그 깨달음은 견고해졌고 투명해졌다. 남자는 건성으로 고개를 끄덕여 보이더니 다시 술잔에 입술을 대며 속삭였다. 그러니, 마시는 수밖에. 마시고 취하고 깨고 나면 또 다시 마시고 취하고……. 남자와 나는 서로를 마주보며 한 번 더 잔을 맞추었다. 그리고 누가 먼저랄 것도 없이 순간적으로 짧은 키스를 나눴다. 남자의 입술은 차고 건조했다. 차고 건조한 키스가 끝난 뒤 남자는 더듬거리는 말투로 내게 물었다. 오늘 밤, 네가 묵는 호텔로 내가 따라가도 될까? 간절함이 느껴지는 남자의 말이 온 힘을 다해 팔딱거리는 물고기가 되어 입술 밖으로 헤엄쳐 나오는 걸 나는 무연히 쳐다봤다. 좋아, 대답하며 고개를 끄덕여 보이자 남자는 이를 드러내며 활짝 웃어 보였다. 남자는 계속 웃었고 음악은 멈추지 않았다. 잠시 후, 나는 화장실에 갔다 오겠다는 제스처를 보이며 자리에서 일어나 그대로 출입문까지 걸어갔다. 지난여름에도 이곳에서 나는 메이를 만났다. 그 전해에도, 그 전전해에도 각기 다른 메이들은 내가 묵는 호텔에서 하룻밤을 보내고 갔다. 아침에 눈을 뜨면 메이들은 어색해하는 얼굴로 내 눈치를 살피다가 똑같은 부탁을 해오곤 했다. 미국에 데리고 가 달라는 부탁이었다. 자리를 잡을 때까지만 숙식을 해결해 주면 돼. 그 대신 내가 너를 위해서라면 뭐든지 할게. 너도 알다시피, 이 나라 화폐는 이제 휴지 조각이야. 나 혼자서는 아무것도 할 수 없다고. 메이들의 레퍼토리는 늘 비슷했다.

아쉽게도 나는 메이들의 그 부탁을 들어줄 수 없었다. 나는 다른 누군가를 책임지고 보살펴 줄 능력이 없는 사람이다. J의 불행한 예감은 크게 틀리지 않았다. 나는 J가 그토록 혐오했던 인간 유형인 나약하고 이기적인 어른으로 성장했으니까. 끊임없이 체온을 나눌 수 있는 애인을 찾아다니지만 단 한 번도 누군가를 위해 희생한 적은 없다. 사랑의 시작을 주도할 수는 있어도 그 끝에선 언제나 도망가기 바빴다. 게다가 J의 의도와 달리 내 몸은 동성만을 사랑하도록 설계된 세포들로 가득 차 있다. 그의 관점에서 본다면 명백하게 열등한 동성애자 아들을 지켜보지 않아도 된 건 J 몫의 행운인 걸까.

출입문 앞에 서서 바텐더를 손짓으로 불렀다. 남자의 술값이 포함된 계산을 마칠 때까지 남자는 다행히 이쪽을 쳐다보지 않았다. 부탁을 들어줄 수 없다는 말을 어렵게 꺼내면 메이들은 더 절실하게 매달리기도 했고 미친 듯이 화를 내며 방을 뛰쳐나가기도 했다. 창문을 열고 뛰어내리겠다며 협박하던 메이도 있었다. 그 어떤 반응도,

나를 움직이지는 못했다. 물고기 남자가 고개를 들어 주위를 두리번 거리고 있었다. 남자의 시선이 내가 서 있는 쪽으로 다가오려는 순간, 나는 급하게 출입문을 열고 술집 밖으로 빠져나갔다. 매서운 바람이 얼굴을 할퀴고 지나갔다. 언젠가 여기서 또 만나면 좋겠어, 메이. 출입문에 등을 기댄 채 나는 오늘의 메이에게 수신이 불가능한 마지막 인사를 건넸다. 약속이란 허약하고 허무하다. 메이, 또 올게. 요양원의 커다란 철제문을 열 때마다 그렇게 말하면 메이는 고개를 크게 끄덕여 보이며 환하게 웃곤 했다. 그래, 어서 가. 바쁜 사람이잖아. 애틋하게 걱정하기도 하면서. 내 승용차 룸미러에는 메이가 손을 흔들고 또 흔드는 모습이 오래오래 남아 있었다. 그녀가 나를 잡은 건 딱 한 번이었다. 여느 때처럼 면회를 마치고 가방을 챙겨 일어 서는데 메이가 빠른 걸음으로 다가오더니 그대로 내 등허리를 부둥 켜안았다. 돌아서자 벌써부터 눈물이 흠뻑 고여 있는 메이의 눈동자 가 보였다. 나는 오랜만에 목격하게 된 그녀의 눈물이 반가운 건지 슬픈 건지 구분할 수 없었다. 가지 마, 존. 내 품에 안기며, 그렇게, 메 이가 말했다. 메이의 어깨를 감싸 주려던 두 팔이 힘없이 아래로 내 려갔다. 난 아이도 낳을 수도 없다는 걸, 내 몸 안에 가득 찬 건 그 지긋지긋한 시스플라틴과 온갖 오물뿐이니까아!, 존…… 당신은 다 알고 있잖아. 그건, 20년 넘게 기다리던 J가 나타나면 가장 먼저 들 려주고 싶었던 메이의 진짜 목소리였을까. 메이는 그쯤에서 입을 다 물었어야 했다. 그랬다면 나는 그때도 그녀를 이해하기 위해 최선의 힘으로 애썼을 것이다. 메이에게만은 그 어떤 고통도 주지 않겠다는 내 오래된 다짐을 지킬 수도 있었을 것이다. 나는 혼자야, 존, 나한텐 당신 외엔 아무도 없어, 아무도. 심장이 차갑게 식어 갔다. 늘 상상해 왔던 장면이었는데도 현실은 상상보다 훨씬 썼다. 나는 메이의 어깨를 감싸 주는 대신 허리를 숙여 그녀의 귓가에 입술을 대고 침착하게 속삭였다. 메이, 존은 죽었잖아. 우리 함께 그의 시신을 차가운 구덩이에 밀어 넣었는데, 잊었어? 메이는 히스 꽃을 구덩이 앞에 놓았고 그의 외아들은 그 위에 침을 뱉었지. 그때 우리, 춤도 추었던가? 거짓말! 순간, 메이가 소리를 내지르며 한 손으로 세게 내 뺨을 쳤다. 당신 누구야? 당신 대체 누구야아! 요양원 직원들이 몰려와 메이를 병실로 옮길 때까지도 메이의 울부짖음은 길게 이어졌다. 그날부터였을 것이다. 아주 조금씩, 그러나 매우 규칙적으로 외로움과 두려움 속에서 소멸해 가고 있을 메이의 모습을 떠올리는 것은 더 이상 나를 아프게 하지 않았다. 요양원을 찾는 내 발길은 점점 뜸해져 갔다. 언제부터인가 나는 메이를 보러 가지 않았고 메이 역시 나를 찾지 않았다. 기억 체계가 무너지고 있던 메이는 나를 아예 망각해 버린 것인지도 몰랐다. 그리 생각하는 게 나는 편했다. 다달이 청구되는 요양원 비용을 내는 것, 그리고 둘째 주와 넷째 주 토요일 오후마다 메이의 담당의와 통화를 하며 그녀의 상태에 대해 묻고 대답을 듣는 것이 최근 3년 동안 내가 메이를 위해 하는 일의 전부가 되었다.

　술집을 나와 두 개의 모퉁이를 돌자 큰 외투를 입고 두 팔로 직각을 만드는 여자가 또 보였다. 어쩌면 여자는 사라진 세계를 향해 자신만의 신호를 보내고 있는 것인지도 몰랐다. 이번엔 여자에게 말을 걸지 않고 그대로 지나쳤다. 나는 계속 걸었다. 싸우는 자, 싸우다 울고 나뒹구는 자들, 미친 여자, 미치기 직전으로 보이는 남자, 구걸하는 아이들, 쓰레기통을 뒤지는 청년과 빵을 뜯어 먹는 소녀는 처음 봤을 때와 똑같은 모습으로 나타났고 또 사라졌다. 나른한 표정으로 손님들을 유인하는 붉은 조명 속의 여자들, 누군가와 부딪히면 언제라도 고함을 내지를 준비가 되어 있는 사내, 어설픈 영어로 달러를 요구하는 아이들도 변하지 않는 풍경처럼 반복적으로 내 곁을 스쳐 갔다. 이곳은 혹여 시계의 태엽이 고장 난 공간인 걸까. 아니, 내가 술집에서 낯선 남자를 만나 진 한 잔을 마시며 대화를 나눈 조금 전의 상황 전체가 단순히 환상이거나 꿈일지도 몰라. 그곳이 다인 것 같지만 그 생각마저 다가 아니야. 그러니 의식을 해 봐, 그곳이 다가 아니란 걸. 거짓말……. 나는 차갑게 웃으며 중얼거렸다. 과거의 어떤 장면을 뚫고 나오는 메이의 부드러운 손을 힘껏 뿌리치며, 그리고 나는 속으로 연거푸 외쳐 댔다. 당신이야말로 거짓말하지 마, 메이. 당신이 내 엄마라고 착각하지도 마아!

헤이, 블랙. 그동안 손님을 받지 못했는지 그 가짜 금발이 또다시 나를 불렀다. 여자 쪽으로 뚜벅뚜벅 걸어가 지갑에서 남은 현금을 몽땅 꺼내 보여 주자 금발뿐 아니라 그 주변의 모든 여자들도 쇼윈도 쪽으로 다닥다닥 몰려들었다. 얼마를 지불하면 너의 불행을 살 수 있지? 이 거리에서 현금은 흥분제다. 대여섯 명의 여자들이 순식간에 문을 박차고 나와 나를 에워쌌고 몇몇 여자들은 쇼윈도를 탕탕 치며 내 시선을 끌려 했다. 껌둥이, 여기야, 여기. 허니, 오늘 밤 내가 화끈하게 해 줄게. 이거 왜 이래, 이 남자는 처음부터 내 손님이었어! 여자들은 내 쪽으로 먼저 다가오기 위해 서로를 밀치고 당기고 짓밟았다. 어느 순간, 나는 손아귀에서 힘을 뺐다. 여자들은 바닥으로 떨어진 푸른 지폐를 놀라울 정도로 빠르게 움켜쥐더니 이내 몸 안 구석구석에 쑤셔 넣었다. 내 불행도, 좀 들어 줄래? 지폐가 다 사라지고 나자 금세 내게서 멀어지는 여자들을 건너다보며 나는 대상도 없이 물었다. 아무도, 뒤를 돌아보지 않았다.

인간이 자신의 죽는 시점을 안다면 살아 있는 매 순간이 실존과의 치열한 싸움이 될 테고 사유도 깊어질 거라고 J는 생각했다. 수명을 정해 놓을 수 있는 그런 기술이 가능했다면 말이야, 나는 유진의 배양관을 관리하던 의사에게 분명 오케이 사인을 보냈을 거야. 메이, 정말이지 나는 유진의 앞날이 무서워. 내가 유진의 미래를 설계할 수만 있다면, 그럴 수만 있다면, 내 모든 걸 바칠 수도 있어. 살짝 열린 문틈으로 들려오던 J의 목소리는 고요한 광기에 젖어 있는 듯했다. 나는 메이가 J의 그 이상한 발상에 화를 내 주길 기다렸다. 나 대신 그의 뺨을 때리고 그의 비정상을 폭로한 뒤 침실을 뛰쳐나와 공포감에 몸을 떨고 있던 아홉 살의 나를 있는 힘껏 안아 주기를. 메이는 웃었다. 웃고, 웃으면서, 대답했다. 존, 언어학을 그만두고 신학을 하려는 거야? 신학자 존은 전혀 끌리지 않는데, 그건 어쩔 거지? 쉬쉬, 이제 그만. 어떨 때 보면 당신은 정말 아기 같아.

불현듯 견디기 힘든 추위가 밀려왔다. 마치 내가 만들어진 유리 배양관에서부터 내 몸에 박힌 생득적인 추위 같았다. 오들오들 몸을 떨며 붉은 거리를 마저 빠져나오자 호텔방에서 들었던 사이렌이 또 한 번 광포하게 밤의 대기를 뒤흔들며 지나갔다. 나는 맹목적으로 그 소리를 따라 걷기 시작했다.

시위 현장은 무장한 경찰들과 호송차들로 빽빽이 둘러싸여 있어 그 안이 전혀 보이지 않았다. 책임, 사과, 해결, 정부, 사퇴 등의 단어들이 들어간 구호만이 간간이 들려올 뿐이었다. 곳곳에서 시위대에 합류하려는 사람들이 하나둘 나타났다. 조심스럽게 그들의 뒤를 밟자 철제로 만든 바리케이드가 나왔다. 3미터는 족히 넘을 저 바리케이드를 넘으면 호텔이나 붉은 거리와는 또 다른 세상이 펼쳐질 터였다. 바리케이드 아래서 사람들이 인간 사다리를 만들어 서로가 서로를 넘겨 주고 넘어가는 모습을 바라보며 서성이는데 누군가 다가와 물었다. 혹시 외신 기자인가요? 얼떨결에 고개를 끄덕여 보이자 갑자기 여기저기서 사람들이 몰려들었다. 어느 나라에서 오셨습니까? 방송국인가요, 신문사인가요? 근데, 카메라는 없습니까? 아무런 대답도 못하고 석고처럼 서 있는 나를 몇몇 청년들이 힘을 합쳐 바리케이드 위로 올려 주었다. 가까스로 담 위에 올라 시위 현장 쪽으로 고개를 돌린 나는 너무 놀란 나머지 벌어진 입을 다물지 못했다. 시위를 하는 사람들은 생각보다 훨씬 적었고 그들 대부분은 아무런 무기도 갖고 있지 않았다. 시위대 속에서 간간이 흔들리는 촛불들은 오히려 현생의 소망을 담아 물 위로 띄워 보낸 등(燈)처럼 그윽하고 아름다워 보였다. 전쟁을 방불케 했던 그 폭력적인 장면들은 다 어디로 갔는가. 이 거리를 뜨겁게 달구었던 사람들은 이제는 허름한 술집에 모여 앉아 마시고 취하고 다시 마시며 가짜 구원이라도 약속해 줄 수 있는 저마다의 애인을 기다리고 있기라도 한 것일까.

잡아 줄 테니 빨리 내려오세요! 청년 한 명이 외쳤지만 나는 발을 내딛지 못했다. 공포가 아니었다. 서글픔 때문이었다. 내가 미동도 하지 않자 청년은 한심하다는 듯 나를 한 번 훑어보더니 이내 시위대 속으로 뛰어들어 갔다. 곧 진압이 시작될 테니 뜻을 접고 해산하라는 방송이 들려왔다. 시위대에서 야유와 함성이 터져 나왔다. 잠시 후 호송차 너머에서 곤봉과 방패를 든 경찰들이 조직적으로 흘러나왔다. 경찰들은 일종의 방어막처럼 시위대 선봉에 포진되어 있는 휠체어에 탄 장애인들부터 닥치는 대로 땅바닥에 내동댕이쳤다. 제 몸

하나 제대로 가누지 못하는 중증 장애인들은 다시 휠체어에 오르기 위해 사지를 버둥거렸고 몇몇 경찰들이 그들을 밟고 지나갔다. 시위대는 일방적으로 맞거나 끌려갔다. 진압은 처음부터 승패가 정해진 게임처럼 신속하게 이루어졌다. 예외적인 상황은 단 하나, 갑자기 허공을 가르는 날카로운 금속음이었다. 탕. 눈발이 날리기 시작했다. 총소리는 축제를 알리는 축포처럼 눈을 불러온 것이다. 발포자가 확인되지 않았는지 경찰과 시위대는 똑같이 동요했다. 호송차 쪽으로 일사분란하게 되돌아간 경찰들은 서둘러 방탄조끼를 챙겨 입었고, 시위대도 이리저리 엉키고 부딪치며 빠른 속도로 현장을 빠져나갔다. 거리는 시위에 사용되다 버려진 양초와 깨진 유리병만이 눈에 띌 뿐, 금세 텅 빈다. 허공에서 흩날리는 눈송이는 그새 크고 탐스럽게 부풀어 있었다. 마치 먹어도 되는 진짜 빵가루처럼. 하늘을 올려다봤다. 여전히 우주처럼 깊고 신비로운 밤하늘이 펼쳐져 있었다. 참 신비롭지 않니? 거리나 공원 같은 곳에서 유모차에 실려 있는 아기들을 발견할 때면 메이는 매번 황홀하다는 듯한 표정을 짓곤 했다. 영혼이라도 빼앗긴 것처럼 한참 동안 그 아기들에게서 시선을 떼지도 못했다. 유진, 신이 있다면 정말 세심한 성격일 거야. 저토록 작은 몸에 어떻게 모든 게 다 들어 있지? 그때마다 나는 메이에게 이것저것 묻고 싶은 게 많았지만 질문을 한 적은 없다. 돌아서는 메이의 얼굴이 이루 말할 수 없을 만큼 슬퍼 보이곤 했으므로. 저 하늘 어딘가에 정말로 신의 거처가 있어 문을 열고 그 안으로 들어가게 된다면, 세심하고 인자한 느낌의 노인이 아니라 자신의 업무 외에는 그 무엇에도 관심이 없는 서기관 같은 인상의 누군가가 보이지 않을까, 마치…… 마치, J처럼.

나는 곧 담에서 뛰어내렸다. 눈이 푹신하게 밟혔다. 아무도 다니지 않는 거리 한복판을 천천히 걸었다. 얼굴에, 어깨와 등허리에 내려앉는 눈송이는 무게감이 느껴지지 않는데도 나는 통증을 느꼈다. 잠깐만요! 어느 순간 확성기를 통과한 목소리가 텅 빈 거리에 쟁쟁하게 울려 퍼졌다. 멈춰 서서 고개를 돌리자 우비를 덧입은 경찰 한 명이 검은색 확성기를 어깨에 멘 채 내 쪽으로 허청허청 뛰어오고 있었다. 내 앞까지 뛰어온 그는 제법 유창한 영어로 말했다. 이 나라에선 외국인이 시위에 참가하거나 해외 언론에 보도하는 것은 불법입니다. 모르셨습니까? 긍정하지도, 부정하지도 못한 채 시선을 외면하자 경찰은 수첩과 펜을 꺼내들며 사무적인 말투로 다시 물어 왔다. 이름과 나이, 그리고 국적을 말씀해 주시겠습니까? 의례적인 절차니 이해해 주십시오. 빨리 이 거리를 벗어나고 싶어 하는 젊은 경찰에게 나는 질문에 대한 답을 하나하나 내놓는다. 나이는 서른한 살, 이름은 유진 커셋, 미국인. 수첩에 내가 진술한 짧은 내용을 적어 내려가던 경찰의 손이 잠시 멈칫하는 걸 나는 본다. 이름이 유진입니까? 네, 근데 왜 웃으시죠? 아, 죄송합니다. 제가 잘 아는 사람과 이름이 같아서요, 여자이긴 합니다만. 실은 나도 그 이름을 갖고 있는 이 나라 여자 한 명을 잘 알고 있죠. 그래요? 누군지 궁금한데요. 그녀는 나의…… 뜸을 들이고 있는 사이 메모를 끝낸 경찰은 내가 잘 아는 김유진에 대한 이야기는 더 이상 듣지 않은 채 가벼운 목례를 한 후 돌아섰다. 가장 소중한 사람이 자신의 진짜 이름을 대가 없이 내게 주었다는 사실에 기분 좋은 안도감을 느꼈던 어느 날이 떠올랐다. 유진, 그거 아니? 고향에서는 나도 유진이란 이름으로 불렸어. 그때 우리는 주방에서 함께 빵을 만들고 있었을까, 아니면 산책을 하고 있었을까. 마침 손목시계 안에서는 새해의 분기점이 되는 자정을 향해 초침이 한 땀 한 땀 움직이고 있었다. 십, 구, 팔…… 둘, 하나, 제로. 잠시 후, 나는 손목시계에서 시선을 떼고 함박눈이 펄펄 날리는 새해 첫날의 텅 빈 거리를 다시 걷기 시작했다. 밤의 한가운데를 뚫고 어디로 갈지는, 아직 정하지 않았다.

추천 우수작

우리의 약속이
불속에서
이루어지기를
기도했다

조
현

2008년 《동아일보》 신춘문예에 단편소설 〈종이냅킨에 대한 우아한 철학〉이 당선되며 등단했다. 소설집으로 《누구에게나 아무것도 아닌 햄버거의 역사》가 있다.

1

둔탁한 납빛, 허공을 천천히 헤엄치는 청동의 물고기들. 수초처럼 일렁이는 쓸쓸한 밤의 안개와 모호하게 찰랑이는 잿빛 물결. 그리고 위급한 비명과 작은 사이렌 소리.

서연은 아직도 혼수상태였다. 모 방송사의 삶의 체험 프로그램에 참여했다가 의식불명이 된 지도 벌써 일주일. 데뷔 초의 청순함이 많이 사그라졌다고는 하나, 그래도 서연은 크게 히트를 친 데뷔작의 여주인공이었으며 그해 이런저런 영화제에서 신인여우상을 휩쓸기도 했다. 따라서 늦겨울의 추위에도 불구하고 취재진이 연일 병원 휴게실을 점령한 상태로 드나드는 의사들에게 서연의 경과에 대해 묻곤 하였다. 특히나 주연급으로 한중일 합작 영화에 기용될 수 있다거나, 그 작품에서는 지금까지의 청순한 이미지를 벗어던지고 꽤나 에로틱한 모습을 보여 줄 것이라는 미확인 소문도 있어 취재의 열기는 식지 않았다.

　서연이 사고를 당한 곳은 외국인 노동자의 자녀들을 돌보는 한 사회복지시설이었다. 사고는 촬영할 공간을 확보하느라 비좁은 식당 한구석에 대충 쌓아 둔 철제 식탁들이 쓰러지면서 발생했다. 보다 나은 장면을 찍기 위해 급히 방송 장비의 위치를 옮기는 순간, 어지럽게 널린 전선에 얽힌 철제 식탁이 아이들의 식사를 돕고 있던 서연을 덮친 것이다.

　맨 처음 부딪친 팔목에 생긴 골절은 두어 달 정도의 깁스로 치료할 수 있는 정도였으나 옆으로 넘어지면서 철제 식탁 모서리에 머리를 부딪친 것이 혼수상태의 결정적 원인이 되었다. 당시 사고 상황을 담은 영상은 이미 뉴스를 통해서도 여러 차례 방송되기도 했는데, 녹화된 상황을 보면 맨 처음 철제 식탁들이 위태롭게 쓰러지면서 위험에 처한 것은 무함마드라는 아랍계 아이였다. 그런데 그 한 호흡의 순간, 서연이 아이를 밀치면서 대신 깔린 것이었다.

　오늘도 서연의 병실에는 목숨을 구한 무함마드의 어머니가 와서 아랍식으로 기도하고 있었다. 절대안정이라는 팻말이 붙은 서연의 병실에는 여전히 취재가 통제되고 있었지만, 생명의 은인을 위해 기도하겠다는 걸 말릴 수도 없고, 또 그렇게 위로를 받는 장면이 서연 자신이나 회사를 위해서도 플러스가 된다는 소속사의 방침에 따라 병원 측의 협조를 얻어 하루에 한 번 짧은 면회를 허락한 것이다.

　서연의 소속사 사장은 방송용으로 무함마드 어머니의 간호 장면을 잠깐 찍으라고 지시하면서 매니저에게 물었다. “어때? 바깥 상황은?”“광고 쪽은 지금 난리 났습니다. 서연 양이 깨어나면 자기네 먼저 스케줄 맞추자고 벌써부터 난리예요.”“뭐, 하긴 미모의 여배우가 어린아이를 위해서 목숨 걸고 몸을 던졌으니 요새 같은 때에 휴먼 드라마도 이런 휴먼 드라마가 없겠지. 그렇지 않아도 요번 프로그램 건도 차기작 계약 앞두고 어떻게 하면 인지도 좀 띄워 볼까 하는 차원에서 추진한 거잖아." 사장은 습관적으로 담배를 꺼내 입에 물려다가 병원의 금연 표지에 필터만 아쉽게 매만지며 말했다.

"그렇지 않아도 이번 사고가 해외에까지 보도되면서 일본 쪽에서도 계약에 매우 긍정적으로 나오고 있습니다.""그렇겠지……. 걔네들 미담에 좀 약하잖아. 그건 그렇고 저 아줌마 아까부터 뭐라고 중얼거리는 거야?""그렇지 않아도 아까 연예부 기자들이 물어보던데요, 자기네 조상 대대로 전해 내려오는 옛날 민담이랑, 또 무슨 레바논 시인의 시(詩)랍니다. 요번에 목숨을 구한 애 엄만데 그쪽 출신인가 봐요.""뭐든 좋은 얘기겠지. 근데, 얘는 도대체 왜 이렇게 사고를 쳐서 사람 혼을 쏙 빼놓는 거야? 어쨌거나 전화위복이라고 이제 서연이만 일어서면 완전 대박인데. 그때까지 기자들 관리 잘하라고."

그렇게 소속사 관계자들이 작게 소곤거리는 와중에도 병실에 앉은 레바논의 여인은 조용한 목소리로, 그러나 끊임없이 조상 대대로 전해 내려오는 옛이야기를 속삭이고 있었다.

2

옛날 옛적, 그러니까 레바논의 이백 큐빗짜리 백향목이 오래 산 노인들의 지팡이처럼 작았을 무렵, 지중해 바닷가의 작은 읍내에 리디아라는 처녀가 살고 있었죠. 리디아는 흑요석처럼 까만 눈을 가지고 있는 신실한 처녀였는데, 어느 날 읍내에 질그릇을 팔러 나왔다가 시장통 입구의 대추야자 아래에서 한 젊은 음유시인을 보게 되었습니다. 그 청년은 시리아산 홍옥석보다도 더 붉은 입술로 기이한 환상이 불타오르는 이계의 마법과 불사조처럼 그 재 속에서 다시 피어나는 선홍빛 꽃을 노래하고 있었죠.

응당 자비로우신 알라—그 높으신 이름에 백만 개의 별보다 더 빛나는 영광이 깃들기를!—의 은총으로 리디아는 한눈에 사랑에 빠지고 말았죠. 사실 세상의 어떤 소녀라도 지중해의 미풍보다 감미롭고, 홍해라고도 부르는 짓다해의 물결보다도 정열적인 음성을 듣는다면 시리아 사막보다도 더 뜨거운 사랑의 열기에 사로잡힐 게 틀림없습니다.

하지만, 어여쁜 리디아는 또한 자애로운 부모로부터 마땅히 정숙한 무슬림 처녀가 갖추어야 할 절제의 미덕을 훈육받은 터였으므로 여느 이교도의 여식들처럼 맨 얼굴을 내밀고 부끄럽게 그의 사랑을 갈구하지는 않았습니다. 대신 리디아는 상의인 카미즈를 단정히 매무시하고, 머리에서 어깨까지 드리운 두파타 숄에 빰을 더욱 밀착시킨 채 더욱 조심스럽게 그 남자의 목울대와 두터운 어깨와 그리고 머리에 두른 경건한 이마마 터번 사이로 몇 가닥 흘러내린 검은 머리카락을 보았답니다.

그 남자의 늠름한 모습은 다마스쿠스의 높은 성벽보다도 더 굳건했고, 그의 눈은 지중해의 푸른 물결보다도 더 짙은 청록빛 보석 주뭇루드처럼 빛나고 있었습니다. 남자는 마즈눈 그 자체였습니다. 마즈눈은 정령이 붙어 신들린 사람, 그러니까 탁월한 시인이나 설교사를 뜻하므로 딱 그 남자에게 어울리는 호칭이었죠. 하여 리디아는

흩날리는 두파타 사이로 그 마즈눈의 노랫말과 음률을 영원히 잊어
버리지 않을 정도로 세세하게 자신의 기억 속에 각인시켰습니다.

남자의 이름은 알 와라한이었습니다. 그러나 땅에 묻히지 않고 싹
이 트는 대추야자는 없는 법, 남자에게도 시련이 닥쳐왔죠. 알 와라
한의 노래가 아랍 전통의 엄격한 시의 형식, 즉 까씨다에서 벗어났다
는 비난이 가해졌던 거죠. 하여 이 읍내 모스크에서 가장 나이가 많
은 성직자 이맘을 모시고 이 마즈눈의 시가 예언자가 정한 규범에
어긋나는지에 대한 토론이 벌어졌죠. 하긴 사모하는 시인의 운율이
완전한 율격인 카밀이나 느긋한 율격인 바시뜨, 그리고 내달리는 율
격인 라말에서 벗어났다는 것은 전통 아랍시에 해밝고 총명한 리디
아 역시 잘 알고 있었습니다.

그러나 어찌 알라—그 거룩하신 이름에 백만 가지의 소망보다 더
간절한 소원이 깃들기를!—의 은총으로 지으신 만물의 아름다움을
노래하는 데에 굳이 까씨다의 율격이 필요한지요. 그건 세상을 낮과
밤 중에 어느 한쪽만으로 사는 것과 같다고 리디아는 생각하였지요.
하나 읍내에서 가장 권위를 인정받은 이맘은 이 젊은 시인에게 규범
에 맞는 신중한 창작을 요구하며 이렇게 결론을 내렸지요. "알칼람
알마우준 알무깝파." 시에 있어서 '율격과 운이 있는 말'이란 뜻으로
전통을 존중하라는 뜻이었죠. 그렇습니다. 그건 그날 토론의 결론으
로 바람직한 무슬림의 시를 정의한 이맘의 지침이었습니다.

그렇지만 해가 뜰 녘부터 해가 질 녘까지 제 맘껏 빛깔을 물들이
는 지중해 마냥 자유롭고 싶었던 젊은 시인은 의기소침해진 끝에 결
국 노래 짓는 것을 그만 두었습니다. 엄격한 율격은 마치 꽉 죄어 오
는 올무와 같아 이 마즈눈의 영혼에 영감을 주지 못하였던 것이지

요. 자애로운 리디아는 이맘 어르신의 지침에 이의를 제기하고 싶었지만, 정작 자신에게는 아무런 자격이 없음을 깨달았지요.

하여 현명한 처녀 리디아가 선택한 것은 성지순례였습니다. 리디아가 태어난 다마스쿠스 근동에서는 여느 무슬림 세계에서와 마찬가지로 성지순례를 마친 사람에게는 남성의 경우 핫지, 여성인 경우에는 핫자라는 호칭을 붙여 주었는데요, 이 핫지 혹은 핫자라는 호칭을 부여받은 사람에게는 귀향 후 은혜로우신 알라─그 거룩하신 이름에 백만 권의 책보다도 더 위대한 지혜가 깃들기를!─의 이름으로 한 가지의 소원을 얘기할 자격을 주는 관습이 있었던 것이지요.

처녀로서는 두 세대 만에 처음으로 성지순례를 떠나는 것이라고, 마을 여인들의 축복과 더불어 약간의 시샘을 받으며 리디아는 메카로 향하는 걸음을 떼어 놓을 수 있었는데요, 암만에서의 몸살이라든가 아라비아사막에서의 밤이라든가 하는 모든 고통도 신실한 신앙과 굳건한 신념으로 이겨 낼 수 있었던 것이지요.

이런 리디아에게 첫 번째 시험이 닥쳐온 것은 메카도 이제 열흘 거리에 위치한 메디나 시내에 도착해서였습니다. 그날 밤 애상에 젖은 처녀 리디아는 창문으로 달을 올려다보며 그 음유시인이 노래했던 아네모네의 꽃을 생각하고 있었습니다. 레바논보다도 훨씬 북쪽, 그러니까 겨울이면 모든 것이 꽁꽁 얼어붙는 머나먼 이국에서 아네모네는 수북이 쌓인 눈을 뚫고 핀다고 하였지요.

먼 여정으로 고단했던 리디아는 생각하였지요. '그 마즈눈은 정말 그리도 먼 이국까지 여행을 했을까? 그리하여 정말 아네모네의 꽃이 빙설을 뚫고 피어나는 것을 본 일이 있을까? 혹여 그리도 먼 곳에서 아네모네보다 더 어여쁜 이교도 처녀를 마음에 둔 것은 아닐까. 만약 사랑에 빠진 일이 없다면 어찌 그리도 사람의 마음을 뒤흔드는 노래를 지어낼 수 있을까?'

밤이슬에 젖은 사막을 내려다보며 리디아가 그런 생각을 하는 찰나, 홀연 진이 나타났습니다. 하지만 지중해의 오래된 항로(航路)만큼이나 신앙심이 굳건했던 리디아에게, 진이란 정령 따위는 알라의 말씀으로 충분히 경계할 수 있었던 터, 크게 놀라진 않았습니다. 대체로 진들이 인간을 미혹하는 요령(妖靈)이기는 하나 알라를 경외하는 신실한 이들도 있으니까요.

진이 말했습니다. "거룩한 알라의 신도여, 그대의 이름은 무엇이며 또 어디를 가고 있느뇨?" 충만한 용기를 지닌 리디아는 대답했습니다. "나는 자비롭고 자애로우신 알라의 미천한 종 리디아라고 하며, 핫자의 칭호를 얻고자 메카로 향하고 있는 중입니다." 그러자 진은 물었습니다. "그대가 핫자의 칭호를 얻고자 함은 금과 은의 이익을 위함인가, 아니면 주변 사람들의 경탄을 자아내는 명예를 위함인가, 혹은 세상을 경륜하는 지혜를 얻기 위함인가?"

신실한 리디아는 잠시 생각하고 이렇게 대답했습니다. "제가 핫자의 칭호를 얻기 위함은 이익이나 명예, 혹은 지혜 때문이 아닙니다. 그것은 거룩하고도 은혜로우신 알라께서 운명 지워 주신 사랑을 얻기 위함입니다." 진은 말했습니다. "그렇구나. 그대가 고백한 그 말의 진실은 그대의 행동으로 증명될 터이니!" 그리고 진은 나타날 때처럼 홀연 연기로 사라졌습니다.

다음 날 아침, 사막을 횡단하는 대상(隊商)들과 함께 출발하려는데 메디나 길거리에 한 어미가 젖먹이와 함께 쓰러져 있었습니다. 상인의 우두머리가 외쳤습니다. "저 여인네는 히잡도 두르지 않고 부끄러이 맨얼굴을 드러내니 이교도의 여식이 틀림없다. 저 여식을 보살피다간 이들 아드하에 쓰일 가축을 팔 수 없을 터, 그러니 우리는 번제의 순조로운 진행을 위해 출발하자! 제사에 쓰일 낙타와 양을 공급하는 것 또한 알라의 영예를 위한 일일 터!" '이들 아드하'란 성지순례의 마지막 날에 소와 양이나 낙타를 도살하여 벌이는 희생제를 가리키는 말입니다. 그러니 제사를 위해 급히 서두르자는 상인들의 말에도 일리는 있었지요.

대상 무리에 섞여 길을 나선 순례자들도 외쳤습니다. "나는 이번 여행을 위하여 이미 많은 길을 걸어왔다. 지금 지체하면 핫지의 영예를 얻을 수 없겠다. 성지순례는 지엄하신 알라께서 명령하신 신성한 의무이므로 응당 길을 나서야겠다. 이 또한 위대하신 알라의 사도 무함마드께서 지시하신 당부일진저!"

마지막으로 남은 소수의 순례자들 역시 꼼짝도 못하고 쓰러져 있는 그 어미에게 이렇게 말했습니다. "분명 이곳 메디나에도 무슈리크 따위의 이교도나 하라피시를 구제하는 관청이 있을 터, 그대는 그곳으로 가 보라!" 그리고 은화 몇 닢을 던져 주며 말했습니다. "이것으로 우리는 이웃에게 자선을 베풀라는 쏴다까의 계명을 지켰노라! 이제 율법도 지켰으니 지엄하신 알라께 더 큰 영광을 돌리기 위하여 성지로 향하도록 하자!" 하긴 다신교도를 뜻하는 무슈리크나 빈민과 고아와 같은 하층민을 의미하는 하라피시에게 보시를 했으니 예언자가 명한 쏴다까의 계명을 지켰다고도 할 수 있죠.

그렇게 상인들과 순례자의 무리는 떠나갔지만, 꼼짝도 못하고 쓰러져 있는 여인과 우는 아기 때문에 리디아는 차마 발걸음을 옮길 수 없었습니다. 그리하여 이 착한 처녀는 메디나 시내에 며칠간 눌러 앉아 이 이교도 어미를 간호하며 그녀의 젖먹이를 달랬습니다. 그리고 시간은 쉴 새 없이 흘러 히즈라역(曆)으로 벌써 12월 초이레가 되었습니다. 아직도 갈 길은 까마득히 먼데, 성지순례로 인정되는 기간이 바로 이튿날인 12월의 초여드레부터 단 닷새뿐이니 리디아의 메카행은 이미 물거품처럼 사그라진 것이라고 봐도 좋겠지요. 다행이라면 이교도 어미의 병이 막 나았다는 것뿐.

리디아는 메디나에서의 첫날 밤처럼 달을 올려다보았습니다. 왜 그녀는 몇 달간 그토록 염원해 왔던 성지순례의 기회를 이렇게 덧없이 흘려보낸 것일까요? 성지순례를 마쳐야 핫자의 칭호를 얻을 수 있고 그래야 이맘에 버금가는 권위를 가질 수 있었을 텐데 말이죠. 아마도 그것은 그 음유시인의 노랫말 때문이었을 거라고 생각했습니다. 그는 빙설을 헤집고 피어나는 아네모네 꽃보다도 더 붉은 입술로 무슬림의 사막에나 이교도의 바다에나 편견 없이 햇볕을 비추는 알라의 선한 덕성을 찬양했으니까요.

아마도 연모하는 마즈눈의 그 노랫말 때문에 차마 쓰러진 어미의 곁에서 목 놓아 우는 젖먹이를 두고 길을 떠나지 못했던 거라고 신실한 처녀 리디아는 생각했습니다. 그때였습니다. 또다시 홀연한 연기와 함께 진이 나타난 것은!

진은 말했습니다. "거룩하신 알라의 신도여, 그대는 왜 그리 구슬피 울고 있느뇨?" 아름다운 처녀는 대답했습니다. "이교도 모녀의 목숨을 구제하여 알라의 자비를 증거한 것은 다행이었습니다만, 이미 열흘의 시간을 보내어 핫자가 되고자 하는 소망을 이루지 못함을 슬퍼하고 있었답니다." 그러자 진은 말했습니다. "지엄하신 알라의 충실한 신도여, 그대가 이곳에 머문 기간은 헛된 시간이 아니었노라. 이 열흘의 시간은 그대가 미망(迷妄)으로부터 벗어나 참된 알라의 선물을 간구한 시간이었느니! 그리하여 이미 그대는 분별 있는 선택으로 그대의 용기를 증명함과 동시에 은혜롭고도 자비로우신 알라의 이름을 빛냈노라. 자, 이제 내가 너를 메카의 성벽으로 데려다 주겠노라."

그리고 진은 리디아를 자신의 옷깃으로 감싸더니 밤하늘의 아라비아사막을 날아가기 시작했습니다. 리디아는 정신이 혼미한 가운데서도 오른쪽으로 멀리 펼쳐진 검은 바다를 보았습니다. "거룩하신 알라의 종복인 진이여, 저 안개와도 같은 잿빛의 물결은 무엇입니까?" 진이 대답했습니다. "저 바다는 존엄하신 알라의 충복인 모세가 그의 백성을 이끌고 파라오의 궁전을 나오면서 깊은 물결을 갈랐던 짓다해, 즉 홍해이니라. 대저 알 할리끄의 능력은 측량할 수 없는 방식으로 당신의 종복을 시험하시는 법! 그대도 언젠가는 밤의 홍해처럼 모호하게 일렁이는 잿빛의 암흑을 가르고 피안(彼岸)을 건너야 할 터인즉!"

알 할리끄는 알라의 아흔아홉 가지 별칭의 하나로서 창조자를 의미하지요. 리디아는 알라의 권능을 찬양하면서 사막을 건너는데 한 무리의 대상이 쓰러져 있는 것을 보았습니다. 리디아는 물었습니다. "저 무리는 저와 함께 메디나에 묵었던 그 상인들과 순례자가 아닙니까?" 진은 대답하였습니다. "그렇도다. 저 무리는 사막의 마신(魔神)이 일으킨 돌풍에 휩쓸렸느니라. 단 한 사람이라도 알 라흐만의 은혜를 증명하는 이가 있었다면 저렇게 팔다리가 부러지지는 않았을 텐데. 그저 목숨만이라도 건져 거룩한 성도에 도달하는 것도 자비롭고 자애로우신 알라의 은총일진저!"

알 라흐만은 역시 알라의 아흔아홉 가지 별칭의 하나로서 자비로우신 자를 뜻하지요. 이렇게 알라의 거룩하신 권능으로 정확한 시간 안에 성지에 도착한 리디아는 예의 성지순례 의식을 수행할 수 있었습니다. 우선 허름한 흰색 평상복으로 갈아입고, 하람 사원의 카으바 신전으로 가 "주여! 제가 당신의 부름을 받고 이곳에 왔나이다!" 하고 탈비야를 외치며 행진하였습니다. 이것을 이흐람이라고 하죠.

다음으로 카으바 신전 중앙의 흑석에서 출발해 신전을 일곱 바퀴 돌고 나서 다시 흑석에 입을 맞추는 따와프 의식도 하였습니다. 물론 하람 사원 내에 있는 사파 동산과 마르와 동산 사이를 일곱 차례 뛰어서 왕복하는 싸이 의식도 마쳤고요. 이 싸이 의식은 아브라함의 처 하갈이 아들인 이스마엘과 함께 광야를 헤매다가 기갈이 든 자식의 목숨을 구하기 위해 동분서주한 고사를 기리기 위한 것이라고 하지요. 그리고 리디아는 자비의 산(山)인 자발 라흐만에 머물면서 순조롭게 우크프 의식도 행하였습니다. 성지순례 의식 중의 하나인 우크프는 메카 외곽에 있는 작은 동산 자발 라흐만에 체류하는 것을 말하죠. 전설에 의하면 자발 라흐만은 지상으로 내려온 아담과 이브가 합류한 곳이라고 합니다. 따라서 우크프 의식은 에덴동산으로의 귀환을 의미하는 것이라고도 하지요. 어쨌든 중요한 것은 우크프 의식을 하면서 나중에 악마의 기둥에 던질 조약돌을 주워야 하는 거지요. 지혜로운 리디아 역시 다음 날 악마의 기둥에 던질 일곱 개의 조약돌을 모으고 무즈달리파 사막에서의 야영을 마쳤습니다.

리디아에게 두 번째 시험이 닥친 것은 다음 날 미나 평원의 악마의 기둥 앞에서였습니다. 성지순례의 마지막 의식으로 악마의 기둥을 향해 돌을 던지려고 모여든 순례자들 사이에 리디아 역시 줄을 서서 조약돌을 만지작거릴 때 사막의 마신이 나타난 것이지요.

리디아는 늙은 베두인족 노인의 모습을 하고 나타난 사막의 마신을 처음 볼 때부터 수상하게 여겼습니다. 왜냐하면 노인은 리디아가 만지작거리던 조약돌을 보고 순간 움찔했기 때문이었습니다. 현명하고 영리한 리디아는 이러한 행동을 보고, 이 노인이 지난번에 만난 진과는 달리 알라를 경외하지 않는 요령(妖靈)임을 알아챘습니다. 왜냐하면 단순한 이교도이거나 혹은 알라를 경외하는 정령이라면 악마의 기둥에 던질 조약돌을 보고 흠칫 놀랄 리는 없을 테니까요.

때문에 리디아는 "알라 외에는 신이 없으며, 무함마드는 알라의 사자이다!"라고 연신 샤하다를 외우며 경계를 했습니다. 그러자 마신이 리디아에게 물었습니다. "그대는 무슨 연유로 그대의 신의 자비를 갈구하여 이토록 먼 길을 걸어왔는가? 그 음유시인의 목소리인가? 아니면 그 청년의 늠름한 몸인가? 나에게 경배하면 인간의 성대가 지어내는 모든 음율과, 그 육신에서 짜낼 수 있는 모든 쾌락과, 인간의 지혜가 형상화할 수 있는 온갖 기이한 사물들을 주겠노라!"

그리고 마신은 불길하게 생긴 거울을 꺼내 들었습니다. 그러자 주변 풍경이 홀연 어젯밤 야영했던 무즈달리파 사막으로 바뀌더니 이윽고 거울 속에 리디아의 심령 깊은 곳이 비춰지기 시작했습니다. 그리고 리디아가 꿈에서조차 떠올리기 꺼려했던 내밀한 욕망이 음습하고도 달뜬 안개처럼 펼쳐졌습니다.

한순간은 술탄의 황후가 되어 온갖 산해진미의 미각을 맛보는 쾌락이 찾아오는가 하면, 생전 처음 보는 악기가 자아내는 기묘한 음률이 귀를 파고들기도 했습니다. 또한 간혹 접하던 아싸민, 즉 자스민이나 아주 드물게 맡아 본 적이 있는 용연향과는 비교할 수 없는 오묘한 향내 속에서 생각만으로도 부끄러운 체위로 자아내는 온갖 육체의 황홀경이 농익은 복숭아처럼 펼쳐져, 알라를 경외하는 이 순진무구한 처녀의 가슴은 금방이라도 터져 버릴 것만 같았습니다.

이렇듯 거울의 풍경은 살아 숨 쉬는 것처럼 해 뜨는 동방 마슈리끄에서 무즈달리파 사막을 거쳐 해 지는 서쪽의 끝 마그리브까지의 온 세상을 보여 주었습니다. 그리고 시간적으로는 마신들이 창궐했던 고대의 바빌론의 궁전에서 시작해 그리스의 이교도 여신인 아르테미스의 신전을 거쳐 리디아가 생전 들어 본 적도, 상상한 적도 없었던 미래의 도시로 변화하면서 이 처녀의 내밀한 관능을 속속들이 심령의 깊은 우물에서 끄집어내었습니다.

마신은 말했습니다. "너는 피할 수 없다! 네가 보고 듣고 만지고 맛보는 모든 것은 곧 인간의 심연에서 걷어 올리는 네 자신의 욕망일지니!" 과연 마신의 말처럼 리디아는 거울이 보여 주는 미로 속에서 애써 도망치려고 했으나 피하려고 연 다음 문에서는 이전 문보다도 더 큰 관능과 물욕이 펼쳐졌습니다. 문을 열 때마다 리디아는 나고 자라고 죽고 그리고 다시 나고 자라고 죽고 하면서 수십 번의 삶을 연거푸 살았던 것입니다.

그러던 어느 순간 리디아는 그 기묘한 윤회에 동화되어 가는 마음을 바로잡으려 손 안에 든 조약돌을 힘껏 마신의 거울이 자아내는 덧없는 황홀경을 향해 던졌습니다. 리디아가 그렇게 조약돌을 던지자 마침내 불길한 거울에 금이 가며 서서히 모호한 안개와 달뜬 열기가 가시기 시작하였습니다. 그렇게 나머지 돌을 던질 때마다 환상이 하나씩 깨어지고 드디어 마신이 흉악한 정체를 드러냈습니다. "분하구나! 우크프의 조약돌로 나의 마법을 깨뜨리다니! 하지만, 이는 어디까지나 돌의 힘, 그대 자신의 진정한 선택은 아닐지니! 그러니 그대가 스스로의 내밀한 욕망에 다시 한 번 고개를 돌리는 날, 난 그대의 진실을 다시금 시험하고자 하려니!" 그렇게 외치고 마신은 물러갔습니다.

이렇게 하여 리디아는 두 번째 시험을 이기고 희생물의 번제를 올리는 이들 아드하의 제의도 무사히 마치고 귀향하게 되었습니다. 드디어 메카 순례를 마치고 그녀는 자애로우신 알라—그분의 이름에 백만 송이의 꽃보다 더 향그러운 방향이 머물기를!—의 은총 아래 모든 칭호에 앞세우는 핫자의 영예를 얻게 된 것이죠.

자, 이제 핫자 리디아가 된 이 처녀가 귀향 후 다마스쿠스의 제일 원로인 현자 이맘 앞에서 무슨 소원을 청원했는지 짐작하시겠죠! 네, 그렇습니다. 이제 핫자로서 권위를 얻은 이 집념 어린 처녀는 까씨다의 운율에서 벗어난 알 와라한의 시를 고귀한 아랍의 시로 인정한 것이었습니다. 그리고 젊은 시인에게 청혼을 하였던 것이지요. 그리고 핫자인 여성의 청혼을 받는다는 것은 말할 수 없는 영광이었으므로, 알 와라한 역시 기쁜 마음으로 그녀의 청혼을 받게 되었습니다. 그리하여 이 한 쌍의 부부는 달콤한 신혼을 보내며 알라의 은혜를 찬양하게 되었습니다.

낮이면 남편 알 와라한은 고대로부터 명망 높은 시인 아부 누와스보다 더 맑은 목소리로 알라의 은혜와 사랑의 간절함을 노래하고,

밤이면 아내 핫자 리디아는 사랑하는 남편이 부르는 노래를 잘 말린
대추야자 잎에 옮겨 적곤 했습니다.

리디아는 남편이 들려주는 기쁜 이야기에는 손뼉을 치고, 거룩한
이야기에는 경건하게 옷깃을 여미고, 때로는 슬픈 이야기에 고요히
눈물을 흘렸습니다. 이렇듯 진심으로 귀 기울여 주는 현명한 아내의
도움으로 알 와라한은 자신이 짓는 노래에 더욱더 자긍심을 가지게
된 것이지요. 그리고 이 남자는 생각했습니다. 사랑에 미쳐 모래언덕
을 헤맨 시인 카이스의 슬픈 운명에 비하면 나는 얼마나 행복한 사
람인가 하구요. 시인 카이스는 라이라는 여성을 사랑하였으나 그녀
의 아버지는 딸의 결혼을 허락하지 않았다지요. 하여 그는 사랑에
미쳐 모래언덕을 헤매다 드디어 미친 마즈눈이 되었는데, 그에 비하
면 리디아와 알 와라한은 알라의 은총을 듬뿍 입은 셈이지요.

그러던 어느 날이었습니다. 드디어 리디아에게, 유예된 최후의 시련
이 찾아온 것은요! 그것은 어느덧 세월이 흘러, 젊은 시절 다녀온 적
이 있던 이틸 강(江), 즉 머나먼 북녘의 볼가 강에 내린 눈처럼 이들 부
부의 머리칼에도 흰빛이 내린 때였습니다. 어렵사리 북시리아를 다녀
올 때 이들 부부는 다소 슬픔에 젖어 있었습니다. 아무래도 이번 나들
이가 생의 마지막 여행이라고 생각되었기 때문이지요. 그런 슬픔 속
에서 다마스쿠스 사막을 건널 때 리디아는 신기루를 보았습니다.

"사랑하는 알 와라한, 저기 저 사막 위로 신기루가 보이나요?" 리
디아가 남편에게 물었습니다. "아직도 나의 눈엔 어여쁜 리디아, 내
눈에도 신기루가 보인다오." 그러자 리디아는 말했습니다. "당신의
감미로운 찬사는 여전하군요. 그런데 저는 저 신기루보다 더 선명하

고 더 황홀한 무엇을 본 적이 있었답니다. 그것을 어찌 묘사하면 좋을까요? 그건 뭐랄까 언젠가 본 이교도 성당의 천장화보다도 훨씬 더 선명한 색채로 살아 움직이는 그림이었어요!"

노(老)시인은 대답하였습니다. "아직도 내게는 세상에서 가장 어여쁜 리디아! 대저 신기루라는 것은 이 사막의 한가운데서만 볼 수 있는 게 아니라오. 밀빵을 굽는 우리들의 부엌에서나 낙타를 사고파는 시장에서나, 혹은 초조하게 비를 기다리는 목초지에서나 심지어는 아라베스크 문양으로 장식된 거룩한 사원에서도 신기루는 인간을 미혹하기 마련이오. 그렇소, 사람들은 자비롭고도 자애로우신 알라께서 지으신 모든 진리에 대한 의혹을 가질 때 아찔한 신기루를 보게 된다오. 불길한 미망에 빠져 하나님께서 지정하신 바른 길을 걷지 못한다면 우리는 삶이란 사막에서 스스로 길을 잃고 말아 영영 헤어날 수 없는 갈증으로 목이 타 버리고 만다오."

그러자 리디아는 다소 들뜬 목소리로 대답했습니다. "아니에요, 알 와라한! 당신이 진정한 신기루를 보지 못해서 그래요! 사실은 아주 오래전, 그러니까 제가 열일곱 살 되던 해, 성지순례를 위해 메카에 도착한 때 악마의 기둥 앞에서 한 마신으로부터 시험을 받은 적이 있었답니다. 그때 마신은 제게 인간의 정신으로는 도저히 상상할 수 없는 기묘한 것들을 보여 주었답니다. 알 와라한! 우리는 젊은 시절부터 알라가 허락하는 범위 내에서 온갖 이국의 풍물을 찾아다녔고, 또 밤이면 불붙은 놋쇠 등잔 아래에서 뜨거운 사랑을 탐했지요. 알 와라한! 저는 아직도 당신을 깊이 사랑하지만, 이렇게 세월이 흘러 육신의 기력이 쇠해지니 처녀 시절 미나의 평원에서 보았던 그 마법의 환상이 떠오른답니다! 그 기이한 환상을 당신에게도 보여 줄 수 있다면!"

　바로 그 순간 사막의 돌풍이 리디아에게 쏟아져 그녀를 낙타에서 떨어지게 만들었습니다. 그리고 리디아의 귀로 마신의 큰 웃음소리가 들려왔습니다. "오냐! 이제야 나의 마력을 알아보겠느냐? 나의 권능과 내가 섬기는 이블리스의 권세에 경배하라! 그리하면 너에게 아흔 아홉 마리의 낙타에도 다 실을 수 없는 금은과 향료, 이루 형언할 수 없는 미모와 젊음, 그리고 그 신기루의 세계에 드날리는 명성과 영예를 주겠노라! 자, 이제 선택의 시간이니 거울 속으로 들어가라! 나조차 잠이 들면 영영 헤어 나올 수 없는 이계의 차원으로!" 그 순간, 낙타의 발굽에 머리를 차인 리디아는 아득히 혼절하고 말았습니다.

　　　3

　서연은 검은 물 한가운데에 있었다. 허우적거리는 것도 숨을 쉴 수 없는 것도 아니었지만 탁한 잿빛으로 일렁이는 밤의 바다는 서연에게 참을 수 없는 압박으로 다가왔다. 그리고 수초 모양의 아지랑이가 서서히 공간을 일그러뜨리더니 이윽고 강한 산(酸)의 냄새가 풍겨 왔다. 그것은 수산화나트륨에 비릿한 돼지 피를 섞은 냄새였다. 그 음습하고도 시큼한 자극은 서연이 까마득하게 잊고 있었던 기억을 상기시켰다. 오랫동안 봉인한 유년의 냄새.

　어려서부터 서연은 자라면 자랄수록 더 탁월해지는 성대와 이목구비를 가졌다. 물론 거기에 비례하여 반 아이들의 질시는 더욱 심해졌다. 물론 단순한 질시뿐이었다면 천성이 여렸던 서연도 그럭저럭 참을 수 있을 것도 같았다. 하지만, 여자애들의 시기가 따돌림과 은밀한 폭행으로 전이된 것은 서연의 어머니가 아버지의 손찌검에 못 이겨 집을 나간 후부터였다.

그러던 어느 날 그 사건이 있었다. 점심시간 서연이 희석되지 않은 수산화나트륨이 담긴 물병을 들이켠 것은. 다행히 선생님의 빠른 발견으로 위세척을 하여 건강에는 지장을 가져오지 않았지만, 병실에 누워 있는 동안 서연은 생각했다. 왜 과학 실험실에 있어야 할 수산화나트륨이 자신의 물병에 담겨 있었는지, 왜 아이들이 자신을 따돌리고 있는지, 왜 아버지는 어머니에게 손찌검을 하는지, 그리고 왜 자신은 어머니가 있는 곳을 모르고 있는지.

병실에 누워 있는 동안 서연은 사람을 움직이는 힘의 중요성을 깨달았다. 서연이 본능적으로 깨달은 힘의 종류는 표정을 바꾸는 것이었다. 속마음과 표정을 분리시키는 것. 그것을 서연은 병실에 있는 동안 쉬임 없이 연습했다. 퇴원 후 서연은 투명한 가면을 쓰고 아이들이 원하는 표정을 지어 보였다. 그리고 그 표정을 이용하여 아이들을 가르고 서로를 견제하게 만들었다. 서연이 남몰래 터득한 재능, 그런 힘을 사람들은 연기라고 부르는 것도 알았다.

그 힘을 적극적으로 쓰기 위해 사춘기 시절 연예 기획사의 문을 먼저 두드린 것도 서연이었고, 이 세계의 온갖 비열한 추태도 응당 그런 것이려니 하고 감내한 것도 그녀 자신이었다. 사실, 이번에 외국인 노동자 자녀를 대상으로 한 체험 현장 프로그램도 스케줄상 곤란한 기획이었지만, 점차 무디어져 가는 집념을 다잡으려고 서연 스스로가 강하게 요청한 것이었다.

하지만 촬영 당일, 서연 스스로가 생각하기에도 기이한 일들이 벌어졌다. 강추위는 가셨다고는 하나 아직도 차가운 날씨에, 촬영장인 보육 시설에서 손을 호호 불고 있는데, 한 아이가 화분 하나를 선물로 주었다. 요새 같은 한겨울에 이런 꽃이 있을까 싶을 정도로 꽃잎이 붉었다. 어디서 많이 본 듯한 서러운 빛깔. 서연은 아득한 기분이 들어 물었다. "꼬마야, 넌 이름이 뭐니?" "무함마드!" 서연을 잠시 응시하던 소년은 부끄러웠는지 그렇게만 말하고 달아나 버렸다. 그 모습을 보던 원장이 한마디 거들었다. "어머니가 아랍계인 아이예요. 아빠가 없어서 항상 혼자 있던 아이인데 오늘은 어쩐 일로 화분을 가져다주었을까요."

아마 그래서였을까. 철제 식탁들이 쏟아지면서 아이를 덮치려 할 때 서연이 그 아이의 눈빛과 마주친 것은. 일 초의 십분의 일도 안 되는 순간에 서연은 그 아이의 눈에 담긴 깊은 슬픔과 손으로 만질 수 없는 외로움을 보아 버렸다. 그렇다. 그 눈빛은 오래전부터 서연이 애써 잊고자 했던 수산화나트륨의 냄새였고, 그녀의 깊은 곳에 숨어 있던 연민에 대한 냄새였다. 그렇다. 그 아이의 힘 빠진 어깨는 어느 날 집에 와 보니 엄마가 없어서 한없이 들썩였던 그녀의 어깨였고, 아이의 눈망울은 병원에 처량하게 누워 있던 그녀 자신의 눈동자였던 것이다.

오랜 세월, 어떤 힘에 대한 욕망으로 달려왔지만, 그녀의 마음속에는 분명 감춰진 무언가가 있었다. 그것은 그녀의 목소리나 외모가 자아내는 성취감이나 영예를 넘어서는, 서러운 그 무엇이었다. 어쩌면 그것은 그 옛날 서연이 병실에 누워 있을 때 단 하나뿐인 친구가 가져다준 이름 모를 꽃의 처연한 붉은빛이었는지도 모른다. 그러므

로 이제 서연은 볼 수 있었다. 한없이 발목을 감아 대는 미끄러운 수
초처럼 어두컴컴한 물이 아무리 그녀의 눈꺼풀을 아릿하게 자극할
지라도, 아까부터 심장의 저편으로 희미하게 출렁이며 미세한 온기
를 뿜어내는 빛의 입자들을.

　서연은, 자기가 헤엄쳐 나온 뒤편을 잠깐 돌아보고 아이를 밀칠
때와 똑같은 압력으로 신열과도 같은 꽃잎의 온기를 향해 몸을 던
졌다. 그리고 생각했다—이 부유하는 석회빛 안개를 가르면 나는
그리운 무엇에 다다를 수 있을 터.

　　4

　리디아가 깨어나서 처음 본 것은 피보다 붉은 빛깔의 아네모네였
습니다. "드디어 깨어났구려! 정확히 열흘 만이오." 그리고 알 와라한
은 기쁨에 젖어 알라를 칭송했습니다.

　"어찌 된 일이지요?" 현기증을 가라앉히며 리디아가 물었습니다.
"생각나지 않소? 우리가 시리아에서 돌아올 때 다마스쿠스 사막에
서 돌풍이 불어 당신이 떨어졌던 것이? 그래서 내가 재생을 뜻하는
화초를 당신 곁에 두고 자비롭고 자애로우신 알라께 그대의 회복을
간절히 기원했다오!"

　"아! 사막에서의 돌풍이 기억나요, 그리고 그대가 젊은 시절, 제일
먼저 얼어붙은 땅에서 눈을 헤집고 솟구쳐 오르는 이 꽃 아네모네를
노래한 것도요! 알 와라한! 저는 기절한 동안 꿈속에서 옛날 메디나
에서 제가 간호하던 그 여인네를 보았답니다. 그 여인네는 제게 한없

이 그리운 음률로 그대가 젊은 시절 대추나무 아래에서 불렀던 노래를 들려주었지요. 그때 그대는 재 속에서 피어올라 눈을 태우는 불의 꽃을 노래했지요. 그리하여 그대는 잿더미를 슬퍼하지 말라고 하셨지요. 위대하신 알라께서는 잿더미 속에서도 선홍빛의 사랑을 부활시킨다고요. 그때, 아네모네의 불타오르는 핏빛을 알라의 놀라운 은총에 기대어 노래하는 그대의 목소리가 어쩌면 그리도 늠름하고도 확신에 차 있던지!"

그리고 리디아는 계속 말하였습니다. "사실은 이번에 다마스쿠스의 사막에서 잠시 알라의 은총을 의심하여 기절한 사이 마신으로부터 참으로 기이한 유혹을 받았답니다! 마신이 보여 준 꿈속의 이계에는 낙타도 없이 스스로 움직이는 쇠마차가 즐비했고, 또한 수백 명의 사람들이 신밧드가 매달려 간 거대한 새 루흐의 배 속에 앉아 한나절 만에 해 뜨는 곳에서부터 해 지는 곳까지 여행을 다니는 기이한 세상이었지요. 저는 그곳에서 아주 아름다운 여자로 젊음을 되찾았지요! 그곳은 기이한 쾌락과 마술적인 도구들이 가득한 세계였지만," 이렇게 말한 후에 핫자 리디아는 숨을 잠시 멈추고, 백발의 머리칼에도 불구하고 열일곱 살 되던 어느 해의 처녀 시절처럼 뺨을 발그레 물들이며 마저 속삭였습니다. "그렇지만, 당신의 사랑만큼은 없었답니다. 그래서 당신이 지으신 음률을 쫓아 어둠의 물길을 가를 수 있었지요."

이렇게 하여 리디아는 모든 것을 예비하시는 알라의 세 가지 시험을 모두 통과하고 사랑하는 노시인과 신실한 눈빛으로 재회를 하게 되었습니다. 그리고 자비롭고 자애로우신 알라의 은총으로 무사히 다마스쿠스 근교의 고향 집으로 돌아올 수 있게 되었던 것이지요. 그후로도 때때로 리디아는 생각했습니다. 진정한 용기란 스스로의 심연을 들여다볼 때 시험할 수 있으며, 가장 신실한 기도란 생의 가장 처연한 순간에 모세의 결단처럼 어두운 바다를 가르는 것이라고요.

또 리디아는 생각했습니다. 알라께서 또 한 번의 생을 선물하여 주신다 하여도 열일곱 살 되던 해 어느 대추야자 밑에서처럼 선홍빛 사랑의 비밀을 노래하는 이 남자를 운명처럼 만나고 싶다고 말이죠.

이렇게 알라의 놀라운 은혜를 깨달은 이들 부부는 자비로우신 신께서 허락하시는 오랜 동안의 천수를 마저 누렸답니다. 그리고 지상에서의 마지막 순간에 이들 부부는 다음과 같이 기도했답니다.

이제 이승에서의 소중한 인연은 다했으니, 인자하신 알라―그분의 이름에 백만 개의 횃불보다도 더 타오르는 열정을 주시기를!―께서 먼 훗날 무덤을 쪼개고 하늘의 구름을 솔질한 양털처럼 만드시는 부활의 날이 오면, 그러면 그때 우리는 알라께 간구하여 다시 한 번 아네모네의 붉은 꽃을 노래하리다.

5

무함마드의 어머니인 수아드가 조용하게 읊조리는 것은 할머니의 할머니, 그 할머니의 할머니 대부터 전해 내려오는 민담이었다. "옛날 옛적, 그러니까 레바논의 이백 큐빗짜리 백향목이 오래 산 노인들의 지팡이처럼 작았을 무렵, 지중해 바닷가의 작은 읍내에 리디아라는 처녀가 살고 있었죠……." 아직 수아드가 어렸을 적 그녀의 할머니는 자신의 손녀에게 이렇게 시작하는 오래된 민담을 일러 주며, 진심을 다해 읊조리면 이 이야기를 듣는 사람에게는 알라의 큰 은혜가 내릴 것이라고 했었다. 수아드는 민담의 마지막에 시를 덧붙였다.

> 나는 네가 계속 잿더미 속에 있어 달라고 기도했다
>
> 나는 네가 낮을 바라보기를 또는 초월하기를 기도했다
>
> 우리는 너의 밤을 탐험하지 못했다
>
> 우리는 어둠과 함께 바다를 항해하지 못했다
>
> 불사조야,
>
> 나는 마법이 멈추기를
>
> 우리의 약속이 불속에서, 잿더미 속에서 이루어지기를 기도했다
>
> 나는 광기가 우리를 이끌어 주기를 기도했다[*]

시리아에서 났으나 이제는 레바논의 시인이 된 아도니스의 시였다. 수아드는 오늘도 서연의 머리맡에 앉아 할머니의 할머니로부터 전해 내려온 이야기를 고요히 속삭였다. 며칠째 들려준 이야기의 마지막 부분이었다. 그리고 마침표처럼 부활과 재생을 일깨우는 노시인의 시를 덧붙이며 기도했다. 부디 자신의 아이의 목숨을 구한 이 이국의 처녀에게 자비롭고도 자애로우신 알라의 은혜가 내리기를.

혼수상태에 있던 서연이 끝내 숨을 거둔 것은 바로 그때였다. 의식

---

[*] 아도니스, 임병필 옮김, 《바람 속의 잎새들》(화남, 2007) 중 〈기도〉 전문

을 잃은 지 정확히 열흘 만이었다. 소속사에서는 여러 가지 아쉬움으로 애도를 하고, 서연의 팬들이나 지인들 역시 그들의 입장대로 슬퍼했지만, 마지막 호흡을 멈추는 순간 서연의 표정은 너무나 평온했다.

그리하여 임종의 징조가 보인 순간부터 샤하다를 암송하던 레바논의 여인은 서연의 고요한 표정을 보고 "인샬라!"라고 조용히 속삭인 뒤 손을 잡아 주었다. 대저 죽음이 모든 것의 끝은 아닐저, 진정한 사자(死者)는 사랑의 확신을 잃은 자이니.

엘리

최
진
영

2006년 《실천문학》 신인상에 단편소설 〈팽이〉가 당선되면서 등단했다. 2010년 장편소설 〈당신 옆을 스쳐간 그 소녀의 이름은〉으로 한겨레문학상을 수상했다. 장편소설로 《당신 옆을 스쳐간 그 소녀의 이름은》 《끝나지 않는 노래》가 있다.

이것은 나의 엘리 이야기다.

　나는 코끼리와 산다. 오십 살도 넘은 암컷이다. 오십 살이라니. 나보다 이십 년도 더 살았단 말이다. 나는 오십 살이 되기 전에 죽을 거다. 젊은 애들한테 무시당하는 천덕꾸러기 늙은이가 되긴 싫다. 사람들은 왜 나이를 먹는다고 표현할까? 먹어 봤자 소화도 안 되고 똥으로도 안 나오고, 그저 버겁기만 한 그것을. 나는 나이 소화불량에 걸렸다. 소화되지 않은 채 내 안에 들어차기만 하는 그것 때문에 자꾸 더부룩하다. 나는 어린 것도 싫고 나이 많은 것도 싫다. 어리면 어리다고 무시하고 늙으면 늙은이라고 무시하니까. 세상엔 어린이나 늙은이만 있지 젊은이는 없는 것 같다. 난 이제 겨우 스물여덟 살인데, 사람들은 내가 스물여덟 살 먹도록 이뤄 놓은 게 하나도 없다고 비난한다. 여태 뭐 하고 살았느냐고 비아냥거린다. 이미 늦었다고 단정하면서도, 때론 세상천지 하나도 모르는 새파랗게 어린놈이라고 애 취급이다. 도대체 어느 장단에 맞춰 춤을 추라는 건지.

코끼리의 이름은 엘리. 내가 지었다. 엘리는 사바나에서 불리던 자기 이름이 따로 있다고 우겼지만, 뿌우—인지 뿌럭—인지를 이름이랍시고 부르긴 힘들어서 내 맘대로 지어 버렸다. 엘리는 엘리라는 이름을 좋아하지 않았다. 하지만 엘리를 엘리라고 부를 사람은 나뿐이니 엘리가 좋아하든 싫어하든 상관없다. 내가 엘리!라고 부를 때, 엘리는 엘리라는 단어가 아니라 그 순간 내 목소리에 반응하는 것 같다. 엘리에게 엘리!는 부리!나 부익!으로 들릴지도 모른다. 혹시나 하는 마음에 부익!이라고 불러 봤다. 엘리가 눈을 떴다. 눈동자가 참 까맣다. 멍청한 코끼리라고 놀려 먹을까 고민하다가 관뒀다. 신경질 난 엘리가 나를 밟기라도 하면 그날로 나는 끝장이다. 오십 살까지 살고 싶진 않다는 말이 당장 죽어도 상관없다는 뜻은 절대 아니니까.

코끼리는 육상동물 중 두 번째로 키가 크다. 제일 큰 동물은 아마 기린일 텐데, 첫 번째니 두 번째니 하는 건 결국 표준 크기를 말하는 것일 테니까, 기린보다 큰 코끼리도 존재하지 않을까? 엘리가 표준보다 큰지 작은지 나는 잘 모른다. 엘리 아닌 다른 코끼리를 본 적도 없고, 엘리를 기린 옆에 세워 본 적은 더더욱 없으니까. 아무튼 엘리는 내가 본 동물 중에 제일 크다.

내 키는 169센티미터. 대한민국 남자 평균 키보다 오 센티미터 작다. 내 애인 키는 대한민국 여자 평균보다 팔 센티미터 큰 168센티미터였다. 애인은 나 때문에 하이힐을 못 신는다고 투덜거렸다. 아니, 신고 싶으면 신으라고. 나는 진짜 상관없다니까, 하고 몇 번을 말해도 애인은 내가 괜한 허세를 부리는 거라고 오해했다. 애인은 자기가 투덜거릴 때마다 내 키가 일 밀리미터씩 자랄 거라고 믿는 사람처럼 불평불만을 지겹도록 늘어놓았다. 하지만 나더러 뭘 어쩌라고.

말투가 맘에 안 든다면 고치면 되고, 몸매가 맘에 안 든다면 살을 빼
거나 근육을 만들 수 있지만, 키는 선천적인 거다. 나는 운명적으로
169센티미터다. 키 작은 남자가 싫다면 애당초 나를 사귀지 말았어
야지. 내가 아무리 애걸복걸했어도 매몰차게 내동댕이쳤어야지. 애인
과 나는 운명이었나? 그럴 수도 있다. 더불어 내 키도 내 운명이다.
모든 운명이 상호 보완적인 것은 아니다. 어떤 운명은 또 다른 운명
을 배반한다. 삶의 불행은 여러 운명의 충돌로 빚어지는 거다. 엘리
역시 내 운명이라면, 엘리는 너무 많은 것을 배반한다. 깊이 생각할
필요도 없다. 일단 똥오줌! 나는 엘리의 똥오줌 때문에 하루에도 몇
번씩 미치고 팔짝 뛴다.

엘리는 하루에 열 번도 넘게 똥을 싼다. 똥도 그럴진대, 오줌은 말
해 뭐하겠나. 처음엔 마당에 질펀하게 깔린 똥을 커다란 플라스틱
대야에 퍼 담아 재래식 화장실에 쏟아부었다. 그러다 보니 한 달에
한 번씩 똥 푸는 차를 불러야 했다. 돈은 돈대로 깨지고 오해는 오
해대로 받았다. 위생사 아저씨의 눈빛이 점점 수상쩍게 변했다. 내가
고등학생 때부터, 엄마는 나보고 할 줄 아는 게 먹고 싸는 것밖에 없
다고 말하곤 했다. 위생사 아저씨도 나를 그런 식으로 생각하는 것
같았다. 너무 많이 먹고 너무 많이 싸는 놈으로. 억울했다. 그렇다고
엘리의 똥구멍을 막아 버릴 수도 없고.

솔직히 똥은 누구나 싼다. 인간도 싸고 동물도 싸고 곤충도 싸고
물고기도 싼다. 김태희도 싸고 장근석도 싼다. 본 적은 없지만 분명
히 쌀 거다. 근데 엘리는 너무 많이 싼다. 그게 문제다. 똥을 더럽다
고 생각하는 건 인간뿐이다. 동물은 똥을 더러워하지 않는다. 엘리를
보면 알 수 있다. 엘리는 똥을 자기 몸에 막 묻히고 다니니까. 어릴

때 키우던 강아지는 자기가 싼 똥을 먹기도 했다. 인간은 언제부터 똥을 더럽다고 생각했을까? 인간이 동물보다 불행한 이유 중엔 분명, 더럽다고 생각하는 게 너무 많은 까닭도 있을 것이다. 아무튼 엘리의 똥은 더럽다. 더럽게 많다.

장날에 아주 커다란 플라스틱 통을 여러 개 사 왔다. 그것을 엘리에게 보여 주며 사정했다. 제발 여기에만 똥을 눠. 똥구멍을 여기에 조준하란 말이야. 엘리는 똥이 마려운 걸 참지 못했다. 눈으로 배변 통을 찾기도 전에 똥은 이미 나오고 있었다. 그 잠깐을 왜 못 참느냐고 나는 신경질을 냈다. 엘리는 똥을 참아야 한다는 걸 이해 못 했다. 그걸 어떻게, 도대체 왜 참아야 하느냐고 짜증을 내며 발을 쿵쿵 굴렀다. 하마터면 밟힐 뻔했다. 어쩔 수 없지. 엘리가 똥을 눌 때마다 부리나케 달려가 똥구멍 밑에 배변 통을 갖다 대는 수밖에. 근데 그게 말이 쉽지, 하루 종일 엘리 옆에서 엘리가 똥 누기만을 기다리고 있을 수도 없고. 나는 발을 쿵쿵 구르며 바닥에 퍼질러진 엘리의 똥을 배변 통에 쓸어 담았다.

엘리는 밤마다 밥을 먹으러 산에 가는데, 그때마다 엘리 몸에 배변 통을 묶어서 산에 똥을 버렸다. 초식동물인 게 그나마 다행이지. 안 그랬다면 그 먹성을 어떻게 견뎌 냈을지. 매일 남의 집 닭이나 돼지를 훔쳐다 먹여야 했을지도 모른다. 얼마 전엔 인간을 잡아먹은 코끼리 기사를 봤다. 코끼리 배 속에서 인간 열일곱 명의 DNA가 검출됐다는 거다. 이상기후로 먹을 게 없어져서 그랬다는 주장도 있고, 사람들이 아기 코끼리를 죽여서 홧김에 그랬다는 주장도 있었다. 끔찍한 뉴스였다. 코끼리가, 고기를 먹을 줄 몰라서 안 먹는 게 아니다. 충분히 먹을 수 있는데도 풀만 먹고 사는 거다. 기린도 마찬가지다.

아무렴. 세계에서 첫 번째, 두 번째로 큰 동물들인데. 그런 동물들이 육식을 해 대면 남아나는 동물이 없을 거다. 그러니까, 지구 평화를 위해 기린도 코끼리도 초식을 하는 거다. 그게 내 결론이다. 엘리도 화가 나면 나를 밟아서 오징어포처럼 만든 다음 질경질경 씹어 먹을지도 모른다. 생각만 해도 입안이 쩍쩍 마른다. 엘리가 신경질을 낼 때마다 나는 잔뜩 졸아서, 하지만 오기로 똘똘 뭉쳐서 소리 지른다. 먹어! 먹어 보라고 자식아! 나 술 담배 엄청 하는 거 알지? 먹어 봐! 당장 먹어 치우라고!

하지만 엘리는 아무리 화가 나도 나를 밟아 죽이기만 할 뿐 먹진 않을 거다. 왜냐. 비위가 엄청 약한 놈이거든. 엘리가 어기적어기적 걸어 산으로 갈 때마다 나는 엘리 등에 앉아 고개를 쳐들고 별을 본다. 그때만은 기분이 아주 좋다. 엘리도 사랑스럽고 북두칠성도 사랑스럽다. 배변 통에서 철퍼덕거리는 엘리의 똥도, 그때만은 그리 나쁘지 않다. 엘리의 똥은 훌륭한 거름이었다. 여름이 되자 산엔 짙푸른 풀과 나무가 수북하게 자랐다.

이것은 나의 연애 이야기다.

애인은 서른이 되기 전에, 정확히 스물아홉 살엔 결혼을 하고 싶다고 했다. 자, 유의해서 듣자. "스물아홉에 결혼을 하고 싶다"고 했지, "스물아홉에 너랑 결혼을 하고 싶다"라고 말한 게 아니다. 이런 말도 했다. "솔직히 넌 마음에 드는데, 네 집안이나 조건은 마음에 안 들어. 너란 사람은 참 괜찮은데 말이야." 이 말은, 아마 이런 의미일 거다. 나랑 결혼할 생각이라면 네 집안이나 조건을 지금보다 업그레이드해야 해. 자, 지금부터 이 년을 주겠어.

집안을 업그레이드할 순 없으니(집안은 내 키처럼 내 운명이다. 역시 운명은 상호 배반적인가?) 조건을 업그레이드해야 할 텐데, 근데…… 내가 왜? 나는 결혼하고 싶지 않았다. 결혼을 하면 애를 낳아야 하고, 애를 낳으면 평생을 노예처럼 일만 해야 할 테니까. 나는 아침 일곱 시부터 밤 열두 시까지 돈 벌고, 애는 아침 일곱 시부터 밤 열두 시까지 공부해야 할 거다. 그래 봤자 나는 평균 연봉에도 못 미치는 돈을 벌 테고, 애는…… 반에서 이십 등이나 할까? 나는 애가 공부를 못한다고 불행해할 테고, 애는 아빠가 돈을 많이 못 번다고 불행해할 것이다. 아침 일곱 시부터 밤 열두 시까지 일하면서도 무능한 가장 소리나 듣고 싶진 않다. 내 자식이 아비가 된 뒤에도 마찬가지일 거다. 그런 것들을 생각하면 사는 게 대체 뭘까 싶다. 엘리는 오십 년 동안 스무 마리의 수컷과 짝짓기를 해서 열두 마리의 아들딸을 낳았는데, 그중 다섯 마리가 살아남았다고 했다. 사바나를 떠돌며 먹고 자고 도망치고 사랑하고 새끼 낳고 돌본 게 인생의 전부였다고 담담하게 말하는 엘리. 까만 눈동자가 반짝인다. 자식, 우나?

참고로, 나는 비관주의자가 아니다. 허무주의자도 아니다. 나는 행복하게 살고 싶다. 사랑스러운 남편, 존중받는 아빠가 되고 싶다. 밖에선 인정 못 받더라도 가족에게만은 인정받는 남자이고 싶다. 솔직히 애 양육 문제랑 노후 문제만 아니면 당당히 사랑하고 결혼하겠다. 근데 그런 것 없는 결혼 생활이 과연 가능할까?

애인이 결혼 얘기를 꺼낸 것을 기점으로 우리 연애는 서서히 죽어 갔다. 애인은 결혼 생각도 없는 남자와 계속 만날 이유가 없다고 했다. 자기는 단란한 가정을 꾸리고 싶다고 했다. 그건 나도 마찬가지다. 우린 같은 꿈을 가졌지만 헤어졌다. 왜냐. 나는 내 꿈이 실현 불가능하다고 생각했고, 애인은 가능하다고 생각했기 때문이다. 아니, 결국 키 문제일 수도 있다. 아무것도 업그레이드하지 못한 내 처지 문제일 수도 있고. 아니다. 사랑이 다해서 헤어졌다. 그뿐이다. 다른 건 다 핑계다.

헤어지자는 말은 애인이 먼저 했다. 애인이 그 말을 꺼냈을 때, 나는 그 애를 더 이상 사랑하지도 않으면서 행패를 부렸다. 헤어질 수 없다며 그 애를 붙잡은 게 아니다. 어떻게 내게 이럴 수 있느냐고 그 애를 들볶았을 뿐이다. 나를 왜 사랑했으며 이제는 왜 사랑하지 않느냐고 억지를 부렸다. 지질해 보일 수도 있지만, 그건 그 애와 보낸 이 년이란 시간에 대한 내 나름의 예의였다. 헤어지자는 말을 옳다구나 땡이로구나 하고 받아들이기엔 자존심이 상했다. 허무했다. 또 슬펐다. 내 생애 찬란한 순간의 대부분은 그 애와 보낸 이 년 세월에 집약되어 있다. 물론 가장 비참한 순간도 그 속에 다 있다. 싸우기도 많이 싸웠다. 말도 안 되는 것들을 빌미 삼아. 바람도 없는데 흔들리는 코스모스처럼, 내 마음은 무던히도 흔들리고 꺾이고 꽃잎을 뱉어 내며 깍깍깍깍 신경질을 부렸다. 결혼을 했다면 우리 사랑도 죽지 않고 살아남았을까? 결혼을 불가능한 꿈이라고 단정 지은 것은 미안하다. 결혼은 나 혼자만의, 이루어질 수 없는 꿈이라고 생각했다. 같이 꾸는 꿈도 존재할 수 있다는 걸 이해하지 못했다. 하지만 지금도 그것이 실현 가능한 꿈이라고 생각하진 않는다. 먹고 자고 도망치고 사랑하고 새끼 낳고 돌보는 게 정말 인생의 전부일지라도, 아침 일곱 시부터 밤 열두 시까지 일하는 와중에 문득 오십 살이 되고, 그래 그게 내 인생의 전부였다고 담담하게 정리하긴 싫다는 거다. 아, 똥. 엘리가 또 똥을 싼다.

이것은 나의 꿈 이야기다.

　헤어질 때 애인이 나한테 그랬다. 넌 꿈도 없느냐고. 무성의한 태도로 없다고 뇌까렸더니 그 애는 대놓고 나를 경멸했다. 그 애는, 내가 사랑한다고 말하지 않는 것도 불만이라고 했다. 근데 솔직히, 나는 사랑도 꿈도 입 밖으로 소리 내어 말하기 싫다. 소리 내어 말해 버리면 굉장히 부질없고 하찮은 것이 될까 봐 두렵다. 나의 소중한 꿈과 사랑을 남들이 아무렇게나 말하는 것도 짜증 난다. 내가 "사랑해"라고 말했다면 여자애는 십중팔구 이렇게 되물었을 것이다. "얼마나?" 그 순간 가늠할 수 없는 내 사랑은 수치화의 틀에 갇히고 만다. 혹은 이렇게 되물었을 수도 있다. "정말?" 그 순간 절대적이던 내 사랑은 참과 거짓의 이분법이 존재하는 저속한 세상으로 곤두박질친다. 되묻지 않고, 이렇게 대답했을 수도 있다. "나도." 그럼 오직 나만 느낄 수 있던, 질문도 대답도 없이 완전했던 그것은 굉장히 흔해 빠진 것이 되어 버린다. 아니, 내 사랑과 네 사랑을 어떻게 같은 말로 나타낼 수 있지? 사랑에 대한 질문과 대답은 언제나 허무하다. 꿈에 관한 대화도 마찬가지다. 사람들은 꿈에 관대하지 못하다. 무언가가 되고 싶다고 말하면, 그거 되려면 되게 어렵고 힘들다던데,라는 말부터 늘어놓는다.

　사실 영화를 만들고 싶었다. 써 놓은 시놉시스도 여러 개 있다. 로드무비를 좋아한다. 정처 없이 떠돌며 늙어 가는 삶. 부유하는 것만으로도 충분한 인생. 인생이 원래 그런 거라고 엘리가 말했다. 그거야

니가 사바나에 살던 코끼리니까 할 수 있는 말이지, 하고 퉁을 줬다. 대한민국에서 살아남으려면, 살면서 최소한 무시당하지 않으려면, 일단 안정적인 직장과 주택을 소유해야 한다. 엘리 입장에선 전혀 이해하지 못할 삶이다. 영화를 만들면 행복해질까? 그러니까 내 말은, 꿈을 이루면 행복해지겠느냐는 거다. 잘 모르겠다. 십 대 때는 학교만 졸업하면 행복해질 줄 알았다. 십 대 때 내 꿈은, 이십 대가 되는 거였다. 하지만 나는 지금 행복하지 않다. 애인을 사귀기 전에는, 진짜, 이 여자애가 날 사랑해 주면 세상을 다 가진 듯 행복할 것 같았다. 근데 사실, 그것을 이루면 행복하겠지, 하고 상상하는 순간이 가장 행복했다. 꿈을 이루는 것보다 꿈을 품는 게 더 행복했다는 말이다. 어쨌든 내 꿈은 행복해지는 거다. 그 과정에 영화 만들기가 있다. 만들려고 아등바등하다 보면 더러 행복한 순간도 있을 것 같다.

웃기고 자빠졌네.

형이 그랬다. 나보다 세 살 많은 형. 세상에서 최고로 고리타분하고 지루한 꼰대 형. 형이 해 준 이야기를 죽 나열해 보면 이렇다.

세상이 그렇게 만만한 줄 아냐. 정신 바짝 차려라. 야, 사랑이 밥 먹여 주냐. 밥은 돈이 먹여 준다. 젊을 때 바짝 벌어 놔야 늙어서 고생 안 하는 거야. 사람이 뭐든 가진 게 있어야 큰 소리 치고 사는 거다. 영화판에 깡통 차고 다니는 빚쟁이가 넘쳐 난다더라. 니가 그 바닥에 가서 뭘 할 수 있겠냐. 자기 밥벌이도 제대로 못 하는 주제에. 봉준호, 박찬욱처럼 스타 감독 될 자신 없으면 시작할 생각도 하지 마. 한 달에 백만 원도 못 벌면서 니 몸이나 제대로 건사할 수 있을 것 같아? 그게 바로 민폐야, 민폐. 그 자리에 가만 서 있는다고 그게 유지되는 게 아냐. 바로 퇴보하는 거지. 등등.

나도 안다. 보고 듣고 배운 게 있으니까. 하지만 세상은 만만치 않고, 사랑은 밥 안 먹여 주고, 젊을 때 바짝 돈 안 벌고 뜬구름만 잡다 보면 늙어서 고생하고, 가진 게 없는 사람은 침묵해야만 하고, 일등이 되지 못할 거라면 시도조차 금지되는 게 세상의 룰이라면, 나는 절대 행복해질 수 없다. 왜냐. 나는 꿈꿀 때가 더 행복한 인간이라니까!

불행을 피하겠다는 게 아니다. 진짜로 불행해지는 그때 그 순간 피하지 않고 받아들이면 되지 않나. 하지만 언제 올지도 모를 불행 때문에 현재를 망치고 싶진 않다. 형이 정말 어른이라면, 나를 사랑하고 걱정하는 가족이라면, 내게 미리 불행을 주입하는 대신 내가 진짜 불행해질 미래의 그날에 나를 위로하고 쓰다듬어 줘야 한다. 위로와 걱정은 일이 일어난 다음에 해도 늦지 않으니까.

아, 말이 길어졌다. 아무튼 영화. 나는 엘리를 나의 처녀작에 등장시키기로 했다. 밤마다 산으로 끌고 가 밥도 먹이고 똥도 치워 주는 입장으로서, 또 유일한 대화 상대로서, 엘리도 내 청을 거절하진 않을 거라고 확신한다. 이건 아주 중요한 문제다. 엘리는 애완동물이 아니다. 내가 엘리를 키우는 게 아니란 말이다. 엘리는 나를 주인으로 생각하지 않는다. 같이 사는 동물 정도로 인식한다. 어쩌면 나를 애완동물이라고 생각할지도……. 어쨌든 엘리의 신경을 거스르면 안 된다. 영화를 찍는 데 무엇보다 중요한 건 엘리의 의사다. 엘리가 카메라 기피증이 있다거나, 내가 제시하는 조건에 동의하지 않는다거나, 기타 등등 불만을 표출하면, 영화 못 찍는다. 자칫 잘못했다간 제 감정을 못 이긴 엘리가 쿵! 나를 깔고 앉아 버릴 수도 있다. 정말 조심해야 한다. 안 그래도 요즘 부쩍 조울증 증세도 보이던데.

영화 내용은 대충 이렇다. 코끼리와 같이 살던 남자가 코끼리를 아프리카로 돌려보내기 위해 고군분투하다가 항만에서 코끼리를 압수당하고 만다. 코끼리를 국가에 뺏긴 것이다. 남자는 코끼리를 되찾기 위해 또 고군분투한다. 하지만 강아지도 이구아나도 아닌 코끼리를 구출하기란 정말 쉽지 않다. 코끼리가 걸으면 땅이 흔들린다. 코끼리가 덥다고 귀라도 펄럭이면 가로수가 휘청거린다. 코끼리는 겁이 많아 걸핏하면 소리를 지른다. 아, 귀가 찢어질 것 같다. 게다가 코끼리의 상아를 노리는 밀수업자들과의 싸움도 만만찮다. 쥐뿔도 없는 남자가 코끼리를 이동시키겠다고 배나 기차를 동원할 수도 없다. 더군다나 코끼리는 남자에게 비협조적이다. 코끼리는 남자도 자기를 해치려는 나쁜 놈인 줄 알고 도망치려고 한다. 남자는 국가와 밀수업자를 상대로 사투를 벌이면서 자꾸 도망가려는 코끼리도 붙잡아야 한다. 결국 남자는 헷갈린다. 내가 상대해야 할 적은 국가인가, 밀수업자인가, 아니면 이놈의 코끼리인가. 게다가 똥! 한 시간마다 싸 대는 그의 똥을 대체 어찌할 것인지!

이것은 나의 사투 이야기다.

영화 제목은 〈사투〉다. 사투의 주체는 주인공일 수도 있고 코끼리일 수도 있다. 소가 주인공인 영화도 있으니까 코끼리도 주인공을 할 수 있다. 게다가 내겐 진짜 코끼리도 있다. 근데 카메라가 없다. 요즘은 스마트폰으로도 영화를 찍던데, 난 스마트폰도 없다. 동영상 촬영이 되는 디지털카메라가 있을 뿐이다. 아무리 아르바이트를 해도 빚 갚고 나면 차비만 똑 떨어졌다. 그러기를 삼 년 동안 반복하다 이곳으로 들어왔다. 독립영화 제작지원사업에 시나리오를 보내 봤지만 연락이 없다. 내용이 마음에 안 들 수도 있고, 코끼리 섭외를 문제 삼는 사람도 있을 것이다.

나는 누구에게도 엘리의 존재를 말할 수 없다. 말하면 분명 영화처럼, 국가가 나서서 엘리를 동물원에 보내려고 할 테니까. 엘리는 절대 동물원에 가면 안 된다. 동물원 코끼리는 평균 십칠 년밖에 못 산다고 들었다. 앞서 말했다시피 엘리는 오십 살이 넘었다. 동물원에 가면 바로 죽을 게 뻔하다. 아니, 바로 죽진 않더라도 이십 년은 더 살 수도 있을 걸, 이 년밖에 못 살지도 모른다. 엘리를 구경거리로 만들고 싶지도 않다. 엘리는 성격이 괴팍하지만(진짜 개떡 같다) 또 한편으론 굉장히 예민하다. 예민하면서도 괴팍한 사람이 군중의 구경거리가 되었다고 생각해 보라. 코끼리라고 다를 것 없다. 엘리는 매일 마취 총을 맞아야 할 거다. 생각만 해도 끔찍하다. 그렇다고 내가 엘리와 평생 살겠다는 건 아니다. 그럼 내 인생이 너무 피폐해질 게 뻔하니까. 똥오줌은 이제 말 꺼내기도 지긋지긋하고, 언젠가는 엘리의 정체가 들통 날 텐데, 그럼 동네 사람들도 분명 난리를 칠 것이며, 돈도 안 되는 그딴 거나 키우고 앉았다고 형은 나를 더 한심하게 볼 것이고, 무엇보다 남은 평생을 나랑 산다면 엘리도…… 불행하겠지.

엘리는 아프리카로 가야 한다. 엘리의 고향. 다섯 마리의 아들딸이 있고 수십 마리의 언니동생이 있는 그곳으로. 코끼리는 가족이 죽으면 나뭇잎이나 흙으로 몸을 덮어 준다고 한다. 살이 썩어 뼈만 남은 후에도 그곳을 종종 찾아가 코로 뼈를 만지며 오랜 시간 애도한다고 들었다. 엘리는 반드시 아프리카에서 죽어야 한다.

사실 영화를 찍으려는 이유도 엘리를 아프리카에 보내기 위해서다. 영화를 찍다 보면 정말 영화처럼, 엘리를 아프리카로 보낼 수 있을지도 모르니까. 영화를 통해 현실 문제를 해결할 속셈인 거다. 그렇다. 영화는 바로 엘리와 내가 반드시 이뤄야 하는 꿈이다. 엘리를 아프리카로 보내고 영화도 찍으면서 결국 행복해지는 게 내 꿈이니까. 그리고 오십 살이 되기 전에 죽을 것이다. 내가 죽으면 내 뼈를 어루만지며 나를 애도하고 추억해 줄 사람이 있을까? 엄마도 형도 나보다 나이가 많으니까 먼저 죽을 텐데. 결혼을 해서 자식을 만드는 수밖에 없나? 아니다. 내가 엄마랑 형보다 일찍 죽으면 된다. 나는 오십 살이 되기 전에 반드시 죽어야 한다.

가족을 생각하면 슬프고 짜증 나고 죄책감이 든다. 엄마는 나한테 실망이 크다. 어릴 때는 공부도 잘하고 말도 잘 듣던 막내아들이 나이 들수록 속만 썩인다고 나만 보면 가슴을 쾅쾅 친다. 근데, 인간은 원래 변하는 거다. 한결같은 인간은 없다. 그게 자연의 이치다. 엄마는 내가 자연의 섭리를 거스르고 한결같기를 원한다. 늘 뭐든 열심히 하고 엄마 말도 잘 듣길 바란다. 그래서 요즘 엄마랑 연락을 잘 안 한다. 전화가 와도 자꾸 피하게 된다. 명절에도, 제사 때도 집에 안 갔다. 엄마는 지금 내가 어디 사는지도 모른다. 내가 말을 안 했으니까. 막내아들이 산 아래 버려진 집에서 코끼리와 함께 살고 있다는 걸 안다면 엄마는 심장을 토하며 울 것이다. 정신병원에 데려가려고 할지도 모른다. 엄마를 생각하면 죽고 싶다. 내가 죽어 없어지는 게 모두의 정신 건강에 이로울 것 같다. 지긋지긋한 죄책감. 애인한테도 이런 죄책감을 느껴야 했다. 너무 좋아하면 죄책감과 원망은 옵션으로 붙는 걸까?

엄마, 특히 형에게 나는 실패자다. 왜냐면 영어 공부도 안 하고 취업 준비도 안 하고 있으니까. 형이 하도 무시하기에 실은 영화를 찍고 싶다고 말했다가 세상이 만만찮다는 말이나 듣게 된 거다. 하지만 나는 아무것도 실패하지 않았다. 왜냐면 나는 아직 스물여덟 살이니까. 스물여덟 살밖에 안 된 주제에 도대체 뭘 이루고 뭘 실패할 수 있지? 하지만 형은 나를 실패자 취급한다. 아직 아무것도 시도하지 않은 나를, 시도하지 않았으므로 실패자라고 단정 짓는 거다. 근데 내가 영화를 만들어 내더라도 형은 나를 실패자라고 할 것이다. 내가 관객 천만 명을 돌파하는 영화를 만들지 않는 이상, 형한테 나는 영영 실패자인 거다. 정말 웃기는 짬뽕이다.

엄마는 매일 절에 가서 부처님께 백팔 배를 올린다. 백팔 번 절을 하면서 엄마는 분명 무언가를 기도할 거다. 기도할 게 있는 삶은 정말 좋은 거다. 뭔가 바라는 게 있다는 거니까. 내 바람은 언제나 하나였다. 행복하게 사는 것. 내가 행복하기 위해선 일단 부모님도 형도 헤어진 애인도 행복해야 한다. 그리고 엘리도. 그래야 나도 행복해진다. 나는 언제나 주변 사람들부터 행복하게 해 달라고 기도한다. 내 일은 내가 알아서 할 테니까 주변 사람들 소원이나 잘 들어주라고. 코끼리를 신으로 모시는 사람들도 있다고 들었다. 그렇다면 나는 신과 사는 셈이다. 어마어마한 똥오줌을 발사하는 신과. 신은 소원을 들어주는 존재다. 이거, 중요하다. 소원을 이뤄 주는 게 아니라 들어주는 거다. 듣는 건 나도 할 수 있다. 그럼 나도 신이다. 아니다. 소원을 듣는 건 정말 힘든 일이다. 대부분의 소원은 불행한 이야기 다음에 따라오니까. 우리 엄마 소원은 내가 얼른 정신 차리고 취직해서 안정적인 돈벌이를 하는 거다. 그런 소원이 생긴 이유는 내가 지금 개차반 인생을 살고 있기 때문이다(이건 엄마 표현이다. 형 표현에 따르면 실패자고). 엄마의 소원을 들으려면 엄마가 생각하는 불행과 불만도 같이 들어야 한다. 지독한 일이다. 역시 신은 아무나 하는 게 아니다. 연민도 자존심도 없어야 신을 할 수 있다. 엘리는 자존심이 엄청 세지만 사람들의 불행을 잘 이해하지 못하니까 신이 될 수도 있겠다. 엘리. 내 기도를 좀 들어 봐, 엘리. 엘리가 오줌을 싼다. 오줌만은 제발 하수구 구멍에 싸란 말이야! 야, 이 개만도 못한 코끼리야. 내 말이 똥이냐? 똥이야!

이것은 나의 가족 이야기다.

믿기지 않지만 나는 세 살 때 한글을 깨치고 다섯 살 때 곱셈을 했다고 한다. 이건 우리 집안의 전설이다. 엄마아빠는 내가 세계적으로 유명한 박사가 될 거라고 믿었다. 하지만 중학교에 들어가면서 나는 급속도로 바보가 됐다. 내 머리는 곱셈만 이해하고 방정식은 이해 못했다. 내 지능은 속성으로 한계치를 찍은 것이다. 나는 세상에서 미지수가 제일 싫었다. 수학 시간에 왜 X, Y 따위의 알파벳을 끌어들이는지도 도통 이해할 수 없었다. 솔직히, 나를 공부하게 했던 힘은 칭찬이다. 칭찬받는 게 좋아서 백 점 맞는 것도 좋았으니까. 어느 날부터인가 내가 백 점을 맞아도 부모님은 더 이상 칭찬해 주지 않았다. 대신 걱정을 했다. 시골 학교에서 일등 해 봤자 우물 안 개구리라는 말만 했다. 백 점을 맞아도 칭찬 안 해 주고 구십 점을 맞으면 야단을 쳤다. 성적은 급속도로 떨어졌다. 엄마아빠가 나한테 실망하는 티가 너무 나니까, 나는 괜히 반항했다. 내가 공부를 못하는 진짜 이유는 머리가 나빠서가 아니라, 공부를 안 하기 때문이라고 꾸미고 싶었다. 그건 다 엄마아빠 탓이라고 항의하고 싶었다. 학교에

선 말도 없고 시무룩한 애였는데, 집에만 오면 거친 행동을 하며 에이, 씨발, 몰라! 하고 소리 질렀다. 그때도 엄마아빠는 아침 일곱 시부터 밤 열두 시까지 일을 했다. 나는 엄마아빠가 주말에도 못 쉬고 죽어라 일만 하는 게 등신 같은 나 때문인 것 같아서 죄책감에 빠졌다. 그럴수록 더 삐뚤어졌다. 형한테 많이 맞았다. 형은, 나 때문에 또래보다 일찍 어른이 됐다.

대학 가기도 싫었다. 가 봤자 돈 낭비인 것 같았다. 대학에 안 가겠다고 했을 때, 아빠가 전문대라도 가라고 했다. 전문대 가서 이 년을 놀더라도, 고졸이랑은 급이 다르다고. 초봉부터 차이가 난다고. 그 말이 너무 웃기게 들렸다. 결국 급을 결정하는 건 돈이란 말이었다. 내가 앞으로 살아갈 곳은 그런 세상이었다. 아빠랑 다투다가 확 뒈져 버릴 거라고 소리 지르고 집을 나왔다. 시내를 떠돌다가 무작정 강릉 가는 버스를 탔다. 바다에 빠져 죽을 생각도 잠깐 했다. 그럼 엄마아빠가 무지 슬퍼하겠지? 나는 엄마아빠를 슬프게 하고 싶어서 죽을 생각을 했다. 어부가 될까. 그런 생각도 했다. 망망대해에서 꽁치나 오징어만 대하며 살고 싶었다. 원망이나 실망이나 기대나 죄책감, 연민 같은 인간의 감정에서 벗어나고 싶었다. 근데 그런 건 인간만의 감정일까? 그래? 엘리? 하긴, 너한테 일말의 연민이라도 존재한다면 적어도 오줌만큼은 하수구 구멍에 싸겠지. 피도 눈물도 없는 코끼리 같으니라고.

낡은 오토바이를 타고 나를 찾으러 나온 아빠를 커다란 레미콘 트럭이 들이받았다. 오토바이도 날아가고 아빠도 날아갔다. 나는 죽지도 못하고 어부도 못 되고 일주일 뒤 집에 돌아왔다. 내가 돌아온 날은 아빠의 오십 번째 생일이었다. 아빠는 무덤 속에서 나를 맞았다. 엄마가 두 주먹으로 내 가슴을 치며 울었다. 이 새끼야. 이 새끼야. 엄마는 그 말만 했다. 엄마는 나도 죽은 줄 알았다고 했다. 살아 돌아와서 다행이란 말은 하지 않았다. 아빠는 나 대신 죽은 걸까? 정작 죽고 싶은 사람은, 죽어 버리겠다고 마음먹은 건 나였는데 아빠가 죽었다. 이런 개 같은 경우가 세상천지 어디 있나. 못돼먹은 나한테 벌을 주려고 신이 아빠를 죽였나? 엿 같은 신. 비겁한 신. 나보다 더 못돼 처먹은 신. 지옥에나 떨어져 버려! 이 염병할 신 새끼야!

니가 아버지를 죽인 거라고, 형이 말했다. 엄청 취해 있었다. 아빠가 그날 나를 찾으러 나갔다가 죽어 버린 건, 아빠의 운명일까? 내가 집을 안 나갔으면 아빠 안 죽었을까? 운명은 어디까지가 운명이지? 아빠는 결국 나 때문에 죽을 운명이었나? 세 살 때 한글을 깨치면 안 되는 거였다. 다섯 살 때 곱셈을 해서도 안 되었고, 엄마아빠는 칭찬 따위 하지 말았어야 했다. 아니다. 괜히 태어났다. 나는 태어나지 말았어야 했다. 그럼 엄마아빠랑 형은 사이좋게 오붓하게 오래오래 살았을 텐데. 아빠는 오십 살도 되고 육십 살도 되고 칠십 살도 되었을 텐데. 환갑엔 제주도에 놀러 가고 칠순엔 동남아에 놀러 갔을 텐데. 아빠가 죽은 뒤부터 엄마는 절에서 살다시피 했다. 절을 하도 많이 해서 무릎 연골이 다 부서졌다. 내가 안 태어났으면 엄마 무릎도 멀쩡했을 거다. 씨발. 코끼리로나 태어날 걸. 엘리의 네 번째 아들로 태어날 걸. 그럼 엘리의 무릎 연골이 부서졌을까? 설마 그랬을까?

아빠가 죽은 뒤에도 나는 변하지 않았다. 반항은 계속됐다. 아빠가 죽어서 변했다는, 철들었다는 말 따위 듣고 싶지 않았다. 아빠의 죽음으로 무언가를 바꿔 놓고 싶진 않았다. 그건 아빠의 목숨을 그 무언가의 대가로 만드는 일이었으니까. 나는 더 미친놈처럼 굴었다. 아빠가 죽어서 좋아지는 건 단 하나도 없어야 했다. 모든 게 더 나빠져야 했다. 당연하지! 난 절대 좋은 놈이 될 수 없다. 엄마는 나를 원망할까? 사람들은 아니라고 말하겠지. 부모 마음은 그렇지 않다고. 나는 부모가 아니라서 모르겠다. 그리고 우리 엄마 아닌, 다른 부모들의 보편적인 마음 따위는 알고 싶지도 않다. 난 엄마가 나를 원망할 거라고 생각한다. 원망했으면 좋겠다. 원망해야 한다. 부모 마음은 그렇지 않다고 말하는 사람들, 정말 그런 일을 안 겪어 봤으니까 그렇게 말할 수 있는 거다. 엄마는 나를 증오하고 원망하니까, 그러니까 자꾸 절에서 절을 하는 거다. 그러다가 무릎까지 부서진 거다. 엘리가 커다란 귀를 펄럭인다. 더운가. 혹시 내 얘기를 듣는 건가? 엘리, 너는 큰 귀를 가진 신이니까 내 소원을 들어줄 수 있겠지. 엘리가 기다란 코로 나를 감아올려 등에 태운다. 나는 엘리의 등에 납작 엎드린다. 엘리와 나 사이에 끼인 심장 두 개가 엇박자로 둥둥둥둥 뛴다. 엘리가 천천히 걷는다. 보름달 밝은 밤이다. 논 가득 푸른 벼가 출렁인다. 벼를 뜯어 먹으려는 엘리를 간신히 말린다. 엘리가 논밭의 곡식을 하도 야금야금 뜯어 먹어서 요즘 난리가 났다. 사람들은 산에서 멧돼지가 내려와 농작물을 먹어 치운다고 생각하는데, 그 오해가 나는 그저 고마울 뿐이다. 겨울이 오기 전엔 꼭 아프리카로 가야 한다. 한국의 겨울은 엘리에게 지옥과 같을 테니까. 야, 엘리. 둥둥둥둥 소리에 귀를 기울이다 손을 뻗어 엘리의 귀를 잡아당긴다.

넌 어떻게 여기까지 온 거지?

이것은 나의 비밀 이야기다.

뿌우우우.

걸어서?

뿌.

인도양을?

뿌우.

뺑치고 있네. 바다를 어떻게 걸어서 건너냐.

뿌르르르 부륵부륵.

가끔 날아?

뿌.

니가 무슨 덤보냐.

뿌르르뿌.

덤보를 알아? 니가?

뿌우우우우우우우우우우우.

야, 아냐. 걔는 만화 주인공이야. 진짜 코끼리 아니야.

뿌우우우.

그래, 동명이……상.

…….

이름만 같다고.

…… 뿌우.

니 동생이랑 이름만 같다고. 등신아.

뿌엑!

야야야야! 이러지 마. 하지 말라고!

뿌엑! 뿌엑!

야! 나 떨어져. 떨어진다니까!

뿌에에에에에엑!

성격도 개떡 같아서 진짜! 야, 똥 튄다. 똥 튄다니까! 아 드러.

…….

좋냐?

…….

똥 싸니까 좋아?

…….

도대체 왜 나한테 온 거야.

…….

나보고 뭘 어쩌란 거야.

…….

성격도 지랄 맞고. 똥이나 싸고. 진짜 돌아 버리겠네.

…….

겨울 금방 온다, 너.

…… 뿌.

아는 애가 이렇게 천하태평이냐.

뿌우우우우. 뿌우. 뿌우. 뿌우우우우우우.

됐어, 자식아. 나는 그럴 맘 눈곱만큼도 없어.

뿌엑!

어떻게든 갈 거야.

뿌에에에엑!

됐어. 거기선 생 까고 살아. 그럼 될 거 아냐.

부우우우우우우! 부우우우우우우! 부우우우우우! 우!

이것은 나의 사랑 이야기다.

살면서 가장 힘든 건, 언제나 대화였다. 가족과의 대화. 애인과의
대화. 친구들과의 대화. 가족들은 내 앞에서 걱정만 하고, 애인은 종
종 나를 하루살이만도 못한 존재로 만들었으며, 친구들은 만나면
차 얘기, 돈 얘기, 여자 얘기, 힘들어 죽겠다는 얘기만 했다. 불가능한
나의 꿈, 이를테면 행복에 관한 이야기엔 아무도 관심 갖지 않았다.
난 행복할 자격이 없는 사람인가? 다들 그렇게 생각해서 말도 못 꺼
내게 하는 걸까? 사람들은 내 말을 오해하고 제 식대로 이해했다.
나는 성숙하지도 않고 어른스럽지도 못해서 자주 그들과 싸웠다. 누
군가는 나 때문에 상처받았고, 또, 죽었다. 관계가, 대화가 너무 짜증
스러웠지만 나는 그들을 사랑하고(사랑한다), 밑도 끝도 없는 죄책감
을 느끼며(지긋지긋하다), 외면하고 싶다가도 보고 싶어서(너무 보고 싶
어서) 자주 울었다(소리도 없이). 엘리 똥을 버린 곳에 오디 싹이 돋고
뱀딸기가 자랐다. 엘리는 그것들을 다시 뜯어 먹었다. 먹고 하는 일
이 똥 싸는 것뿐이라고 엘리를 구박했지만, 상아에 제 코를 얹고 주
저앉은 채 나를 빤히 보는 엘리의 까만 눈을 보고 있노라면, 어마어
마한 덩치의 그것이 꼭 죽는 날까지 떼 버릴 수 없는 오기 같고, 쌍
욕을 퍼붓고 헤어졌지만 좀처럼 잊을 수 없는 애인 같고, 완성되자
마자 부서진 내 사랑 같고, 죽을 때까지 그것을 향해 달려가야만 하
는 꿈 같고, 레미콘 트럭 같고, 에이 씨발, 늙지 않는 아빠, 사는 게
만만찮다고, 정신 똑바로 차리라고 말하면서도 걸핏하면 전화를 걸
어 살아 있느냐고 묻는 형, 형의 둥근 어깨, 백태 긴 혀, 엄마의 조각
난 무릎뼈, 내 가슴을 사정없이 두드리던 두 주먹, 아빠가 죽은 줄도

모르고 바라봤던 바다, 검은 구름, 나를 놀리는 혓바닥, 하지만 엘리, 노래도 곧잘 부르는 엘리, 반드시 아프리카에서 죽어야만 하는, 하지만 오늘도 하루만큼 나이를 먹어 버린, 당장 내일 죽을지도 모를 엘리. 나는 오십 살이 되기 전에 죽을 거다. 아빠는 어디로 갔을까. 죽으면 가는 데가 진짜 있긴 있나? 엘리는 그런 것을 알까? 알지도 모른다. 어딘가에선 엘리도 신이니까. 신이 아니더라도 코끼리는 그런 것을 알지도 모른다. 돌고래도 알고 하마도 알고 기린도 알고 두더지도 알고 나비도 아는데, 인간만 모르는 건지도 모른다. 왜냐면, 인간은 너무 겁이 많으니까.

이것은 나의 믿음에 관한 이야기다.

간단히 배낭을 꾸렸다. 물과 먹을 것을 조금 넣고 두꺼운 옷도 한 벌 넣었다. 문방구에서 리코더와 실로폰을 샀다. 혹시 모르니까 두통약과 멀미약과 후시딘 연고도 챙겼다. 흰빛이 강한 손전등도 샀다. 메모리 카드도 사고 디지털카메라의 배터리도 세 개 더 사서 가득 충전했다. 모자를 쓰고 마스크로 얼굴을 가렸다. 엘리 등에 검은색 천을 덮었다. 우습겠지만, 위장막이다. 자정 넘어 엘리의 등에 올라탔다. 밤에만 이동하기로 했다. 사바나를 누비던 엘리니까, 한국쯤이야 금방 벗어날 수 있을 거다. 밤중에 한적한 길을 걸어가는 어마어마한 덩치의 코끼리를 보더라도, 사람들은 그것을 진짜라고 믿지 않을 것이다. 그들이 나와 엘리를 충분히 의심하기만을 바랄 뿐이다. 내 꿈을 의심하고 내 진심을 의심했듯.

엘리가 천천히 걷는다.

디지털카메라의 녹화 버튼을 누른다. 액정엔 까만 화면만 뜬다.

우린 아프리카로 간다.

걸어왔다니까, 날 수도 있다니까, 믿어 보기로 했다. 지금 내가 믿을 건 엘리뿐이다.

추천 우수작

上行

황
정
은

2005년 〈경향신문〉 신춘문예에 단편
소설 〈마더〉가 당선되며 등단했다. 한
국일보문학상을 수상했다. 소설집 《일
곱시 삼십이분 코끼리열차》《파씨의 입
문》, 장편소설 《百의 그림자》가 있다.

고추밭에 고추를 따러 가자고 해서 가겠다고 대답했다.

나는 오제에게 무엇을 준비해야 하느냐고 물었다. 오제는 고추를 담을 자루가 필요하겠지만 그건 자신이 준비하겠다고 대답했다. 몸만 와,라는 대답을 듣고 나는 몸만 갔다. 쌀쌀한 가을 아침이었다.

어서 와라.

오제의 어머니가 담비 털이 달린 낡은 외투를 입고 차 옆에 서 있었다. 외투가 크고 몸이 작아 그냥 외투 한 벌이 서 있는 것처럼 보였다. 오제는 셋이서 고추를 따게 될 거라고 말했다. 나는 좋다고 대답했다. 빈 자루 세 개를 뒷좌석에 싣고 출발했다. 오제가 운전대를 잡았고 내가 조수석에 앉았고 오제의 어머니가 뒷좌석으로 들어갔다. 오제는 라디오를 틀어 두었다. 나는 오제의 어머니가 먹으라며 건네준 토마토를 쥐고 있다가 조금씩 먹었다. 우리는 국도를 타고 남동 방향으로 빠르게 이동했다. 점심을 먹기 전엔 고추밭에 도착할 예정이었다. 오제의 어머니는 오랜만의 나들이에 들뜬 듯했다. 사는 게 무료해서 문화센터에서 민요를 배우기 시작했는데 함께 수업을 듣는 여자들 가운데 퍽이나 경우 없는 여자가 있다, 바나나를 사서 그 여자네 놀러 갔더니 먹으라고 한 송이 꺾어 주지도 않고 냉장고에 숨겨 두더라, 얄미워서 바나나는 냉장고에 넣는 것이 아니라고 한마디 했더니 어머 그렇지, 하며 선반에 올려 두고 역시 한 송이 내놓지를 않더라, 밥 먹을 때가 되니 자기 먹던 김치 한 가지를 반찬이라고 내주는데 어머 정말로 다른 것 없이 먹다 남은 김치, 그것 한 가지를 내주더라, 야 배고프냐, 바나나도 있고 토마토도 있다, 바나나를 먹겠냐 토마토를 먹겠냐, 토마토를 더 먹어라, 토마토가 눈에도 좋고 이에도 좋다, 내가 이 나이에도 이렇게 주름 없는 얼굴인 것은 젊어서 과일 팔 때 토마토를 많이 먹었기 때문이다, 이런 이야기에서 저런 이야기로 건너뛰며 카랑카랑한 목소리로 조금도 쉬지 않고 말했다.

마지막으로 그녀를 만났을 때가 두 달 전이었는데 그 틈에 부쩍 마르셨다고 말을 건네자 오제 아버지 때문이라고 그녀는 불평했다. 오제의 아버지는 최근 폐암 진단을 받고 오른쪽 폐를 잘라 내는 수술을 받았다. 아파트 경비원, 대형 마트 잡역부 등으로 일하는 동안 개근하고 근면해서 다른 직원들에게 매사 모범을 보였던 그는 한쪽 폐를 잃은 뒤로 외출을 삼가고 침대에 누워 지내고 있었다. 재활 삼아 산책이라도 하면 좋을 텐데 어쩌면 그림처럼 앉아만 있다며 오제의 어머니는 불평했다. 밖에 나가지 않고 눈에 보이는 집안일에 시시콜콜 간섭을 다 하니 내가 아주 죽겠다, 생각하는 것만으로도 짜증이 난다는 듯 그녀는 한숨을 쉬었다. 오제는 뭐라고 말이 없는 채로 운전하고 있었다.

오제의 어머니는 외투를 말아서 베개 삼아 누웠다가 잠들었다. 나는 창을 열고 바싹 마른 토마토 꼭지를 바깥에 버렸다. 토마토 꼭지가 깃털처럼 기척도 없이 허공을 날아 뒤쪽으로 사라졌다. 터널을 몇 개 통과하는 동안 라디오에 잡음이 섞였다. 마침내 수신이 끊기자 오제는 라디오를 꺼 버렸다. 맑고 쌀쌀해 고추를 따기에 좋은 날이었다. 국도를 벗어나 한적한 지방도로를 달렸다. 버려진 축사와 드문드문 선 배나무들 곁을 지나갔다. 산비탈 콩밭에서 서리를 맞은 콩들이 바싹 마르고 있었다.

콩 봐라.

어느 틈에 깼는지 오제의 어머니가 뒷좌석에서 말했다.

저 아까운 콩 봐라.

❧

근처까지 가서 우리는 상당히 헤맸다.

어디쯤에서 두 개의 연못을 지나야 한다는데 그 연못들을 찾아내지 못했다. 이쪽인가 보다, 저쪽인가 보다, 뒷좌석에서 앞좌석 쪽으로 몸을 내밀고 길을 보던 오제의 어머니가 고추밭 주인에게 전화를 걸었다. 통화에 익숙하지 않은 오제의 어머니와 운전 중인 오제를 대신해서 내가 전화기를 넘겨받았다. 누구라고 인사할 짬도 없이, 너 오른쪽으로 지금 연못이 보이냐,라고 묻는 아주머니의 목소리가 들려왔다.

연못은 안 보여요.

연못이 있다.

연못이 있어야 한다는 안내만 듣고 있다가 아마도 그녀가 말하는 연못인 듯한 두 개의 저수지를 지나며 가는 길이 분명해졌다. 우리는 전화를 끊고 방향을 잡아 달렸다. 분홍색 사과를 단 사과나무들이 평지와 비탈에서 햇빛을 받고 있었다. 우리 새 고모 목소리 걸걸하지, 오제의 어머니가 말했다.

여장부야 여장부.

고추밭 주인은 고추 말고도 호박과 콩과 배추를 키우고 있다. 그녀가 관리하는 밭이 천 평이다. 그녀는 지금 노모와 단둘이 살고 있는데 밭이며 집은 사실 그녀의 남동생 것이었다. 수줍은 성격 탓에 사람들과의 관계에 애를 먹던 그는 도시에 처자를 두고 이 시골로 내려와서 어머니랑 누이랑 밭을 갈며 살았다. 그가 봄에 죽었다. 이제 밭과 집은 그의 아내와 다 큰 아이들의 몫이 되었고 그 식구들이 그 집을 팔겠다고 내놓은 상황이었다. 간단하게 말할 수는 없는 사정으로 하여간 상황이 흉하게 되었다. 쫓겨나는 셈이니까, 오제의 어머니에게 이런 이야기를 소곤소곤 듣는 동안 목적한 마을에 당도했다. 좁지만 깨끗하게 정비된 도로를 따라 도시의 철물점과는 다른 물건을 주렁주렁 내건 철물점이 있었고 양곡장이 있었고 보건소와 우체국과 면사무소가 나지막하고 아담하게 이어졌다. 고추밭 주인이 자전거를 타고 그 길 끝으로 마중 나왔다. 밭에서 오는 길인 듯 흙 묻은 바지 차림에 장화를 신고 있었다. 등이 넓고 키가 크고 예상보다도 젊어 보이는 아주머니였다. 오제의 어머니가 그녀를 먼저 발견하고 창을 열었다.

고모, 새 고모.

우리는 그녀의 자전거를 따라 그녀의 집으로 갔다. 대문과 담이 없는 단층 주택이었고 넓은 마당이 딸려 있었다. 아무 데나 좋을 곳에 세워 두라는 말을 듣고 오제는 담 없는 마당으로 차를 몰고 들어갔다. 개집에 묶인 개 두 마리가 짖었다. 오제의 어머니가 개집 쪽으로 다가가 개들을 유심히 들여다보았다. 두 마리 가운데 털이 더 노랗고 주둥이가 뭉툭한 개를 가리키며 그녀가 말했다.

애가 우리 집에 있던 멍멍이가 낳은 새끼 아니에요?

알아보겠나.

어머.

애도 이름이 멍멍이다. 멍멍이 새끼, 멍멍이.

멍멍아.

멍멍아, 그만 짖어라.

세상에, 닮은 거 봐라.

닮았나.

우리 멍멍이는 죽었어요.

그랬다며.

두 부인이 개를 물끄러미 보고 있는 동안 오제와 나는 차 뒤편으로 돌아가서 마당에 섰다. 장미가 몇 그루 자라고 있었고 햇빛에 노랗게 타들어 갔지만 잔디가 자란 흔적도 있었다. 그늘진 창고 벽엔 잘 마른 시래기가 다발로 걸려 있었고 벗겨진 자국 없이 벽 칠도 깨끗했다. 어느 구석이든 어느 것이든 가지런하게 정돈되어 있었다. 사는 사람이 부지런히 관리하고 있는 집이었다. 오제는 주머니에서 납작한 술병을 꺼내 한 모금 마셨다. 나는 집이 좋아 보인다고 말했다.

어머님이 새 고모라고 부르시더라.

어.

오제와는 관계가 어떻게 되느냐고 묻자 오제는 직접 불러 본 적이 별로 없어 촌수를 잘 모르겠다며 이런 이야기를 들려주었다. 전쟁 중에 오제의 어머니가 고모 내외를 따라서 남하했다. 남쪽에 당도한 뒤 그 고모가 죽고 고모부가 새로 처를 들였다. 얼마 되지 않아 그 고모부도 지병으로 죽었다. 홀로 남은 새 부인은 처가로 돌아가 의탁했다. 그 사람이 지금 오제의 어머니 곁에서 개를 들여다보고 있는 아주머니다. 오제는 커다란 덩치로 웅크리고 앉아서 나뭇가지로 바닥에 관계를 그려 보였다. 동그라미 옆에 동그라미 옆에 동그라미 옆에 동그라미를 그리고, 기울어진 막대 같은 것을 동그라미들 틈에 그려 넣었다.

한마디로 멀다는 얘기냐고 묻자 한마디로, 그렇지,라며 오제는 고개를 끄덕였다.

다리가 저려서 일어났다가 조그만 노부인을 보았다. 차 트렁크 너머에서 오제가 바닥에 그린 그림을 골똘히 들여다보고 있었다. 백발을 소년처럼 짧게 잘랐고 커다란 안경을 썼고 솜을 넣고 누빈 조끼와 바지를 말쑥하게 입고 있었다. 오제가 벌떡 일어서며 술병을 허리 뒤쪽으로 숨겼다.

들어와.

깜짝 놀랄 만큼 또렷한 목소리로 그녀가 말했다.

밥 먹어.

밥 있어.

🌿

　모녀는 우리를 기다리는 동안 벌써 밥을 먹었다면서 손님들 몫의 음식만 내왔다. 아홉 사람 정도는 여유롭게 앉을 수 있을 것 같은 커다란 식탁에 음식을 두고 먹었다. 콩장에 불고기에 북어조림에 차갑게 식힌 콩나물국에 밥이었다. 흰콩이 섞인 밥이었고 밥맛이 좋았는데 밥보다도 콩 맛이 좋았다. 콩을 젓가락으로 집고 이건 무슨 콩이냐고 묻자 우리 집 담에 붙어 자라는 울타리콩이라고 아주머니가 말했다. 이 계절이 될 때까지 자라는 대로 내버려 두고 비바람에 말렸다가 밥 지을 때 한 줌 넣어 먹는 귀한 콩이라는 것이었다. 이런 이야기가 오가는 동안 조그만 노부인은 내가 앉은 의자의 등받이를 만지작거리며 내 뒤에 서서 숨을 쉬었다. 그녀가 코로 내쉬는 숨 때문에 내 왼쪽 정수리 부근이 아까부터 동그랗게 간지러웠다. 식사를 마친 뒤엔 차를 한 잔씩 받았다. 주전자에 말린 감잎을 넣고 끓인 찻물이 고소하고 달았다. 나는 찻잔 뚜껑을 손에 쥐고 손가락을 덥혔다. 거실 공기가 싸늘해서 손가락과 발가락이 식었다. 진달래와 산나리를 심어 둔 항아리들 외에는 물건도 별로 없이 널찍하게 트인 거실이었다. 커다란 창으로 그 집에 딸린 배추밭과 콩밭이 내다보였다.

　오는 길에 보니 배추 썩히는 밭이 많더라고 오제의 어머니가 말했다.

　배추 값이 너무 싸다고 아주머니가 대답했다.

　우리도 우리 먹을 것만 뽑고 다 내버려 뒀어.

　아까워라.

　배추랑 콩이랑 사람 사서 수확하는데 값이 그래서 올해는 어려워.

　배추 좀 가져갈까요?

　가져가. 감도 따고 은행도 줍고 고추도 따고, 다 가져가. 여긴 딸 사람도 없다.

서울에서는 배추 값이 비싸서 사질 못해요.

요즘 금값도 높다며.

아유 우리야 금하고 인연 있나요.

금값이 오르면 전쟁 난다.

그래요?

옛날부터 그랬어.

오제와 나는 개를 보러 마당으로 나갔다가 개집 옆으로 난 계단을 발견하고 옥상으로 올라갔다. 잘 닦인 장항아리가 몇 개 놓여 있었다. 날씨가 맑아 먼 산꼭대기가 선명했다. 배추밭과 콩밭과 그 밭 너머로 이어진 무슨 무슨 밭들을 바라보다가 옥상 가장자리에 얹힌 깨끗한 기왓장 위에서 거미를 발견했다. 몹시 통통하고 아랫배와 다리가 빨갰다. 거미를 별로 본 적이 없었지만 이런 거미는 특별히 더 본 적이 없었다. 봐라 굉장한 거미다,라고 말하고 오제를 보니 오제는 먼 산을 바라보고 있었다.

오제의 어머니가 외투를 입은 채로 옥상으로 올라왔다.

좋구나, 여기 오니 가을이다.

그녀는 옥상 가장자리를 따라 걸으며 사방을 천천히 둘러본 뒤 집 뒤쪽으로 펼쳐진 밭을 가리키며 저기까지가 우리 새 고모 거다,라고 말했다. 네에, 하고 나는 대답했으나 저기까지라면 어디까지인가,라고 생각하며 그녀가 가리켜 보인 들판 쪽을 애매하게 바라보고 있었다.

천 평이야.

이 정도면 천 평이 되나요?

여기 말고도 고추밭, 그리고 다른 밭이 하나 더 있고, 이 집까지 합쳐서 천 평이다. 전부 해서 일억 육천만 원에 내놨다더라.

싼 건가요?

싼 거지. 너 도시에서 그 돈을 가지고 이런 집을 사겠냐, 이런 땅을 사겠냐.

그러네요, 싸네요.

싸도 너무 싼 거지.

싸지, 오제가 문득 말했다.

그만한 돈이 있는 사람한테는 싸겠지, 그 돈 없는 나 같은 놈에게는 싼 게 아니야.

계단 아래쪽에서 멍멍이가 소리를 냈다. 짖는 것은 아니었고 툴툴거리는 소리에 가까웠는데 옥상에 오른 낯선 사람들을 제대로 지켜보지 못해 애가 타는 모양이었다. 오제는 더는 말이 없었다. 오제의 어머니도 말없이 천 평 밭을 바라보았다. 그녀가 외투 주머니에 손을 넣은 채로 계단을 내려간 뒤 나는 오제를 향해 무슨 일이 있느냐고 물었다. 오제는 가타부타 말은 않고 손바닥으로 얼굴을 비비고 있었다.

고추밭으로 떠나기 전에 옷을 갈아입었다. 나는 오제의 어머니가 내 몫으로 챙겨 온 낡은 청바지를 입었다. 본 것이 있어서 양말 안으로 바짓단을 구겨 넣고 밭에 갈 준비가 다 되었다고 생각했다. 그런 차림으로 운동화를 신고 마당에 서 있자니 노부인이 현관에서 마당을 내려다보며 나를 향해 뭐라고 말했다. 화가 나셨나,라는 생각이

들 정도로 똑바로 노려보며 같은 말을 반복해서 말하고 있었다. 두꺼운 안경알을 통해 여러 겹으로 둥글둥글 왜곡된 눈을 들여다보며 무슨 말인지를 헤아려 보려고 노력한 끝에 복장이 충분하지 않다는 지적임을 알았다. 따갑다는 것이었다.

그렇게 입으면 가시가 들어간다.

가시?

하여간 바짓단은 양말 밖으로 빼야 하고 그 위에 장화를 신으라는 것이었다. 노부인이 신발장을 뒤져 내준 고무장화를 신고 시키는 대로 셔츠도 한 겹 더 입고 보니 몸이 묘했다. 오제도 오제의 어머니도 어느 틈엔가 비슷한 복장에 장화를 갖춰 신고 마당에 나와 있었다. 오제의 어머니는 밀짚모자까지 준비해서 머리에 쓰고 있었다. 나는 그녀가 내미는 장갑을 받아 주머니에 넣었다.

고추밭까지는 차를 타고 이동했다. 보통은 아주머니가 자전거로 오간다던 그 길은 예상했던 것보다 길고 멀었다. 차로 이동해도 십 분쯤 걸리는 거리였다. 반듯하고 좁은 농로를 따라 차를 몰아가는 길에 햇볕에 잘 마른 시골집들을 보았다. 동네가 아주 조용하다고 말하자 아주머니는 여태 그랬지만 최근엔 여름이 되면 도시에서 피서객들이 몰려온다고 말했다. 걔네들이 와서 돈 좀 쓰고 가겠네요,라고 말하자 걔네들이 와서, 쓰레기를 버리고 간다,라고 아주머니는 무뚝뚝하게 말했다.

고추밭은 완만한 비탈이었다. 뒤쪽으로는 나지막하게 솟은 산이었고 앞으로는 추수를 앞둔 농지가 노랗게 펼쳐져 있었다. 유럽식으로 울타리를 두른 전원주택 앞에 차를 세워 두고 자루를 챙겨서 고추밭으로 올라갔다. 밭,이라는 말을 듣고 별다른 맥락도 없이 만만한 규모일 거라고 생각했는데 그렇지 않았다. 오후 내내 작업을 해도 절반이나 딸 수 있을까, 싶을 정도로 넓었다. 아주머니가 고추 따는 요령을 알려 주었다. 고추를 잡지 말고 꼭지를 잡아라,라고 진지하게 일러 주는 말을 듣고 비실비실 터지려는 웃음을 참고 있다가 야, 잘 보라며 등짝을 얻어맞았다. 고추가 멀쩡하지 않으니 잘 보고 자루에 넣어야 한다는 것이었다.

봐라, 하며 뒤집어 보이는 고추에 검은 구멍이 뚫려 있었다. 이것도, 이것도, 하며 뒤집어 보이는 고추마다 갈색이나 회색 얼룩이 번져 있었다. 앞쪽은 멀쩡해 보였는데 그렇게 일그러진 뒤쪽을 보니 섬뜩했다. 왜 이렇게 되었냐고 묻자 병든 것이라고 아주머니는 말했다. 고추가 너무 촘촘하게 자랐다. 본래는 고추 묘목을 심고 솎아 줘야 하는데 일손이 달려 그것을 못하고 있다가 병이 번졌다는 것이었다. 과연 고추 농사에 관해 잘 모르는 내가 봐도 고추 덤불은 이랑마다 우북했다.

먹어도 되나요?

멀쩡한 것은 먹어도 된다.

아주머니는 깨를 턴다며 언덕을 넘어가고 오제와 오제의 어머니와 내가 고추밭에 남아 고추를 따기 시작했다. 손을 넣기가 어려울 정도로 빽빽하게 자란 줄기를 뒤집어 가며 멀쩡하게 파란 것만 자루에 넣는 틈틈이 빨간 것은 따로 모아 두었다. 자꾸자꾸 자루를 채우는 재미가 있었다. 따는 요령이 붙은 뒤로는 몰입해서 이랑을 오가며 고추를 땄다. 정신없이 따다가 허리를 펴면 오제가 고추 덤불을 향해 등을 구부리고 있거나 비탈에 선 나무를 바라보며 서 있는 모습이 보였다.

많이 땄냐.

오제의 어머니가 내 자루를 들여다보며 말했다. 그녀가 하나, 오제가 하나, 내가 하나, 허리 높이로 올라오는 자루를 각자 한 개씩 채우고, 공동으로 한 개를 더 채우고 나니 해 저물 무렵이었다. 오제와 나는 고추 따는 데도 질려서 감을 따 보기로 했다. 고추밭 뒤로 나지막하게 올라온 산으로 이동했다. 본래도 언덕이나 다름없이 완만한 산이었던 것을 밭으로 사용하느라고 자락을 깎아 내고 다듬어서 정수리만 남은 산이었다.

오제가 주의 깊게 바닥을 살피고 돌아다니더니 끝부분이 Y자로 갈라진 대나무 장대를 주워 왔다. 누군가 쓰고 버린 듯했다. 나는 산 정상에서 흘러내린 빗물 덕에 만들어진 가파른 도랑 양쪽으로 두 발을 벌리고 섰다. 물살에 휩쓸렸다가 도랑에 박혀 버린 돌들 위로 검고 파랗게 젖은 이끼가 돋았고 그 위로 작년 재작년 올해의 갈잎이 쌓여 있었다. 잘못 디뎌 미끄러지면 썩은 돌 모서리에 얼굴을 뭉갤지도 몰랐다. 조심을 하라고 오제가 거듭 당부하는 말에 알았어,라고 대꾸하며 장대를 치켜들었다. 갈라진 틈에 감꼭지를 끼우고 비틀면 감이 뚝, 떨어진다는데 잘 되지 않았다. 장대를 내리고 발을 옮겨 디뎠다. 장대는 버려진 이유가 있었다. Y자로 갈라진 끝 부분에서 한쪽 팔이 부러져 꼭지를 제대로 잡지 못했다. 장대를 버리고 부근에 흩어진 나뭇가지를 골라 쥐고 감을 향해 뻗어 보았으나 길이가 모자라거나 너무 넘쳐 무거웠다.

조심해.

긴 것을 휘청휘청 휘두르다가 오제가 적당한 나뭇가지를 찾아온 뒤로는 알맞게 감을 따기 시작했다. 장대 탓인지 솜씨 탓인지 가지에서 떨어진 감은 장대 끝에 좀처럼 걸리지 않고 곧바로 바닥으로 낙하해서 터져 버렸다. 멀쩡하게 떨어지더라도 비탈을 타고 아래쪽으로 데굴데굴 굴렀다. 재미있다고 나는 열심히 감을 따고 오제가 비탈을 오르내리며 감을 모았다. 감으로 자루를 반쯤 채운 뒤로는 은행을 줍기 시작했다. 벌써 전에 바닥으로 떨어진 은행 알은 낙엽에 묻혀 푹신하게 썩어 있었다. 오제의 어머니가 조언하는 대로 장갑을 낀 손으로 노랗게 물크러진 껍질을 한 번씩 문댄 뒤 열매는 봉지에 담았다. 즙이 묻은 손으로 바닥을 훑다 보니 도깨비바늘이 장갑에 새까맣게 달라붙었다. 노부인이 걱정하던 가시란 이 가시를 말하는 듯했다.

좀 앉자, 오제가 가시 돋은 장갑을 벗으며 말했다.

은행이나 밤 가시 위로 앉지 않도록 바닥을 살피고 경사면에 자리를 잡고 앉았다. 추수 직전의 논이 펼쳐져 있었다. 그 너머로는 차도 별로 오가지 않는 신작로였고 해는 이제 막 저물기 시작해서 전봇대며 산이며 나무 그림자들이 조금씩 길어지고 있었다. 오제와 나란히 앉아서 논을 바라보며 감을 나눠 먹었다. 감은 차고 달았으나 좀 아렸다. 옛날 옛적의 할머니 저고리 맛이 난다고 말하자 그건 무슨 맛이냐며 오제가 어리둥절한 얼굴로 나를 보았다. 오제의 어머니는 이만하면 됐다, 하면서도 고추밭 이랑을 오가며 자루를 채우고 있었다. 밤나무, 은행나무, 감나무, 소나무, 다종하게 번진 나뭇가지 어딘가에서 끼득끼득 새가 울었다. 저편 어딘가에서 오제의 아주머니가 깨를 터는 소리가 들려왔다.

이상한 기억이 있다며 오제는 이런 이야기를 들려주었다.

어릴 때였는데 말이야.

내가 해 지기 직전까지 놀다가 집으로 돌아갔거든. 문이 잠겨 있더라. 나는 열쇠를 가지고 있지 않았어. 손발도 더럽고 배도 고프고 날도 추워서 빨리 안으로 들어가고 싶은데 열쇠가 없는 거야. 야 그럴 땐 정말 죽겠지 않겠냐. 이 문만 통과하면 내 것이 다 있는데, 내가 아는 것들, 따뜻하고 거칠거칠하거나 부드럽거나 각이 지거나 닳은 것들, 내 머리 냄새가 밴 베개 같은 것들이 전부 있는데, 엄지보다도 짧은 열쇠 하나가 없어서 안으로 들어가지 못하는 상황이란 말이야. 아홉 살 때쯤이었을 거다. 야 너는 그 무렵에 네가 뭘 보았고 뭘 생각했는지 기억하고 있냐? 나는 잊어버렸어. 거의 잊어 먹었어. 하지만 이날 그 순간에 관한 기억은 생생해서, 색도 냄새도 기온도 생생해서 오히려 정말 있었던 일인가, 의심하게 되는 거야. 들어 봐라, 나는 열쇠를 기다리며 창 앞에 서 있었거든. 유리창이었고 안쪽엔 커튼이 걸려 있었다. 파란색이었어. 그게 늘어지고 주름져 있던 방식, 유리를 통해 그게 어떻게 보였는지, 그런 게 너무 선명하게 기억나는 거야.

나는 그 커튼에 가려진 것들이 무엇인지 그것들이 어디에 놓여 있는지 그 자리에서 모조리 그려 낼 수도 있었어. 해는 지고 있었고 날은 더욱 추웠고 나는 태연한 척했지만 실은 안으로 들어가지 못해 안달하고 있었어. 그때 말이지, 그때, 시계가 울었다. 집 안에서 말이야, 울리기 시작했던 거야. 정수리에 누름 버튼이 솟아 있는 커다란 사발시계였는데 그건 언제나 창문 앞에, 텔레비전 위에 놓여 있었다.

그게 울리기 시작했던 거다. 나는 놀랐다. 손쓸 수 없는 상태로 바깥에서 들으니 그건 정말로 크고, 따갑고, 숨 가쁘고, 무척, 찔러 대는 듯한 소리였다. 빨리 그걸 끄지 않으면 큰일이 벌어질 듯했고, 빨리, 빨리 끄지 않으면 윗집에서 누군가 내다볼 듯했고, 동네 사람들이 몰려와서 욕을 해 대며 내가 사는 집에 돌덩이 같은 것을 던질 듯했고, 빨리, 그 사람들이 내 부모에게 방을 비워 달라고 말할 것 같았어. 하여간 소리가 대단해서, 저렇게 크게 울다가 건전지가 닳으면 죽어 버릴 거라고 생각했는데 그건 언제까지나 울고 있었다. 빨리, 빨리, 빨리, 하면서, 방법도 없는데 나는 땀을 흘리며 벽을 바라보고 있었어. 벽 너머에 그 시계가 있었다. 나는 그게 생물인 것처럼, 야비하고 잔인하게 나를 놀려 대는 생물인 것처럼 증오하면서 벽을 향해 서 있었거든. 삼십 분 정도를 그러고 있다가, 어쩌면 뭐 더 짧거나 긴 시간이었는지도 몰라, 그냥 팔을 뻗었다. 뭐가 어떻게 된다는 생각도 없이 무작정 뻗고 계속 뻗어서, 벽에 팔을 넣고 벽 너머를 더듬어서 시계를 찾아낸 거다.

❧

　벽에 구멍을 뚫은 것이냐고 묻자 오제는 벽에 구멍을 뚫은 것은 아니라며 고개를 저었다. 그저 버튼을 눌러서 시계를 꺼 버린 다음, 팔을 빼낸 것뿐이라는 것이었다.

　그러자 조용하더라. 시계는 잠잠해졌고 벽은 어디까지나 멀쩡했다. 나중에 집으로 들어간 뒤에 곧장 시계를 확인해 보았는데 그건 창가에 놓여 있었고 틀림없이 버튼이 눌려 있었거든. 내가 그걸 눌렀

다고 말해도 부모님은 무슨 말인지 알아듣지 못하는 것 같더라. 거
짓말이라고 하더라. 나더러 꿈을 꾸었다고 말하더라. 공상이 지나쳐
서 일어날 수 없는 일을 일어났다고 믿게 된 거라고 하더라. 하지만
나는 도저히 그렇게 생각할 수 없었다. 왜냐하면, 선명하거든. 지금
도 이렇게 말이지.

너무 선명하거든, 하며 오제는 멍한 얼굴로 앞을 보았다.

나 소피본다.

오제의 어머니가 고추 덤불 속에서 외쳤다.

비행기 한 대가 저물 무렵의 대기를 굵게 긋고 지나갔다. 오제와
나는 새를 보고 있었다. 비둘기를 닮았는데 도시에서 보던 비둘기와
는 다르게 색이 부드럽고 몸집은 조금 더 커 보이는 새들이 농수로
부근에 떼로 내려앉았다가 나뭇가지로 돌아가길 반복하고 있었다.
나는 오제에게 요즘 어려운 일이 있느냐고 물었다.

어려운 일?

이렇게 반문한 뒤 오제는 은행 즙이 묻은 손 대신 팔뚝으로 얼굴
을 문댔다.

특별하게 어려운 일이랄 게 뭐 있냐, 사는 게 다 그렇다.

아까는 왜 그랬냐.

아까?

옥상에서 말이다, 엄마가 속상했겠더라.

그랬냐, 라면서 오제는 다시 얼굴을 비볐다.

속상한 건 나도 마찬가지지. 엄마가 자꾸 속 모르는 소리를 하니
까. 나 말이다, 실은 여기 내려온 목적이 있었거든.

목적?

시골에서 살면 좀 나을까 싶어서 알아보러 내려온 거거든. 나, 도시에서 사는 건 이제 싫다. 육 개월 단위로 계약서 써 가며 일해 봤냐. 사람을 말린다. 옴짝달싹 못하겠어. 마땅하지 않은 일이 생겨도 직장에서 한마디 할 수 있기를 하나. 눈치만 보게 되고 보람도 없다. 계약서 갱신할 날이 다가오면 가슴만 이렇게 뛴다. 다 때려치우고 이런 곳에서 한적하게 살아 볼까 싶었는데 만만치 않네. 시골에서도 뭐가 있어야 산다잖냐. 내가 참, 뭐가 없는 놈이구나, 이런 생각만 들고, 괜히 왔다.

오제의 어머니가 작업복 바지를 끌어 올리며 고추 덤불 틈에서 일어섰다.

오제와 나는 고추밭 주인이 깨를 담은 자루를 메고 고추밭 가장자리로 들어서는 모습을 지켜보았다. 오제가 먼저 일어났고 나도 일어나서 엉덩이를 털고 고추밭으로 내려갔다. 그새 오제의 어머니 혼자서 반 자루를 더 채워, 고추를 담은 자루가 도합 다섯이었다. 은근하게 무거운 자루들을 차로 나른 뒤 양회로 반듯하게 길을 낸 수로에 고인 물로 손을 씻었다. 누군가 은행을 헹군 듯 차고 맑은 물속에 물컹물컹하게 찢어진 노란 껍질들이 잠겨 있었다.

고추 자루와 은행과 감을 싣고 노부인이 기다리고 있을 집으로 돌아가는 길이었다. 무엇보다도 깨 냄새로 차 속 공기가 매웠다. 고추밭 주인은 깨를 털려고 그 비탈에 준비를 해 둔 것이 수주 전이었는데 오늘에서야 말끔하게 털었다며 속이 시원한 듯 말했다. 돌아가는 길에 공장에도 들러 보자고 그녀는 말했다.

무슨 공장요?

내 동생 공장.

죽은 사람의 공장이 근처에 있다는 것이었다.

거기 옆이 밭인데, 호박이 많아.

고추밭에서 공장까지 다시 십 분을 차로 이동했다. 쇄석이 깔린 평지에 차를 세우고 콩밭 사이로 난 좁은 길을 따라 걸어갔다. 그 길로는 오가는 사람이 별로 없는 듯 바닥에 가느다란 풀이 잔뜩 자라 있었다. 여긴 멀어서 잘 와 보지도 못한다고 고추밭 주인이 말했다. 바닥을 주의 깊게 살피며 걷다가 거의 말라 가는 덩굴을 뒤져 불쑥불쑥 호박을 따서 내게도 하나, 오제에게도 하나, 오제의 어머니에게도 하나씩 건네주었다. 토끼장 앞을 지난 곳에 가건물이 있었다. 태평오곡공장이라고 적힌 알루미늄 간판이 새것인 듯 외벽에 박힌 건물이었다. 고추밭 주인이 자물쇠를 따고 안을 열어 보였다. 깨끗한 공장이었다. 천장이 높았고 곳곳에 마련된 선반 위로 오곡을 포장할 박스와 자루들이 새것인 채로 단정하게 쌓여 있었다. 포장도 뜯지 않은 기계들 틈에서 톱밥과 종이와 묵은 곡물 냄새가 났다. 다 새거야,라고 고추밭 주인은 말했다.

우리 남동생이 이거 준비하다가 죽었다.

그랬어요?

다 만들어 놓고 갑자기 죽었어.

아까워라.

버리지도 못하고, 내가 이렇게 쌓아 뒀다.

아까워서 어떻게 돌아가셨을꼬, 이 많은 걸 두고.

오제의 어머니가 감탄하며 공장을 둘러보는 동안 오제는 쪼그리
고 앉아서 기계 박스에 적힌 문구를 유심히 들여다보고 있었다. 나
는 하릴없이 오제 곁에 서 있다가 공장 바깥으로 나와 토끼장 앞을
어슬렁거렸다. 녹슨 토끼장에 토끼 다섯 마리가 남아 있었다. 누군가
들러 먹이를 주고 간 듯 신선한 배춧잎과 무청이 창살에 끼워져 있
었다. 토끼들은 배춧잎을 씹으며 나를 노려보았다. 배설물로 노랗게
착색된 발로 바닥 창살을 딛느라고 발가락들이 벌어져 있었다. 평평
한 바닥 같은 건 평생 디뎌 보지 못한 발이었다. 벌써 서너 번은 찢어
진 듯 발가락 사이가 붉게 물들어 있었다. 나는 토끼장을 등지고 공
장을 향해 섰다. 이 모든 것들의 주인이었던 남자가 문득 궁금했다.
병들어 썩을 정도로 많은 열매를 두고 죽은 수줍은 남자. 그의 누이
가 묵직한 자루를 끌고 공장 바깥으로 나왔다. 그녀는 한 차례 더
공장 안으로 들어갔다가 이전 자루와 별로 다를 것 없어 보이는 자
루를 하나 더 끌고 나왔다. 오제의 어머니가 따라 나와서 자루 속을
들여다보았다. 나는 얼른 다가가서 자루들을 차로 날랐다. 등에 얹
힌 촉감이 딱딱하고 울퉁불퉁했다. 뭔가 큰 덩어리들이었다. 고구마
와 호박이 담겼다고 고추밭 주인은 말했다. 근처 밭에서 작업했는데
둘 곳이 없어 여기 모아 뒀다는 것이었다. 이것도 가져가, 라고 그녀
는 말했다. 이걸 전부 어떻게 가져가느냐고 오제의 어머니가 사양하
자 그녀는 가져가, 라고 말했다.

다 가져가. 여긴 먹을 사람도 없다.

해질 무렵에 고추밭 주인의 마당으로 돌아갔다.

노부인이 김을 구워 두고 기다리고 있었다. 오후와 다름없는 장소에서 밥을 먹을 예정이었다. 고추밭 주인은 자기 어머니를 할머니, 라고 부르며 상을 차렸다. 이건 할머니 밥, 이건 내 밥, 이건 자기 밥, 이건 니들 밥, 하며 건네주는 밥공기를 받아서 기름을 반질반질하게 바른 김으로 밥을 싸서 먹었다. 노부인은 자기 밥은 내버려 두고 의자들 뒤로 돌아다니며 접시의 사정을 살폈다. 콩장이 떨어지면 콩장을 채우고 두부부침이 떨어지면 두부부침을 채우고 나물이 떨어지면 나물을 보충하고 김이 떨어지면 그 자리에서 김을 잘라 접시에 얹었다. 탁자 구석에 놓인 바구니엔 할머니의 간식이라는 사탕과 캐러멜이 수북하게 담겨 있었고 그 주변으로 액자와 꽃바구니가 놓여 있었다. 할머니, 생신을 축하합니다, 오제의 어머니가 액자에 적힌 문구를 읽었다. 할머니, 선물 받으셨네,라고 그녀가 말하자 고추밭 주인은 아니 그건 내 거라며 자신이 받은 선물이라고 대답했다.

거실 창이 새까맸다.

콩밭과 배추밭을 향한 창엔 불빛 한 점 떠 있지 않았다. 그저 막막하게 닫혀 있을 뿐이었다. 거대한 무언가가 말할 수 없도록 검은 눈을 유리창에 찰싹 붙이고 안을 들여다보고 있는 듯했다. 무게로도 밀도로도 도시의 밤과는 다르게 닥쳐온 밤 속에서 개들이 짖었다. 신통한 개들이라고 고추밭 주인이 말했다. 불행한 소식이 들려오기 전에 반드시 운다는 것이었다. 동생이 죽을 때도 개들이 울었다고 그녀는 말했다. 그녀의 수줍은 동생은 한겨울에 갑자기 쓰러져서 일주일을 의식이 불명한 상태로 입원해 있었는데 그가 죽은 날, 새벽부터 두 마리가 허공을 향해 길게 울었다는 것이었다. 추운 게 싫었나 보죠, 오제가 퉁명스럽게 말했고 오제의 어머니와 고추밭 주인은 그 말을 못 들은 척했다. 노부인이 김을 사각사각 잘라서 접시에 올렸다.

집이 팔리면 어떡해요.

오제의 어머니가 물었다.

할머니하고 공장에서 살지.

고추밭 주인이 말했다.

오면서 공장 봤잖아. 할머니하고 둘이서 살 거다.

추워서 어떻게 살아요.

난로 때고, 어떻게든 산다. 거기가 생각보다 따뜻하거든. 그보다 집이 안 팔려.

그래요?

사려는 사람이 없다. 이 집 내놓은 게 일 년 전인데 보러도 안 와.

그렇게 사람이 없나.

살 사람이 있나. 일억 육천이면 도시에서 집 사려는 사람들한텐 거저라도, 여기엔 그만한 돈 가진 사람이 없다.

이 집 팔아서 뭘 한대요.

오제의 어머니가 물었다.

글쎄 뭘 한다나 사업을 한다나.

아주머니가 말했다.

지랄하고.

노부인이 말했다.

늦게 팔려라.

오제의 어머니가 말했다.

늦게 팔려라.

노부인이 말했다.

❧

더 늦기 전에 출발하기로 하고 마당으로 나섰다. 고추밭 주인이 전구를 켜서 마당을 밝혔다. 고추며 감이며 고구마며 호박이며 그 많은 자루를 싣고 보니 차가 눈에 띄게 가라앉았다. 타이어 아래쪽이 빵빵하게 눌려서 못이라도 박히는 날엔 속절없이 터질 것 같았다. 누군가 내 팔뚝을 톡, 톡, 두드렸다. 노부인이 내 얼굴을 바짝 들여다보고 말했다.

자고 가.

밥 줄게.

누군가 도와줬으면 해서 둘러보았지만 오제도 오제의 어머니도 짐을 확인하느라고 바빴다. 뭐라 대답해야 할지 몰라 서 있다가 다음에 와서 자고 갈게요,라고 말했다. 몇 겹으로 왜곡된 안경 속에서 노부인의 눈이 슬프게 일그러졌다.

다음에 오냐.

네.

정말로 오냐.

네.

나 죽기 전에 정말로 올 테냐.

…….

오긴 뭘 오냐 니가,라고 토라진 듯 중얼거리는 할머니 앞에서, 안 하느니만 못한 말이자 약속도 아닌 약속을 해 버린 나는 얼굴을 붉혔다. 오제의 어머니가 자동차 뒷좌석에서 머리를 내밀더니 할머니, 우리 이제 간다고 말했다.

고추밭 주인은 마지막으로 헛간 벽에 널어 말리고 있던 시래기를 한 두름 따서 가져왔다. 아무에게나 나누어 주는 것이 아니라며 한사코 거절하려는 오제 어머니의 무릎에 시래기 두름을 던진 뒤 차 문을 닫고 뒤로 물러났다. 돌을 튀기며 마당을 빠져나가는 동안 나는 내 무릎을 바라보았다. 얼마쯤 멀어진 뒤에야 사이드미러를 통해 보니 아흔 살 노부인이 조그맣게 마당에 서서 이쪽을 보고 있었다.

🌿

돌아가는 길은 그다지 막히지 않았다.

앞서 가는 차도 드문 캄캄한 고속도로에서 상행등을 켜거나 하며 달렸다.

오제는 자꾸 제한속도를 넘겼다. 좀 줄여라,라고 말하면 줄였다가도 멍하게 시속 백이십 킬로미터를 넘기고 백삼십 킬로미터를 넘겼다. 오제의 어머니는 진작에 잠들어서 자루에 기댄 채 코를 골고 있었다. 자루들의 무게로 납작하게 가라앉은 채로 달렸다. 차 속이 적막했다. 오제는 라디오를 틀어 두고 뉴스를 들었다. 모레쯤엔 이른 한파가 밀어닥칠 것이다. 도로 교통 상황은 순조로웠다. 부동산 거래는 줄었고 경기는 여태도 침체 중이었다.

오제는 정책자들을 비난했다. 이 나라 경제는 어디까지나 부동산 거래가 활발해야 사는데 정책을 잘못 써서 부동산 경기가 침체, 결국은 전반적 경기도 침체,라는 것이었다. 우리 회사에도 아파트 값

떨어져서 죽상인 사람이 많다,라고 오제는 말했다.

해가 갈수록 아파트도 낡을 테니까 값이 떨어지는 게 당연하지 않느냐고 내가 묻자 너는 참 경제관념이라는 게 없다,라고 오제는 정색을 했다.

별세계에서 왔냐, 어떻게 그런 걸 모르냐. 헌 아파트가 비싼 이유를 내가 말해 줄까. 봐라, 옛날에 지어진 아파트들은 상권 개발의 여지가 있기 때문에 기대치가 있다, 알겠냐, 값이 오를 수밖에 없는 거다. 요즘 지어지는 주상복합 형태의 비싼 아파트들을 봐라. 걔네들은 세월이 흐를수록 값이 떨어지게 되어 있다. 이미 상권이 포화 상태로 개발되었거든. 더는 개발될 여지가 없거든.

그게 경제다,라고 오제는 힘주어 말하고 있었다.

그러냐고 대꾸하고 더는 말하지 않았다. 커브를 도는 참이었다. 뒷좌석과 트렁크에 빈틈없이 실린 자루들의 무게 때문에 차가 한 방향으로 크게 기울었다. 내 왼쪽 어깨와 오제의 오른쪽 어깨가 닿았다. 오제는 문득 또렷했던 모습에서 피로한 모습으로 돌아가 운전대를 잡고 있었다.

목적지에 가까워질수록 차들이 불어나 속도가 줄었다. 라디오 디제이가 월식 소식을 전하고 있었다. 칠십 년 만의 완전한 월식이 내일 밤에 있을 예정이라며 자정 넘어 꼭 하늘을 보라고 그는 말했다. 나는 잠자코 조수석에 앉은 채로 월식을 생각했다. 한 번도 그걸 본 적이 없었다. 보자고 굳게 마음을 먹어도 언제나 잊었다. 이번에야말로,라고 나는 다짐했으나 막상 그 시간이 되면 내가 어디서 무엇을 하고 있을지는 나도 알 수 없었다.

피곤한데 이상하게 잠이 오지 않아 눈을 부릅뜨고 있었다.

톨게이트의 불빛이 보일 때쯤이었다.

오늘 밤에 월식이 있을 예정이라고 오제가 쉰 목소리로 말했다.

기수상작가 자선작

이정(耏丁)

이
기
호

1972년 원주에서 태어났다. 1999년 《현
대문학》 신인추천공모에 단편소설 〈버
니〉가 당선되면서 등단했다. 현재 광주
대학교 문예창작과 교수로 있다. 소설
집 《최순덕 성령충만기》《갈팡질팡하다
가 내 이럴 줄 알았지》, 장편소설 《사과
는 잘해요》 등을 펴냈다.

그녀가 아들에게 개명(改名)에 대해서 처음 말한 것은 11월 하순의 일이었다. 아들이 국립대 수시모집에 합격한 후, 함께 지리산 근처로 여행을 다녀온 직후의 일이기도 했다. 여행에는 서울에서 대학을 다니고 있던 딸도 동행했다. 말하자면 가족 여행인 셈이었다. 그 여행을 위해서 딸은 과외 아르바이트와 여론조사 설문 기관 아르바이트 일정을 어렵게 조정해야만 했고, 그녀 또한 칠 년째 일하고 있던 한과 공장 사장 부부에게 사정을 설명해야만 했다. 1956년생, 그러니까 그녀와 같은 해에 태어난 사장 부인은, 강정 라인과 유과 라인을 옮겨 다니며 함께 일을 하곤 했는데, 어딜 갈지 아직 정하지 않았다면, 하면서 지리산 화엄사 바로 아래에 있는 콘도 이용권을 내밀었다. 그녀는 사장 부인에게 손사래를 치면서 이렇게까지 하실 필요 없다고 했지만, 끝내 그것을 두 손으로 받아들고 말았다. 그래서 그들 가족의 여행 목적지는 지리산이 되었다.

콘도 앞 산채비빔밥 전문집에서 늦은 점심을 해결하고, 그들 가족은 화엄사 일주문 안으로 걸어 들어갔다. 왼쪽에는 아들이, 오른쪽에는 딸이, 각각 그녀의 팔짱을 끼고 걸었다. 늦가을 바람은 선선했지만 햇살은 따사로웠고, 사람들은 보이지 않았다. 이따금씩 나뭇가지 부러지는 소리가 들렸고, 오래된 낙엽에선 튀밥을 튀기듯 고소한 냄새가 났다. 그들은 천천히 걸었고, 자주 멈춰 서서 산 아래를 바라보았으며, 그녀는 이대로 죽고 싶다는 생각을 잠깐 하기도 했다. 이 정도면…… 후회도, 미련도, 없을 것 같았기 때문이었다. 물론 그녀는 그때까지만 해도 두 달 후, 자신이 또다시 같은 생각에 빠지게 될 것이라곤 짐작도 하지 못했다. 두 달 후, 그녀는 후회와 미련 때문에 죽고 싶은 마음에 사로잡히게 된다.

화엄사 경내로 들어서기 전, 그들 가족은 검푸른 이끼가 낀 부도와 그 맞은편에 있는 공적비 하나를 보게 되었다. "아, 이게 이 사람 공적비구나." 사회학을 전공하고 있는 딸이 검은 대리석으로 된 공적비 가까이 한 걸음 더 다가가며 말했다. 한국전쟁이 끝난 후 사망한 한 경찰 총경을 기리는 공적비는 고은 시인이 쓴 것이었다. '이제 해원의 때가 무르익었으니 천하의 영봉 지리산을 생사의 터로 삼아 동족상잔의 피어린 원한을 풀어 그 본연으로 돌아감이 옳거니 여기 근본법륜 화엄사 청정도량에 한 사람의 자취를 돌에 새겨 기리도록 함이라……'로 시작된 문장은 '백척간두의 상황 중에 서로 이념을 달리하는 핏줄 하나라도 구출하자는 숭고한 인간애를 낱낱이 보였으며 전설적인 상대였던 이현상의 시신을 정중하게 장사 지내기도 하였거니와 조계종 통합종단 초대 종정 이효봉 대종사로부터 감사의 뜻을 받기도 하였던바 새삼 그의 유덕을 길이 전하는 까닭을 이에 밝혀 놓으니 지나는 길손이여 한 겨를 머물러 주소서. 산은 여기 있고 물은 먼 데로 흘러감이라'로 마무리되었다. 딸은 소리 내어 공적비 내용을 읽었고, 그녀와 아들은 묵묵히 듣고만 있었다. 전쟁 때 화엄사를 소각하라는 상부의 명령을 받았지만, 법당 앞에서 문짝 두 개만 태우고 만 일, 덕분에 쌍계사와 선운사와 백양사도 무사하게 된 일들이 거기 씌어 있었다. "너, 이 사람이 더 놀라운 게 뭔 줄 알아?" 딸은 아들을 바라보면서 말했다. 아들은 어깨를 한 번 으쓱거리고 말았다. "이 사람 죽음에 관한 것인데……" 딸의 설명에 의하면, 젊은 시절 좌익 계열인 조선의용대 소속으로 항일유격전 활동을 한 바 있는 공적비의 주인공은, 한국전쟁 발발 이후 경찰에 특채되어 빨치산 토벌에 혁혁한 전공을 세운다. 하지만 휴전 이후, 조선의용대 경력과 이현상의 장례를 치러 준 사실 때문에 좌익 혐의로 조사를 받고, 좌천도 당하게 된다. 그리고 1958년 금강 곰나루로 가족과 함께 물놀이를 나갔다가, 아들을 바위 위에 세워 둔 채 〈볼가강의 뱃노래〉를 부르면서 뚜벅뚜벅 강으로 걸어 들어갔다는 것. 그게 그의 마지막이 되었다는 것이다.

"사흘 후에 강바닥에서 이 사람 시신을 찾았는데…… 전쟁 때 침수된 인민군 탱크를 꼭 끌어안은 채 죽어 있더라는 거야."

"그럼, 그 사람도 좌익이었던 거야?"

아들이 덤덤한 목소리로 물었다.

"그건 모르지…… 그냥 그래서 사람들을 혼란에 빠뜨렸다는 얘기야."

"나는 왜 그 사람이 꼭 아들 앞에서 그래야 했는지…… 그게 더 궁금한데?"

그녀는 딸과 아들의 대화를 가만히 듣고만 있었다. 그녀가 개명에 대해서 처음 생각한 것은 아마도 그때부터였을 것이다.

아들은 대학 진학과 동시에 ROTC 지원서를 내겠다고 말했다. 장기 복무 지원을 하면 장학금 혜택을 받을 수 있다는 것이 아들의 설명이었다. "뭐야, 그럼 군인이 되겠다고? 차라리 육사를 가지?" 콘도 거실에 비스듬히 누워 사과를 먹던 딸이 말했다. "육사는 여름에 지원을 하거든. 그땐 아직 결정을 내리지 못한 상태였고……" 아들은 잠깐 말을 끊었다가 다시 이었다. "지금은 고민이 다 끝났거든." 그녀는 사과를 깎다 말고 아들의 얼굴을 바라보았다. 아들은 반쯤 고개를 숙인 채 주먹으로 툭툭 제 종아리를 두들기고 있었다. 신중하고 반듯한 아이였다. 아버지 없이 자랐지만 한 번도 원망이나 서러움을 내보인 적이 없었다. 또 그것을 농담으로라도 쉽게 넘기려 든 적이 없었다. 그녀는 아들이 수학여행을 가지 않고 교실에 남아 자습했다는 사실을 후에 담임교사와의 통화를 통해 알게 되었다. 학원에서 강사 보조 아르바이트를 하면서 강의를 들은 사실 또한 시간이 지난 후에야 알게 되었다. 꼭 그런 아들 때문만은 아니었지만, 그녀는 한 달에 한 번 있는 공장 회식에서 술은 입에 대지도 않고 항상 아홉 시 이전에 집으로 돌아왔다. 그녀는 가끔 아들이 아버지처럼 여겨지기도 했다.

"등록금 때문이라면…… 그럴 필요 없다."

그녀는 아들의 얼굴을 보지 않은 채 말했다.

"엄마도 다 생각이 있으니까."

“꼭 그것 때문에 그런 건 아니에요.”

아들은 사과 한 조각을 집어 들면서 말했다.

“직업군인으로 사는 것도 괜찮을 거 같아서 그래요. 어차피 갈 군대고…….”

“엄마 때문에 그러니?”

“그냥 이것저것 다 생각해 보고 결정한 거예요.”

그녀는 소리 내지 않고 작게 한숨을 한 번 내쉬었다.

“몸도 약한 애가 어떻게…….”

“그리고 아직 어떻게 될지 몰라요. 그것도 경쟁률이 꽤 높다고 하더라고요.”

아들은 그렇게 말한 후, 허리를 뒤로 활처럼 구부리면서 스트레칭을 했다. 그녀는 더 이상 아무 말도 하지 않았다. 가만히 누워 있던 딸이 자리에서 일어나 앉으며 말했다.

“어휴, 참 대단한 모자네. 이건 뭐 하나밖에 없는 딸을 한순간에 이기적인 인간으로 만들어 버리니. 참 나…….”

아들은 그 말을 듣고 농담으로라도 대꾸하지 않았다. 그저 고개를 조금 숙인 채 슬쩍 미소만 지어 보였을 뿐이었다.

그녀는 지리산에서 돌아온 지 일주일이 지난 후, 아들에게 개명에 대해서 말을 꺼냈다. 책상에 앉아 원동기 면허 시험 문제집을 보고 있던 아들은 허리를 세운 채 그녀의 이야기를 들었다.

“엄마가 이름을 바꿀까 하는데…….”

“이름을요?”

아들은 고개를 갸웃거리곤 손에 쥐고 있던 볼펜을 내려놓았다.

"엄마도 나중에 안 건데…… 엄마 이름이…… 그 사람 호랑 똑같다고 하더라."

그녀의 이름은 최이정(崔而丁)이었다. 그건 박헌영의 호와 똑같은 이름이었다. 그는 한때 '조선의 레닌'으로 불리던 인물이었다.

"그건 그냥 우연 아닐까요? 동명이인도 많잖아요?"

아들은 책상에서 내려와 그녀 앞에 앉았다.

"그게…… 나도 네 아버지한테서 들은 얘긴데…… 한자까지 똑같다고 하더라. 그런 한자로 이름을 짓는 경우는 흔치 않다고도 하고……."

그녀의 이름을 풀어 보면 '고무래가 되겠다'라는 뜻이었다. 그것 또한 남편에게서 들어 알게 된 사실이었다. 그녀는 처음으로 아들에게 남편 이야기를 하게 된 셈이었다.

"아버지랑 헤어진 것도 그것 때문인 거예요?"

그녀는 아들의 질문에 대답하지 않았다. 그녀의 남편은 농촌진흥청에서 일했던 사람이었다.

"그럼, 외할아버지가…… 그쪽이셨던 건가요?"

"잘은 모르지만…… 아마도 그랬던 거 같아. 엄마 다섯 살 때 네 외할아버지가 돌아가셔서 얼굴도 잘 기억 안 나고…… 술만 드시다가 무슨 암으로 돌아가셨다는 얘기만 들었지, 뭐."

아들은 방바닥을 내려다보면서 작게 고개를 끄덕거렸다.

"네 외할머니 말로는 저쪽에서 무슨 학교를 다녔다는 거 같은데…… 그 이상은 나도 몰라. 네 외할머니도 일찍 돌아가셨고 나도 곧 고향을 떴으니까."

아들은 한참 동안 무언가를 생각하는 듯한 표정을 지었다. 그러곤 천천히 말했다.

"저 때문에 그러시는 거예요? 장기 복무 때문에요?"

"조심해서 나쁠 건 없잖니?"

"이젠 연좌제 같은 건 없대요. 저 때문에 그러실 필욘 없어요."

"그래도 군인인데…… 신원 조회 같은 건 할 거 아니니? 엄마 이름을 알아보는 사람도 있을 수 있고……."

"만약 그게 문제가 된다면…… 개명한다고 해서 바뀌는 건 없을 거예요. 어쨌든 기록은 변하지 않을 테니까요."

이번엔 그녀가 한동안 말없이 앉아 있었다. 그녀는 괜스레 손가락으로 방바닥에 자신의 이름을 써 보았다.

"그래도 엄만 이번 기회에 바꾸고 싶어. 네 외할아버지가 무슨 뜻으로 이렇게 딸 이름을 지었는지는 모르겠지만…… 이젠 싫다. 더이상 이름 때문에 불안하게 살기도 싫고."

아들은 잠시 창문 쪽을 바라보았다. 그리고 다시 그녀의 얼굴을 바라보곤 알겠다고, 짧게 대답했다.

"네가 한번 알아봐 줄래? 요샌 다들 쉽게 개명을 한다고 하더라. 엄만 공장 일 때문에 도통 시간을 낼 수 없어서……."

그녀는 그렇게 말한 후, 안방으로 건너갔다. 무언가 짧은 후회가 그녀 가슴을 스쳐 지나갔지만, 그때까지만 해도 그녀는 그것이 무엇인지 알 수 없었다. 그녀는 떠나간 남편 생각을 잠깐 했을 뿐이었다. 남편은 그녀와 헤어진 후 얼마 지나지 않아 재혼을 했고, 그러곤 연락이 끊어졌다.

개명 절차는 생각보다 간단했다. 개명신청허가서와 주민등록등본,

그리고 경찰서에서 뗀 범죄경력조회서 등을 가정법원에 제출한 후, 결정문을 기다리면 되는 것이었다. 예전에는 불허되는 경우가 잦았지만, 근래 들어서는 특별한 경우를 제외하곤 대부분 허가해 준다고 했다. 아들은 법무사 사무소를 통해서 일을 진행할까 하다가 그냥 제 손으로 하기로 했다. 아무래도 그쪽은 수수료가 만만찮았다.

"뭐, 따로 생각해 두신 이름 있으세요?"

아들은 개명신청허가서를 앞에 두고 그녀에게 물었다.

"글쎄…… 뭐가 좋을까?"

그녀는 책상에 앉아 있는 아들의 어깨에 팔을 두르면서 말했다.

"그걸 먼저 정해야 신청 취지를 적을 수 있거든요."

"그냥 네가 하나 지어 주면 안 될까?"

아들은 '제가요?' 하는 표정으로 그녀를 바라보았다.

"이젠 네가 내 보호자잖니?"

"그래도…… 아들이 엄마 이름을 지어 준다는 게……."

"이름이 뭐 별건가? 네가 좋은 뜻으로 하나 지어 줘. 이 나이에 이젠 이름으로 불릴 일도 없을 테니까……."

아들은 그녀의 옆얼굴을 바라보다가 "생각해 볼게요"라고 작은 목소리로 말했다.

후에 그녀가 알게 된 사실이지만, 아들은 그때 '개명할 이름'보다는 '개명 사유'에 더 신경을 쓰고 있었던 것이 분명하다. 무엇 때문에 이름을 바꾸려고 하는가? 어쨌든 법원의 허가 여부는 거기에 달려 있었다. 이유가 타당한가 타당하지 않은가. 돌이킬 수 없는 사건이 일어난 후, 그녀는 아들 책상 서랍에서 파지가 되어 버린 여러 장

의 개명신청허가서를 발견하게 되었는데, 거기엔 주로 이런 문장들
이 적혔다가 다시 볼펜으로 북북 그어져 있었다.

'한자의 뜻풀이가 시대에 뒤떨어지고 무거운 바……'

'과거 역사적 인물의 호와 동일한 이름으로 인하여 본인의 의사와
는 무관한 오해를……'

'부친의 정치적 색채가 지나치게 드러난 이름으로 인해……'

그 문장들은 대부분 끝을 맺지 못하고 중간에서 끝나 버렸다. 그
러니까 그녀의 아들은, 그 문장들이 필연적으로 논리를 갖출 수 없
다는 점을, 논리에서 벗어날 수밖에 없다는 사실을, 알지 못했던 것
이다. 알지 못한 채 꾸역꾸역 문장들을 적어 나갔고, 그래서 자주 머
뭇거릴 수밖에 없었으며, 그러다가 자연스럽게 외할아버지의 존재에
대해서 조금씩 의구심을 갖기 시작한 것이…… 그것이 맞다. 문장의
시작은 바로 거기에 있을 수밖에 없었을 테니까. 그리고 아들은 의외
로 쉽게 그 흔적들을 찾아냈다.

물론 그녀는 아들이 외할아버지에 대해 자신보다 더 많은 것을 알
아냈다는 사실을, 전혀 눈치채지 못하고 있었다. 그녀는 개명 절차
가 생각보다 오래 걸리는 것을 단지 아들의 신중한 성격 때문으로
만 여겼다. '어떤 이름을 지어 올까?' 은근히 그런 기대를 한 것도 사
실이었다. 그 안에 지금 아들이 바라보는 자신의 현재가 모두 담겨
있을 것이라고 생각했기 때문이다. 하지만 좀 더 정확하게 말하자면
그녀는 얼마 지나지 않아 그 모든 사실들을 새까맣게 잊고 지냈던
것이 맞다. 윤달을 앞둔 설날인지라, 신정과 구정 모두 한과 수요가
많았다. 동짓날부터 시작된 야근과 잔업은 성탄 전날을 빼곤 계속

이어졌는데, 그녀는 종종 라인에서 벗어나 쌀가마니를 나르거나 조청 반죽하는 일까지 거들어야 했다. 그 기간 동안 그녀는 아들이 패스트푸드점에서 아르바이트를 시작했다는 것을 알곤 있었지만, 정확하게 어떤 종류의 일인지는 몰랐다. 퇴근하고 집으로 돌아와 보면 아들은 항상 책상에 앉아 책을 읽고 있거나 컴퓨터 모니터를 바라보고 있었다. "아르바이트가 힘들지 않니?"라고 물으면 "기껏해야 햄버거 만드는 일인데요, 뭘" 하고 말았을 뿐이었다. 그래서 그녀는 정말로 그런 줄로만 알았다. 그러니까 그때까지만 해도 그녀는 아들이 보고 있던 책이 어떤 것들인지, 아들이 호적에 적힌 외할아버지의 이름만으로 인터넷 이곳저곳을 검색하다가 무엇을 찾아내게 되었는지, 또 그것 때문에 누군가와 오랫동안 통화를 하게 되었는지, 그런 것들을 알지 못하고 있었다. 그것들을 그녀가 어떻게 짐작할 수 있었겠는가. 그것들은 모두 사고 후, 다른 사람의 입을 통해서 알게 된 사실이었다. 그녀는 그때 하루하루 그저 피곤에 지쳐 씻기 무섭게 잠들었을 뿐이었다.

아들이 스쿠터를 몰고 햄버거나 치킨, 콘샐러드나 콜라 따위를 배달하는 것을 알았다면, 그녀는 그것을 하지 못하게 말렸을까? 아니, 아마 그러진 못했을 것이다. 사고 당일, 아들은 한 여자중학교 점심시간에 맞춰 후문 옆 담장 사이로 햄버거와 감자튀김을 배달했다. 여중생들은 교사들의 눈을 피하느라 시간을 끌었고, 담장 밖으로 동전을 싼 지폐를 던져 주었다. 그게 일반적인 일이었다. 그리고 아들은 패스트푸드점으로 돌아가는 길에 핸들을 틀어 여자중학교와 한참 떨어진 그녀의 공장 앞까지 오토바이를 몰고 찾아갔다. 후에 아들이 근무하고 있던 패스트푸드점 매니저는 돌아올 시간이 지나 계속 전화를 걸었지만, 받지 않았다고 말했다. 개가 근무시간에 거길 왜 갔는지 모르겠다고, 그런 말도 덧붙였다. 아들은 활짝 열린 공장 철문 앞을 몇 분 동안 계속 오토바이를 탄 채 맴돌다가, 그러면서도 자주 손목시계를 바라보다가, 다시 공장 앞 내리막길을 내려갔다. 오십여 미터가량 벚나무가 심긴, 그녀가 아침저녁으로 오르내리는 길이었다. 그 길을 아들은 오토바이를 타고 내려갔고, 그리고 코너를 도는 순간 마주 오던 일 톤 화물 트럭과 정면으로 부딪치고 말았다. 그날 화물 트럭 조수석에 타고 있던 공장 거래처 영업사원은, 아들이 입에 서류 봉투를 물고 있었다고 증언했다. 그것이 바람에 날려 시야를 가린 것 아니겠냐고……. 그녀가 더 깊은 자책에 빠지게 된 것은 바로 그 때문이었다. 아들이 입에 물고 있던 서류 봉투에는 그녀의 주민등록등본과 범죄경력증명서, 그리고 아무것도 적혀 있지 않은 개명신청허가서가 들어 있었다.

아들은 화물 트럭과 부딪친 순간, 십여 미터 정도 튕겨져 나가 풀썩, 보도블록 경계석에 떨어지고 말았다.

🌿

아들은 병원 응급실에 실려 오기 전, 이미 몸 안에서 다발성 출혈이 진행되고 있었다. 그건 헬멧을 썼던 머리 쪽도 마찬가지였는데, 눈에 띄는 타박상은 거의 없었지만, 의식은 돌아오지 못하고 있었다.

공장에서 연락을 받고 응급실로 달려온 그녀는 한동안 아들의 모습을 제대로 알아보지 못했다. 그도 그럴 것이 아들의 몸엔 너무 많은 호스와 튜브가 매달려 있었다. 상체는 누군가에 의해서 발가벗겨졌고, 등 뒤로 베개를 받쳐 놓았는지 가슴은 불룩 위로 솟아올라 있었다. 젊은 의사 두 명과 간호사 세 명이 아들 침대 곁에 서 있었다. 그녀는 침대 앞에 붙어 있는 이름표를 보고 걸음을 멈출 수 있었다. 정수환, 그것이 그녀 아들의 이름이었다. 그녀는 조용히 링거 바늘이 꽂혀 있는 아들의 왼손을 잡았다. 아들의 이름을 불러 보려 했지만, 목소리가 제대로 나오지 않았다. 그녀는 아들이 깁스를 하거나 붕대를 감고 있을 거라고 짐작했다. 하지만, 그런 것들은 보이지 않았다. 그게 그녀 마음을 더 무겁게 만들었다.

"저기, 보호자 되십니까?"

차트를 들고 있던 의사 한 명이 그녀에게로 다가왔다. 그녀는 애써 침착하려 노력했고, 대답은 못 했지만 고개는 끄덕일 수 있었다.

"잠깐, 보실까요?"

의사는 그녀를 데리고 응급실 간호사 데스크 쪽으로 걸어갔다. 의사의 가운엔 검푸른 얼룩이 묻어 있었고, 쉰내가 났다. 천장에는 케이블카처럼 연결된 선로를 따라 쉴 새 없이 차트들이 옮겨지고 있었다.

"어떻게 말씀 드려야 할지 모르겠지만,"

의사는 한 손을 이마에 얹은 채 말했다.

"상태가 많이 안 좋습니다. 엉덩뼈가 여러 조각으로 골절됐고, 그쪽 아래 동맥도 끊어진 상태입니다. 소장과 대장도 찢어져 출혈이 있고…… 복강에도 피가 고이고 있습니다."

언제 왔는지, 그녀 뒤로 두 명의 남자가 자리를 잡고 의사의 이야기를 같이 들었다. 한 명은 화물 트럭 운전사였고, 또 한 명은 패스트푸드점 모자를 쓰고 있었다.

"저는 그렇게 말씀하시면 못 알아들어요."

그녀가 울먹거리는 목소리로 말했다.

"살릴 순 있는 거지요?"

의사는 짧게 한숨을 내쉬었다.

"동의서에 서명만 해 주시면 바로 수술에 들어갈 순 있습니다. 한데…… 이런 경운 장담을 못 해요. 워낙 여러 부위를 수술해야 하고, 또 열었다가 다른 문제 때문에 그대로 닫아 버리는 경우도 종종 있거든요. 복강 수술만 두 번을 해야 하는데…… 수술과 수술 사이에 패혈증이 올 수도 있어서…… 사실 수술을 권해 드리고 싶진 않습니다."

그녀 뒤에서 누군가 아, 하고 짧은 탄식을 내뱉었다. 그녀는 의사의 얼굴에서 눈을 떼지 않기 위해 안간힘을 썼다.

"그리고 더 큰 문제는 머리 쪽인데…… 수술로 다른 부분은 어떻게 해결한다고 해도 그쪽은 이미 손상이 너무 심해서…… 의식을 되찾긴 어려워 보입니다."

그녀는 잠깐 두 눈을 감았다. 그러곤 무언가를 참는 듯 고개를 끄덕거렸다.

"동의서를, 주세요."

의사는 손으로 얼굴을 한 번 쓱, 문지르고 나서 가운에 꽂혀 있던 볼펜을 빼 들었다. 그녀는 의사가 건넨 볼펜으로 동의서 서명란에 자신의 이름을 적었다. 최이정. 그녀는 동의서에 적힌 자신의 이름을 다시 한 번 바라보았다. 수술은 그날 오후부터 바로 시작되었다.

딸이 병원에 도착한 것은 그날 저녁 무렵이었다. 아들이 왼쪽 허벅지 아래 동맥 봉합 수술에 막 들어갔을 때였다. 수술실 앞 벤치에 공장 사장 부부와 함께 앉아 있던 그녀는, 자신의 겨드랑이 아래를 부둥켜안고 흐느끼는 딸의 등을 토닥거리면서 "괜찮을 거야, 걱정하지 마"라고 말했다. 딸의 울음소리는 쉬이 그치지 않았고 때때로 더 커지기도 했는데, 그때마다 그녀 역시 겁을 집어먹었던 게 사실이었다. 딸의 몸을 오랫동안 껴안고 있자니, 그녀는 그제야 자신의 몸에서 단내가 난다는 것을 알 수 있었다. 그것은 공장의 냄새였다. 그 냄새가 그녀를 더욱 자책하게 만들었다. 하지만 눈물을 흘리진 않았다.

패스트푸드점 매니저가 찾아와 공장 사장과 얘기를 하고 돌아가기도 했다. 공장 사장과 매니저는 수술실에서 조금 떨어진 커피 자판기 앞에 선 채 짧게 대화했지만, '업무 외적인 사고'란 말과 '본사'라는 말은 그녀의 귀에도 선명하게 들려왔다. 공장 사장은 그를 돌려보낸 후에도, 그녀에게 이렇다 할 말을 꺼내지 않았다.

아들은 동맥 봉합 수술 후, 곧장 복강 수술에 들어갔다. 상처가 난 소장과 대장 부위를 꿰매고 복강에 찬 피를 빼내는 수술이었다. 의사는 동맥 봉합은 그런대로 잘되었다고 말했다. 골절된 정강이뼈도 우선 바깥에서 나사로 고정시켜 놓았다고 했다.

"의식은요?"

딸이 의사에게 물었다.

"그쪽은 아예 생각도 못하고 있습니다. 말씀드렸는데……."

의사는 그렇게 말한 후, 목 부위를 두들기면서 외과 병동 쪽으로 걸어갔다.

밤 열 시가 지나 공장 사장 부부가 집으로 돌아간 후에도, 그녀와 딸은 계속 수술실 앞 벤치에 나란히 앉아 있었다. 병원 복도 형광등은 밝았고, 지나다니는 사람의 모습은 보이지 않았다. 그래서 딸은 세상에 엄마와 자신, 단 둘만 남겨진 기분이 들었다. 수술실에선 아무런 소리도 새어 나오지 않았다.

"엄마 때문이야."

그녀가 느닷없이 혼잣말처럼 말했다.

딸은 그녀의 옆얼굴을 바라보다가 어깨를 감싸 안았다.

"그렇지 않아, 엄마. 그냥 사고였을 뿐이야."

"아니야, 다 나 때문이야…… 내가 괜한 부탁을 해서…… 그래서 수환이가 저렇게 된 거야……."

"부탁? 무슨 부탁을 했는데?"

딸은 그렇게 물었지만 그녀는 대답하지 않았다. 그리고 조금 시간이 흐른 후, 그녀는 자리에서 일어나며 말했다.

"나가자."

엉겁결에 딸도 자리에서 일어났다.

"밥 먹으러 가자고."

"밥? 지금 무슨 밥을 먹는다고 그래?"

"밥 먹고 넌 집에 가서 자고 내일 아침에 다시 와."

"엄마……."

"걱정하지 마. 다 똑같아질 테니까, 다시 예전처럼 똑같이 살게 될 거라고."

그녀는 그렇게 말하고 출입구 쪽으로 걸어갔다. 딸은 그런 그녀의 뒷모습을 보면서도 걸음을 떼지 못했다. 그녀는 커피 자판기 앞에 서서 다시 한 번 딸의 얼굴을 바라보았다. 그제야 딸은 엄마의 얼굴이 이전과는 많이 달라졌다는 것을 알 수 있었다.

수술은 나흘 동안 쉬지 않고 계속되었다. 의사들은 개복한 상태 그대로 아들을 중환자실로 옮겨 놓고 이틀 동안 경과를 지켜보기로 했다. 개복한 부위에는 임시변통으로 의료용 천과 비닐을 덮어 놓았다고 했다. 그것들은 모두 의사로부터 들은 이야기였다. 아들은 계속 면회가 금지되어 있었다. 정강이에는 나사가, 개복한 부위에는 천과 비닐이…… 그녀는 생각하지 않으려 했지만, 자꾸만 그 모습들이 떠올랐고, 그래서 자주 손에 쥐고 있던 작은 손가방 끈을 팽팽하게 잡아당겼다. 그녀는 일부러 공장 생각을 했고, 커다란 기계 칼날에 서걱서걱 썰리는 한과를 떠올렸다. 하지만, 그것들은 다시 더 잔인한 생각으로 이어졌고, 그래서 그녀는 계속 복도 끝에서 다른 끝으로 왕복하며 걸어 다녔다. 응급실로 급하게 들어온 몇몇 환자들이 그녀에게 위안이 되었던 것도 사실이었다.

입원 닷새째 되는 날, 한 차례 더 복강 수술이 끝난 후, 의사가 그들 모녀를 찾아왔다.

"이제 급한 수술은 어느 정도 마무리된 거 같습니다."

그녀와 딸은 손을 잡은 채 의사의 말을 들었다.

"경과를 지켜보면서 몇 차례 더 정형외과 수술을 하면…… 저희가 할 수 있는 일은 다 끝나는 거 같습니다."

그녀는 의사에게 꾸벅, 허리를 두 번 숙였다. 의사는 '이 정도 된 것도 사실 기적 같은 일이지요'라고 작은 목소리로 말했다.

"저기…… 머리 쪽도 수술하면 어떻게 의식을 되찾을 수 있지 않을까요?"

딸은 그렇게 물었다. 의사는 한숨을 길게 한 번 내쉰 후, 약간 짜증이 섞인 목소리로 말했다.

"이게요, 사실 출혈이 많이 된 거면 어떻게 시도라도 한번 해 보겠는데요, 머리 쪽엔 그런 흔적도 별로 없거든요. 그래서 문제인 거예요. 손도 대 볼 수 없어서…… 처음 수술을 권하지 않은 이유도…… 그거 때문이고요."

딸이 또 무슨 말을 하려 했지만, 그녀가 먼저 나섰다.

"애쓰셨습니다."

의사는 마치 그 말을 기다린 사람처럼 짧게 목례를 하고 자리를 떴다. 그녀는 앞으로 병원 생활이 길어질 것이라고 예상했다. 그리고, 그것이 한편으론 다행이라고 여겨졌다.

그녀가 낯선 노인의 전화를 받은 것은 그로부터 다시 사흘이 지난 후였다. 중환자 보호자 대기실에 앉아 있다가 엉겁결에 휴대전화를 받고 보니, 아들의 것이었다.

"이거 정수환 학생 전화 아닌가요?"

느리고 탁한 목소리의 노인이었다. 그녀는 잠깐 귀에서 휴대전화를 떼고 그것을 바라보았다. 그러곤 작은 목소리로, 맞지만 지금은 전화를 받을 수 없다고 띄엄띄엄 대답했다.

"그래요? 나 김명국이란 사람이오."

노인은 자신의 이름에 유난히 악센트를 주어 말했다. 노인은, 나에게 전화가 왔었다고 전해 주시오,라고 말했다가 곧바로 정정했다.

“아니 아니, 그러지 마시고 지난번에 내가 했던 말, 그거 너무 괘념치 말라고 전해 주시오.”

그녀는 휴대전화를 다른 쪽 귀로 옮겨 들었다.

“저기요, 그게 무슨 말씀이신지……?”

“그렇게만 전하면 알아들을 거요.”

노인은 전화를 끊으려고 했다.

“잠깐만요.”

그녀는 목소리를 높였다.

“우리 아들과 무슨 얘기를 했는지 말씀해 주세요. 네? 부탁이에요…….”

그녀는 휴대전화를 두 손으로 잡고 허리를 숙였다. 중환자 보호자 대기실엔 그녀밖에 없었다. 기다란 소파 앞 벽면에는 TV가 한 대 놓여 있었는데, 그녀에게는 거기에서 나오는 소리가 하나도 들리지 않았다. 노인은 계속 아무런 말도 하지 않았다. 그녀는 허리를 좀 더 구부린 채 두 눈을 감고 말했다.

“나는 지금 우리 아들과 대화를 할 수 없어요…… 우리 아들의 정강이엔 커다란 나사가 세 개나 박혀 있고요, 입엔 굵은 호스가 물려 있어요. 말씀을 전해 드리려 해도…… 그럴 수가 없어요. 말씀을 전해 드리려 해도…… 그럴 수가 없다고요.”

그녀는 휴대전화를 든 채 흐느끼기 시작했다. 노인은 끙 하고 신음 소리를 한 번 내곤, 울음이 잦아들 때까지 묵묵히 기다려 주었다. 그리고 어느 정도 시간이 흐른 후 조금 낮은 목소리로 이렇게 물었다.

“거기, 병원 주소가 어떻게 되오?”

                                    ❧

　　노인이 병원을 찾아오기까지 그녀를 괴롭힌 것은 이런 것들이었
다.

　　두 번째 복강 수술이 끝난 뒤부터 그녀는 하루 한 차례씩 아들의
모습을 볼 수 있게 되었다. 마스크와 일회용 장갑, 그리고 앞치마처
럼 생긴 가운을 입은 채였다. 아들은 천장에서부터 길게 내려진 비닐
커튼 안 침대에 누워 있었고, 그녀는 대여섯 걸음 떨어진 곳에서 오
분 정도 가만히 지켜볼 수 있었다. 비닐 커튼 안으로 들어갈 수도,
손을 잡을 수도 없었다. 그것이 간호사의 지시 사항이었다. 아들의
입에는 굵다란 호스가 물려 있었는데, 그것은 일정한 속도로, 마치
땅바닥을 온몸으로 기어 다니는 뱀처럼 꾸물꾸물 움직였다. 그리고
발가벗겨진 배 위에는 여러 장의 거즈가 덕지덕지 붙어 있었다. 호스
때문인지 턱은 조금 위로 들린 상태였고, 베개는 후광 모양으로 둥
글게 젖어 있었다. 그녀는 아들의 모습을 보자 고통스럽기보단 오히
려 후회스러웠는데, 그것은 막연하게만 생각했던 아들의 통증이 바
로 눈앞에 펼쳐졌기 때문이었다. 그건 의사로부터 들은 이야기와는
또 다른 것이었다. 아들에겐 오직 통증만이 남아 있는 것 같았다. 그
것이 전부인 것 같았다. 그래서 그녀는 처음으로 자신의 결정을, 동
의서에 적어 놓은 자신의 이름을, 후회했다. 아들이 자신으로 인해,
받지 않아도 되는 고통까지 묵묵히 받고 있는 것처럼 느껴졌기 때문
이었다. 그만큼 아들은 살아 있는 사람처럼 보이지 않았다. 단지 아
들의 고통만 살아 있는 것처럼 보였다.

그녀는 중환자 보호자 대기실 소파에 앉아 까무룩 잠이 들었다가, 호스를 입에 문 채 껵껵거리는 소리를 내며 괴로워하는 아들의 모습을 보기도 했다. 아들은 길게 눈물을 흘리면서 그녀를 바라보았다. 그녀는 아들의 눈빛이 무엇을 말하고 있는지 대번에 알아차릴 수 있었다. 정강이에 박힌 나사와, 배 위에 가로로 길게 난 수술 자국. 의식은 없지만, 그래서 더 예민해져 버린 감각.

그녀는 잠에서 깬 후, 얼굴을 두 손으로 가린 채 오랫동안 울었다.

딸의 생각은 더 직접적이었다. 그녀와 함께 두 번 아들을 면회하고 다시 서울로 올라간 딸은, 그날 밤 바로 전화를 걸어왔다. 수화기 저편에서 한참 동안 침묵하던 딸은 느닷없이 울음을 터뜨리며 엄마, 우리 수환이 그냥 보내 주자,라고 말을 꺼냈다. 딸은 중간중간 딸꾹질을 해 가면서 계속 오열을 했는데, 우리 생각하지 말고, 수환이 생각을 해야지,라고 말하기도 했다. 그녀는 딸에게 아무런 말도 하지 않았다. 딸이 원망스럽거나 매정하게 느껴지지는 않았다. 오히려 뜬금없이 자신보다 더 많이 배운 딸이 기특하게 여겨지기도 했다.

그러니까 어쩌면 그때 만약 노인이 조금만 더 늦게 병원에 도착했다면, 그녀는 그렇게 결정을 내렸을지도 모른다. 꼭 딸의 말 때문만이 아니라, 그녀는 하루 이틀 시간이 지날수록 아들을 바라보는 것이 더 고통스러워졌다. 하루는 그녀가 중환자실에 들어가 있을 때, 아들이 상체를 들썩거리면서 발작을 일으킨 적이 있었다. 금방이라도 침대 밖으로 박차고 나올 사람처럼 가슴은 퍼덕거리는데, 아들의 얼굴은 아무 일도 없는 듯이 무표정하기만 했다. 의사와 간호사는 아들의 어깨를 두 손으로 짓누르면서 주사를 놓았고, 그녀는 거기까지만 보고 다시 중환자실 밖으로 나와야 했다. 하마터면 그날, 그녀는 의사를 만날 뻔했다. 하지만 그녀는 그러질 못했고, 대신 그 다음 다음 날, 노인을 만나게 되었다. 그리고 그로 인해 모든 것을 처음부터 다시 생각하게 되었다.

노인은 밤색 털모자와 하늘색 마스크를 쓰고 회색 누비 점퍼를 입은 채 중환자 보호자 대기실로 들어섰다. 어깨는 넓었으나 허리는 굽었고, 손에는 지팡이를 들고 있었다. 그녀는 노인을 보고 자리에서 일어났다. 노인은 병원 정문이라고 전화를 한 후, 한 시간 가까이 지나서야 모습을 드러냈다. 그녀는 그것을 서운하게 생각하진 않았다.

"나, 김명국이란 사람이오."

노인은 모자와 마스크를 벗고 그녀에게 인사를 했다. 통화할 때와는 다르게 노인의 목소리에는 힘이 없었고, 어딘가 모르게 지쳐 보이기까지 했다. 눈이 작고 희끗희끗한 턱수염을 기른 얼굴이었다.

"그러니까 수환 학생 어머니…… 맞지요?"

그녀는 말없이 고개를 한 번 끄덕였다. 그들은 소파에 조금 떨어진 채 나란히 앉았다.

"내가 올해 여든여섯이오. 이 나이에 이렇게 먼 곳까지 오게 될 줄은 몰랐다오."

노인은 두 손으로 계속 지팡이를 잡은 채 앞을 보면서 말했다. 숨을 크게 한 번 내쉬기도 했다.

"그래, 수환 학생은 좀 어떠우?"

그녀는, 여전히 의식은 없고 하루에도 두세 번씩 위기가 찾아오기도 한다고, 작은 목소리로 말했다. 그녀는 노인에게 묻고 싶은 것이 있었지만 기다리기로 했다.

노인이 그녀를 바라보면서 물었다.

"어떻게, 어떻게 된 일인지 내게 말해 줄 수 있겠소?"

그녀는 잠깐 노인의 얼굴을 바라보다가, 다시 고개를 숙이고 천천히 사고 당일 이야기를 시작했다. 오토바이를 타고 배달을 나간 일, 배달을 끝내고 돌아가다가 그녀가 일하는 공장 앞으로 찾아온 일, 그러면서도 엄마를 찾지 않고 한참 맴돌기만 하다가 다시 돌아간 일…… 그녀는 노인에게 말을 하면서, 만약 그때 자신이 아들을 만났다면 어떻게 됐을까 생각했다. 그것은 그녀가 병원에 앉아 수도 없이 반복한 생각이기도 했다. 갑자기 찾아온 아들의 손을 잡는 생각, 함께 공장 벤치에 앉아 있는 생각, 아들의 뒷모습을 오랫동안 지켜보고 있는 생각…… 그 생각들은 그녀를 가슴 벅차게 만들기도 했지만, 결국에는 더더욱 절망스럽게 만들어 버렸다. 그것을 빤히 알면서도 그녀는 그 생각들을 멈출 수가 없었다.

그녀는 말을 하는 도중, 무언가 이상한 기분에 사로잡혀 슬쩍 노인 쪽을 쳐다보았다. 뜻밖에도 노인은 지팡이를 잡은 두 손에 이마를 얹고 눈물을 흘리고 있었다. 그녀는 우뚝, 말을 멈췄다. 그녀는 이제 노인이 말을 할 차례가 된 것을 깨달았다.

한참을 그러고 있던 노인은, 자글자글한 눈주름을 훔치면서 힘없이 말했다.

"나를…… 나를…… 용서해 주시겠소?"

그녀의 아들이 인터넷 이곳저곳을 검색하다가 자신의 외할아버지의 이름을 발견한 것은 한 달 보름 전의 일이었다. 비전향장기수의 수기를 구술 형식으로 채집해 연도별로 정리해 둔 한 대학원생의 블로그에서였다. '1948년 7월 1일—평안남도 강동군 승호면 대성리 소재 "강동정치학원" 장기반 입학—동기생으론 석기용(전남 화순), 김한영(경기 부천), 최근식(강원 홍천), 김종철(경남 창원), 박용남(충북 옥천) 등이 있었고, 후에 이정 선생의 세 번째 부인이 되는 윤옥(윤레나)도 같은 학원생이었다.' 그녀의 아들은 그 문장을 마우스로 드래그했다. 그리고 즐겨찾기 항목에 그 블로그를 추가시켰다. 아들은 어머니의 호적등본을 모니터 옆에 펼쳐 놓고 계속 수기를 읽어 나갔다. 수기는 원고지 천 매가 조금 넘는 분량이었지만, 그녀의 아들은 그날 밤 그것을 모두 읽었다. 그리고 창문 밖이 희부여니 밝아 올 무렵, 블로그에 나와 있는 이메일 주소로 편지를 쓰기 시작했다.

수기의 주인공이자 1954년 3월부터 1995년 광복절까지 전향을 거부하고 감옥에 남아 있던 김명국 씨는, 1927년 경기도 양평에서 태어난 사람이었다. 해방 전 일본으로 건너가 후지모또 철공소 견습공으로 일하면서 그곳 노조 지도자로부터 사회주의사상을 학습받은 그는, 해방 후 고국으로 돌아와 곧장 남로당에 가입하고 선전 활동 사업에 매진했다. 그리고 남로당에 대한 미군정의 탄압이 심해질 때쯤 서울을 탈출해 '박헌영 학교'라고 불리는 '강동정치학원'에 입학하게 된다. 그 대목에서 김명국 씨는 조금 흥분하기도 했는데 '그건 뭐 결정하고 말 것도 없었어. 그때 조선 인민에게 가장 사랑받는 사람 또한 이정 선생이요, 친일파들에겐 가장 미움 받는 사람 또한 이정 선생이었으니까. 그분이야말로 세계적인 혁명가였지. 그냥 우리 모두 그분을 찾아간 거야'라고 말했다.

강동정치학원에 입학해 육 개월 남짓 교육을 받은 김명국 씨는 1949년 경북 지역으로 파견되어 동기들과 함께 유격 활동을 벌이다가 한국전쟁 때 다시 북으로 후퇴, 장풍군 소재 인민위원회에서 잠깐 일을 하기도 했다. 그리고 1953년, 다시 강동정치학원 동기생들과 함께 청옥산에 있는 강원도당에 합류하기 위해 산악 지대를 통해 침투했다가, 잠복 이 주 만에 모두 경찰에 체포되고 만다. 그것이 그의 감옥 생활의 시작이었다. 그가 동기생들과 함께 사실상 죽음을 각오하고 다시 남쪽으로 침투한 것은 이정 박헌영과 남로당 세력의 몰락과 깊은 연관이 있다고, 대학원생은 따로 각주를 달아 놓았다. 1952년 12월부터 당 간부들에 대한 전면적인 사상 검증 작업이 시작되었고, 그 이듬해 박헌영을 비롯한 이승엽, 설정식, 임화 등은 '미 제국주의 고용 간첩 박헌영 리승엽 도당의 조선민주주의인민공화국 정권 전복 음모와 간첩 사건'에 연루되어 줄줄이 구속되고 만다. 그에 따라 남로당파와 강동정치학원 출신들 또한 신분이 위태로워진 것은 자명한 사실. 김명국 씨는 이렇게 말하기도 했다. '뭐, 남아서 죽으나 떠나서 죽으나 마찬가지라고 생각했지. 그럴 바엔 차라리 이정 선생이 말씀하신 8월 테제에 따라 조국 혁명을 위해 온몸을 바치기로 결심한 거야. 이정 선생이 미제 간첩이라니…… 그건 너무 졸렬하고 가소로운 일 아니야? 그렇지 않아?'

이후 김명국 씨의 수기는 주로 감옥 생활과 사상 전향서, 그에 따른 단식에 대한 이야기로 길게 이어졌다. 하지만 그녀의 아들에게 그런 것들은 별다른 의미가 없었다. 그는 오직 한 사람의 이름을 찾기 위해, 그 이름이 다시 한 번 등장하길 바라면서, 수기를 끝까지 읽어 나간 것이었다. 김명국 씨의 수기에는 두 번 다시 그 이름이 등장하지 않았다. 하지만 그녀의 아들에겐 이미 어떤 확신 같은 것이 들어앉은 이후였다. 최근식, 강원 홍천 출생. 그녀의 아들은 그 이름만 오랫동안 바라보고 앉아 있었다.

❧

"나는 감옥에서 사십 년 가까이 산 사람이라오. 그중 절반은 면회도, 편지도, 출역(出役)도 금지된 독방에서 살았지요. 인간 이하의 대접을 받았고, 차마 인간으로선 상상할 수 없는 일들을 숱하게 당하기도 했습니다. 그곳에서 내가 의지를 갖고 할 수 있는 일이라곤 기껏해야 단식뿐이 없었는데, 그것도 매번 목숨을 걸어야만 하는 일이었지요. 아무도 신경 쓰지 않고 돌아봐 주지 않는 그것을 위해서 목숨까지 내걸어야 하는 게 얼마나 외로운 일인지, 아마 짐작도 못할 거요. 허기가 무서운 게 아니라 침묵이 더 고통스러웠으니까. 하지만 그래도 나는 줄기차게 단식을 했소. '할 수 없다는 것을 안다. 그러나 그걸 알면서도 한다' 나는 그것이 주의자로서의 삶이라고 믿었소. 그래서 감옥에서 나오고 난 뒤 처음 몇 년까지도 나는 주의자로서의 삶을 포기하지 않았소. 감옥에 있든, 밖에 있든, 여전히 역사 문제는 내게 가장 중요한 문제였으니까. 집회에 나가든, 토론회에 나가든, 대학원생과 인터뷰를 하든, 나는 최선을 다하려고 노력했소.

우리 주의자들은 아무리 하찮은 곳에 있다 하더라도 도덕적인 책무를 저버려선 안 된다는 믿음 때문에, 나는 허리 한 번 편하게 펴지 못하고 자리를 지켰지요…… 후, 하지만 그건 모두 예전 일이오. 이 년 전부터 나는 복지 단체에서 마련해 준 방 안에 가만히 누워만 지내고 있소. 그게 지금의 내 삶이오. 무엇이 계기가 되었는지 나도 잘 모르겠소. 아마, 나와 오랫동안 감옥에 함께 있던 형님의 장례식 이후 그렇게 된 것 같은데…… 그 장례식에 모인 사람은 여섯 명이 전부였소. 첫날부터 발인 때까지 모두 여섯 명…… 아마도 그 일이 내게 어떤 식으로든 상처가 된 거 같은데…… 그걸 무엇이라고 정확히 말할 순 없소. '할 수 없다는 것을 알면서도 했지만, 결국은 하지 못했다' 계속 이런 문구만 머릿속에 맴돌고, 아무것도 하지 않는 상태, 화초 같은 상태가 되고 싶은 마음, 그런 마음뿐이었소. 주의자로서의 은퇴란 있을 수 없지만, 주의자로서의 체념은 있을 수 있는 법. 나는 그렇게 스스로를 다독거렸소. 내 장례식에 와 줄 여섯 명, 아니 다섯 명을 생각하면서 계속 누워만 있었소. 물론 몸 또한 조금씩 망가지기 시작했고…… 그게 지난 이 년 동안의 내 삶이었소. 분노도, 투쟁도, 의지도 없이, 가만히 돌덩이처럼 누워만 있는 삶…… 그런 와중에 수환 학생으로부터 전화가 온 거요…… 오래전 나를 인터뷰한 대학원생을 통해 연락처를 알았다면서."

"우리 수환이가…… 외할아버지에 대해서 묻던가요?"

"그러니까 부친의 함자가…… 최근식 씨 맞지요?"

노인의 물음에 그녀는 짧게 고개를 끄덕였다.

"수환 학생이 호적을 보고 불러 준 것과 내가 아는 것을 따져 보니, 그 사람이 틀림없는 거 같았소. 나보다 두 살 어린 것도, 생일이

음력 칠월이라는 것도……."

"저는 그분에 대해선 아는 게 없어요."

"나는 그렇지 않았소…… 나는 그 친구를 잘 알고 있었으니까…… 그 친구를 원망하면서 보낸 적도 많았으니까…… 하지만 나는 다 잊고 있었다고 생각했소. 처음 수환 학생으로부터 그 이름을 들었을 때, 나는 내가 대학원생에게 그 친구를 거론했다는 사실조차 모르고 있었으니까. 아마도 동기생들 이름을 쭉 부르면서 나도 모르게 튀어나온 모양인데…… 그게 수환 학생에겐 시작이 되었던 모양이오."

노인은 숨이 가쁜지 잠깐 말을 끊었다. 주머니에 있던 손수건을 꺼내 이마를 닦기도 했다. 그런 다음 노인은 다시 말을 이었다.

"하지만 맹세코 내가 처음부터 수환 학생에게 나쁜 감정을 가지고 있었던 것은 아니었소. 그것은 믿어 주시오. 나는 말한 것처럼 이미 모든 것을 체념하고, 돌덩이가 된 사람이었소. 그런 사람에겐 그 어떤 이름도, 과거도, 마음을 움직일 순 없는 법이라오. 물론 조금 퉁명스럽게 말을 했지만, 수환 학생이 그 친구 외손자라서 그런 것은 절대 아니었소. 그게 누구라도 나는 그랬을 테니까……."

"자주 통화하셨나요?"

"수환 학생이 자주 걸어왔소. 내가 아무리 시큰둥하게 말해도, 목소리 하나 변하지 않고 끈덕지게 물어 왔소. '어머니도 저도 외할아버지에 대해선 아는 게 하나도 없어서요'라고 하면서, '그래도 할아버지는 우리보다는 많이 아실 거 아니에요?' 하면서…… 세 번째 통화였던가, 아마도 그랬던 거 같은데 그때부터 나도 조금씩 목소리를 누그러뜨리고 말을 하기 시작했소. '네 외할아버지는 옹골찬 주의자였어' 뭐, 그렇게 말을 하기 시작한 거요…… 혹시 수환 학생이 그런 말을 하지 않던가요?"

"아니요…… 저한테 그런 말을 하진 않았어요. 제가 공장 일 때문에 늘 집에 늦게 들어가서……."

"그랬군요…… 사실 나는 그 뒤로 수환 학생에게 많은 이야기를 해 주었소. 그 친구에게 원망을 품었던 적도 있었지만, 그게 수환 학생하고 무슨 상관이 있는 거겠소. 오히려 나는 수환 학생이 조금 애틋하게 여겨지기도 했소. 그래서…… 정신을 차리고, 해야 할 말과 하지 말아야 할 말을 가리면서 이야기를 해 준 것이었소. 그 친구가 레닌대학에 가겠다면서 러시아어 공부에 열성을 쏟은 일, 경북 의성에서 함께 인민위원회를 꾸리고 활동한 일, 9·28 때 아군과 끈이 떨어져 으스스한 서울 거리를 달빛에 의지해 빠져나온 일, 그런 이야기들을 해 주었소. 그때까지만 해도 우리 사이엔 아무런 문제도 없었으니까……."

노인이 말을 하는 도중, 중환자 보호자 대기실로 한 여학생이 들어왔다. 여학생의 눈은 벌겋게 되어 있었고, 한 손으론 입을 막고 있었다. 여학생은 노인과 그녀를 바라보곤 다시 밖으로 나갔다. 노인은 다시 말을 이었다.

"수환 학생은 항상 내 말을 조용히 듣다가 '그 뒤에는요?'라고 물어 왔소. 그 뒤에는…… 그 뒤에는…… 그러니까 그때 내가 먼저 눈치를 챘어야 했소. 어쩌면 수환 학생에게 중요했던 것은 그 뒤의 것들, 그 뒤의 것들, 우리의 과거가 아닌, 이야기의 끝이었는지도 모르겠소. 거기에서부터 수환 학생의 궁금증이 시작됐을 테니까…… 어째서 그런 주의자였던 외할아버지가 이 땅에서 결혼을 하고 딸까지 낳을 수 있었는지…… 동료들은 모두 죽거나 감옥에 갔는데, 어떻게 그런 일이 가능했는지…… 믿어 줄지 모르나 나는 애초부터 그 말만은 수환 학생에게 하지 않으려고 했소. 그게 내 이야기의 원칙이었으니까. 그래서 나도 모르게 수환 학생에게 반문을 하고 말았소. '그 뒤에는요?'라고 묻는 질문에 '너는 왜 네 외할아버지 이야기를 듣고 싶은 것이냐?' 이렇게 물은 거지요…… 그리고 그제야 수환 학생의 이야기를 듣게 되었소……."

"수환이가…… 개명에 대해서 이야기하던가요?"

"그러니까 수환 학생 어머니 이름이……?"

"최이정…… 그 이정이에요……."

"후, 그러니까 나도 잘 모르겠소…… 내가 왜 그 이름을 듣고 그렇게까지 피가 거꾸로 솟았는지…… 왜 그렇게 흥분을 하고 말았는지…… 나는 수환 학생에게 모든 걸 말하고 말았소."

그녀의 아들이 자세히 살피지 않은 김명국 씨의 수기에는 한 명의 배신자 이야기가 나온다. 수기에는 실명이 거론되지 않았으나, 1953년 강원도당에 합류하기 위해 침투한 강동정치학원 동기생들 중 한 명임은 미루어 짐작할 수 있다. 당시 김명국 씨와 스물두 명의 동기생들은 강원도 오음산 부근에서 국군과 경찰의 이중 경계망으로 인해 한 치 앞도 나가지 못한 채, 개인 비트 속에서 무려 보름 넘게, 하루 강냉이 한 홉과 바위에 쌓인 눈을 퍼먹으면서 지내게 된다. 달이 없는 밤마다 동기생들은 비트 속에서 나와 정찰을 하거나 서로의 안

위를 확인했는데, 모두가 심한 동상과 굶주림에 시달리고 있었다. 바다 쪽으로 퇴로를 트자는 의견과, 희생이 있더라도 정면 돌파하자는 의견, 얼마간 더 상황을 지켜보자는 의견이 적힌 쪽지가 각 비트와 비트 사이를 오갔으나, 시간이 지날수록 쪽지에 적힌 문장들은 짧아져 가기만 했다. 그리고 거의 대부분의 암묵적 동의로 퇴각을 결정한 다음 날 오후, 한 비트당 일곱 명의 군인과 경찰들이 총부리를 겨눈 채 들이닥쳤다. 그때 김명국 씨와 동기생들은 모두 잠들어 있는 상태였는데, 비트 속으로 갑자기 쏟아진 햇살 때문에 계속 그것이 꿈인 줄로만 알았다고, 김명국 씨는 진술했다. 그리고 덧붙여 이런 말을 했다. '교도소에 가고 나서야 동기생들 중 한 명이 비는 걸 알았지. 우리 모두 그가 체포 도중 잘못된 것이라 믿었어. 그럴 수밖에 없었지. 그럴 사람이 아니었으니까…… 한데, 4·19 직후던가, 잠깐 편지와 면회가 허용된 적이 있었거든. 그때 처음 그 사람에게서 편지가 도착한 거야. 나는 뭐 읽지도 않고 찢어 버렸어. 그게 무엇을 의미하는지 대번에 알아챘으니까…… 몇몇 동기생들은 그래도 그걸 읽어 보긴 한 모양인데…… 뭐, 내 예상과 크게 다르지 않은 거 같았어. 결혼도 하고, 양조장에 취직해서 지낸다는…… 그렇고 그런 얘기였지. 후…… 한때는 그 사람 이름을 교도소 벽면에 적어 놓고 복수하겠다고 날뛰기도 했지…… 그렇게 생각하지 않으면 버틸 수 없었거든. 버티려고 일부러 더 그렇게 생각하기도 했고 말이야……'

노인은 계속 말을 이었다.

“나는 수환 학생에게 ‘걱정하지 마라, 넌 연좌제에 걸릴 염려 따윈 하지 않아도 될 거다, 하지만 개명은 꼭 해라, 어디서 감히 그런 이름을……’ 하면서 화를 냈소. 내가 하지 않으려고 했던 이야기도 다 꺼내고…… 그 친구가 교도소로 보낸 편지 이야기까지 하면서 비아냥거리기도 했소. 나는 내가 돌덩이가 되었다고 믿었는데…… 사실 그건 내 착각이었던 거 같소. 돌덩이가 된 것은 내 상처지, 내 마음은 아니었던 게요…….”

노인은 의자 등받이에 허리를 기대고 잠시 눈을 감았다. 그러곤 다시 눈을 떠 천장을 한 번 바라보았다. 노인은 말했다.

“수환 학생도 지지 않았소. ‘무언가 착각일 수도 있다. 그렇다면 왜 굳이 그런 이름을 지었겠느냐? 배신자가 왜? 무엇 때문에?’ 하면서…… ‘할아버지는 우리 외할아버지의 편지를 읽어 보지도 않고 찢었다고 하지 않았느냐? 그 안에 무슨 내용이 적혀 있는지 어떻게 아느냐?’ 하면서…… 후, 나중에 생각해 보니 그게…… 그러니까 수환 학생 어머니가 태어난 해가……?”

“1956년요.”

“그러니까 이정 선생이 저쪽에서 숙청당한 그다음 해가 맞군요…… 우리도 교도소 안에서 그 소식을 들었는데…… 아마 그 친구도 그 소식을 밖에서 들었을 것이오. 그땐 그 뉴스로 신문이 온통 도배되었으니까…… 아마도 그것과 무슨 연관이 있지 않을까 하는데…… 물론 그건 내 짐작일 뿐이오. 내가 어떻게 그 친구의 마음을 온전히 알아볼 수 있겠소. 그리고 그 짐작도 뒤늦게 품게 된 것일 뿐이고…… 수환 학생과 얘기할 땐 그런 생각도 하지 못한 게 맞고…….”

“그러면…….”

“나도 잘 모르겠소. 딸 이름을 그렇게 지었다면, 어쩌면 그 친구가 더 괴로워했던 것인지도 모르겠소…… 스스로를 더 괴롭게 만들겠다는 의지 같은 것도 있을 수 있을 테니까. 하지만…… 나는 그때 그 모든 것이 다 못마땅했소. 어디서 감히…… 어디서 감히……. 그런 말들만 계속 맴돌았소. 그래서 수환 학생이 ‘우리 어머니는 외할아버지 이력 때문에 고통받았다. 이혼도 당하고 평생을 혼자 사셨다’라고 말했을 때, 그만 잔인하게도…….”

노인은 말을 잇지 못하고 잠깐 고개를 숙였다. 그녀는 저도 모르게 아랫입술을 깨물었다. 지팡이를 잡은 노인의 두 손이 바르르, 떨렸다.

“그만 잔인하게도…… ‘그건 네가 잘 몰라서 하는 얘기일 거다. 자세히 알아봐라, 네 어머니가 이혼한 건 그것 때문이 아닐 게다. 연좌제 때문이라니, 함부로 그 고통에 대해서 말하지 마라. 다른 가족들은 몰라도 네 가족만은 그것을 다 피해 나갔을 것이다. 그것이 네 외할아버지의 의지였으니까’라고 말해 버렸소. 내가 그렇게…… 그렇게 말해 버렸소…… 그게 우리의 마지막 통화였소…….”

❧

노인이 말을 마쳤을 무렵엔 중환자 보호자 대기실 유리창으로 비스듬히 노을이 내려앉고 있었다. 창밖 어디선가 끊임없이 수증기가 피어오르고 그로 인해 안개가 낀 듯 유리창은 점점 뿌옇게 변해 갔다. 그녀는 그런 유리창을 바라보면서 몇 번 두 눈을 비볐는데, 그럴수록 시야는 더 흐릿해져만 갔다. 노인은 그녀 옆에서 다시 한 번 "나를…… 나를 용서해 주시겠소?"라고 말을 했다. "오지 않으려고 했지만…… 그럴 수가 없었소"라는 말도 덧붙였다. 그녀는 그 말을 듣고도 가만히 고개만 숙이고 있을 뿐 아무런 대답도 하지 않았다. 그날, 아들은 무슨 말을 하려고 공장까지 찾아온 것일까? 그녀는 다시 한 번 그런 생각을 했다. 개명을 하지 말자고 말하려 왔던 것일까? 아니면 자기 아버지에 대해서 물으려 왔던 것일까? 아니 아니, 어쩌면 그냥 불현듯 엄마 얼굴이 보고 싶었던 것일 수도 있겠지. 그녀는 아예 두 눈을 감아 버렸다. 옆에선 계속 훌쩍거리는 노인의 울음소리가 들렸고, 치이익치이익, 스팀이 들어오는 소리도 들렸다. 그녀는 애써 아들의 얼굴을 떠올리려 노력했다. 아버지 같았던 아들, 어미의 이름을 짓기 위해 노력했던 아들…… 그녀가 바랐던 모든 것들…… 그녀는 도무지 아들의 얼굴을 떠올릴 수가 없었다. 그녀는 계속 두 눈을 감은 채 천천히 입을 열었다.

"깨어날까요?"

노인은 한참 말하지 못하다가, 울음이 꽉 찬 목소리로 대답했다.

"깨어나길 바라겠소."

그녀는 그제야 두 눈을 떠 노인의 얼굴을 정면으로 바라보았다. 노인은 묵묵히 그녀의 시선을 견뎌 냈다. 그리고 느릿느릿 이런 말을 꺼냈다.

"언젠가 수환 학생이 이정 선생의 이름을 처음 말하면서 그게 '고무래가 되겠다'라는 뜻 아니냐고 물어 왔던 적이 있소. 나는 그때 그런 뜻도 있지만 그건 그냥 글자 모양 그대로 보는 게 맞을 거라고 말해 주었소. 그러니까 쇠스랑(而)과 망치(丁)가 맞을 거라고…… 우린 해석하기보단, 보이는 그대로 믿는 사람들이었으니까.”

그녀는 그 말을 듣고도 아무런 대꾸 없이 가만히 앉아만 있었다.

어디선가 세찬 바람이 불어와 유리창을 한 차례 흔들고 지나갔지만, 그녀와 노인은 말없이 굳은 듯 그 자리를 계속 지키고 앉아 있었다. 어둠이 내리고, 별이 깃들 때까지, 계속.

수상소감

심사평

작가론 조연정

〈요요〉를 쓰는 동안 시간에 대해 자주 생각했다. 시간은 직선으로 흐르기만 하는 것인지, 시계 속 시침과 분침과 초침처럼 계속 반복되는 것인지, 자주 생각했다. 소설 〈요요〉 속 시간을 때로는 빨리 흐르게 했고, 때로는 한없이 느리게 흐르도록 했다. 시간에 대해서는 여전히 아는 게 없다. 아는 게 없을 뿐 아니라 더욱 모르게 됐다. 시간에 대해 알 수 없어서 좋다. 오리무중이라서 좋다. 소설가는 더 많이 아는 사람이 아니라 더 많이 모르는 사람이다. 시간 속에 살지만 앞으로의 시간에 대해 계속 더 멀리 모를 생각이고, 백리무중 앞에서 갈피를 잡지 못하고 계속 허우적거릴 생각이다.

수상 소식을 듣고 곧바로 이효석 선생을 생각했다. 이럴 때 시간은 거슬러 올라간다. 이효석 선생에게 감사의 인사를 했다.

소설을 쓰는 것은, 때때로 시간을 어지럽히는 일이다. 이효석 선생도 시간을 어지럽혔으므로 먼 시간 밖에 있는 나에게 이르렀다. 내 글 역시 시간을 교란하는 역할을 떠안길 바란다. 한 글자 한 글자 써나갔던 소설 쓰기의 순차적인 시간이 누군가의 시간을 뒤죽박죽으로 만들었으면 좋겠다.

안개 속에 있을 때 이효석 선생이 불빛을 반짝여 주었다. 잘 가고 있다고, 잘 헤매고 있다고, 불빛이 반짝였다. 불빛은 곧 스러질 것이다. 나도 곧 불빛을 잊고 방향을 잃을 것이다. 삶의 방향 같은 건 없어도 좋다고 생각한다.

심사위원들께 진심으로 감사드린다.

올해 13회를 맞은 이효석문학상은 김중혁의 〈요요〉를 수상작으로 선정하였다. 심사는 2011년 여름부터 2012년 여름에 걸쳐 계간지와 월간지에 발표된 단편소설을 대상으로 진행되었다. 2012년 7월 20일 예심에서 김성중의 〈에바와 아그네스〉, 김중혁의 〈요요〉, 김태용의 〈알게 될 거야〉, 박형서의 〈Q.E.D.〉, 조해진의 〈밤의 한가운데서〉, 조현의 〈우리의 약속이 불속에서 이루어지기를 기도했다〉, 최진영의 〈엘리〉, 황정은의 〈上行〉 등 모두 8편의 수상 후보 작품을 선정하였다. 8월 24일 진행된 본심에서는 8편의 작품 중에서 심사위원 7인이 각자 추천한 작품들을 수합하여 신중한 논의와 토론을 벌였다. 후보작들 중 세 편의 작품으로 논의가 집중되었고 엄정한 투표 과정을 통하여 최종적으로 김중혁의 〈요요〉가 수상작으로 선정되었다.

이효석문학상 수상 후보작으로 선정한 8편의 작품은 현재 한국소설의 흐름과 쟁점을 잘 보여 주는 개성적인 소설들이다. 장편소설의 기획과 연재가 주도하는 현재의 소설 현장의 흐름을 상기할 때 젊은 작가들이 다양하고 개성적인 경향의 단편소설들을 꾸준히 창작하고 있는 것은 고무적인 일이 아닐 수 없다. 등단 15년 이하의 젊은 작가들이 보여 주는 실험과 모색은 각자의 창작 영역에서 다양한 소재와 기법의 탐구로 나타나고 있다. 소설 쓰기의 자의식을 드러내는 집요한 언어 실험에서부터 환상적인 장치가 동원된 파국의 상상력, 그리고 고단한 현실과 길항하는 존재의 자기 탐구에 이르기까지 다양한 스펙트럼이 펼쳐지는 한국 소설의 생생한 현장을 실감할 수 있었다.

수상작으로 선정한 김중혁의 〈요요〉는 시계를 만드는 직업을 지닌 주인공의 삶을 중심으로 시간과 사랑에 대한 아름답고 정교한 서사를 펼쳐 보인 작품이다. 독립시계제작자라는 직업을 갖게 된 주인공의 삶을 압축한 이 소설은 유니크한 발상과 소재를 통해 김중혁 소설 고유의 매력을 상기시킨다. 가족 관계 속에서 결핍과 고독을 체감하고 사회에 나와서도 은둔형 외톨이처럼 살아오던 주인공이 자신의 시간 속에 새겨진 아련한 사랑의 기억을 반추하는 과정은 궁금하고도 흥미롭게 읽힌다. 작가는 시계, 새벽 세 시의 시각, 첫사랑의 상징이 자연스럽게 어우러지도록 하면서 단편소설 특유의 리듬과 호흡을 끝까지 놓치지 않는다.

되돌릴 수 없는 과거의 시간을 향한 안타까운 그리움과 그 속에서 움트는 존재의 자기 성찰을 섬세하게 주시한 이 작품은 무엇보다도 소설 장르가 시간의 예술인 동시에 인간에 대한 탐구라는 점을 근원적으로 상기시킨다. 소설가는 시간 속의 고독한 여행자를 자처하는 영원한 이야기꾼임을 작가는 조용히 웅변하고 있는 것이다. 사랑하는 사람에 대한 소통의 열망 속에서 자신에게 주어지는 근원적인 삶의 고독을 수락하고 내화할 수밖에 없는 주인공의 이야기는, 언젠가 다시 돌아오는 '요요'의 시간이라는 상징 속에서 깊은 감정의 여운을 드리운다. 현대인들이라면 누구나 공감하는 자기 세계의 침잠 욕구와 관계 맺기의 어려움을 이처럼 섬세하고 미묘하게 형상화하기는 쉽지 않은 일이다. 수상을 진심으로 축하드리며 앞으로의 활동에 무한한 격려와 기대를 보낸다.

심사위원
오정희(소설가)
장경렬(문학평론가·서울대 영어영문학과 교수)
성석제(소설가)
신수정(문학평론가·명지대 문예창작학과 교수)
김형중(문학평론가·조선대 국어국문학과 교수)
손정수(문학평론가·계명대 문예창작학과 교수)
백지연(문학평론가)

'게임적 리얼리즘'의 인간적 진화

《게임적 리얼리즘의 탄생》(장이지 역, 현실문화, 2012)에서 아즈마 히로키는 오쓰카 에이지의 《이야기 소비론》이라는 책을 소개하면서, 최근 일본 문학의 주류를 차지하는 '라이트노벨'류의 작품들을 '만화 애니메이션적 리얼리즘'이라 명명해 본다. 더 이상 자연주의적 현실 묘사에 치중하지 않고 캐릭터의 데이터베이스를 참조하여 이야기를 생산하고 소비하게 된 문학 환경의 변모를, 그는 '큰 이야기' 해체와 다양한 '작은 이야기'의 대두라는 문학의 포스트모던화 현상과 더불어 설명한다. "현재 일본 소설을 지탱하는 상상력의 환경은 근대적 현실을 믿는 자연주의적 리얼리즘과, 근대적 현실과 결별한 만화 애니메이션적 리얼리즘으로 크게 나뉘고 있다."(p. 55)고 말하는 그는 앞으로 점점 후자의 세력이 확대될 것이라 진단한다.

눈여겨보아야 할 것은 자연주의 리얼리즘을 대체할 소설로 제시된 '만화 애니메이션적 리얼리즘' 역시 넓게 보아 '리얼리즘'의 형태를 띤다는 사실이다. 이 두 가지 리얼리즘은 자신들에게 '리얼'한 현실을 사생(寫生)한다는 점에서 공통적이다. 전자는 우리가 발 딛고 있는 현실 사회를 리얼한 것으로서 재현하고, 후자는 무한한 데이터 베이스로 구축된 허구의 가상현실을 리얼한 것으로서 재현한다. 아즈마 히로키에 따르면 이처럼 무엇을 '리얼'한 것으로 느끼는가의 문제는 정신의학적 현실성의 문제가 아닌 사회학적 현실성의 문제로 따져야 한다. 리얼리즘의 형태가 변하는 것은 사회 환경의 변화와 더불어 자연스러운 것으로 이해되어야 한다는 말일 것이다.

이미 많은 논의가 진행되었듯 이 같은 리얼리즘의 형질 변화는 최근의 한국 문단에도 동일하게 적용되는 현상이다. 2000년대 이후 등단하여 단편을 통해 다채로운 상상력을 보여 주었던 일군의 작가들이 최근 몇 년 간 발표한 장편소설들에 대해서는 장편의 미달태, 혹은 장편의 반개념이라는 식의 설명들이 제출되어 왔다. 전통적 리얼리즘 소설과 비교할 때 확실히 다른 구성을 보여 주는 김중혁, 윤성희, 김애란 등의 장편을 "분산된 서사들을 통합할 수 있는 가치가 부재하는 현실을 이데올로기화하지 않으려는 (……) 정치적 무의식의 반영"(손정수, 〈주사위로 소설 쓰기〉, 《문학동네》 2011년 겨울호, p. 89)으로 읽는 것은 충분히 유의미할 텐데, 이러한 '다른 리얼리즘'을 정확히 이해하기 위해서라면 우리를 둘러싼 매체 환경의 변화를 먼저 이해할 필요가 있는 것이다.

이러한 '다른 리얼리즘'의 중심에 문단의 멀티플레이어인 김중혁이 놓일 수 있다. 이야기가 진행될수록 소설 속 인물들이 어느덧 스스로가 만든 게임 속 캐릭터가 된 듯 읽히는 김중혁의 근작 장편《미스터 모노레일》(문학동네, 2011)은 여러모로 김중혁 소설의 결정적 스타일들을 압축해 보여 주는 소설이라 할 만하다. "기차를 타고 유럽을 여행하면서, 속이고, 속고, 도망가고, 따라가"는 방식의 보드게임인

<헬로, 모노레일>을 만들어 대성공을 거둔 모노와 그의 친구 고우창은, 볼스 무브먼트(balls movement)라는 신흥종교에 빠진 고우창의 아버지 고갑수를 추적하며 유럽 곳곳을 누빈다. 유럽의 한 기차역에서 모노는 문득 그곳에서 벌어지고 있는 모든 일들이 "<헬로, 모노레일>의 실사판" 같다는 생각을 하게 된다.

게임과 현실, 즉 허구와 사실이 모호하게 뒤섞이는 이 같은 사태를 우리는 그간의 김중혁 소설에서 적지 않게 발견해 왔다. 좀비들을 등장시킨 첫 장편《좀비들》(창비, 2010)은 물론이거니와, SF(<3개의 식탁, 3개의 담배>), 괴수물(<바질>), 추리물(<유리의 도시>) 등 다양한 장르의 소설을 선보이는 근작 소설집《1F/B1 일층, 지하 일층》(문학동네, 2012)에 이르기까지, 이제까지 김중혁의 소설에서 우리는 핍진하게 재현된 현실보다는 다소 추상화된 현실과 마주해 왔다. 우리는 김중혁의 소설에서 지금-여기의 현실과 심각하게 대면한 경험이 많지는 않은 것이다. 꽉 짜인 플롯을 미리 상정하지 않고 보드게임에서 주사위에 의존하듯 우연적 계기들과 더불어《미스터 모노레일》을 썼다고 말하는 김중혁에게 소설이란, 아니 소설 쓰기란, 현실에 한발 거리를 둔 채 그 자체로 자족적인 구조물을 완성해 가는 즐거운 작업이었다 할 수도 있다. 비현실적 이야기인 SF를 포함하여 나름의 서사 원칙에 의해 쓰이는 장르물이라 해도 현실에 대한 알레고리처럼 읽히는 경우가 다반사라는 점을 상기한다면, 현실 원칙을 가볍게 이탈하지도 않고 현실에 대한 상징이기를 또한 거부하는 김중혁의 소설들은 특별한 존재들이라 할 만하다.

소설 안에 쓰인 것이나 소설을 쓰는 방식에 있어서《미스터 모노레일》은 노골적으로 '게임'을 참조한 경우에 속할 텐데, 김중혁의 소설이 현실 사회보다는 게임이나 놀이의 세계와 친연성을 지닌다고 할 때 이 말은 좀 더 섬세히 따져 볼 필요가 있다. 《좀비들》의 '고리오 마을'이나 《미스터 모노레일》의 '유럽'처럼 김중혁 소설의 공간은 그가 고안한 무수한 고유명들과 더불어 추상화되면서 소설 밖 현실의 심각성이나 진지함과는 일정 정도 거리를 두게 된다. 보다 결정적인 것은 작중인물의 태도이다. 한마디로 말해 김중혁의 인물들은 언제든 리셋(reset)이 가능한 게임에 참여한 사람들처럼 어떤 경우에도 좀체 필사적으로 진지해지지는 않는다. 그들은 비참한 현실을 감내하기 위해 애써 유머를 고안해 내는 어른이 아니라, 비참함 따위는 모른다는 듯 농담을 주고받는 소년들에 가깝다. 현실의 허약한 우리에게 수시로 찾아오는 감정인 슬픔, 상심, 낙담, 절망, 허무 등을 김중혁의 인물들은 잘 모르는 듯하다. 죽기 살기로 자신을 알려야 하는 진지한 면접장에서 자신들만의 놀이를 선보이는 〈유리방패〉(《악기들의 도서관》, 문학동네, 2008)의 두 주인공은 어떤가. 죽음에 대한 공포를 죽기까지 남은 시간으로 기호화하여 압축 제시하는 〈3개의 식탁, 3개의 담배〉는 또 어떤가. 헤어진 연인들의 상반된 일상을 담담히 그리다 갑자기 괴수물로 돌변해 버리는 〈바질〉은 또 어떤가.

아즈마 히로키는 얼마든지 리셋이 가능한 게임과 동일한 메커니즘을 구사하는 '만화 애니메이션적 리얼리즘'의 곤경으로 현실의 죽음을 묘사할 수 없다는 사실을 든다. 재현된 죽음은 그것이 돌이킬 수 없는 사태라는 가정하에서 현실적인 것이 된다. 그렇다면 언제든 새롭게 시작할 수 있는 게임의 세계에서는 되돌릴 수 없는 죽음, 그리고 그로 인한 상실감에 대한 재현은 불가능한 것이 된다. 현실의 우리는 크고 작은 상실감과 직면하며 살고 있으며 결국 우리의 삶은 나 자신의 완전한 소멸이라는 끔찍한 사태를 힘겹게 대비하는 과정이라고 볼 수도 있다. 죽음과 무관한 삶은 즐거운 것일지 몰라도 삶에 기입된 죽음을 외면한다는 점에서 공허한 것이 된다. 우리가 김중혁의 즐거운 소설들에서 때때로 공허함을 느끼기도 했다면 이는 김중혁의 인물들에게서 이 같은 '상실'의 기운을 느낄 수 없었기 때문인지도 모른다. 물론 김중혁 소설에서 느껴지는 이러한 공허함은 그 자체로, 손쉬운 생성과 소멸을 반복하는 포스트모던한 시대에 대한 리얼한 재현의 증거로서 기능하기도 하지만 말이다.

그런데 최근의 김중혁 소설에서 느껴지는 공허는 그 성격이 조금은 달라진 듯하다. 근작 소설집 《1F/B1 일층, 지하 일층》에서 두드러지는바 최근의 김중혁 소설에서 우리가 느끼게 되는 공허는 즐거운 독서 뒤의 씁쓸한 뒷맛은 아니다. 김중혁은 '공허' 그 자체를 재현하고 있는 듯하다. 무슨 말일까. 진정한 인간적 관계보다는 단순 명쾌한 커뮤니케이션이, 큰 이야기보다는 작은 이야기가 우세종이 된 현실 속에서 때로는 수집광이 되어 또 때로는 게임의 창시자가 되어 나름의 자족적인 세계를 구축하던 김중혁은 이제 그러한 현실이 환기하는 공허에, 아니 삶이 애초에 간직하고 있는 상실이라는 감정에 진지하게 눈을 뜬 듯하다. "헤드폰을 쓰고 피할 수 있는 일도 있지만 그렇지 않은 일이 더 많았다."(〈요요〉,《문학동네》, 2012년 여름호)라는 사실을 더 이상 외면하지 않으려는 작가의 모습은 근작 단편 〈요요〉에서 두드러진다. 〈요요〉는 앞으로 작성될 김중혁의 소설 목록에서 뚜렷한 변곡점에 위치할 소설이 될 것으로 보인다.

"나는 관계를 부수는 사람이다. 고리를 끊는 사람이다."라는 문장이 반복되는 〈요요〉는 차선재라는 남자의 고독한 인생에 관한 소설이다. 내내 사이가 좋지 않던 차선재의 부모는 선재가 중학교 3학년에 올라갈 즈음 이혼을 했다. 아버지와 어머니는 부부 싸움을 할 때마다 "선재 때문에" "선재가 없었으면"이라는 말을 입버릇처럼 내뱉었다. 자신의 기원인 부모로부터 부정당했다 생각한 그는 자신만의 세계로 숨어들어 간다. 바로 시계의 세계였다. 차선재가 시계를 분해하고 조립하는 데에 흥미를 느낀 것은 어쩌면 운명적 선택이었다 할수 있다. 조그마한 시계를 분해하고 조립하면서 그는 "하나의 세계를 창조하고 완결한 듯한 기분"을 느낀다. 그 독자적 세계 안에서는 스스로의 존재를 부정당할 일도, 어떤 관계를 부수게 되리라 염려할 필요도 없었다.

그런데, 선재가 홀로 만들어 놓은 그 "단단한 세상" 속에 갑자기 장수영이라는 여자가 걸어 들어온다. 대학의 교정에서 우연히 만난 장수영과 교제하며 선재는 "한겨울 차가운 바깥에 있다가 따뜻한 집으로 들어왔을 때"의 기분 같은 아득한 아늑함을 느낀다. 언제든 이 관계가 끊어질지 모른다는 불안도 잊을 만큼 선재는 수영과의 관계에 몰두했다. 세상과 거리를 둔 채 언제나 시계의 세상 속에 홀로 안전하게 놓여 있던 선재는 수영의 손을 잡고 세상 밖으로 나오게 된 것이다. 그리고, 당연하다는 듯, 장수영은 뜻 모를 편지 한 장을 남기고 사라진다. 선재는 다시 시계의 세상 속에 버려진다. 그리고 그는 시계제작자가 되어 평생 시계를 만든다.

〈요요〉는 차선재라는 남자의 고독한 인생에 대한 소설이다. 태생부터 고독했던 남자에 대해서라면 우리는 무라카미 하루키의 〈토니 타키타니〉라는 단편을 기억한다. 어머니는 토니를 낳자마자 죽었고 아버지는 연주 여행을 다니는 재즈 뮤지션이었던 관계로 토니는 어린 시절부터 정교한 그림과 기계의 세계 안에서 고독과 한 몸이 되어 살아간다. 토니의 삶에 짧은 햇살처럼 등장했다가 갑자기 죽어 버린 에이코를 통해 토니는 고독을 고독으로서 온전히 느끼게 된다. 김중혁의 〈요요〉는 여러모로 〈토니 타키타니〉와 닮았다. 차선재의 삶은 애초에 외로운 것이었지만 그는 장수영으로 인해 자기 삶에 기입된 상실의 그림자를 온전히 감지하게 된다. 장수영이 떠난 뒤 차선재의 남은 삶은 이 상실감을 이해하는 데에 온전히 바쳐질 수밖에 없었다.

장수영이 떠난 뒤 시계제작자가 된 그는 "시간은 그저 흘러갈 뿐이고 다시는 돌아오지 않는다는 진실"을 보여 주는 '시간은 흐른다'라는 제목의 시계를 만들어 유명 인사가 된다. 언젠가 한 번 장수영과 만날 기회가 있었던 30대의 차선재는 그녀에게 'Station'이라는 이름의 시계를 만들어 주고자 했지만 피치 못할 사정에 의해 시계도 완성하지 못하고 베를린행 비행기에 오르지도 못한다. 차선재와 장수영이 마침내 재회한 것은 55세가 된 차선재의 전시회장에서이다. 30여 년 만에 만난 장수영을 바라보며 차선재가 느낀 것은 모든 시간은 "돌아갈 수 없는 시간"이라는 사실, "장수영을 위한 'Station'은 더 이상 만들 수 없"을 것이라는 사실이다. 그녀와 자신의 시간은 이미 지나간 시간이며, 그것은 멈출 수도 돌이킬 수도 없는 시간들이라는 사실을 그는 차분히 깨닫는다.

김중혁의 소설을 따라 읽어 온 우리에게는 이처럼 상실의 흔적이 짙게 드리워진 소설을 만났던 기억이 별로 없다. 즐거운 장난감인 '요요'를 제목으로 내세운 이 소설은 그간의 김중혁 소설을 흥미롭게 읽어 온 독자들을 보기 좋게 배반한다. 이 소설은 돌이킬 수 없는 상실을 말하는 소설이고, 그리고 그 상실감과 동거하는 삶에 대해 말하는 소설이다. '시간'에 관해 말하는 소설이라고 해도 무방하다. 시간의 흐름과 상실의 경험은 어차피 한 몸이므로. 스스로 만든 규칙을 통해 진행되고 언제나 리셋이 가능한 게임의 세계에서는 도저히 경험할 수도 이해할 수도 없는 상실의 체험이 〈요요〉에 그려져 있다. 그뿐인가. 사라지고 생겨나는 일을 반복하는 놀이와 게임의 세계에서는 역시나 도저히 불가능한 다음과 같은 위안도 이 소설 안에 그려져 있다.

오래전 장수영의 편지에 그런 내용이 있었다. '네가 만들어 준 시계를 들여다보면서 그런 생각을 했어. 시침과 분침이 겹쳤다가 떨어지는 순간, 그건 멀어지는 걸까, 아니면 다시 가까워지고 있는 중인 걸까. 난 생각했어. 나쁘지 않아. 그래, 나쁘지 않아.' 차선재는 그 문장을 자주 생각했다. 그리고 '나쁘지 않아'라고 혼자 중얼거리곤 했다. 그래, 나쁘지 않지.

어떤 위안일까. 30여 년 만에 장수영을 만난 차선재는 그녀를 붙잡고 지난 시절의 이야기를 나누지는 못했다. 그는 어떤 생각을 했을까. 불가항력의 불운들이 겹치기도 하고 가뿐한 마음으로 다시 시작하기도 힘든 단 한 번의 인생이지만, 그래도 지나간 시간들을 돌이켜 보면 결국 '나쁘지는 않'다는 것을 알게 된다고, 그는 오래전 장수영의 편지를 떠올리며 생각해 본다. 차선재는 서랍 속에 넣어 두었던 미완성의 시계 'Station'을 꺼냈다가 다시 서랍 안에 넣어 둔다. 완성하지 못한 그 시계는 제 자신의 이름처럼 그냥 그렇게 남겨져야 할 것이다. 차선재는 '요요'라는 이름의 시계를 새로 만들기로 결심한다. '요요'라는 제목을 떠올리며 그는 "그래, 나쁘지 않아. 나쁘지 않아. 돌아갈 수는 없지만 그 시간을 떠올리는 것만으로도 나쁘지 않아"라고 다시 한 번 말해 본다. 어떠한 상실도 결코 상실 이전으로 돌이킬 수 없다는 진지한 긍정 끝에 〈요요〉는 쓰인 듯하다. 김중혁의 '게임적 리얼리즘'은 이렇게 인간적 진화를 시도하고 있다. 모든 것이 손쉽게 사라지고 생겨나는 우리 시대의 허망한 현실 조건 속에서 '공허'와 '상실'의 의미를 깊이 음미하고 있는 김중혁의 〈요요〉는 우리 시대의 '다른 리얼리즘' 경향을 재차 갱신한 소설이라는 점에서 김중혁 개인에게는 물론, 같은 시대를 살고 있는 우리들에게도 의미심장한 소설로 기억될 만하다.